DEBORAH CROMBIE

Alles wird gut

Buch

Jasmine Dent wird ihren fünfzigsten Geburtstag wohl nicht mehr erleben. Sie hat Lungenkrebs und wartet in ihrer Londoner Wohnung auf den Tod. Als sie stirbt, scheint alles auf ein natürliches Ende hinzudeuten. Doch Superintendent Duncan Kincaid, Nachbar und Freund der Toten, ist nicht davon überzeugt. Er ordnet eine Obduktion an, die eine Überdosis Morphium als Todesursache ergibt. Selbstmord, Sterbehilfe oder gar Mord? Zusammen mit seiner temperamentvollen Assistentin Gemma James nimmt Kincaid die Ermittlungen auf, und schnell zeigt sich: Der Kreis der Tatverdächtigen ist gar nicht so klein. Da ist Jasmines Bruder Theo, ein willensschwacher Versager und Nutznießer von Jasmines Lebensversicherung. Oder Meg, Jasmines beste Freundin, mit der sie häufig über Selbstmord gesprochen hat. Vor allem aber Megs Freund Roger, ein bildhübscher Nichtstuer, der genau wußte, daß die todkranke Meg praktisch ihr gesamtes Vermögen hinterlassen wollte. Und sogar Jasmines Nachbar, der alte Major, und die untadelige Krankenpflegerin Felicity hatten ein Motiv.

Autorin

Deborah Crombie hat lange Jahre in Schottland und England gelebt und ist nun in Dallas/Texas zu Hause. Sie legt hier ihren zweiten Kriminalroman vor, der, so *Publishers Weekly*, »bei weitem alle Erwartungen erfüllt, die ihr Erstling *Das Hotel im Moor* geweckt hat«.

Außerdem von Deborah Crombie bei Goldmann:

Das Hotel im Moor. Roman (42618/43108)
Und ruhe in Frieden. Roman (43209)
Kein Grund zur Trauer. Roman (43229)

Deborah Crombie

Alles wird gut

ROMAN

Aus dem Englischen von
Mechtild Sandberg-Ciletti

GOLDMANN

Die Originalausgabe erschien unter dem Titel »All Shall Be Well« bei
Charles Scribner's Sons, New York

Umwelthinweis:
Alle bedruckten Materialien dieses Taschenbuches
sind chlorfrei und umweltschonend.

Der Goldmann Verlag
ist ein Unternehmen der Verlagsgruppe Bertelsmann

Genehmigte Ausgabe 9/96

Umschlaggestaltung: Design Team München
Umschlagfoto: Artothek/Blauel-Gnamm, Peißenberg
Druck: Elsnerdruck, Berlin
Verlagsnummer: 42666
UG · Herstellung: Heidrun Nawrot/sc
Made in Germany
ISBN 3-442-42666-9

9 7 10 8 6

Fürwahr es ist die Sünde Quell all dieses Schmerzes.
Aber alles wird gut werden und alles wird gut werden und
alle Dinge jeglicher Art werden gut werden.

Juliana von Norwich, *15. Jahrhundert*

Danksagung

Wie immer gilt mein besonderer Dank den Every-Other-Tuesday-Night-Writers: Diane Sullivan, Dale Denton, Jim Evans, Viqui Litman, John Hardie und Aaron Goldblatt. Ein besonderes Dankeschön an Terry Mayeux, die für die sehr nötige Ermutigung bei den letzten Kapiteln dieses Buches sorgte.

Danken möchte ich auch meiner Lektorin, Susanne Kirk, und meiner Agentin, Nancy Yost, sowohl für ihre Freundschaft als auch für ihre professionelle Hilfe. Und zu guter Letzt meinen Eltern, Mary und Charlie Darden, für ihre unerschütterliche Unterstützung.

1

Jasmine Dent ließ sich in die Kissen zurücksinken und schloß die Augen. Morphium umhüllt das Bewußtsein wie der Flaum einen Pfirsich, dachte sie schläfrig und lächelte ein wenig über ihre Metapher. Eine Weile schwebte sie zwischen Wachen und Schlafen, nahm die gedämpften Geräusche wahr, die durch das offene Fenster hereindrangen, und das Sonnenlicht, das auf dem Fußende ihres Betts lag, war jedoch unfähig, sich aus der Benommenheit zu befreien.

Ihre frühesten Erinnerungen hatten mit Hitze und Staub zu tun, und der ungewöhnlich warme Aprilnachmittag beschwor Gerüche und Geräusche herauf, die ihr durch das Gedächtnis spukten wie die Geister lang vergessener Verstorbener. Jasmine fragte sich, ob die Erinnerung an die langen, sich träge dahinschleppenden Stunden ihrer Kindheit irgendwo in den Zellen ihres Gehirns eingeschlossen war und nur darauf wartete, in ihr Bewußtsein einzubrechen, mit dieser besonderen Luzidität, die den Erinnerungen Sterbender zugeschrieben wird.

Sie war in Indien geboren, in Mayapore, in einer Zeit, als die britische Herrschaft über Indien ihr Ende fand. Ihr Vater, ein kleiner Beamter, hatte den Krieg in irgendeiner obskuren Behörde ausgesessen. 1947 hatte er sich dafür entschieden, in Indien zu bleiben und sich mit seiner Pension recht kümmerlich durchgeschlagen.

An ihre Mutter hatte sie kaum Erinnerungen. Fünf Jahre nachdem sie Jasmine zur Welt gebracht hatte, war sie bei Theos Geburt gestorben, im Sterben so zurückhaltend und bescheiden wie im Leben. Hinterlassen hatte sie nichts als einen schwachen Duft nach englischen Rosen, der sich in Jasmines Bewußtsein mit dem Klappern geschlossener Fensterläden und dem Summen von Insekten vermischte.

Eine leichte Erschütterung des Betts riß Jasmine aus ihren Fantasien. Sie hob ihre Hand und schob ihre Finger in Sidhis flauschiges Fell. Einen Moment öffnete sie die Augen und starrte auf ihre Finger, deren geschwollene Gelenke von fragilen Brücken aus Haut und Muskeln zusammengehalten wurden. Der Körper der Katze, ein schwarzer Farbklecks auf dem Orangerot der Bettdecke, schmiegte sich pulsierend an ihre Hüfte.

Nach einer Weile strich sie der Katze ein letztes Mal über den seidenglatten Kopf, dann richtete sie sich mühsam auf, um sich auf die Bettkante zu setzen. Automatisch griff sie prüfend an den Katheter in ihrer Brust. Seit sie das Krankenhausbett in ihr Wohnzimmer hatte stellen lassen, war sie den klaustrophobischen Gefühlen entronnen, die sich ihrer bemächtigt hatten, als sie über immer längere Zeiträume an ihr kleines Schlafzimmer gefesselt wurde. So, von ihren persönlichen Dingen umgeben und mit den zum Garten geöffneten Fenstern, durch die das Sonnenlicht herein konnte, erschien ihr das Schrumpfen ihrer Welt erträglicher.

Zuerst eine Tasse Tee, dann ein paar Bissen von dem Abendessen, das Meg ihr gebracht hatte, soviel sie eben hinunterbringen konnte, und danach konnte sie es sich für den Abend vor dem Fernsehapparat bequem machen. In kleinen Schritten planen, jedem Vorgang den gleichen Stellenwert geben – das war die Technik, die sie sich angeeignet hatte, um jeden neuen Tag zu meistern.

Sie stemmte sich vom Bett in die Höhe und schlurfte, in einen indischen Seidenkaftan in leuchtenden Farben gehüllt, in die Küche. Gedeckter britischer Flanell war nie ihre Sache gewesen; jetzt allerdings hing der Kaftan so lose an ihr wie ein

Stück Wäsche auf der Leine. Einem genetischen Zufall hatte sie es zu verdanken, daß sie exotischer aussah, als bei ihrer rein englischen Herkunft zu erwarten gewesen wäre – zierlich und dunkel, mit schwarzen Augen und schwarzem Haar. Den in Kalkutta verbliebenen englischen Schulkameradinnen war sie eine Zielscheibe des Spotts gewesen. Jetzt, mit dem knabenhaft kurzen dunklen Haar und den übergroß wirkenden Augen in dem mageren Gesicht, wirkte sie ätherisch und trotz ihrer Krankheit jünger als sie war.

Sie setzte den Wasserkessel auf und stieß, an die Küchenspüle gelehnt, das Fenster auf, um in den Garten hinauszublicken.

Sie wurde nicht enttäuscht. Der Major patrouillierte in seiner Uniform – ausgeleierte graue Wolljacke und alte Flanellhose – mit der Gartenschere in der Hand durch das kleine Hintergärtchen, bereit, jedem aufmüpfigen Zweiglein sofort den Garaus zu machen. Er sah zu ihr hinauf und hob grüßend die Schere. Jasmine rief: »Tee?«, und als er zustimmend nickte, kehrte sie an den Herd zurück und widmete sich mit ganzer Aufmerksamkeit dem Ritual der Teezubereitung.

Sie trug die Tassen zur Treppe, die von ihrer Wohnung in den Garten hinunterführte. Der Major hatte die Souterrainwohnung und betrachtete den Garten als seine Domäne. Sie und Duncan, der über ihr wohnte, waren nur privilegierte Außenseiter. Die Holzdielen der obersten Stufe drückten hart gegen ihre Knochen, als sie sich vorsichtig niedersetzte.

Der Major kam die Stufen herauf und setzte sich neben sie. Mit einem Brummen nahm er seine Tasse in Empfang.

»Herrlicher Tag«, sagte er anstelle eines Dankesworts. »Wäre schön, wenn es eine Weile so bliebe.« Er trank von seinem Tee. »Geht's Ihnen gut heute?« Er sah sie nur eine Sekunde lang an, ehe er seine Aufmerksamkeit wieder auf Narzissen und Tulpen richtete.

»Ja«, antwortete Jasmine lächelnd.

Der Major war nun einmal kein gesprächiger Mensch. Diese lakonischen Bemerkungen waren seine Art des Monologs, und diese immer gleiche Frage war die einzige Anspielung, die er je auf ihre Krankheit machte.

Sie tranken schweigend. Der Tee und die Spätnachmittagssonne wärmten sie beide. Schließlich sagte Jasmine: »Ich glaube, ich habe den Garten nie so schön gesehen wie in diesem Frühjahr, Major. Kommt das daher, daß ich jetzt alles bewußter wahrnehme, oder ist er dieses Jahr wirklich schöner?«

»Hm«, brummte er in seine Tasse und räusperte sich dann in Vorbereitung auf das schwierige Geschäft des Antwortgebens. »Könnte sein. Das Wetter war ja wirklich gut.« Stirnrunzelnd zog er seine Finger über die Spitzen der Gartenschere, um zu prüfen, ob sich irgendwo Rost festgesetzt hatte. »Aber die Tulpen sind fast verblüht.« Und die Tulpen durften auch nicht über die Hochzeit ihrer Blüte hinaus verweilen. Beim ersten gefallenen Blütenblatt würde ihnen der Major mit einem schnellen gnädigen Schnitt den Kopf vom Stengel trennen.

Jasmines Mund zuckte bei dem Gedanken – zu schade, daß ihr niemand einen solchen Dienst erweisen konnte. Sie selbst war vor ihrem letzten Entschluß zurückgeschreckt – ob aus Kleinmütigkeit oder Mut hätte sie nicht sagen können. Und Meg – es war zuviel verlangt gewesen, sie hatte nicht das Recht gehabt, sie darum zu bitten. Jasmine verstand jetzt nicht mehr, wie sie überhaupt auf einen solchen Gedanken hatte kommen können.

Als Meg heute gekommen war, hatte sie noch verhuschter ausgesehen als sonst, und ihre breite Stirn war von Sorgenfalten durchfurcht gewesen. Jasmine hatte ihre ganze Kraft gebraucht, um Meg davon zu überzeugen, daß sie es sich anders überlegt hatte, und dabei hatte sie ständig das Ironische der Situation gesehen. Sie war diejenige, die sterben mußte; aber Meg brauchte den Trost.

Sie konnte Meg nicht erklären, was in der Nacht mit ihr

vorgegangen war. Sie wußte nur, daß sie bei ihrer schnellen Annäherung an den Tod einen Meridian überschritten hatte. Die Schmerzen machten ihr keine Angst mehr. Mit dem Annehmen ging die Fähigkeit einher, jeden Moment bewußt zu erleben und auszukosten, und eine ganz neue innere Zufriedenheit.

Die Sonne ging hinter dem behäbigen viktorianischen Haus jenseits des Gärtchens unter, und innerhalb eines Augenblicks wurde der goldene Schimmer seiner Mauern von kaltem Grau verdrängt. Die Luft lag plötzlich kühl auf Jasmines Haus, und sie hörte gedämpft den Verkehrslärm vom Rosslyn Hill, Zeugnis, daß noch immer betriebsames Leben sie umgab.

Der Major stand ächzend auf. »Ich mache besser weiter. Es wird bald dunkel sein.« Er neigte sich zu Jasmine herunter und half ihr so mühelos auf die Beine, als hätte sie überhaupt kein Gewicht. »Hinein mit Ihnen. Nicht daß Sie sich eine Erkältung holen.«

Jasmine hätte beinahe gelacht über die Absurdität der Vorstellung, daß sie an einer Erkältung erkranken könnte; als ließe sich irgendein äußerer Umstand mit den Verwüstungen vergleichen, die sich von innen in ihrem Körper ausbreiteten. Doch sie gestattete ihm, sie ins Haus zu führen und die Tassen abzuspülen.

Als er gegangen war, sperrte sie die Tür zum Garten ab und schloß die Fenster, zögerte jedoch einige Minuten, ehe sie die Jalousien herunterließ. Das Licht über den Dächern begann zu schwinden, und die Blätter der Birke im Garten fröstelten im Abendwind. Von Duncans Terrasse aus hätte sie sehen können, wie die Sonne hinter West-London unterging. Er zahlte einen hohen Preis für dieses Privileg und war so nett gewesen, sie einige Male daran teilhaben zu lassen, ehe ihr das Treppensteigen zuviel geworden war.

Duncan – hm, das war auch so etwas, das sie Meg nicht

erklären konnte, zumindest nicht, ohne sie zu verletzen. Sie hatte nicht gewollt, daß Meg ihn kennenlernte; sie hatte ihn von ihrem übrigen Leben, von ihrer Krankheit getrennt halten wollen. Meg kümmerte sich mit solchem Eifer um sie, verfolgte die Entwicklung eines jeden Symptoms, überwachte ihre Pflege und die Verabreichung der Medikamente mit solcher Gewissenhaftigkeit, als sei Jasmines Krankheit ihre ganz persönliche Verantwortung. Duncan brachte ihr die Außenwelt, scharf und beißend, und wenn er auch mit dem Tod zu tun hatte, so war dieser Tod doch weit entfernt von ihrem eigenen.

Seufzend zog sie die Jalousie herunter. Sidhi strich ihr schnurrend um die Beine. Diese Unterscheidung zwischen Duncan und Meg war blanker Unsinn; Meg hatte sich gewissermaßen in ihre Krankheit hineingestürzt, und eben diese Krankheit machte sie – Jasmine – zu einer ungefährlichen Freundin Duncans. Eine Beziehung ältere Frau – jüngerer Mann war ausgeschlossen. Als Sterbende war man akzeptabel und so gar nicht bedrohlich.

Sie fand ihn widersprüchlich in seinem Wesen, zurückhaltend und entgegenkommend zugleich, und sie wußte niemals so recht, was sie gerade zu erwarten hatte. »Wie wär's mit einem Eis heute abend?« konnte er in einer seiner lockeren Stimmungen fragen, und dann joggte er den Rosslyn Hill zum Häagen-Dazs hinauf und kehrte keuchend und strahlend wie ein Sechsjähriger mit dem Eis zurück. An solchen Abenden pflegte er sie mit Spielen und Gesprächen aufzumuntern und eine Energie in ihr freizusetzen, die sie längst nicht mehr zu besitzen geglaubt hatte.

An anderen Abenden schien er sich in sich selbst zurückzuziehen und begnügte sich damit, im blaugrau zuckenden Lichtschein des Fernsehapparats ruhig neben ihr zu sitzen. Sie wagte dann keinen Versuch, die Barriere zu durchbrechen. Und sie wagte auch nicht, sich von seiner Gesellschaft allzu abhängig zu machen, jedenfalls sagte sie sich das immer wieder. Es überraschte sie, daß er soviel Zeit mit ihr verbrachte, doch ehe ihr Verstand sich auf den Weg begeben konnte, seine Motive zu analysieren, nahm sie ihn, aus Furcht, auf Mitleid zu stoßen, fest an die Leine.

Sie richtete sich so energisch auf, wie es ihr noch möglich war, und öffnete den Kühlschrank. Margaret hatte ihr ein Gemüsecurry dagelassen – Megs Vorstellung von gesunder Ernährung. Jasmine schaffte es, ein paar Bissen zu essen, obwohl ihr das Schlucken schwerfiel. Geruch und Geschmack des Currygerichts erinnerten sie so lebhaft an ihre Kindheit wie die Wachträume dieses Nachmittags. Zufall, sagte sie sich, merkwürdig, aber bedeutungslos.

Sie döste vor dem Fernsehapparat, mit einem Ohr in ständiger Erwartung von Duncans Klopfen. Sidhi kniff die Augen zusammen wegen des grellen Lichts, und machte es sich auf ihrem Schoß bequem. Was würde aus Sidhi werden? Sie hatte keine Vorsorge für ihn getroffen; sie war nicht imstande gewesen, über ihn zu verfügen wie über ein Möbelstück. Ihr Bruder Theo mochte keine Katzen. Der Major beschwerte sich, wenn Sidhi in seinen Blumenbeeten scharrte. Duncan behandelte den Kater mit höflicher Gleichgültigkeit, Felicity fand ihn unhygienisch, und Meg wohnte in einem möblierten Zimmer in Kilburn bei einer Wirtin, die sie als äußerst grimmig zu schildern pflegte. Also insgesamt keine guten Aussichten. Vielleicht würde Sidhi mit seinem nächsten Leben ohne ihr Eingreifen zurechtkommen. In diesem Leben jedenfalls hatte er großes Glück gehabt – sie hatte ihn, ein struppiges, sechs Wochen altes Kätzchen, aus einer Mülltonne gerettet.

Während langsam die Nacht heraufzog, fragte sich Jasmine, ob sie wirklich die richtige Entscheidung getroffen hatte, doch irgendwie wußte sie, daß es kein Zurück mehr geben konnte, wenn man einmal diese unsichtbare Linie überschritten hatte.

Duncan Kincaid trat aus den Tiefen des Untergrundbahnhofs Hampstead ans Tageslicht und blinzelte geblendet. Er bog in die High Street ein, und ein Meer wogender Farben brandete ihm entgegen. Ganz Hampstead schien sich voll frühsommerlicher Heiterkeit aufgemacht zu haben, diesen Frühlingsmorgen zu begrüßen. Passanten, die miteinander zusammenstießen, lächelten, anstatt zu schimpfen, vor den Restaurants wurden eilig ein paar Tische auf den Bürgersteig gestellt, und der Duft frischen Kaffees mischte sich mit den Auspuffgasen.

Kincaid eilte gänzlich immun gegen die überschwengliche Stimmung den Hügel hinunter. Kaffee lockte ihn nicht – er hatte von den zahllosen Tassen abgestandenen Kaffees, die er getrunken hatte, einen Geschmack von Spülwasser auf der Zunge; die Augen brannten ihm vom Zigarettenqualm anderer Leute; und die Tatsache, daß der Fall nun geklärt war, war ein schwacher Trost für die harte Arbeit einer langen, bedrükkenden Nacht. Auf einer Wiese hatte man die Leiche eines Kindes gefunden. Die Spuren des Verbrechens hatten zu einem Nachbarn geführt, der, als man ihn damit konfrontierte, schluchzend gestanden hatte, er habe nicht anders gekonnt, er habe der Kleinen nichts antun wollen.

Kincaid hatte nur noch den Wunsch, sich zu waschen und in sein Bett fallen zu lassen.

Als er den Rosslyn Hill erreichte, hatte ihn die Frühlingsstimmung ein wenig angesteckt, und als er den Blumenhändler an der Ecke der Pilgrim's Lane sah, fiel ihm Jasmine ein. Er hatte sie eigentlich gestern abend auf einen Sprung besuchen wollen – das tat er meistens, wenn es ihm irgend möglich war –, aber ihre Beziehung war so lose, daß ein Anruf, um abzusagen, übertrieben gewirkt hätte, und sie selbst würde niemals ein Wort darüber verlieren, daß er nicht gekommen war.

Er kaufte einen Strauß Freesien, weil er sich erinnerte, daß Jasmine den Duft dieser Blumen besonders liebte.

Die Stille der Carlingford Road erschien ihm nach dem

Lärm in den Hauptstraßen besonders intensiv. In der Luft im Schatten des Hauses, in dem er seine Wohnung hatte, hing noch die Kühle der Nacht. Kincaid begegnete dem Major, der eben die Treppe von seiner Souterrainwohnung heraufkam, und erhielt das erwartete »Hm-rm. Morgen« und ein abgehacktes Nicken in Erwiderung seines Grußes.

Sobald er ins Treppenhaus trat, hörte er das Klopfen. Erst ein sachtes Pochen, dann dringlicheres Hämmern. Eine Frau – groß, mit rotblondem Haar, das an den Schläfen leicht ergraut und offensichtlich von einem teuren Friseur geschnitten war – drehte sich nach ihm um, als er den Treppenabsatz vor Jasmines Wohnung erreichte. Er hätte sie für eine Rechtsanwältin gehalten, wäre nicht das Köfferchen gewesen, das sie bei sich trug.

»Ist sie nicht da?« fragte er.

»Sie muß da sein. Sie ist viel zu schwach, um allein auszugehen.« Die Frau musterte Kincaid und schien zu dem Schluß zu kommen, er sähe aus, als könnte er ihr nützlich sein. Sie bot ihm die Hand. »Ich bin Felicity Howarth, die Pflegerin vom Heimpflegedienst. Ich komme jeden Tag um diese Zeit. Sind Sie ein Nachbar?«

Kincaid nickte. »Ich wohne oben. Kann es sein, daß sie ein Bad nimmt?«

»Nein. Dabei helfe ich ihr immer.«

Einen Moment lang sahen sie einander schweigend an, und ein Funke der Furcht glimmte zwischen ihnen auf. Kincaid drehte sich um und schlug an die Tür.

»Jasmine!« rief er. »Machen Sie auf.« Er horchte, das Ohr an die Tür gedrückt, ehe er sich wieder Felicity zuwandte. »Haben Sie einen Schlüssel?«

»Nein. Sie steht morgens immer allein auf und läßt mich herein. Haben Sie einen?«

Kincaid schüttelte den Kopf. Er überlegte. Das Schnappschloß war ein einfaches Ding, Standardausführung, aber er wußte, daß Jasmine eine Kette und ein Sicherheitsschloß hatte.

»Haben Sie vielleicht eine Haarnadel?« fragte er Felicity. »Oder eine Büroklammer?«

Felicity kramte in ihrer Tasche, brachte ein Bündel Papiere zum Vorschein, das mit einer Büroklammer zusammengehalten war. »Geht die?«

Er drückte ihr den Blumenstrauß in die Hand, nahm die Klammer und bog sie auseinander. Dann nahm er sich die Tür vor. Schon nach wenigen Sekunden vorsichtigen Herumstocherns sprang das Schloß auf, ein Traum jedes Einbrechers. Kincaid drehte versuchsweise den Knauf, und die Tür ging auf.

Das einzige Licht im Zimmer fiel durch die Sonnenjalousien aus weißem Reispapier, die heruntergelassen waren. Es war still in der Wohnung. Nur von einer Stelle, die sich irgendwo in der Nähe von Jasmines Bett befand, war ein schwaches summendes Geräusch zu hören. Kincaid und Felicity Howarth traten in beinahe synchroner Bewegung zum Fußende des Betts. Sie sprachen nicht. Es war etwas im Raum, das ihnen den Mund verschloß.

Von der Frau, die in die Farbenpracht der Decken eingebettet war, ging keine Bewegung aus; kein Atemzug hob die Brust, auf der schnurrend die schwarze Katze kauerte.

Die Freesien sanken vergessen herab und fielen auf der Bettdecke wie Mikadostäbchen auseinander.

2

»Diese blöde Kuh!« Rogers Stimme wurde laut und hallte in dem kleinen Zimmer wider. In der Fantasie hörte Margaret schon den schweren Schritt ihrer Zimmerwirtin auf der Treppe, und sie streckte den Arm nach ihm aus, als könne sie ihn mit einer Geste zum Schweigen bringen. Mrs. Wilson hatte mehr als einmal gedroht, Margaret augenblicklich an die Luft zu setzen, wenn sie dahinterkommen sollte, daß Roger über Nacht blieb, und wenn sie sie jetzt, morgens um halb acht, streiten hörte, wüßte sie, wie die Dinge lagen.

»Roger, bitte! Um Gottes willen, sei still. Wenn Mrs. Wilson dich hört! Du weißt doch, wie sie ist...«

»Gott hat damit überhaupt nichts zu tun, Meg, außer daß deine Freundin Jasmine ihm deinetwegen heute nicht näher ist als gestern.«

Da sich hier eine Gelegenheit zum Sarkasmus bot, war es nicht nötig, die Stimme zu erheben. Es traf Margaret auch so.

»Roger, was redest du da – bist du völlig verrückt geworden? Ich habe dir gesagt, sie hat es sich anders überlegt. Und ich bin froh darüber...«

»Ja, klar, damit du jede freie Minute um sie herumschwirren kannst wie eine gottverdammte Florence Nightingale, was? Ich finde das zum Kotzen. Was soll ich hier eigentlich noch? Hm? Kannst du mir das mal sagen, Meg, meine Liebste...«

»Bitte, sei doch still, Roger. Ich habe dir gesagt, du sollst mich...«

»... nicht so nennen. Das ist ihr Kosename für dich. Wie reizend.«

Er trat einen Schritt näher an sie heran und packte sie beim Ellbogen, quetschte ihren Arm zwischen seinen Fingern zusammen. Margaret roch den Duft der Seife auf seiner Haut und des Kräutershampoos, mit dem er sich die Haare gewaschen hatte. Sie sah, wie das Licht auf dem Fleckchen rotbrauner Stoppeln glänzte, das er beim Rasieren am Kinn übersehen hatte.

»Na los, sag mir endlich, was ich hier noch soll, Margaret.« Er sprach jetzt leise. Es war beinahe ein Flüstern. »Wo du doch sowieso nie Zeit für mich hast, und sie vielleicht noch Monate lebt.«

Margaret riß sich von ihm los. »Dann geh doch!« zischte sie und war überrascht, als sie die Worte hörte, die gar nicht von ihr selbst zu kommen schienen. »Hau doch ab, wenn du willst.«

Lange Zeit standen sie einander gegenüber, ohne ein Wort zu sagen, und ihr keuchender Atem übertönte die Hintergrundgeräusche von Radiomusik. Dann begann Roger plötzlich zu lachen. Er hob eine Hand, schob sie Margaret unters Kinn und drückte ihr Gesicht hoch.

»Willst du das wirklich, Süße?« fragte er und neigte sich so tief über sie, daß sein Mund nur Zentimeter von ihrem entfernt war. »Du wirst es aber nicht bekommen. Ich gehe nämlich, wenn es *mir* paßt, und keine Minute früher. Und bilde dir bloß nicht ein, du kannst mich abservieren.«

Der Bus Nummer 89 ratterte schwankend den Hang durch Camden Town hinauf. Margaret Bellamy saß im Oberdeck auf der vordersten Bank. Ihre prall gefüllte Einkaufstasche hatte sie zur Abschreckung von Störenfrieden neben sich abgestellt.

Aber sie hätte sich gar keine Sorgen zu machen brauchen. Der einzige andere Fahrgast, der sich die Mühe gemacht hatte, zum Oberdeck hinaufzusteigen, war ein zahnloser alter

Mann, der in eine Pferderennzeitung vertieft war. Die rissigen Kunstlederbezüge der Sitze stanken nach kaltem Zigarettenrauch und Autoabgasen, aber Margaret fand den vertrauten Geruch tröstlich. Sie knabberte an ihrem Handknöchel, eine Unsitte, die sie sich angewöhnt hatte, um sich am Fingernägelkauen zu hindern. Eine infantile Angewohnheit, hatte Jasmine es genannt. Jasmine...

Margarets Gedanken schweiften ab, sprangen in eine andere Spur wie die Nadel eines alten Grammophons. Sie hatte einfach nicht länger im Büro bleiben können. Sie hatte gehen müssen, auch wenn Mrs. Washburn sie mit diesem kalten Fischblick fixierte und gesagt hatte: »Schon wieder ein Zahnarzttermin?«

»Dieses Biest«, sagte Margaret laut vor sich hin und drehte sich sofort um, um zu sehen, ob der zahnlose Alte sie gehört hatte. Und wenn schon? fragte sie sich sogleich. Es kam ihr vor, als hätte sie sich ihr ganzes Leben lang immer nur bemüht, nur ja niemanden vor den Kopf zu stoßen, es nur ja allen recht zu machen. Und was hatte sie damit erreicht? Daß sie jetzt ganz fürchterlich in der Patsche saß.

Sie hätte Jasmine von Roger erzählen sollen. Daß sie es nicht getan hatte, war ihr erster Fehler gewesen. Bei seinen ersten Einladungen hatte sie selbst nicht recht an ihr Glück glauben können und nicht die Blamage riskieren wollen, die es für sie gewesen wäre, wenn er sie genauso schnell wieder fallen gelassen hätte, wie er sie erobert hatte. Später hatte sich irgendwie nie die richtige Gelegenheit ergeben, und ihr schlechtes Gewissen darüber, daß sie es geheimhielt, machte alles noch peinlicher. Sie probte alle möglichen »Ach, übrigens, ich wollte Ihnen schon lange etwas sagen«-Szenarien und schwieg am Ende doch.

Genaugenommen hatte Roger sie nie eingeladen. Rückblickend erkannte sie, daß er sie nur mit seiner Anwesenheit und seinen Aufmerksamkeiten beglückt hatte, während sie fast immer bezahlt hatte. Der Preis war ihr damals gering erschienen dafür, daß sie sich im Glanz seines blendenden Aussehens, seiner Verbindungen, seines gewandten Auftretens sonnen konnte.

Aber das war nur eine kleine Dummheit aus Eitelkeit gewesen, ein verzeihlicher Fehler. Die Fehler, die sie seither begangen hatte, waren nicht so leicht abzutun. Niemals hätte sie Roger erzählen dürfen, worum Jasmine sie gebeten hatte. Und niemals hätte sie ihm von dem Geld erzählen dürfen.

Der Bus hielt am South End Green an. Ihre Tasche auf der Hüfte tragend, stieg Margaret aus und trat blinzelnd in den Sonnenschein hinaus. Die mächtigen alten Platanen und Weiden der South Heath begleiteten rechter Hand ihren Weg, als sie den Hügel hinaufging. Die Sonne glitzerte auf den Teichen, und rundherum tummelten sich Menschen in Festtagsstimmung, wie sie ein unerwartet warmer Frühlingstag stets bei den Engländern hervorruft.

Das Gefühl nagender Unruhe, das sie seit dem vergangenen Abend quälte, verstärkte sich. Von der Willow Road bog sie, der Heide den Rücken kehrend, in die Pilgrim's Lane ein. Als sie die Carlingford Road erreichte, blickte sie auf und sah das Heck eines Krankenwagens, der gerade nach links zum Rosslyn Hill abbog. Eisiger Schrecken durchzuckte sie, und ihre Knie drohten nachzugeben.

Felicity zog das Bett ab, breitete die Tagesdecke über die Matratze und strich sie sorgfältig glatt. Kincaid, der die Jalousien hochgezogen hatte, starrte in den kleinen Garten hinaus. Dann riß er sich aus seiner Lethargie, fuhr sich mit den Fingern durchs Haar und drehte sich herum.

»Wer sind die nächsten Verwandten? Wissen Sie das?«

»Ein Bruder, glaube ich. Er heißt Theo«, antwortete Felicity, während sie in Höhe des Kopfkissens ein letztes Mal glättend über die Tagesdecke strich. Sie musterte das Bett einen Moment, nickte befriedigt und trat zum Spülbecken. »Ich bin allerdings nicht sicher, ob die beiden gut miteinander ausgekommen sind«, fuhr sie fort, während sie sich die Hände wusch und dann den Kupferkessel mit Wasser füllte. »Sie hat verschiedentlich von ihm gesprochen. Er lebt in Surrey oder Sussex, aber ich habe ihn nie kennengelernt.« Felicity wies mit dem Kopf zu dem Sekretär, in dem Jasmine ihre Papiere aufbewahrt hatte. »Seine Telefonnummer und seine Adresse sind sicher da bei den Papieren.«

Kincaid war etwas schockiert darüber, mit welcher Selbstverständlichkeit sie annahm, daß er für die Benachrichtigung von Jasmines Angehörigen zuständig sei, aber er hatte andererseits keine Ahnung, wer sonst die unerfreuliche Aufgabe übernehmen sollte. Er fand die Aussicht nicht besonders verlockend.

»Das kommt manchmal vor, daß es so plötzlich geht.« Felicity drehte sich um und sah ihn teilnahmsvoll an. Kincaid konnte sich nur darüber wundern, wie schnell sie ihre Gelassenheit wiedergefunden hatte. Ein paar Sekunden des Schocks – Augen geschlossen, Gesicht leer –, dann war sie professionell und kompetent in Aktion getreten. Für sie wahrscheinlich ein relativ alltägliches Ereignis, der Verlust eines Patienten.

»Aber sie schien doch gar nicht...«

»Nein. Ich hätte ihr mindestens noch ein, zwei Monate gegeben. Aber wir sind eben nicht Gott – unsere Prophezeiungen sind nicht unfehlbar.«

Der Kessel pfiff, und Felicity wandte sich ab. Sie nahm Tassen von einem Bord und goß kochendes Wasser über die Teebeutel. Ihr dunkles Schneiderkostüm paßte nicht zu solch häuslicher Tätigkeit, und Felicity selbst, nüchtern und präzise inmitten des kunterbunten Allerleis von Jasmines exotischen Besitztümern, erinnerte Kincaid an einen Habicht unter Pfauen.

»Sie hat nie darüber gesprochen – über ihre Krankheit, meine ich«, sagte Kincaid. »Ich hatte keine Ahnung, daß sie so weit ...«

Die Wohnungstür flog krachend auf. Kincaid und Felicity Howarth fuhren erschrocken herum. Eine Frau stand in der Tür. Sie hielt eine Einkaufstasche an ihre Brust gedrückt.

»Wo ist sie? Wohin haben sie sie gebracht?« Sie sah das ordentlich gerichtete Bett und die Gesichter Kincaids und Felicitys und schwankte. Die Einkaufstasche geriet ins Rutschen.

Felicity reagierte schneller als Kincaid. Sie hatte die Tasche schon sicher zu Boden gestellt und der Frau die Hand unter den Ellbogen geschoben, ehe Kincaid sie überhaupt erreichte.

Sie führten sie zu einem Sessel, und sie ließ sich widerstandslos hineinfallen. Noch keine Dreißig schätzte Kincaid, eine Spur rundlich, mit widerspenstigem braunem Haar und sehr heller Haut und einem runden Gesicht, das jetzt tiefen Kummer ausdrückte.

»Margaret? Sie sind doch Margaret, nicht?« fragte Felicity behutsam. Sie warf Kincaid einen Blick zu und sagte erklärend: »Sie ist eine Freundin von Jasmine.«

»Sagen Sie mir, wohin man sie gebracht hat. Sie möchte bestimmt nicht allein sein. Ach, ich wußte ja, ich hätte gestern abend nicht gehen sollen.« Sie drehte den Kopf von einer Seite zur anderen, als suchte sie nach Jasmine, und rang dabei die Hände in ihrem Schoß. Kincaid und Felicity sahen einander über Margarets Kopf hinweg an.

Felicity kniete nieder und nahm Margarets Hände in die ihren. »Margaret, sehen Sie mich an. Jasmine ist tot. Sie ist gestern nacht im Schlaf gestorben. Es tut mir leid.«

»Nein.« Margaret starrte Felicity flehend an. »Sie kann nicht tot sein. Sie hat es mir versprochen.«

Seltsam, diese Worte. Kincaid horchte auf. Er neigte sich zu

Margaret hinunter. »Sie hat es versprochen? Was hat Jasmine versprochen, Margaret?«

Zum erstenmal richtete Margaret ihren Blick bewußt auf Kincaid. »Sie hatte es sich anders überlegt. Ich war so erleichtert. Ich glaubte nicht, daß ich es wirklich tun ...« Ein Schluckauf unterbrach sie, und sie fröstelte. »Jasmine hat ihr Versprechen nicht gebrochen. Sie hat immer Wort gehalten.«

Felicity ließ Margarets Hände los, die sich sogleich wieder rastlos zu bewegen begannen.

»Margaret«, sagte Kincaid eindringlich. »Was wollte Jasmine, daß Sie tun?«

Sie wurde plötzlich still und starrte ihn verwundert an. »Sie wollte, daß ich ihr helfe, sich das Leben zu nehmen.« Sie zwinkerte einmal, und dann rollten ihr die Tränen aus den Augen. Danach sprach sie so leise, daß Kincaid sich anstrengen mußte, um ihre Worte zu verstehen. »Was soll ich denn jetzt tun?«

Felicity stand auf, holte eine Tasse lauwarmen Tee aus der Küche, gab etwas Zucker hinein und drückte Margaret die Tasse in beide Hände. »Trinken Sie, Kind. Dann wird Ihnen besser.«

Margaret trank gierig, ohne auf die Tränen zu achten, die ihr über das Gesicht liefen, bis die Tasse leer war.

Kincaid zog sich einen Stuhl heran und setzte sich ihr gegenüber. Er wartete, während sie ein zerknülltes Taschentuch aus ihrer Rocktasche zog und sich die Augen wischte. Die hellen Wimpern verliehen ihr etwas Schutzloses, das ihn an ein im Scheinwerferlicht gebanntes Kaninchen erinnerte.

»Erzählen Sie mir genau, was geschehen ist, bitte, Margaret. Ich möchte es gern wissen.«

»Ich weiß, wer Sie sind«, sagte sie schniefend, während sie ihn aufmerksam ansah. »Duncan. Sie sehen viel besser ...« Rote Flecken brannten plötzlich auf ihrer hellen Haut, und sie blickte zu ihren Händen hinunter. »Ich meine ...«

»Dann hat Jasmine Ihnen also von mir erzählt?« Jasmine war eine Meisterin darin gewesen, die einzelnen Bereiche ihres Lebens voneinander getrennt zu halten, dachte Kincaid. Sie hatte ihm nie etwas von Margaret erzählt.

»Nur, daß Sie über ihr wohnen und sie manchmal besucht haben. Ich habe immer zu ihr gesagt, sie hätte Sie erfunden wie sich kleine Kinder oft einen Freund erfinden, weil ich Sie ja nie..«, sie schluchzte auf, und die Papiertücher traten wieder in Aktion, »...gesehen habe.«

»Margaret.« Kincaid beugte sich vor und berührte ihren Arm, um ihre Aufmerksamkeit wiederzugewinnen. »Sind Sie sicher, daß Jasmine die Absicht hatte, sich das Leben zu nehmen? Vielleicht wollte sie sich nur Mut machen und hat nur davon gesprochen, um sich das Gefühl zu geben, sie hätte eine Wahl.«

»O nein.« Margaret schüttelte energisch den Kopf. »Sobald Sie erfuhr, daß die Therapie bei ihr nicht anschlug, hat sie an Exit geschrieben. Sie sagte, die Vorstellung, künstlich ernährt zu werden, all die Schläuche und Röhrchen, hat sie immer gesagt, sei ihr grauenvoll. Sie sagte, sie würde sich überhaupt nicht mehr als Mensch fühlen und...« Margaret verzog das Gesicht und drückte, in dem Bemühen, die Tränen zurückzuhalten, eine Hand auf den Mund.

Kincaid nickte ihr aufmunternd zu. »Es ist schon in Ordnung. Erzählen Sie weiter.«

»Exit hat dann alle Unterlagen geschickt, und wir haben es genau geplant – wieviel sie nehmen müßte und so. Gestern abend. Sie wollte es gestern abend tun.«

»Aber dann hat sie es sich anders überlegt?« hakte Kincaid nach, als sie schwieg.

»Ich bin gekommen, sobald ich aus dem Büro weg konnte. Ich war fest entschlossen, ihr zu sagen, daß ich es nicht tun könnte, aber sie hat mich nicht mal ausreden lassen. ›Laß nur, Meg‹, sagte sie. ›Mach dir keine Kopfzerbrechen. Ich habe es mir auch anders überlegt.‹ Und sie sah auch irgendwie anders aus ... Sie sah glücklich aus.« Margaret sah ihn mit flehender Miene an. »Ich habe ihr geglaubt. Ich hätte sie niemals allein gelassen, wenn ich es nicht geglaubt hätte.«

Kincaid wandte sich Felicity zu. »Ist es möglich? Hätte sie es allein tun können?«

»O ja, bei den Patienten, die sich ihre Medikamente selbst verabreichen, ist das natürlich immer eine Möglichkeit«, antwortete sie sachlich. »Das ist eines der Risiken, die man bei der Heimpflege eingeht.«

Einen Moment lang sagte keiner etwas. Margaret saß zusammengesunken da, verweint und erschöpft. Kincaid seufzte und rieb sich das Gesicht, während er überlegt. Wenn er allein Margarets Enthüllung gehört hätte, hätte er vielleicht nichts unternommen, und Jasmine ihren Tod gelassen, ohne Fragen zu stellen. Die Anwesenheit Felicity Howarths jedoch komplizierte die Angelegenheit. Sie kannte das korrekte Verfahren zweifellos so gut wie er, und mögliche Anzeichen eines unnatürlichen Todes zu ignorieren, das roch nach Kollusion. Und schließlich bedrückte ihn, auch wenn er in seinem Schmerz und seiner Erschöpfung nicht in der Lage war, dieses Gefühl zu isolieren, immer noch ein diffuses Unbehagen.

Als er aufsah, bemerkte er, daß Felicity ihn nicht aus den Augen gelassen hatte. »Tja«, sagte er widerstrebend, »da werde ich wohl eine Obduktion anordnen müssen.«

»Sie?« fragte Felicity mit zusammengezogenen Brauen, und Kincaid wurde sich bewußt, daß sie ja nicht wußte, wer er war.

»Entschuldigen Sie. Ich bin Polizeibeamter. Detective Superintendent, Scotland Yard.«

Angesichts Felicitys Reaktion hatte Kincaid den gleichen Eindruck wie zuvor, als sie die tote Jasmine gefunden hatten. Ihr Gesicht wurde leer und ausdruckslos, wie von allen Gefühlsregungen leergefegt.

»Oder möchten Sie das lieber übernehmen?« fragte er in der Befürchtung, sie gekränkt zu haben, indem er sich über ihre Autorität hinweggesetzt hatte.

Felicitys Aufmerksamkeit kehrte zu ihm zurück. Sie schüttelte den Kopf. »Nein. Ich denke es ist am besten, wenn Sie sich darum kümmern.« Sie wies mit einer Kopfbewegung zu Margaret, die immer noch wie betäubt dasaß. »Ich muß mich um andere Dinge kümmern.« Sie ging zu Margaret und berührte behutsam ihre Schulter. »Kommen Sie, ich bringe Sie nach Hause, Kind. Mein Wagen steht vor der Tür.«

Margaret folgte ihr widerstandslos. Die Einkaufstasche, die Felicity vom Boden aufgehoben hatte, hielt sie fest an ihre Brust gedrückt. An der Tür drehte sie sich noch einmal nach Kincaid um. »Sie hätte nicht allein gelassen werden dürfen«, flüsterte sie, und die Worte schienen beinahe eine Anklage zu sein, als wäre auch er irgendwie für das Geschehen verantwortlich.

Die Tür fiel hinter den beiden Frauen zu. Kincaid blieb in der stillen Wohnung zurück und wurde sich plötzlich bewußt, daß er seit fast achtundvierzig Stunden nicht geschlafen hatte. Ein dünner Schrei durchbrach die Stille, und er wirbelte mit klopfendem Herzen herum.

Der Kater. Natürlich. Den Kater hatte er ganz vergessen. Er kniete neben dem Bett nieder und spähte darunter. Grüne Augen funkelten in der Dunkelheit.

»Komm, Mieze. Miez-miez-miez«, rief er in schmeichelndem Ton. Der Kater zwinkerte, und Kincaid nahm eine flinke Bewegung wahr, vielleicht das Zucken des Schweifs. »Komm, Mieze. Komm, du Braver.«

Keine Reaktion. Kincaid kam sich wie ein Idiot vor. Er stand auf, klopfte sich den Staub von der Hose und suchte in der Küche, bis er eine Dose Katzenfutter und einen Dosenöffner entdeckte. Er löffelte das widerliche Zeug in eine Schale, die er auf den Boden stellte.

»Okay, Katze. Fressen mußt du selbst. Ich geh jetzt nach Hause schlafen.«

Fast drohte ihn die Erschöpfung zu überwältigen, aber er hatte noch ein paar Dinge zu erledigen. Er warf einen Blick in den Kühlschrank und fand dort zwei noch nahezu volle Ampullen Morphium. Dann zog er den Mülleimer unter der Spüle heraus und durchsuchte die Abfälle. Keine leeren Ampullen.

Jasmines Adreßbuch hatte er schnell gefunden. Es lag ordentlich aufgeräumt in einem Fach ihres Sekretärs. Unter dem Vornamen ihres Bruders waren eine Adresse und eine Telefonnummer in Surrey eingetragen. Er hatte das Büchlein eingesteckt und die Hand schon auf den Türknauf gelegt, als ihm unversehens ein Gedanke kam, der ihn innehalten ließ.

Jasmine war eine sehr methodische Person gewesen. Immer wenn er nach einem seiner Besuche von ihr weggegangen war, hatte er gehört, wie sie hinter ihm das Sicherheitsschloß abgesperrt und die Sicherheitskette vorgelegt hatte. Hätte sie sich ruhig und gelassen zum Sterben niedergelegt, ohne ihre Tür abzusperren? Aus Aufmerksamkeit gegenüber denen vielleicht, die am nächsten Tag kommen würden? Er schüttelte den Kopf. Es wäre ein Leichtes gewesen, durch die Gartentür in die Wohnung zu gelangen. Aber wenn sie eines natürlichen Todes im Schlaf gestorben wäre, so hätte sie am Abend, ehe sie sich zum Schlafen legte, gewiß wie immer abgesperrt.

Die Zweifel ließen ihm keine Ruhe. Er trat in den Hausflur hinaus und zog die Tür heftiger als beabsichtigt hinter sich zu. Und da fiel ihm ein, daß er vergessen hatte, nach einem Schlüssel zu suchen.

3

Die Mittagssonne schien durch die Südfenster von Kincaids Wohnung und machte das Zimmer beinahe unerträglich heiß. Als erstes öffnete er Fenster und Balkontür und legte sein Jackett ab. Er spürte, wie ihm unter den Armen der Schweiß ausbrach und seine Oberlippe feucht wurde. Der Telefonhörer in seiner Hand fühlte sich glitschig an, als er die Nummer des Coroner wählte.

Nachdem er seinen Namen genannte hatte, brachte er sein Anliegen vor und erläuterte die Situation. Ja, die Tote war ins Krankenhaus gebracht worden, da kein Arzt dagewesen sei, der den Totenschein hätte ausstellen können. Nein, zunächst habe er an der Todesursache keine Zweifel gehabt, habe jedoch in der Zwischenzeit etwas erfahren, das seine Zweifel geweckt habe. Ob der Coroner veranlassen könnte, daß eine Obduktion vorgenommen werde? Ja, gewiß, dies sei ein amtlicher Auftrag. Und würde man ihn bitte den Befund sobald wie möglich wissen lassen?

Er dankte und legte auf, befriedigt, daß er die Dinge nun wenigstens ins Rollen gebracht hatte. Der Papierkram konnte bis morgen warten. Unschlüssig stand er da und sah sich wie hilfesuchend in seiner Wohnung um. Ihm graute vor dem Anruf bei Jasmines Bruder.

Das Geschirr mehrerer Tage stapelte sich unordentlich im Spülbecken, Tassen mit verkrusteten Kaffeeresten standen auf dem staubigen Couchtisch, Bücher und Kleider lagen überall herum. Seufzend ließ Kincaid sich in einen Sessel fallen und rieb sich geistesabwesend das Gesicht. Selbst seine

Haut fühlte sich schlaff und gummiartig an vor Erschöpfung. Als er sich mit geschlossenen Augen zurücklehnte, spürte er unter seinem Schulterblatt einen harten Druck – Jasmines Adreßbuch, in der Brusttasche seines Jacketts, das er vorhin über die Sessellehne geworfen hatte. Er zog das schmale Buch heraus und sah es sich an. Es paßte zu Jasmine, fand er – smaragdgrünes Leder, in das kleine goldene Drachen geprägt waren, elegant und ein wenig exotisch. Ich muß sie fragen, wo sie das gekauft hat, dachte er und schüttelte den Kopf. Er würde wohl noch eine ganze Weile brauchen, um es zu begreifen.

Die goldgeränderten Seiten des Büchleins flatterten wie Schmetterlingsflügel unter seinen Fingern. Namen, in Jasmines zierlicher Hand geschrieben, sprangen ihm entgegen: Margaret Bellamy, mit einer Adresse in Kilburn; Felicity Howarth, Highgate. Theo fand er unter »T«, nur Vornamen und Telefonnummer.

Er tippte die Nummer ein, langsam, beinahe zögernd. Das wiederholte Summen des Telefons klang fern und dünn, und er war nahe daran aufzugeben, als eine Männerstimme sich meldete. »Kinkerlitzchen.«

»Wie bitte?« sagte Kincaid verblüfft.

»Kinkerlitzchen. Was kann ich für Sie tun?« Diesmal klang die Stimme leicht ungeduldig.

Kincaid faßte sich. »Mr. Dent?«

»Ja. Was kann ich für Sie tun?« Aus der leichten Ungeduld wurde massive Gereiztheit.

»Mr. Dent, mein Name ist Duncan Kincaid. Ich wohne mit Ihrer Schwester Jasmine in einem Haus. Es tut mir leid, Ihnen mitteilen zu müssen, daß sie in der vergangenen Nacht gestorben ist.« Das Schweigen am anderen Ende der Leitung dauerte so lange an, daß Kincaid Zweifel bekam, ob der Mann überhaupt noch am Apparat war. »Mr. Dent?«

»Jasmine? Sind Sie sicher?« Theo Dents Stimme klang verwirrt. »Aber ja, natürlich sind Sie sicher«, fuhr er in etwas festerem Ton fort. »Was für eine idiotische Frage! Aber ich ... ich habe überhaupt nicht damit gerechnet ...«

»Nein, ich glaube, keiner ...«

»War sie ... ich meine, sie hat doch nicht ...«

»Sie wirkte sehr friedlich, Mr. Dent«, sagte Kincaid behutsam. »Aber Sie werden wohl herkommen und sich um die Formalitäten kümmern müssen.«

»Oh, selbstverständlich.« Die Aussicht, tätig werden zu müssen, schien einen Ausbruch zielloser Energie bei ihm auszulösen. »Wo hat man sie ... wo ist sie jetzt? Ich kann erst heute abend weg. Ich muß den Laden zumachen. Ich kann nämlich nicht Auto fahren, wissen Sie. Ich muß den Zug nehmen ...«

Kincaid unterbrach. »Ich kann Sie hier in der Wohnung erwarten, wenn Sie möchten, und Ihnen dann die Einzelheiten berichten.« Er wollte nicht am Telefon erklären, weshalb sich die Beerdigung möglicherweise verzögern würde.

Theo stieß einen hörbaren Seufzer der Erleichterung aus. »Wäre das möglich? Das ist sehr freundlich von Ihnen. Ich nehme den Zug um fünf. Wohnen Sie oben oder unten? Jasmine hat mir nie ...«

»Oben.« Theos Unwissenheit überraschte Kincaid nicht – er selbst hatte schließlich nicht einmal gewußt, daß Jasmine einen Bruder hatte.

Sie legten auf, und Kincaid schloß einen Moment aufatmend die Augen. Das Schlimmste war geschafft. Es war nicht so arg gewesen, wie er erwartet hatte. Jasmines Bruder hatte eher verwirrt gewirkt, als von Schmerz überwältigt. Vielleicht hatten die beiden einander nicht besonders nahegestanden, wenn auch, wie er allmählich herausfand, Jasmines Schweigen zu einem Thema keineswegs als Indikator ihrer Einstellung dazu genommen werden konnte. Zu wirr im Kopf, um klar zu überlegen, trottete er in die Küche und öffnete den Kühlschrank – Eier, eine verschrumpelte Tomate, ein verdächtig aussehendes Stück Käse, einige Dosen Bier. Er öffnete eine der Dosen, trank einen Schluck, verzog das Gesicht, stellte die Dose wieder weg.

Er hatte sein Hemd zur Hälfte aufgeknöpft und stand schon vor der Schlafzimmertür, als es klopfte – scharf, amtlich, zweimal. Kincaid öffnete die Wohnungstür und kniff verdutzt die Augen zusammen. Er sah Major Keith selten in etwas anderem als seiner Gartenmontur, und heute sah er ganz besonders korrekt aus – Tweedanzug mit Regimentskrawatte, blitzblank gewichste Schuhe, einen weichen Filzhut in der Hand. Ein Ausdruck ängstlicher Besorgnis lag auf dem runden Gesicht.

»Major?«

»Ich habe eben mit dem Briefträger gesprochen. Er sagte, er habe heute morgen, als er hier vorbeikam, einen Krankenwagen wegfahren sehen, und ich wollte wissen – als ich eben unten geklopft habe, rührte sich nichts. Es ist ihr doch nichts passiert?«

Ach, du lieber Gott! Kincaid ließ sich schlaff an den Türpfosten fallen. Wie hatte er vergessen können, daß der Major nichts wußte? Und dabei waren die beiden Freunde gewesen, nicht nur oberflächliche Bekannte. Über die gemütlichen Teestunden mit dem Major wenigstens hatte Jasmine gesprochen. »Ich weiß nicht, ob man von ›Unterhaltung‹ sprechen kann«, hatte sie lachend gesagt. »Eigentlich sitzen wir nur in der Sonne wie zwei alte Hunde.« Kincaid riß sich zusammen. »Bitte, kommen Sie doch herein, Major.«

Er führte den Major ins Zimmer und wies vage zu einem Sessel, doch der Mann blieb stehen, blickte ihn an und wartete schweigend. Seine Augen blitzten in einem überraschend intensiven hellen Blau.

»Wollen Sie es mir nicht sagen?« fragte er schließlich.

Kincaid seufzte. »Als heute morgen die Pflegerin kam,

machte Jasmine nicht auf. Ich kam zufällig vorbei und habe dann das Schloß mit einer Büroklammer geknackt. Wir fanden sie in ihrem Bett. Sie schien ganz friedlich im Schlaf gestorben zu sein.«

Der Major nickte stumm, und ein Ausdruck flog über sein Gesicht, den Kincaid nicht recht deuten konnte. »Eine gute Frau, trotz...« Er brach ab und sah Kincaid an. »Aber das spielt jetzt keine Rolle mehr.« Das rollende schottische »R«, das man sonst kaum noch wahrnahm, machte sich stärker bemerkbar. »Dann kümmern Sie sich um alles?«

Wieder, dachte Kincaid seltsam berührt, wurde ihm da eine Vertrautheit mit Jasmine unterstellt, die gar nicht bestanden hatte. »Vorläufig zumindest, ja. Heute abend kommt ihr Bruder.«

Der Major nickte nur und wandte sich wieder zur Tür. »Dann will ich Sie jetzt nicht länger stören.«

»Major?« hielt Kincaid ihn auf, als er schon an der Tür war. »Hat Jasmine Ihnen je von einem Bruder erzählt?«

Der Major, der gerade dabei war, seinen Hut auf das schüttere Haar zu setzen, das sorgsam seitlich gebürstet seinen Schädel bedeckte, drehte sich herum. Nachdenklich zupfte er an seinem grauen Schnauzer. »Äh... nein, ich kann mich nicht erinnern. Sie hat überhaupt nicht viel geredet. Höchst bemerkenswert für eine Frau.«

Nachdem der Major gegangen war, schloß Kincaid die Tür und lehnte sich an das glatte Holz. Nicht einmal sein übernächtigter Zustand und die Arbeit an einem besonders abscheulichen Fall konnten diese Bleischwere in seinen Gliedern und die Benommenheit in seinem Kopf erklären. Schock, vermutete er, Abwehr von Schmerz.

Er legte die Sicherheitskette vor und nahm im Vorbeigehen den Telefonhörer von der Gabel. Seine Kleider abwerfend, taumelte er ins Schlafzimmer. Fliegen flogen tief brummend zum offenen Fenster herein und wieder hinaus. Ein Sonnenstrahl lag über dem Bett, so greifbar wie ein Stein. Kincaid ließ sich hineinfallen und schlief, noch ehe sein Gesicht das zerknitterte Laken berührte.

Als die Sonne unterging, fiel die Temperatur rasch, und Kincaid erwachte vom kühlen Luftzug auf seiner Haut. Das Stück südlichen Himmels, das er durch das immer noch geöffnete Fenster sehen konnte, war dunkelgrau, mit einem rosaroten Schimmer an den Rändern. Er wälzte sich auf die Seite und sah auf den Wecker, fluchte und sprang aus dem Bett, um zu duschen.

Fünfzehn Minuten später, er war in Jeans und Pullover und kämmte sich gerade das feuchte Haar, klingelte es an der Tür. Alle seine Erwartungen, sich einer männlichen Ausgabe Jasmine Dents gegenüberzusehen, wurden auf einen Schlag zunichte gemacht, als er die Tür öffnete.

»Mr. Kincaid?« Der Mann sprach zögernd, als fürchtete er, zurückgewiesen zu werden.

Kincaid musterte ihn. Er hatte ein ovales, fein gemeißeltes Gesicht, aber hier endete auch schon die Ähnlichkeit mit Jasmine. Theo Dents zierlicher Körper war mit einer extra Schicht Fett gepolstert, das lockige braune Haar umgab seinen Kopf wie ein Heiligenschein, und die Augen hinter den runden Brillengläsern, die an John Lennon erinnerten, waren nicht braun, sondern blau.

»Mr. Dent.« Kincaid bot ihm die Hand, und Theo schüttelte sie einmal kurz. Seine Hand war feucht, und Kincaid hatte den Eindruck, daß sie zitterte. »Haben Sie einen Schlüssel zur Wohnung Ihrer Schwester, Mr. Dent?«

Theo schüttelte den Kopf. »Nein.«

Kincaid überlegte einen Moment. »Dann kommen Sie doch einen Moment herein, während ich mir etwas überlege.« Er ließ Theo Dent auf den Fersen wippend im Flur stehen, während er die Kommodenschublade im Schlafzimmer durchwühlte. Als er noch beim Einbruchsdezernat gearbeitet hatte, hatte einer seiner Stammkunden ihm ein Werkzeug geschenkt, das zu gebrauchen er bisher keine Gelegenheit gehabt hatte.

Er hielt den Ring mit den feinen Drähten hoch, als er ins Wohnzimmer zurückkehrte, und Theo Dent zog fragend die Augenbrauen in die Höhe.

»Ich habe vergessen, nach einem Schlüssel zu sehen, als ich heute mittag ging«, erklärte Kincaid. »Aber damit müßten wir eigentlich hineinkommen.«

»Aber wie ... ich meine, Sie haben sie doch gefunden ...«

»Ja. Ich habe das Schloß heute morgen schon einmal auf weniger elegante Weise geknackt. Mit einer Büroklammer.« Theo Dent fragte nicht, wie Kincaid zu dem Einbrecherwerkzeug kam.

Sie stiegen die Treppe hinunter, und Kincaid hatte das billige Schloß im Nu geöffnet. Als er die Tür aufstieß und zur Seite trat, streifte sein Arm Theos, und er spürte das Zittern des anderen. Er hielt einen Moment inne und legte Theo die Hand auf die Schulter.

»Beruhigen Sie sich. Es ist nicht schlimm. Es gibt nichts zu sehen. Sie müssen nicht einmal hineingehen, wenn Sie nicht möchten. Ich dachte nur, Sie wollten vielleicht ihre Papiere durchsehen.«

Theo sah ihn mit seinen blauen Augen ernsthaft an. »Doch, ich möchte hineingehen. Ich muß. Verzeihen Sie, daß ich so töricht bin.«

Er ging an Kincaid vorbei in die Wohnung seiner Schwester. In der Mitte des Wohnzimmers blieb er mit hängenden Armen stehen. Sein Blick wanderte über die Besitztümer seiner Schwester, die Dinge aus Jade und Messing, die farbenfrohen Seidenteppiche und das ordentlich gerichtete Krankenhausbett, das den meisten Platz in dem Raum beanspruchte.

Zu Kincaids Verwirrung liefen Theo Dent plötzlich die Tränen aus den Augen und rollten unter den runden Brillengläsern hervor ungehindert seine Wangen hinab. Wie er da so inmitten der Besitztümer seiner Schwester stand, wirkte er sowohl mitleiderregend als auch fehl am Platz – das sportlich robuste Jackett, das Hemd mit dem Nadelstreifen, die roten Hosenträger wirkten beinahe wie eine Parodie alles Englischen. Er erinnerte Kincaid an die herausgeputzten Teddybären in den Schaufenstern.

»Kommen Sie.« Er nahm Theo beim Arm und führte ihn zu einem Stuhl. »Setzen Sie sich.« Er suchte auf dem Tisch neben dem Bett nach Papiertaschentüchern, und der Anblick von Jasmines Buch und Lesebrille, die so ordentlich obenauf lagen, machten ihm selbst arg zu schaffen. »Jasmine hatte immer eine Flasche Whisky im Schrank«, sagte er, als er Theo die Taschentücher gab. »Wir können jetzt beide einen steifen Drink gebrauchen.«

Theo schüttelte den Kopf. »Ich trinke fast nie.« Er schniefte einmal, nahm seine Brille ab, wischte sich die Augen und schneuzte sich. »Aber ein kleiner Whisky wird wohl nicht schaden.«

Kincaid holte zwei Gläser, gab zwei Fingerbreit Whisky in jedes und reichte eines Theo.

»Danke«, sagte der. »Und nennen Sie mich doch Theo. Alles andere ist unter den Umständen ziemlich absurd.«

Sie tranken schweigend. Theo bekam langsam wieder etwas Farbe. Er vergrub sein Gesicht in einem der Taschentücher und schneuzte sich kräftig. Dann zog er ein verknülltes Taschentuch aus seiner Tasche und tupfte behutsam seine Nasenspitze ab.

»Wissen Sie, ich konnte es einfach nicht glauben«, sagte er unvermittelt. »Erst als ich hier hereinkam und die leere Wohnung sah und das Bett mitten im Zimmer ... Ich wußte das gar nicht, daß sie das Bett ins Wohnzimmer gestellt hatte.«

Kincaid runzelte verwundert die Stirn. Jasmine hatte das Krankenhausbett schon mehrere Monate zuvor bestellt gehabt. »Wann haben Sie Ihre Schwester das letztemal gesehen, Theo?«

Theo nahm noch einen Schluck von seinem Whisky, während er überlegte. »Vor sechs Monaten, glaube ich. Ja, das müßte hinkommen.« Er sah Kincaids Überraschung. »Bitte, verstehen Sie das nicht falsch – jetzt habe ich Ihren Namen vergessen. Irgendwie ist alles an mir vorbeigegangen, als Sie angerufen haben.«

»Duncan.«

Theo nickte mit eulenhafter Miene, und Kincaid dachte bei sich, daß er nicht übertrieben hatte, als er auf seine geringe Alkoholtoleranz hingewiesen hatte. »Es ist nicht so, daß ich meine Schwester nicht sehen wollte, Duncan. *Sie* wollte mich nicht sehen. Oder genauer gesagt...«, er beugte sich vor und wedelte mit seinem Glas, um seine Worte zu unterstreichen, »... sie wollte mich hier nicht sehen. Nachdem sie erfahren hatte, daß sie krank war, wollte sie meine Besuche nicht mehr.« Theo lehnte sich seufzend in seinem Sessel zurück. »Gott! Sie konnte so dickköpfig sein! Jede Woche habe ich sie angerufen. Einmal, als ich mit ihr telefoniert und praktisch gebettelt habe, sie besuchen zu dürfen, sagte sie: ›Theo, mir gehen die Haare aus. Ich will nicht, daß du mich siehst.‹ Ich kann sie mir ohne ihr Haar nicht vorstellen. War sie...«

»Ja, sie hat ihr Haar verloren, aber es ist wieder nachgewachsen, als die Behandlung abgebrochen wurde. Sehr dick und dunkel. Sie sah aus wie ein Junge.«

Theo ließ sich das durch den Kopf gehen. Dann nickte er. »Sie hat es immer lang getragen. Seit ihrer Kindheit. Sie war sehr stolz auf ihr Haar.« Er schwieg und schloß die Augen, blieb so lange so, daß Kincaid schon glaubte, er sei eingenickt. Gerade als er ihm das sich langsam schräg neigende

Glas aus der Hand nehmen wollte, öffnete Theo die Augen wieder und fuhr zu sprechen fort, als hätte er nie eine Pause gemacht.

»Wissen Sie, Jasmine hat von Anfang an für mich gesorgt. Unsere Mutter starb bei meiner Geburt, unser Vater als ich zehn war und Jasmine fünfzehn. Aber mit unserem Vater war eigentlich sowieso nie zu rechnen gewesen. Im Grund gab es immer nur uns beide.« Theo nahm einen weiteren Schluck und tupfte wieder seine Nasenspitze mit dem Taschentuch ab. »Mir hat sie erzählt, die Behandlung habe angeschlagen, es ginge ihr gut. Ich hätte das durchschauen müssen.« Wieder schwieg er einen Moment, und als er dann zu sprechen fortfuhr, klang seine Stimme überraschend bitter. »Ich glaube, sie konnte es nicht ertragen, schwach zu sein. Sie konnte es nicht ertragen, nicht das Kommando zu haben. Sie hat mir die einzige Möglichkeit genommen, ihr zu danken, mich so um sie zu kümmern, wie sie sich ihr Leben lang um mich gekümmert hatte.«

»Aber sie wollte Sie wahrscheinlich einfach nicht belasten«, meinte Kincaid behutsam.

Theo zog die Nase hoch. »Möglich. Aber es wäre leichter gewesen als dies... dies Unerledigte.«

Kincaid hielt es für besser, Theo nichts mehr zu trinken anzubieten, und nahm die beiden Gläser mit in die Küche, um sie zu spülen. Er fühlte sich selbst unerwartet benebelt von dem Alkohol, und ihm fiel ein, daß er seit den frühen Morgenstunden, als er sich ein Sandwich hatte bringen lassen, nichts mehr gegessen hatte. Theos Stimme riß ihn aus seinen Gedanken.

»Das Merkwürdige ist, daß sie mich gestern angerufen hat – das war an sich schon ungewöhnlich, da sie sonst immer auf meine Anrufe gewartet hat – und sagte, sie wolle mich dieses Wochenende sehen. Ich dachte, es müßte ihr besser gehen. Es klang wirklich so, als fühlte sie sich wohl. Wir verabredeten uns für den Sonntag, da ich samstags den Laden nicht zumachen kann.«

Ein grausamer Streich, dachte Kincaid, wenn sie wirklich vorgehabt haben sollte, sich das Leben zu nehmen. Er hätte sie der Bosheit nicht für fähig gehalten. Doch was wußte er schon über die Beziehung zwischen diesen beiden, oder auch nur über Theo?

Er drehte sich herum, lehnte sich an das Spülbecken und verschränkte die Arme vor der Brust. »Was verkaufen Sie, Theo? Jasmine hat es mir nie erzählt.«

Theo lächelte. »Trödel«, sagte er. »Dinge, die nicht alt genug sind, um als Antiquitäten gelten zu können. Alles vom Knopf bis zur Butterschale.« Sein Gesicht wurde bekümmert. »Jasmine hat mich unterstützt, sonst hätte ich den Laden gar nicht aufmachen können.« Er stand auf und ging ruhelos im Zimmer hin und her. »Ich weiß nicht, was ich jetzt tun soll.« Er schüttelte den Kopf und drehte sich wieder herum. In der Hand hielt er einen kleinen Porzellanelefanten von Jasmines Schreibtisch. »Was geschieht jetzt – in bezug auf Jasmine, meine ich? Es müssen doch wahrscheinlich alle möglichen Formalitäten erledigt werden . . . ich habe keine Ahnung, wo ich anfangen soll. Wissen Sie, was sie für Wünsche hatte?« Theo runzelte die Stirn und fuhr zu sprechen fort, ehe Kincaid antworten konnte. »Waren Sie ein enger Freund meiner Schwester? Entschuldigen Sie – ich war so mit mir selbst beschäftigt –, ich hätte es wissen müssen. Es muß sehr schwer für Sie gewesen sein.«

Auf Anteilnahme war Kincaid nicht vorbereitet gewesen. »Ja«, antwortete er sowohl auf die direkte wie auf die indirekte Frage Theos. Dann holte er Atem und richtete sich auf. Es konnte nicht länger hinausgeschoben werden. »Ich war ein Freund Ihrer Schwester, aber ich bin außerdem Polizeibeamter. Als Jasmines Pflegerin und ich Ihre Schwester heute morgen fanden, nahmen wir an, sie sei eines natürlichen

Todes gestorben. Aber dann kam Jasmines Freundin Margaret und berichtete uns, sie habe Jasmine versprochen, ihr zu helfen, sich selbst das Leben zu nehmen.«

Theo blieb abrupt stehen und ließ sich auf einen Stuhl fallen, als habe man ihm den Boden unter den Füßen weggezogen. »Selbstmord?«

»Margaret erzählte uns, gestern habe Jasmine ihr gesagt, sie habe es sich anders überlegt; aber nun glaubt sie, daß Jasmine das nur sagte, um sie aus ihrer Verpflichtung zu entlassen.«

»Aber warum? Warum hätte sie sich das Leben nehmen sollen?«

»Vielleicht wollte sie nicht völlig abhängig von der Hilfe anderer werden. Vielleicht wollte sie nicht mehr leiden.«

»Natürlich. Wie dumm von mir.« Theo starrte ins Leere. Geistesabwesend strich er über den Porzellanelefanten, den er immer noch in der Hand hielt. »Das sähe ihr ähnlich.«

»Theo, ich habe über den Coroner eine Obduktion anordnen lassen.« Als Kincaid das Unverständnis des anderen sah, fügte er hinzu: »In einer Situation wie dieser ist es notwendig festzustellen, was genau geschehen ist.«

»Finden Sie?« fragte Theo, immer noch verständnislos.

»Nun, das ist jedenfalls das übliche Procedere, wenn hinsichtlich der Todesursache nicht absolute Gewißheit besteht.« Kincaid hatte den Eindruck, daß der zweite Schock Theo völlig gelähmt hatte. »Die Beerdigung wird sich dadurch leider verzögern. Vielleicht könnten Sie sich mit Jasmines Anwalt in Verbindung setzen.« Theo starrte ihn mit leerem Blick an. »Wissen Sie den Namen ihres Anwalts?« fragte Kincaid.

Theo versuchte, sich zu fassen. »Thomas ... Thompson ... Ich weiß nicht genau.« Er stand auf, immer noch den Elefanten in den Händen. »Duncan, Sie waren sehr freundlich. Könnten Sie sich vorläufig weiter um alles hier kümmern? Ich glaube, ich möchte jetzt nach Hause.«

Kincaid fragte sich, ob er das schaffen würde. »Soll ich Sie zur U-Bahn bringen?«

Theo schüttelte den Kopf. »Nein, nein. Das schaffe ich schon. Wirklich.« Er stand auf, und erst als er Kincaid die Hand bot, schien ihm bewußt zu werden, daß er immer noch den Elefanten hielt. »Er hat mir gehört, als ich noch ein Kind war«, sagte er, als er Kincaids fragenden Blick sah. »Ich habe ihn Jasmine geschenkt, als ich in meine erste eigene Bude gezogen bin. Ich fand ihn wohl nicht schick oder erwachsen.« Er lächelte und stellte den Elefanten sorgfältig wieder auf seinen Platz auf Jasmines Schreibtisch. »Sie geben mir Bescheid?« fragte er, sich wieder Kincaid zuwendend.

»Ja. Sobald ich etwas höre.«

Theo ging und ließ Kincaid im zweifelhaften Besitz von Jasmines Wohnung zurück.

Kincaid blieb eine Weile stehen, wo er war und versuchte, fest entschlossen, das Knurren seines Magens noch ein wenig länger zu ignorieren, Ordnung in seine Gedanken zu bringen. Theo Dents Bericht, daß Jasmine ihn nach einer absoluten Funkstille von sechs Monaten plötzlich hatte sehen wollen, verstärkte das Gefühl des Unbehagens, das sich bereits in ihm festgesetzt hatte. Hatte Jasmine sowohl Margaret als auch Theo belogen? In Margarets Fall hatte vielleicht Güte sie zu der Lüge veranlaßt; aber ganz sicher nicht in Theos Fall.

Kincaid schob die Hände in die Hosentaschen und sah sich seufzend in dem vertrauten Zimmer um. So wie es schien war Jasmine für mehr als einen Menschen ruhender Pol und Halt gewesen – sowohl Margaret als auch Theo hatten so jammervoll wie im Stich gelassene Kinder gefragt: »Was soll ich denn jetzt tun?« Und doch hatte er keine Ahnung, was für Gefühle Jasmine ihnen oder sonst jemandem entgegengebracht hatte. Schon war ihr Wesen so flüchtig geworden wie Rauch, und dabei hatte er geglaubt, sie recht gut zu kennen.

Er ging zur Spüle in der Küche, um die Whiskygläser abzutrocknen und wegzustellen. Mit dem Fuß stieß er gegen irgendein Hindernis und blickte nach unten. Es war der Futternapf, den er am Morgen der Katze hingestellt hatte; das Futter war unberührt, angetrocknet und überkrustet. »Verdammt«, fluchte er. Er hatte die Katze völlig vergessen, obwohl er sich vorgenommen hatte, mit Theo über sie zu sprechen, da er gehofft hatte, Jasmines Bruder würde das Tier mitnehmen oder sonstwie über es verfügen.

Er kniete nieder und spähte unter Jasmines Bett. Die Katze hockte noch immer an derselben Stelle wie am Vormittag, als hätte sie sich überhaupt nicht gerührt. »Miez, Miez, Miez«, rief er schmeichelnd und erreichte damit so wenig wie zuvor. Er ging in die Küche zurück, warf das ausgetrocknete Futter weg und gab eine frische Portion in den Napf. Den schob er so weit es ging unter das Bett und blieb dann auf allen vieren liegen, um die Katze zu beobachten. Er hatte ein schlechtes Gewissen angesichts der Trauer des Tiers und wußte doch nicht, wie er ihm helfen sollte, da er mit Katzen keine Erfahrung hatte.

»Also«, sagte er zu der Katze, »mehr kann ich nicht für dich tun. Ob du frißt oder nicht, ist deine Sache. Ich kann dich nicht weiterhin ›Mieze‹ nennen, und ›Sidhi‹ oder etwas ähnlich Absurdes werde ich dich ganz bestimmt nicht nennen.« Die Katze schloß die Augen, ob aus Müdigkeit oder Langeweile, konnte Kincaid nicht sagen. »Sid. Von jetzt an heißt du schlicht und einfach Sid. Okay?« Er nahm das Schweigen als Zustimmung und stand auf.

Er mußte einen Schlüssel haben, wenn er sich weiter um die Katze kümmern wollte. Wo hatte Jasmine ihre Schlüssel aufbewahrt? Sie hatte sie wahrscheinlich nicht häufig gebraucht, seit sie praktisch ans Haus gefesselt gewesen war, aber sie mußten leicht zugänglich gewesen sein. Der kleine Sekretär erschien ihm als der nächstliegende Aufbewahrungsort, und in der Tat brauchte er nicht lange zu suchen. Er fand einen einzelnen Schlüssel an einem Messingring mit Monogramm in einem Holzkästchen auf der Schreibplatte des Sekretärs.

Als er sich abwenden wollte, fiel ihm etwas Farbiges in einem der offenen Fächer des Schreibtisches auf. Es war ein Terminkalender, wie man sie in manchen Museen kaufen kann: Jede Seite, die jeweils eine Woche umfaßte, war mit dem Druck eines Gemäldes von Constable geschmückt. Er blätterte die letzten Monate durch und fand Eintragungen ihrer Klinikbesuche, von Geburtstagen und, immer häufiger, seines eigenen Namens. In den Märzwochen erschienen die ersten botanischen Vermerke: über die Blüte der Forsythien und der japanischen Quitten, der Narzissen und, als er zum April blätterte, die Blüte von Birne und Pflaume, der ersten Tulpe im Garten. All diese Pflanzen waren von den Fenstern der Wohnung aus zu sehen, und Kincaid hatte den Eindruck, daß diese Aufzeichnungen nicht Teil eines alljährlichen Rituals waren, das Jasmine gepflegt hatte, sondern vielmehr Wiedergabe des Erlebens eines letzten Frühlings. Unter dem Datum des gestrigen Tages, gegenüber von Constables »Blick von Hampstead Heath« hatte sie geschrieben: »Theo – Sonntag?« Und darunter, sehr sorgfältig: »Mein fünfzigster Geburtstag.«

Das hatte er nicht gewußt.

4

Am Samstag morgen erwachte Kincaid langsam, fühlte sich wohlig träge und zufrieden, bis die Erinnerung wiederkehrte. Das Gefühl des Verlusts senkte sich schwer auf ihn nieder und saß ihm wie ein Alp auf der Brust. Er richtete sich auf und schüttelte den Kopf wie ein Schwimmer, der aus den Tiefen auftaucht.

Wenn er geträumt hatte, so hatte er keine Erinnerung daran. Sein Kopf war klar, und er wurde sich bewußt, daß er im Schlaf zu einem Entschluß gekommen war. Wenn der Pathologe feststellte, daß Jasmine eines natürlichen Todes gestorben war, würde er mit Freuden seinen Argwohn fallen lassen. Wenn jedoch nicht, so mußte er, fand er, vorbereitet sein. Selbstmord war die naheliegende Schlußfolgerung; er hatte keinen konkreten Anlaß ihr zu mißtrauen, und doch tat er es. Vielleicht war es einfach so, daß er, der Kriminalbeamte, nicht einmal zu Hause abschalten konnte und selbst im natürlichen und friedlichen Tod einer Freundin noch die Gewalt suchte. Oder vielleicht wehrte er sich gegen den Gedanken an Selbstmord, weil dieser bei ihm Schuldgefühle auslöste, als hätte er sie irgendwie im Stich gelassen. Aber was auch immer die Quelle seines Unbehagens sein mochte, die Erfahrung hatte Kincaid gelehrt, sich auf seinen Instinkt zu verlassen, und etwas an Jasmines Tod beunruhigte ihn.

Das Wochenende würde ihm Zeit zu näherer Überlegung geben. Er war dienstfrei. Er konnte damit beginnen, sich in Jasmines Wohnung umzusehen. Jedoch bei der Vorstellung, ganz allein in Jasmines persönlichen Dingen zu kramen, überfiel ihn Niedergeschlagenheit. Theo hatte ihm zwar praktisch *carte blanche* gegeben; dennoch erschien es ihm, als drängte er sich in ihre Privatsphäre.

Gemmas offenes, sommersprossiges Gesicht tauchte vor ihm auf. Auch sie hatte dieses Wochenende keinen Dienst. Er würde sie anrufen und um ihre Hilfe bitten. Mit Gemma zusammen, die sein Sergeant war, würde das Kramen in Jasmines Wohnung etwas Amtlicheres bekommen, und Gemma mit ihrer praktischen Art würde ihn davon abhalten, allzuviel nachzudenken. Er wälzte sich in seinem Bett zur Seite und griff nach dem Telefon.

Gemma war ungewöhnlich mürrisch, bis sie seine Stimme erkannte. Selbst dann zögerte sie, nachdem er ihr erklärt hatte, was er wollte; doch er schrieb es der Sorge um ihren kleinen Sohn zu und versicherte ihr, sie könne ihn mitbringen.

Zufrieden mit diesem Arrangement stand er auf und machte sich auf den Weg in die Küche, um Kaffee zu kochen. Der Anblick seines Wohnzimmers jedoch entsetzte ihn so sehr, daß er abrupt stehen blieb. Gemma hatte ihn schon des öfteren abgeholt oder nach Hause gefahren, aber sie hatte nie seine Wohnung zu Gesicht bekommen. Sie würde ihn für einen absoluten Chaoten halten, wenn sie das Tohuwabohu hier sähe. Da mußte sofort eine größere Aufräum-Aktion gestartet werden.

Es war später Vormittag, als Gemma James ihren Ford Escort vor Kincaids Haus parkte. Sie schaltete den Motor aus und blieb einen Moment lauschend sitzen. Die Stille in der Carlingford Road überraschte sie immer wieder. In ihrem eigenen Haus in Leyton wurde der Verkehrslärm von der Lea Bridge Road höchstens nachts einmal zu einem gedämpften Donnern. Es war eben eine andere Gegend, dachte sie, während sie an den noch schattendunklen Fassaden der Häuser emporsah. Sie waren alle aus rotem Backstein; weiße Fenstersröcke bewahrten sie vor Düsternis und Haustüren in leuchtenden Farben vor Eintönigkeit.

Toby begann in seinem Kindersitz unruhig zu werden, und sie drehte sich etwas widerstrebend um und öffnete seinen Gurt. Er kletterte nach vorn, um auf ihrem Schoß herumzuhüpfen. »Autsch!« rief sie grimassenschneidend, und er lachte begeistert. »Bald bist du so schwer, daß ich dich überhaupt nicht mehr auf den Schoß nehmen kann. Ich glaube, ich darf dir nichts mehr zu essen geben.« Sie kitzelte ihn, bis er quietschte, dann schlang sie ihre Arme um den drallen kleinen Körper und drückte ihr Gesicht in sein helles glattes Haar. Er war zwei und sah schon wie ein richtiger kleiner Junge aus; sie geizte mit jeder Minute der knapp bemessenen Zeit, die sie mit ihm verbringen konnte.

Ihr früherer Ärger kehrte zurück. Glaubte Kincaid sie wüßte mit ihrem Samstag nichts Besseres anzufangen, als ihm bei der Lösung irgendwelcher persönlicher Probleme zu helfen? Doch ehrlich wie sie war, gestand sie sich sogleich ein, daß ihr Unwille mehr mit ihrem eigenen Widerstreben zu tun hatte, die Grenze zu überschreiten, die sie sorgfältig zwischen Privatem und Beruflichem gezogen hatte, als mit seiner Zumutung. Sie war gekommen, weil sie sich geschmeichelt fühlte, daß er an sie gedacht hatte, und weil sie neugierig war.

Kincaid öffnete die Tür und sagte erst einmal gar nichts, sondern musterte sie nur beifällig.

»Sie haben gesagt, privat«, erinnerte sie ihn brüsk und sah von dem orangefarbenen T-Shirt, das ihr Haar mehr kupferrot als rotblond wirken ließ, zu dem bedruckten Baumwollrock und den Sandalen hinunter.

»Und ich bin froh, daß ich es gesagt habe.« Er lachte sie an und schwang dann Toby in die Luft.

»Sie sehen auch nicht gerade aus wie die Eleganz in Person«, bemerkte sie mit einem demonstrativen Blick auf seine verblichene Jeans und sein T-Shirt.

»Stimmt. Ich habe Ihnen zu Ehren gründlich aufgeräumt.« Er trat zurück und bat sie mit übertrieben schwungvoller Geste in seine Wohnung.

»Wie schön«, sagte Gemma und hörte selbst die Überraschung in ihrer Stimme. Weißgetünchte Wände, um das Südlicht zu voller Geltung zu bringen, helle dänische Möbel mit bunten Baumwollbezügen, an der einen Wand Bücherregale, an der anderen eine Stereoanlage und gerahmte Poster – die Gesamtwirkung war hell und behaglich und verriet einen Mann mit sicherem Geschmack.

»Was haben Sie denn erwartet? Eine verwahrloste Junggesellenbude voll altem Gerümpel?« Kincaids Stimme klang erheitert.

»Anscheinend, ja. Mein Exmann hatte eine Vorliebe für Orangenkisten«, antwortete Gemma ein wenig zerstreut, ihre Aufmerksamkeit schon gefesselt von der wahren Attraktion dieses Raums – dem Blick über die Dächer Nord-Londons. Wie an einer unsichtbaren Schnur gezogen, ging sie durch das Zimmer zur Balkontür, und Kincaid folgte ihr rasch und machte ihr die Tür auf. Sie traten zusammen hinaus, wobei Gemma automatisch eine Hand unter Tobys Hosenträger schob.

Ihre Begeisterung und ihr Neid mußten deutlich auf ihrem Gesicht zu sehen sein, denn Kincaid sagte beinahe zerknirscht: »Ich hätte Sie schon viel früher einmal heraufbitten sollen.«

Gemma beurteilte den Balkon als sicher und ließ Toby los. Mit geschlossenen Augen, das Gesicht zur Sonne erhoben, lehnte sie sich an das Geländer. Sie hatte hier ein Gefühl von Frieden und Zuflucht, das sie zu Hause niemals fand. Es wunderte sie nicht, daß er eifersüchtig darüber wachte. Seufzend öffnete sie die Augen.

»Sie haben mich nicht angerufen, damit ich das Panorama bewundere. Was gibt es also?«

Kincaid erklärte kurz die Umstände von Jasmines Tod und, etwas zögernd, seine Zweifel. Während er sprach, sah er zu, wie Toby vergnügt mit einem Stock in seinem einzigen Blumentopf herumstocherte. »Vielleicht ist es albern von mir«, sagte er, »aber irgendwie fühle ich mich verantwortlich. Als hätte ich sie im Stich gelassen, ohne es zu wissen.«

Im klaren Licht sah Gemma die Schatten unter seinen Augen und neue Linien um seinen Mund. Sie blickte wieder auf die Dächer. »Sie waren eng befreundet mit ihr?«

»Ja. Zumindest glaubte ich das.«

»Hm.« Widerstrebend wandte Gemma dem Ausblick den Rücken. »Gehen wir hinunter und sehen wir uns um, ja?«

»Und später lade ich Sie und Toby zum Mittagessen ins Pub ein, und hinterher können wir vielleicht einen Spaziergang im Park machen?« Sein Ton war leicht, aber Gemma spürte bittendes Drängen, und ihr kam der Gedanke, daß ihrem sonst so autonomen Chef davor graute, den Tag allein zu verbringen.

»Ist das Bestechung?«

Er lächelte. »Wenn Sie so wollen.«

Das erste, was Gemma in Jasmine Dents Wohnung auffiel, war der Geruch – nur ein Hauch, süß und würzig zugleich. Sie krauste die Nase in dem Bemühen, ihn zu identifizieren, dann hellte sich ihr Gesicht auf. »Das ist Weihrauch. Ich habe keinen Weihrauch mehr gerochen, seit ich aus der Schule bin.«

Kincaid sah sie verdutzt an. »Was denn?«

»Riechen Sie es nicht?«

Er reckte die Nase in die Luft, schüttelte den Kopf. »Wahrscheinlich bin ich zu sehr daran gewöhnt.«

Gemma mußte eine irrationale Anwandlung von Eifersucht auf diese Frau unterdrücken, von der sie nichts wußte, in deren Wohnung er so viele Stunden verbracht hatte. Es ging sie schließlich überhaupt nichts an, was er mit seiner Zeit anfing.

Sie blickte sich im Zimmer um, ohne Toby ganz aus den Augen zu lassen. Die Besitztümer eines Lebens, dachte sie; Besitztümer einer Frau, die den Dingen Bedeutung beigemessen hatte, sie ihrer Farbe, ihrer Beschaffenheit, ihrer Assoziationen wegen geliebt hatte und nicht wegen ihres materiellen Werts.

An einer Wand hingen Bilder, und Gemma trat näher, um sie genauer anzusehen. Das Mittelstück des Arrangements war eine sepiabraune Fotografie Eduards VIII. als junger Mann in Pfadfinderuniform. Schön und lächelnd stand er da und wußte noch nichts von Mrs. Simpson und Abdankung. Ein Andenken an Jasmines Eltern vielleicht? Der Druck daneben zeigte zwei turbangeschmückte indische Prinzen, die auf Elefanten und von ihren Heeren gefolgt gegeneinander ritten. Der Künstler hatte offenbar von perspektivischer Darstellung keine Ahnung gehabt; die Elefanten schienen in der Luft zu schweben, und das verlieh der ganzen Komposition etwas Stilisiertes und Eigenwilliges.

Gemma trat ans Fenster und strich mit den Fingern leicht über die geschnitzten Holzelefanten, die auf dem Fensterbrett aufgestellt waren. »Sind Elefanten nicht Glücksbringer? Komm mal her, Toby. Sieh sie dir an. Sind sie nicht schön?« Sie wandte sich Kincaid zu und fragte: »Glauben Sie, ich kann ihn mit den Elefanten spielen lassen? Sie scheinen ganz stabil zu sein.«

»Aber ja, warum nicht?« Er kam ebenfalls ans Fenster, schob es hoch, und sie lehnten sich beide hinaus und sahen in den Garten hinunter.

»Oh«, sagte Gemma beinahe atemlos, als sie das kleine Rechteck gepflegten grünen Rasens sah, das von Beeten vielfarbiger Tulpen eingerahmt und von leuchtender Forsythie und knospenden Pflaumenbäumen beschattet wurde. »Der ist ja hinreißend.« Sie dachte an ihr eigenes verkümmertes Fleckchen Garten, meistens mehr nackte Erde als Rasen, und sah zu Toby hin, der ganz vertieft mit den Elefanten spielte. »Könnte er...«

»Besser nicht.« Kincaid schüttelte den Kopf. »Da müssen wir schon mit ihm zusammen hinuntergehen. Wenn er dem Major seine Tulpen zertrampelt, dreht der ihm den Kragen um.« Er lachte und zauste Toby das helle Haar. »Was meinst du...«

Sie hörten das Miauen gleichzeitig, nur schwach, selbst in der Stille der Wohnung. Als sie sich herumdrehten, sahen sie die schwarze Katze unter Jasmines Bett hervorkriechen. Vor dem Bett machte sie halt, kauernd bereit, jederzeit zu fliehen.

»Eine Katze!« rief Gemma. »Sie haben gar nicht gesagt, daß sie eine Katze hatte.«

»Ich vergesse sie dauernd«, gestand Kincaid beschämt.

Gemma kniete nieder und rief die Katze. Sie zögerte einen Moment, dann kam sie langsam näher, und Gemma nahm sie auf den Arm. »Wie heißt sie?«

»Sie ist ein er und heißt Sid. Als ich ihn gerufen habe, ist er nicht gekommen«, sagte Kincaid gekränkt.

»Vielleicht hat meine Stimme ihn an sie erinnert«, meinte Gemma.

Kincaid kniete nieder, um nach dem Futternapf zu sehen, den er unter das Bett geschoben hatte. »Er frißt immer noch nicht.«

»Kein Wunder.« Gemma rümpfte angewidert die Nase, als sie das alte Futter sah. »Da muß schon etwas Besseres her.« Sie setzte die Katze auf den Boden und suchte in den Küchenschränken, bis sie eine Dose Thunfisch fand. »Vielleicht klappt's damit.« Sie öffnete die Dose und gab etwas Thunfisch in eine saubere Schale, die sie dem Kater hinstellte. Sidhi schnupperte, sah sie forschend an, hockte sich dann vor die Schale und nahm versuchsweise einen Happen.

Kincaid war wieder ins Wohnzimmer gegangen und wanderte ziellos umher, zerstreut bald dies, bald jenes berührend.

»So geht das nicht«, sagte Gemma, die seine sonstige Selbstsicherheit kannte, mit gedämpfter Stimme. »In diesem Zustand würde er ja nicht mal einen ganzen Heuhaufen mitten im Wohnzimmer finden, hm, Sid?« Der Kater ignorierte sie, ganz mit seinem Mahl beschäftigt.

Kincaid blieb vor dem schweren Bücherschrank aus Eiche stehen und starrte die Buchrücken an, als könnten sie ihm etwas offenbaren, wenn er nur lange genug hinsah. Gemma trat zu ihm und überflog die Namen. Scott, Forster, Delderfield, Galsworthy, eine sehr abgegriffene, in Leder gebundene Ausgabe der Romane Jane Austens.

»Es sind gar keine Modernen dabei«, sagte Gemma verwundert. »Keine Taschenbücher, keine Bestseller, keine Krimis oder Liebesromane.«

»Sie hat sie immer wieder gelesen. Es waren alte Freunde für sie.«

Gemma musterte ihn so aufmerksam, wie er die Bücher musterte, und beschloß, die Sache in die Hand zu nehmen.

»Also. Sie fangen mit dem Schreibtisch an, okay? Und ich nehme mir das Schlafzimmer vor.«

Kincaid nickte und ging zum Sekretär. Er setzte sich auf den Stuhl, der zu zierlich wirkte, um seinen großen, kräftigen Körper tragen zu können, und zog behutsam die oberste Schublade auf.

Jasmines kleines Schlafzimmer ging nach Norden, zur Straße hinaus. Gemma knipste die kleine Lampe auf der Kommode an. In dem Zimmer standen nur ein schmales Bett mit einem alten Chenilleüberwurf, die Kommode, ein Nachttisch und ein massiger Kleiderschrank. Im Gegensatz zum Wohnzimmer spiegelte dieser Raum nichts von der Persönlichkeit der Bewohnerin, sondern wirkte beinahe anonym. Gemma hatte den Eindruck, daß der Raum nur zum Schlafen und zur Aufbewahrung von Wäsche und Garderobe benutzt, jedoch nicht in dem Sinn bewohnt worden war wie der Rest der Wohnung.

Sie begann mit der Kommode und durchsuchte behutsam eine Schublade nach der anderen. Unter Unterröcken und Strümpfen in einer unteren Schublade lag mit der Vorderseite nach unten ein gerahmtes Bild. Gemma nahm es heraus und drehte es um. Eine dunkeläugige junge Frau blickte ihr aus einer Porträtaufnahme in Schwarz-Weiß entgegen. Sie schob den Rücken des Rahmens heraus, um sich die Rückseite der Fotografie selbst anzusehen. »Jasmine, 1962«, stand da in ordentlicher Bleistiftschrift. Gemma drehte das Foto wieder herum. Das dunkle Haar war lang und glatt, in der Mitte gescheitelt; das Gesicht klein und oval, und um den Mund schwebte die Andeutung eines Lächelns über ein Geheimnis, das der Betrachter nicht teilte. Das Mädchen hatte etwas sehr Altmodisches – sie hätte für eine Renaissance-Madonna Modell sitzen können.

Gemma öffnete den Mund, um Kincaid zu rufen, zögerte und legte schließlich die Fotografie wieder in die Schublade zurück.

Sie ging zum Schrank und zog die schweren Türen auf. Drinnen hingen vor allem Kostüme, Kleider und mehrere Seidenkaftane. Gemma ließ ihre Hände genießerisch über den Stoff gleiten und sah dann die Stapel von Hosen und Pullovern in den Schubladen durch.

Auf dem oberen Bord des Schranks standen Reihen übereinander getürmter Schuhkartons. Gemma schlüpfte aus ihren Sandalen, stellte sich auf den Boden des Schranks und hob den Deckel eines Kartons, um einen Blick ins Innere zu werfen. Eilig zog sie die Kartons heraus und stellte sie aufs Bett, um sie zu öffnen.

»Chef! Kommen Sie mal und sehen Sie sich das an.«

Er erschien an der offenen Tür. »Was ist denn?«

»Schreibhefte. In Massen. Alle vollgeschrieben.« Gemma schlug eines der Hefte auf und zeigte ihm die Seiten, die mit der gleichen zierlichen Schrift bedeckt waren, die sie auf der Rückseite der Fotografie gesehen hatte. Sie war sich seiner Nähe in dem kleinen Raum plötzlich sehr stark bewußt, seines hastigen Atems, des Geruchs nach Rasierwasser und warmer Haut. Sie trat zurück und sagte lauter als beabsichtigt: »Sieht aus, als hätte Jasmine Tagebuch geführt.«

Sie ordneten die Kartons chronologisch, indem sie jeweils das Datum auf der ersten Seite eines jeden Hefts nachschlugen.

»Das früheste, das ich gefunden habe, stammt von neunzehnhundertzweiundfünfzig«, sagte Gemma und rieb sich die vom Staub kitzelnde Nase. Ihre Fingerspitzen fühlten sich trocken und pergamenten an.

Kincaid rechnete. »Da war sie zehn Jahre alt.« Schweigend sortierten sie weiter, bis Kincaid stirnrunzelnd aufsah. »Die letzte Eintragung scheint sie vor einer Woche gemacht zu haben.«

»Haben Sie im Wohnzimmer nichts gefunden?«

Er schüttelte den Kopf. »Nein.«

»Glauben Sie, daß sie zu schreiben aufgehört hat, weil sie wußte, daß sie sterben würde?« fragte Gemma.

»Nachdem sie ein Leben lang die Gewohnheit gehabt hatte, ihre Gedanken niederzuschreiben? Nein, das kann ich mir nicht vorstellen.«

»Oder«, meinte Gemma nachdenklich, »ist das letzte Heft vielleicht irgendwie verschwunden?«

Sie saßen im *Freemason's Arms* im Garten und aßen dunkles Brot mit Käse und Gewürzgurken. Sie hatten eine Weile warten müssen, bis einer der weißen Plastiktische frei geworden war, aber die Möglichkeit, in der Sonne zu sitzen und den

Blick über die Willow Road zur *Heath* zu genießen, war es ihnen wert gewesen.

Toby, der mit Heißhunger ein Käsebrötchen und einen Haufen Pommes verschlungen hatte, saß im Gras zu ihren Füßen. Er zog einen Gegenstand nach dem anderen aus Gemmas Tasche und gab jedem seinen Namen – »Schlüssel, Lippenstift, Tobys Pferdchen« – und dabei hielt er ein angelutschtes Plüschpferd zu ihrer Inspektion in die Höhe. Kincaid mußte unwillkürlich an die Bestandsaufnahme der Besitztümer eines Opfers denken und schob den Gedanken hastig weg. Er brach ein Stück Brot ab und hielt es Toby hin.

»Hier, Toby. Füttere die Vögel.«

Tobys Blick flog von Kincaid zu den Spatzen im Gras. »Vögel«, sagte er interessiert und rannte dann mit seinem Stück Brot in der Hand auf die Spatzen zu. Die flatterten prompt davon.

»Das haben Sie großartig gemacht«, sagte Gemma lachend. »Jetzt ist er bestimmt total frustriert.«

»Das ist gut für seine emotionale Entwicklung«, behauptete Kincaid mit gespielter Ernsthaftigkeit und lachte dann. »Tut mir leid.« Es gefiel ihm, Gemma so zu sehen, entspannt und nachdenklich. Bei der Arbeit war sie oft allzu schnell mit ihren Schlußfolgerungen bei der Hand, und er hatte ihr mehr als einmal vorgeworfen, schneller zu reden als zu denken.

Und sie hatte eine gute Art, mit Toby umzugehen, aufmerksam, ohne gluckenhaft zu sein. Er beobachtete sie, wie sie den Kleinen zurückholte und zu ihren Füßen ins Gras setzte. Sie nahm ihm das Stück Brot aus der Hand und legte es etwas entfernt von ihm ins Gras. »So, Schatz. Jetzt halt dich ganz, ganz still, dann kommen sie vielleicht von selbst.« Die Sonne hatte ihre Nase gerötet und die Farbe der Sommersprossen auf ihrer hellen Haut vertieft. Sie merkte plötzlich, daß Kincaid sie beobachtete und sah errötend auf.

»Sie sollten einen Sonnenhut tragen, wie sich das für eine junge viktorianische Frau gehört, die auf sich hält.«

»Puh! Sie reden wie meine Mutter. ›Du wirst dir einen Sonnenbrand holen, Gem. Warte nur, mit dreißig bist du völlig verwittert‹«, äffte Gemma ihre Mutter nach. »Dieses Wetter wird sowieso nicht anhalten.« Sie legte den Kopf in den Nacken und sah zum wolkenlosen Himmel hinauf.

»Nein.« Aber solange es anhielt, konnte er mühelos hier sitzen, an nichts denken, dem Tschilpen der Spatzen und dem fernen Verkehrslärm von der East Heath Road lauschen und zusehen, wie die Sonne goldene Blitze in Gemmas Haar aufleuchten ließ.

»Duncan.« Gemmas Ton war ungewohnt zaghaft. Kincaid richtete sich auf und sah sie blinzelnd an. »Duncan, sagen Sie mir, warum Sie nicht an einen Selbstmord Jasmines glauben.«

Er sah von ihr weg, nahm ein Restchen Brot von seinem Teller und zerbröselte es zwischen seinen Fingern. »Sie meinen, ich mache mir etwas vor, um mich in meiner gekränkten Eitelkeit zu trösten. Vielleicht ist es so.« Er beugte sich vor und sah ihr in die Augen. »Aber ich kann einfach nicht glauben, daß sie nicht etwas hinterlassen hätte – irgendeinen Hinweis, eine Nachricht.«

»Für Sie?«

»Für mich. Oder für ihre Freundin Margaret. Oder für ihren Bruder.« Der Zweifel, den er in Gemmas hellbraunen Augen sah, machte ihn trotzig. »Ich habe sie gekannt, verdammt noch mal.«

»Sie war krank. Sie hat gewußt, daß sie sterben würde. Die Menschen verhalten sich nicht immer rational. Vielleicht wollte sie Sie alle glauben machen, es wäre ein natürlicher Tod gewesen.«

Kincaid sagte heftig: »Nein, sie hätte gewußt, daß Margaret das nicht glauben würde; nicht nach dem, was sie miteinander besprochen hatten.«

»Wie Margaret behauptet.«

»Okay, gut.« Kincaid fuhr sich mit der Hand durch sein Haar. »Aber trotzdem...«

»Schauen Sie«, unterbrach Gemma ihn, an ihrer Rolle als Advokatin des Teufels Gefallen findend, »Sie sagen, Sie glauben nicht, daß sie eines natürlichen Todes gestorben ist, weil die Wohnungstür nicht abgesperrt war wie sonst. Aber es könnte doch sein, daß sie sich zu unwohl fühlte, um abzusperren. Vielleicht hat sie sich gesagt, ich leg mich erst einmal einen Moment hin und dann...«

»Nein. Sie war zu... gefaßt. Es war einfach alles zu perfekt.«

»Und warum kann sie nicht im Lauf des Abends eingenickt sein und das Bewußtsein verloren haben, ehe sie überhaupt merkte, was ihr geschah?«

Kincaid schüttelte den Kopf. »Kein Licht. Kein Fernsehen. Kein Buch, das offen auf ihrer Brust lag oder heruntergefallen war. Keine Lesebrille. Gemma«, sagte er scharf, mit einem Achselzucken des Unbehagens, »ich glaube genau das hat mich von Anfang an stutzig gemacht, noch bevor Margaret erschien und von der Selbstmordvereinbarung erzählte. Sie lag da wie aufgebahrt.« Er sagte das Letzte ein wenig verlegen und warf ihr dabei einen Seitenblick zu, um ihre Reaktion zu sehen. Als er keinen Spott bemerkte, fügte er hinzu: »Das Bettzeug war auch nicht im geringsten in Unordnung.«

»Das würde alles mit Selbstmord übereinstimmen«, sagte Gemma, und ihr sanfter Ton erweckte in Kincaid den Verdacht, daß sie freundliche Nachsicht mit ihm übte.

»Ja, das ist richtig.« Er streckte unter dem Tisch seine Beine aus und betrachtete sie über den Rand seines fast leeren Bierglases. »Ich weiß, Sie halten mich für verbohrt.«

Gemma zog lediglich eine Augenbraue hoch. Sie nahm Toby auf den Schoß, der unruhig zu werden begann, und ließ ihn auf ihrem Knie hopsen, bis er lachte. »Und was passiert, wenn der Obduktionsbefund positiv ist?« fragte sie. »Der Coroner wird ganz sicher auf Selbstmord erkennen. Es liegen keinerlei Hinweise vor, die eine kriminalpolizeiliche Untersuchung rechtfertigen würden.«

»Fehlen einer schriftlichen oder mündlichen Absichtserklärung?«

Gemma zuckte die Achseln. »Sehr unsichere Sache. Und Margarets Geschichte würde als Bestätigung der Selbstmordtheorie gesehen werden, nicht umgekehrt.«

Kincaid beobachtete einen Drachen, der am Himmel seine Bahn zog, und antwortete nicht. Margaret. Richtig. Weshalb sollte er Margaret ihre Geschichte unbesehen glauben? Gestern war er zu erschüttert und erschöpft gewesen, um irgend etwas in Frage zu stellen, jetzt aber kam ihm der Gedanke, daß Margaret sich gar keine bessere Geschichte hätte ausdenken können, wenn sie den Eindruck erwecken wollte, Jasmine habe Selbstmord verübt. Und Vorwürfe wegen ihres Nichteingreifens konnte man ihr unter diesen Umständen auch nicht machen.

»Hey, dieses Gesicht kenn ich«, sagte Gemma. »Sie brüten doch was aus!«

»Richtig.« Kincaid trank den letzten Schluck seines Biers und richtete sich auf. »Ich würde mich gern mit Jasmines Anwalt unterhalten, aber vor Montag hab ich da keine Chance.«

»Und was noch?« fragte Gemma, und Kincaid fand, sie sähe unerklärlich selbstzufrieden aus.

»Ich werde mit Margaret reden. Und vielleicht auch noch mal mit Theo.«

»Und die Hefte?«

Flüchtig schoß Kincaid der Gedanke durch den Kopf, Gemma um Hilfe zu bitten, aber er verwarf ihn sofort. Dies war eine Aufgabe, die er nicht delegieren konnte. »Ich werde anfangen, sie zu lesen.«

Mit Toby in der Mitte, den sie zu seinem höchsten Vergnügen ab und zu hoch in die Luft schwangen, gingen sie langsam in die Carlingford Road zurück. »Kein Spaziergang mehr?« fragte Kincaid, dem aufgefallen war, daß Gemma mehrmals auf ihre Uhr gesehen hatte.

Gemma schüttelte den Kopf. »Besser nicht. Ich habe meiner Mutter versprochen, wir würden noch vorbeikommen. Sie behauptet, wir besuchten sie nicht oft genug.«

Kincaid hörte einen Unterton in ihrer Stimme, einen Anflug von Beunruhigung oder Gereiztheit, und ihm fiel wieder ein, wie sie am Morgen am Telefon gewesen war. Wahrscheinlich irgendein Kerl, dachte er und erkannte plötzlich, wie wenig er von Gemma wußte. Nur daß sie sich kurz nach Tobys Geburt hatte scheiden lassen; in einem Doppelhaus in Leyton wohnte; in Nord-London aufgewachsen und zur Schule gegangen war. Das war alles. Er war nie in Leyton gewesen – immer holte sie ihn ab, oder sie trafen sich im Yard.

Das Ausmaß seiner Kurzsichtigkeit erschreckte ihn. Er fand sie zuverlässig, attraktiv, intelligent und häufig eigensinnig, mit dem besonderen Talent ausgestattet, den Leuten bei der Vernehmung die Befangenheit zu nehmen – mehr als diese Eigenschaften, die sie zu einer wertvollen Mitarbeiterin machten, hatte er nie gesehen. Hatte sie einen Freund (dies mit einem Stich der Irritation, der unidentifiziert blieb)? Verstand sie sich mit ihren Eltern? Was für Freunde hatte sie?

Er betrachtete sie, während sie Seite an Seite gingen. Sie strich sich eine rote Haarsträhne aus dem Gesicht, als sie den Kopf neigte, um eine Frage Tobys zu beantworten, doch ihr Gesicht verriet, daß sie mit ihren Gedanken ganz woanders war.

»Gemma«, sagte er ein wenig zögernd. »Ist etwas nicht in Ordnung?«

Sie sah ihn verdutzt an, dann lächelte sie. »Wieso? Nein, es ist alles bestens.«

Irgendwie war Kincaid nicht überzeugt, aber er ließ es dabei bewenden. Ihr Verhalten ermutigte nicht zu weiteren Fragen.

Die blütenschweren Äste eines Pflaumenbaums streckten sich über den Bürgersteig, und als sie unter ihnen hindurchgingen, rieselten die Blütenblätter wie Konfetti auf sie herab. Sie lachten, und die momentane Verlegenheit verflog, und dann standen sie vor seinem Haus und verabschiedeten sich voneinander.

Kincaid stieg allein die Treppe hinauf. Der Nachmittag dehnte sich wie eine Wüste vor ihm. Das rote Licht seines Anrufbeantworters blinkte zur Begrüßung, als er in die Wohnung trat, und seine Stimmung sank noch tiefer. »Na prächtig«, murmelte er und drückte auf den Wiedergabeknopf.

Der diensthabende Sergeant wollte wissen, was zum Teufel das zu bedeuten habe, das Krankenhaus habe wegen einer Obduktion angerufen, die er angeordnet habe, und er solle sich gefälligst an den vorgeschriebenen Dienstweg halten, sonst gäbe es Krach. Die eigentliche Nachricht fügte er beinahe beiläufig hinzu, ehe er abrupt auflegte.

In Jasmine Dents Körper hatte man eine tödliche Menge Morphium gefunden.

5

Kincaid knöpfte die Plane seines Midget auf, faltete sie von vorn nach hinten und verstaute sie im Kofferraum. Dank langer Übung erledigte er dies alles schnell und routiniert. Der knallrote kleine Wagen blitzte ihn heiter an und lud zu einer Spritztour in der Sonne ein, doch Kincaid schüttelte den Kopf, als er sich hinter das Steuer setzte. Eine idyllische Fahrt über die Dörfer war nicht das, was er im Sinn hatte, mochte der Tag auch noch so verlockend sein. Er holte seine Sonnenbrille aus dem Seitenfach in der Wagentür und legte den Gang ein.

Hinter dem Rosslyn Hill fuhr er durch kleine Nebenstraßen South Hampsteads bis zur Kilburn High Road gleich nördlich von Maida Vale. Er fand die Adresse, die er suchte, ohne Schwierigkeiten. Margaret Bellamy wohnte in einem schäbigen Reihenhaus in einer Straße, die der Sanierung entgangen war. Die Haustür war rostrot wie getrocknetes Blut, doch an den vielen Stellen, an denen der Anstrich abblätterte, zeigten sich freundlichere Farben – Apfelgrün, Gelb, Königsblau –, die davon zeugten, daß hier früher einmal auch optimistischere Menschen gewohnt hatten. Er läutete und wartete naserümpfend unter dem Eindruck der Gerüche, die von den Mülltonnen vor der Kellertür heraufwehten.

Eine ältere Frau öffnete ihm. Sie hatte eine Polyesterhose an, die über den massigen Schenkeln gefährlich spannte, und dazu ein glänzendes Kunststoffoberteil, das über dem üppigen Busen ebenfalls ausgesprochen knapp saß. Mit mürrischer Miene sah sie Kincaid an.

»Ich suche Margaret Bellamy.« Kincaid bemühte sein gewinnendstes Lächeln, während er sich fragte, ob sie ihn bei dem Getöse des Fernsehgelächters aus dem hinteren Teil des Hauses überhaupt verstehen konnte.

Die Frau musterte ihn noch einen Moment, dann wies sie mit einer brüsken Kopfbewegung zur Treppe. »Ganz oben. Rechts.«

Kincaid dankte ihr und stieg die Treppe hinauf. Er spürte ihren neugierigen Blick in seinem Rücken, bis er am ersten Absatz um die Ecke bog. Der Geruch nach altem Bratenfett und das Grölen aus dem Fersehapparat folgten ihm weitere drei Treppen hinauf, dann war er im obersten Stockwerk in einem trübe erleuchteten Flur mit fleckig gemalerten Wänden. Die beiden Türen trugen keine Schilder. Er klopfte leicht an die auf der rechten Seite.

Unten wurde der Fernsehapparat ausgeschaltet, und in der plötzlichen Stille hörte Kincaid das Quietschen von Sprungfedern. Margaret Bellamy öffnete die Tür mit einem Lächeln zaghafter Erwartung. »Ach! Sie sind's«, sagte sie enttäuscht, bemühte sich jedoch sogleich wieder zu lächeln.

»Kommen Sie rein.« Mit einer Kopfbewegung zum Treppenhaus hinunter sagte sie, als sie ihn hereinzog: »Sie horcht, diese gräßliche alte Schnüfflerin. Nur darum hat sie den Fernseher ausgemacht.« Nachdem sie die Tür geschlossen hatte, blieb sie verlegen stehen, als wüßte sie nicht, was sie nun, da Kincaid im Zimmer war, mit ihm anfangen solle. Sie sah sich einmal rasch in ihren vier Wänden um und schnitt eine Grimasse.

Er sah ein ungemachtes, durchhängendes Bett, einen fleckigen alten Polstersessel, einen Kleiderschrank und einen Holztisch, der als Schreibtisch, Toilettentisch und Küchentisch zu dienen schien.

Margaret machte eine kleine, das Zimmer umschließende Handbewegung und sagte: »Tut mir leid.«

Kincaid hatte den Eindruck, daß sich die Entschuldigung sowohl auf das Zimmer als auch auf ihre eigene Person bezog.

Er lächelte sie an. »Ich habe selbst mal in einem möblierten Zimmer gewohnt, als ich noch in der Ausbildung war. Es war ziemlich scheußlich, obwohl meine Wirtin der Ihren nicht das Wasser reichen konnte.«

Das brachte Margaret immerhin zum Lächeln. Sie trat zum Sessel, um ihn für Kincaid freizumachen. Als sie sich hinunterbeugte, um ein Bündel Kleider wegzunehmen, schwankte sie plötzlich und mußte sich an der Sessellehne festhalten.

»Ist Ihnen nicht gut?« fragte Kincaid und betrachtete sie aufmerksamer. Ihr weiches, braunes Haar war feucht und ungekämmt, ihre Augenlider waren verschwollen, als hätte sie heftig geweint. Sie trug ein langes T-Shirt und eine graue Jogginghose.

»Waren Sie heute schon einmal an der frischen Luft?« fragte er sie.

Margaret schüttelte den Kopf.

»Haben Sie gegessen?«

»Nein.«

»Das dachte ich mir. Haben Sie etwas im Haus?«

Wieder schüttelte sie den Kopf. »Eigentlich nur Tee.«

Kincaid überlegte einen Moment, dann sagte er kurz: »Sie kochen uns jetzt eine Kanne Tee, und ich gehe hinunter und bitte Ihre Wirtin, ein paar Brote zu machen.«

Margaret starrte ihn entsetzt an. »Sie würde nie im Leben... Niemals würde sie...«

»O doch, sie wird.« An der Tür blieb er stehen. »Aber wenn Sankt Georg den Drachen besiegen soll, sollte er vielleicht seinen Namen wissen.«

»Oh.« Ein Funke der Belustigung erhellte Margarets Gesicht. »Sie heißt Wilson. Mrs. Wilson.«

Die Tür, durch die, wie Kincaid vermutete, Mrs. Wilson zuvor herausgekommen war, stand einen Spalt offen. Er klopfte kurz und kräftig. Der Fernsehapparat lief noch, aber gedämpft jetzt, so daß er das Schlurfen ihrer Pantoffeln hören konnte, als sie näherkam. Einen Augenblick später ging die Tür auf, und Mrs. Wilson sah ihn blinzelnd durch eine Rauchwolke an, die aus ihren Nasenlöchern quoll. Fürwahr ein Drache.

»Mrs. Wilson?«

Sie machte ein argwöhnisches Gesicht. »Was?«

»Kann ich Sie einen Moment sprechen?«

»Ich kaufe nichts.« Sie machte Anstalten, die Tür zu schließen. »Betteln und Hausieren ist hier verboten.«

»Ich will Ihnen nichts verkaufen«, entgegnete Kincaid, der sich fragte, was sie wohl glaubte, daß er ihr verkaufen wolle. »Es handelt sich um Margaret. Bitte, nur einen Moment.«

Sie seufzte verdrossen, wich aber soweit zurück, daß Kincaid eintreten konnte. Er sah sich die Drachenhöhle mit Interesse an. Sie war offensichtlich gute Stube und Küche in einem – ein kleines Sofa stand eingequetscht zwischen den Küchenschränken, und ein großes Farbfernsehgerät hatte einen Ehrenplatz neben dem Kühlschrank.

Mrs. Wilson setzte sich an den Resopaltisch und nahm die glimmende Zigarette, die sie im Aschenbecher abgelegt hatte. Neben einer zur Hälfte geleerten Tasse Tee lag eine aufgeschlagene Boulevardzeitung. Sie forderte Kincaid nicht auf, sich zu setzen.

»Dieses Mädchen ist einfach strohdumm«, erklärte Mrs. Wilson mit Verachtung. »Was ist jetzt wieder los? Hat's mit dem Freund wieder Krach gegeben?«

Freund? Das war eine Komplikation, die Kincaid aus irgendeinem Grund nicht erwartet hatte; aber damit war natürlich Margarets enttäuschtes Gesicht bei seinem Erscheinen vor ihrer Tür erklärt. Kincaid überlegte, was für einen Bären er Mrs. Wilson, dieser Xanthippe, aufbinden könnte, um ihre Anteilnahme zu gewinnen. Nach den Schlagzeilen des Revolverblatts auf dem Tisch zu urteilen – »Elfjährige Mutter kämpft um ihr Kind« – hatte Mrs. Wilson eine Schwäche für Melodramen, aber die Wahrheit, so schien ihm, wäre ein Verrat an Margaret und Jasmine gewesen.

Er improvisierte. »Es handelt sich um ihren Onkel. Er ist gestern ganz plötzlich gestorben, und Margaret nimmt es sehr schwer.«

Mrs. Wilsons feistes Gesicht blieb so unbewegt wie ihr steifgesprühtes Haar. »Kann ich mir denken.« Sie mustere Kincaid argwöhnisch. »Was haben Sie überhaupt damit zu tun?«

»Ich bin ein Freund der Familie. Duncan Kincaid.« Er bot ihr seine Hand, und Mrs. Wilson ließ sich dazu herab, ihm flüchtig ihre dralle Patschhand zu reichen, ehe sie wieder zur Zigarette griff.

»Und was hat das mit mir zu tun?«

»Sie hat seit gestern nichts mehr gegessen. Ich dachte, Sie könnten ihr vielleicht ein paar Brote machen?« sagte Kincaid einschmeichelnd und zog eine Augenbraue hoch.

Mrs. Wilson öffnete schon den Mund, um abzulehnen, aber dann hielt sie inne und starrte Kincaid taxierend an. Die Klatschsucht stritt mit ihrer natürlichen Abneigung, für andere etwas zu tun, und siegte schließlich. »Na gut, ich werd' ihr was machen, aber daß sie sich nur nicht einbildet, das geht dann immer so.« Sie stemmte sich aus dem Sessel und wies dann mit dem Kopf zum Sofa. »Setzen Sie sich.« Am Kühlschrank stehend, fragte sie über ihre Schulter hinweg: »Ist der Onkel, der gestorben ist, der Bruder ihrer Mutter oder ihres Vaters?«

»Er war der jüngste Bruder ihrer Mutter, kaum älter als Margaret selbst«, antwortete Kincaid prompt. »Die beiden haben einander sehr nahegestanden.«

Mrs. Wilson schnitt irgend etwas auf, das Kincaid nicht sehen konnte, und sagte dabei: »Also ich hab' noch nie jemand von ihrer Familie zu Gesicht bekommen, seit sie hier wohnt. Genausogut könnte sie Waise sein.«

»Nun ja, sie hat ja wenigstens ihren Freund, der sich ein bißchen um sie kümmert«, meinte Kincaid.

»Der!« Mrs. Wilson drehte sich herum und fixierte Kincaid mit verächtlichem Blick. »Der hat sich sein Leben noch nie um jemand anders als sich selbst gekümmert, das sag' ich Ihnen. Ein Schmarotzer ist der Kerl.« Sie wandte sich wieder ihrer Arbeit zu. »So'n Schönling, und schmierig dazu. Was der in ihr sieht«, sie hob den Kopf zur Decke, »ist mir schleierhaft.« Sie wischte sich die Hände an ihrer Schürze und präsentierte Kincaid einen Teller mit matschigen, wenn auch eßbar aussehenden Schinken-Tomaten-Broten. »Recht so?«

»Wunderbar, vielen Dank.«

Doch Mrs. Wilson schien ihn noch nicht weglassen zu wollen. Sie zündete sich eine frische Zigarette an und hievte eine Gesäßbacke auf die Tischkante. Kincaid sah weg, um sich den Anblick ihres breitgequetschten Oberschenkels zu ersparen, und ließ sich noch einmal im Sofa zurücksinken.

Mrs. Wilson führte ihren zuvor angefangenen Gedankengang fort. »Ich hab' ihr gesagt, daß ich ihn nicht hier im Haus haben will, schon gar nicht über Nacht. Da kommt mein Haus womöglich noch in Verruf.«

»Oh, ich bin sicher, daß hier niemand etwas Nachteiliges von Ihnen denken würde, Mrs. Wilson«, sagte Kincaid beschwichtigend.

Darauf plusterte sie sich ein wenig auf und neigte sich dann mit Verschwörermiene näher zu ihm. »Sie glaubt, ich weiß nicht, was vorgeht, aber ich weiß es ganz genau. Ich hör' ihn jedesmal, wenn er sich mitten in der Nacht wie ein Dieb die Treppe runterschleicht. Und die Kräche hör' ich auch.« Sie legte eine Pause ein, um an ihrer Zigarette zu ziehen und eine

Rauchwolke in Kincaids Richtung zu blasen. »Meistens brüllt er rum, und sie jammert zum Gottserbarmen. Eine dumme Gans!« schloß Mrs. Wilson voller Verachtung. »Sie läßt sich das wahrscheinlich alles gefallen, weil sie Angst hat, sie kriegt keinen Besseren.«

Liebenswürdige alte Hexe, dachte Kincaid und lächelte sie an. »Dann wird er ihr wohl jetzt kein großer Trost sein?«

»Der war schon 'ne ganze Weile nicht mehr hier. Seit...« Mrs. Wilson kniff die Augen zusammen und zog ein letztes Mal an ihrer Zigarette, ehe sie sie in dem billigen Aschenbecher ausdrückte. »Oh, muß Donnerstag abend gewesen sein, daß er das letzte Mal hier war. Da ist er hier rausgefegt wie der Teufel. In seiner Wut hätt' er beinahe die Tür aus den Angeln gerissen. Aber donnerstags ist immer Damenabend drüben im Pub«, sie verlagerte ihr Gewicht, während sie überlegte, und der Tisch knarrte, »und ich bin geblieben, bis sie geschlossen haben. Wenn er später zurückgekommen ist, waren sie so leise, daß ich nichts gehört hab.«

Kincaid hatte fürs erste genug von Mrs. Wilson. Er stand auf und nahm den Teller mit den Broten. »Ich gehe jetzt lieber hinauf und kümmere mich um Margaret. Sie wird Ihnen für Ihre Freundlichkeit sicher sehr dankbar sein, Mrs. Wilson. Das war wirklich nett von Ihnen.«

»Schon gut«, sagte sie und winkte ihm mit klimpernden Fingern beinahe kokett zu.

»Es hat geklappt«, sagte Kincaid, als Margaret ihn wieder einließ.

In seiner Abwesenheit hatte sie das Bett gemacht, die verstreuten Kleidungsstücke eingesammelt, ihr Haar gebürstet und etwas rosaroten Lippenstift aufgelegt. Ihr Lächeln war nicht mehr so zaghaft. Er hatte den Eindruck, das Alleinsein hatte ihr geholfen, sich ein wenig zu fassen.

Margaret machte große Augen, als sie den Teller mit den

Broten sah. »Ich kann's nicht glauben. Mir hat sie bis jetzt nicht mal einen Teebeutel geliehen.«

»Ich habe an ihre edleren Instinkte appelliert.«

»Ich wußte gar nicht, daß sie die hat«, versetzte Margaret lachend und nahm Kincaid den Teller aus der Hand. Dann erstarrte sie plötzlich, und ihr Gesicht wurde besorgt. »Sie haben ihr doch nicht gesagt...«

»Nein.« Kincaid rettete den schiefhängenden Teller und stellte ihn auf den Tisch. »Ich habe ihr ein Märchen erzählt. Sie haben Ihren Lieblingsonkel verloren, den jüngsten Bruder Ihrer Mutter, falls Mrs. Wilson fragen sollte.«

»Aber sie hat doch gar keinen...« Margaret lachte wieder. »Oh. Entschuldigung. Ich scheine heute wirklich auf der Leitung zu stehen. Vielen Dank.«

»Zum Teil ist daran sicher der Hunger schuld. Jetzt essen Sie erst einmal.«

Der Kessel pfiff. Neben ihm standen schon zwei Tassen mit Teebeuteln. Kincaid goß den Tee auf, drückte Margaret in den Sessel, öffnete dann das Fenster und lehnte sich an das Fensterbrett. Während Margaret zu essen begann, sagte er: »Da ich mir nun schon so traurige Geschichten über Ihre Familie ausgedacht habe, sollten Sie mir vielleicht ein bißchen was über sie erzählen.«

»Woking«, sagte Margaret mit vollem Mund, schluckte und setzte neu an. »Dorking. Entschuldigen Sie. Ich habe gar nicht gemerkt, wie hungrig ich bin.« Sie biß wieder von ihrem Brot ab und kaute einen Moment, ehe sie zu sprechen fortfuhr. »Ich komme aus Dorking. Mein Vater hat da eine Tankstelle mit Autowerkstatt. Ich hab' ihm die Bücher geführt und mich um das Büro gekümmert.«

Kincaid konnte sich gut vorstellen, daß sie in einer kleineren, vertrauteren Welt gut zurechtkam, während sie hier in London unsicher und verletztlich war. »Und warum sind Sie weggegangen?«

Margaret zuckte die Achseln und wischte sich mit einem Finger die Brotkrumen von den Mundwinkeln. »Es war so eintönig. Jeden Tag das gleiche. Ich hätte in zwanzig Jahren immer noch im Büro meines Vaters gesessen, die Kinder meiner Schwester gehütet und wäre nie zu einem eigenen Leben gekommen.«

»Und wie haben sie reagiert?«

Margaret lächelte selbstironisch. »Ich bin die Einfache; sie haben nicht angenommen, daß ich mir je etwas anderes wünschen könnte. Ich hätte damit zufrieden sein müssen, daß Dads Kunden mir hin und wieder einen freundlichen Klaps gaben und ein dummes Kompliment machten und daß ich die liebe Tante Meg war, die sich um Kathys Kinder kümmerte, wenn die etwas Besseres zu tun hatte.«

»Sie waren wütend.« Kincaid grinste, und Margaret lächelte ein wenig widerwillig.

»Ja.«

»Und wie lange sind Sie schon weg?«

Margaret aß den letzten Bissen des letzten Brots, leckte sich die Fingespitzen und rieb sie dann an ihrer Jogginghose ab.

»Seit anderthalb Jahren.«

»Und in dieser Zeit hat keiner von Ihrer Familie Sie besucht?«

Sie errötete und entgegnete hitzig: »Diese boshafte alte Hexe. Ich wette, sie führt Buch über jeden, der ...« Sie senkte den Kopf in ihre Hände und krümmte sich zusammen. »Ach, was spielt es schon für eine Rolle? Mir ist übel.«

Zuviel und zu schnell auf leeren Magen gegessen, dachte Kincaid. »Lassen Sie Ihren Kopf unten. Das wird gleich vorbeigehen.« Er sah auf dem Bord über dem Bett einen Waschlappen und ein Handtuch liegen. »Wo ist die Toilette?« fragte er.

»Eine Treppe tiefer«, antwortete sie undeutlich, das Gesicht jetzt auf die Knie gedrückt.

Kincaid nahm den Waschlappen mit nach unten, drückte ihn unter dem kalten Wasser aus und gab ihn, als er wieder im Zimmer war, Margaret, die ihn auf ihr Gesicht preßte. Unruhig ging er zum Fenster und wünschte, er besäße etwas von Gemmas Talent, praktischen Trost zu spenden.

Der Blick in den kleinen, von Unkraut überwucherten Garten, in dem an einer Wäscheleine ein überdimensionaler Overall hing, konnte ihn nicht lange fesseln. Er drehte sich wieder um und sah sich Margarets wenige Besitztümer an. Auf dem Tisch standen eine Schale mit einigen billigen Schmuckstücken und ein paar Kosmetika. Neben dem Gaskocher waren ein Topf, eine Schüssel, ein angeschlagener Teller und einige Besteckteile, alles Ramsch, das Notwendigste für das erste eigene Zuhause, so billig wie möglich erstanden. Auf dem Bord über dem Bett hatte sie ein Radio, ein paar eselsohrige Taschenbücher und eine gerahmte Fotografie.

Kincaid trat näher, um sie sich anzusehen. Ein älterer Mann, schütteres Haar, kernig aussehend im robusten Tweedjackett, den Arm um die schmalen Schultern seiner Frau, die drei Kinder hübsch in Reih und Glied vor ihnen. Ein Bruder und eine Schwester, blond, gutaussehend, beide Selbstsicherheit ausstrahlend, und zwischen ihnen Margaret mit zerzaustem Haar und einem schiefen Lächeln.

»Meine Eltern, Kathleen und mein Bruder Tommy.«

Kincaid bemühte sich, kein Mitleid zu zeigen, als er sich umdrehte. Margaret beobachtete ihn, wartete, er spürte es, auf eine vorhersehbare Bemerkung.

Er setzte sich auf das Bett und sagte: »Das war sicher schwer, die ersten Monate so ganz allein.«

»Ja.« Margaret sah auf den feuchten Waschlappen in ihrer Hand und begann ihn zu immer kleineren Quadraten zu falten. »Ich hatte keinen Menschen, bis ich Jasmine kennengelernt habe. Ich habe in der Baubehörde als Stenotypistin angefangen. Wenn ich für sie gearbeitet habe, war sie immer nett zu mir, aber nicht...« eine Pause, während sie überlegte, »nicht persönlich, wenn Sie wissen, was ich damit sagen will.«

Sie sah fragend zu Kincaid auf, und der nickte.

»Ein bißchen distanziert. Aber dann wurde sie krank. Sie hat sich Urlaub genommen für die Behandlung, und als sie zurückkam, hat man ihr angesehen, daß es schlecht um sie stand, aber keiner hat mit ihr darüber gesprochen. Alle haben so getan, als gäbe es die Krankheit gar nicht.« Margaret sah unter hellen Wimpern zu ihm hinauf und lächelte ein wenig über ihre Kühnheit. »Da hab' ich sie eben gefragt. Jeden Tag hab ich zu ihr gesagt: ›Wie geht es Ihnen?‹ oder ›Was bekommen Sie jetzt?‹, und nach einer Weile hat sie angefangen, mir zu erzählen.«

»Und als sie zu arbeiten aufhörte?« fragte Kincaid.

»Da habe ich sie besucht. Jeden Tag, wenn es ging. Sonst hat kein Mensch sie besucht.« Selbst jetzt noch schwang Empörung in Margarets Stimme. »Klar, sie haben gemeinsam Karten geschrieben oder für Blumen gesammelt, aber nicht eine hat es fertiggebracht, sie mal zu besuchen.«

»Hat Jasmine das gekränkt?«

Margaret runzelte die breite Stirn, während sie überlegte. »Ich glaube nicht. Ich glaube, sie war mit niemandem im Büro wirklich befreundet. Niemand hatte was gegen sie, aber es ist auch keiner richtig warm mir ihr geworden.« Margaret sah Kincaid mit einem leicht ironischen Lächeln an. »Am häufigsten hat sie von Ihnen gesprochen.«

Kincaid stand auf und ging wieder zum Fenster. Er hatte es lange genug hinausgeschoben, ihr den Befund der Obduktion mitzuteilen; jetzt überlegte er, wie er ihr am schonendsten beibringen konnte, daß Jasmine nicht friedlich im Schlaf gestorben war.

»Ich weiß«, sagte Margaret hinter ihm, »daß Sie nicht nur hergekommen sind, um sich nach meinem Befinden zu erkundigen. Jasmine hat ihr Versprechen nicht gehalten, habe ich recht?«

Es war, dachte Kincaid, als hätte Margaret seine Gedanken gelesen. Er setzte sich wieder ihr gegenüber und sah ihr aufmerksam ins Gesicht. »Ich weiß es nicht. Man hat eine große Menge Morphium in ihrem Körper gefunden.«

Margaret ließ sich in dem Sessel zurückfallen und schloß die Augen. Tränen quollen unter den geschlossenen Lidern hervor und rannen ihr die Wangen hinunter. Nach einem Moment richtete sie sich auf und rieb sich das Gesicht mit dem zerknitterten Waschlappen ab.

»Ich hätte ihr niemals glauben dürfen«, flüsterte sie, während sie in ihrem Sessel vor und zurück wippte.

»Meg, wenn Jasmine entschlossen war, sich das Leben zu nehmen, hätten Sie es nie und nimmer verhindern können. Oh, eine Nacht vielleicht, ja, aber nicht auf Dauer.« Als Margaret fortfuhr, sich mit geschlossenen Augen zu wiegen, neigte er sich näher zu ihr. »Meg! Es gibt da einige Dinge, die ich wissen muß, und Sie sind die einzige, die mir helfen kann.«

Die Schaukelbewegungen wurden langsamer und hörten auf. Margaret öffnete die Augen, blieb jedoch in vornübergebeugter Haltung sitzen, die Arme schützend über ihrem Bauch gekreuzt.

»Sagen Sie mir, warum Jasmine Ihre Hilfe brauchte.«

»Sie brauchte mich nicht...« Margaret versagte die Stimme. Sie griff nach der Tasse mit den Resten kalten Tees und trank krampfhaft schluckend. Dann versuchte sie es noch einmal. »Sie hat mich nicht gebraucht. Ich habe ihr geholfen, die Dosierung auszurechnen – sie war morphiumabhängig, wir wußten also, daß sie ziemlich viel brauchen würde –, aber das hätte sie genausogut allein tun können. Morphium war genug da. Sie hatte die Dosis nicht gesteigert, der Pflegerin aber gesagt, sie brauche höhere Dosen.«

»Wozu denn?« fragte Kincaid und hielt mit seinen Augen ihren Blick fest.

»Ich weiß es nicht. Ich glaube, sie wollte vielleicht am Ende nicht ganz allein sein.«

Hatte Jasmine einer Schwäche nachgegeben, als sie Margaret um Hilfe gebeten hatte, und dann unerwartet Kraft gefunden? Kincaid schüttelte den Kopf. Es war möglich, wahrscheinlich, logisch, und doch konnte er es nicht glauben.

»Was ist?« Margaret richtete sich ein wenig auf.

»Hat Jasmine ...« Kincaid brach ab, als die Tür geräuschlos geöffnet wurde. Ein Mann trat ins Zimmer und musterte Kincaid und Margaret mit spöttischer Verachtung.

Margaret, die mit dem Rücken zur Tür saß, sah Kincaid verwirrt an und sagte: »Was ist denn ...«

»So ist das also«, sagte der Mann in einem Ton, der von gemeinen Unterstellungen förmlich troff.

Margaret fuhr zusammen, als sie die Stimme hörte, dann sprang sie auf, hochrot im Gesicht. »Rog ...«

»Bitte, bleib doch sitzen, Meg. Ich habe nicht erwartet, daß du Besuch hast.« Er hatte nur einen kurzen Blick auf Margaret geworfen. Seine ganze Aufmerksamkeit galt Kincaid.

Der erwiderte die Musterung mit Interesse und augenblicklicher Abneigung. Der schlanke, mittelgroße Mann, der an der Tür stehen geblieben war, war vielleicht Ende Zwanzig. Er trug Designer-Jeans und ein teures weißes Baumwollhemd, das bis zur Brust hinunter offen stand. Das rotbraune Haar hatte er straff zurückgekämmt und hinten zusammengebunden, seine Gesichtszüge waren wie gemeißelt. Er ist, dachte Kincaid mit wehmütiger Ironie, ein unglaublich gutaussehender Mann.

Margaret stand wie erstarrt, die Hände um die Rückenlehne ihres Sessels gekrampft, und als sie sprach, klang ihre Stimme hoch und unkontrolliert. »Roger, wo bist du gewesen? Ich habe auf dich gewart ...«

»Warum die Panik, Meg?« Roger blieb in lässiger Haltung an der Tür stehen und machte keinen Versuch, Margaret zu berühren oder zu trösten. »Findest du nicht, du solltest mich mit deinem Gast bekannt machen?«

Kincaid ergriff die Initiative, ehe Margaret etwas sagen konnte. »Mein Name ist Kincaid.« Er stand auf und bot Roger die Hand, der ihm ohne großen Enthusiasmus die seine reichte. »Ich bin ein Nachbar von Margarets Freundin Jasmine Dent.«

»Jasmine ist tot, Roger. Sie ist Donnerstag nacht gestorben. Ich konnte dich nirgends erreichen.« Margaret zitterte von Kopf bis Fuß.

Roger zog die Brauen in die Höhe. »Ach, tatsächlich? Und Sie sind gekommen, um Margaret das mitzuteilen?«

»Ich bin hergekommen, um mich zu erkundigen, wie es ihr geht«, entgegnete Kincaid ruhig. Er lehnte sich an die Tischkante und verschränkte die Arme.

»Wie reizend von Ihnen.« Rogers gepflegter Internatsakzent drückte Sarkasmus aus. »Die arme Meg.« Erst jetzt trat er zu ihr und zog ihren steifen Körper in flüchtiger Umarmung an sich. Dann drehte er sich wieder nach Kincaid um, ließ jedoch eine Hand leicht auf Margarets Nacken liegen.

»Das muß ein Schock gewesen sein, daß sie soviel früher gestorben ist, als man erwartet hat.«

»So war es nicht. Jasmine ist an einer Überdosis Morphium gestorben«, sagte Margaret und sah Kincaid, während sie sprach, unverwandt an, zweifellos in der Hoffnung auf Unterstützung.

Roger ließ sie abrupt los, und sie trat von ihm weg.

»Ach Gott, Meg. Das tut mir aber leid, daß sie ...«

»Duncan weiß von dem Selbstmord.« Sie nickte zu Kincaid hin. »Du brauchst nicht so zu tun, als täte es dir leid, Roger. Ich weiß doch, daß es nicht so ist. Du brauchst dir jetzt keine Sorgen mehr zu machen.«

»Sorgen? Sei nicht albern, Meg.«

Rogers Ton war leicht, beinahe spielerisch, aber Kincaid spürte die scharfe Wachsamkeit, die sich hinter der scheinbaren Nonchalance versteckte.

»Es gibt noch eine andere Möglichkeit«, sagte Kincaid in die gespannte Atmosphäre hinein. Beide wandten sich ihm zu, Margaret verwirrt, Roger hellwach. »Es könnte sein, daß jemand Jasmine eine Art Hilfe gegeben hat, die sie gar nicht haben wollte.«

»Was soll das ...« begann Margaret und sah dann Roger an, der, wie Kincaid vermutete, nur allzugut wußte, was das heißen sollte.

Das Schweigen dehnte sich in die Länge, bis Kincaid sich aufrichtete und streckte. »Ich habe leider Ihren Nachnamen nicht verstanden«, sagte er zu Roger.

Roger zögerte einen Moment, dann antwortete er widerstrebend: »Leveson-Gower.« Er sprach es »Luhß-n-Goa« aus.

Wie angemessen nobel, dachte Kincaid. Er ging zur Tür, drehte sich noch einmal nach Margaret um. »Dann gehe ich jetzt. Kommen Sie zurecht, Margaret?«

Margaret nickte unsicher. Roger schlang einen Arm fest um ihre Taille und griff ihr mit der anderen Hand unter das Kinn. Margaret errötete.

»Oh, um Margaret brauchen Sie sich nicht zu sorgen, nicht wahr, Schätzchen?« sagte Roger.

Noch einmal drehte sich Kincaid um, als er die Tür schon geöffnet hatte. »Wo waren Sie übrigens am Donnerstagabend, Roger?«

Roger hielt immer noch Margaret an sich gedrückt, teils Schutz, teils Besitz. »Was geht Sie das an?«

»Oh, sagte ich das nicht? Ich bin von der Polizei.« Kincaid lächelte die beiden kurz an, dann ging er.

6

Die Ostseite der Carlingford Road lag tief in abendlichen Schatten, als Kincaid den Midget am Bordstein anhielt. Er kurbelte die Fenster hinauf, schloß das Verdeck und blieb dann einen Moment stehen und betrachtete das Haus, in dem er wohnte. Es wirkte unnatürlich still und unbelebt, kein Licht in den Fenstern, kein Anzeichen von Bewegung. Mit einem Achselzucken sagte er sich, das sei zweifellos seine eigene verdrehte Sicht. Aber als er halbwegs die Treppe zu seiner Wohnung hinauf war, fiel ihm plötzlich ein, daß er den Major seit dem vergangenen Abend nicht mehr gesehen hatte.

Im ersten Moment bekam er einen regelrechten kleinen Schreck, dann schalt er sich hysterisch. Es gab überhaupt keinen Grund anzunehmen, dem Major könnte etwas zugestoßen sein. Es war schließlich nicht so, daß im Haus der Tod lauerte wie ein Gespenst aus einem Gruselroman. Dennoch konnte er es nicht lassen, umzukehren, nach unten zu gehen und beim Major zu klopfen.

Es blieb alles still. Kincaid wandte sich wieder zur Straße. Er beschloß, durch Jasmines Wohnung in den Garten zu gehen, um dort nach dem Major Ausschau zu halten. Genau in dem Moment sah er ihn vorn an der Straßenecke in die Carlington Road einbiegen. Er ging langsam und schwerfällig, von zwei großen Blumentöpfen mit Büschen behindert, die er in beiden Armen trug.

Kincaid eilte ihm entgegen. »Mir scheint, Sie können Hilfe gebrauchen.«

»Sehr aufmerksam, danke.«

Als Kincaid den einen der schweren Töpfe entgegennahm, hörte er, wie angestrengt der Major atmete.

»Ein langer Weg von der Bushaltestelle hier herauf.«

»Was sind das für Pflanzen?« fragte Kincaid, während er seinen Schritt dem kürzeren des Majors anpaßte.

»Rosen. Eine altmodische Art. Aus einer Gärtnerei in Buckinghamshire.«

»Was?« rief Kincaid erstaunt. »Sie haben diese schweren Dinger mit dem Bus aus Buckinghamshire hierher geschleppt?«

Sie hatten die Treppe erreicht, die zur Wohnungstür des Majors hinunterführte. Der Major stellte seinen Topf nieder, nahm seine Mütze ab und wischte sich den schweißfeuchten Schädel mit dem Taschentuch. »Woanders bekommt man sie nicht. Sie heißen Himalayan Musk.«

Kincaid setzte seinen Topf ebenfalls ab und musterte mit zweifelnder Miene die kahlen, dornigen Stengel. »Aber hätten Sie nicht...«

Der Major schüttelte energisch den Kopf. »Es ist natürlich die falsche Jahreszeit. Aber es mußte etwas ganz Besonderes sein.« Als er Kincaids verständnisloses Gesicht sah, erklärte er: »Für Jasmine. Der Duft ist das Entscheidende, wissen Sie. Diese Rosen duften noch, und Jasmine hat duftende Blumen geliebt. Sie sagte immer, es sei ihr ganz gleich, wie sie aussähen, Hauptsache, sie dufteten. Diese Rosen hier blühen nur einmal, spät im Frühjahr. Ein Meer rosaroter Blüten, und sie duften paradiesisch.«

Kincaid brauchte einen Moment, um das zu verdauen; nie hatte er den Major soviel auf einmal reden hören, nie hatte er aus seinem Mund etwas vernommen, das nur im geringsten schwärmerisch klang. »Ja, Sie haben recht«, sagte er dann. »Sie hätten ihr sicher gefallen.«

Der Major sperrte seine Wohnungstür auf und bückte sich nach den Töpfen.

»Warten Sie, ich helfe Ihnen«, sagte Kincaid und hob schon einen der Töpfe mühelos auf.

Der Major wollte ablehnen, zögerte, sagte dann: »Danke, das ist nett.«

Kincaid folgte ihm in die Wohnung. Nichts als Braun, war sein erster Eindruck. Der Major machte Licht, und zu dem Eindruck von Braun kam der von sauber und ordentlich hinzu. Eine verblichene Blumentapete in Rosé- und Brauntönen, ein brauner Teppich, eine braune Couchgarnitur. Keine Bilder, keine Fotografien, keine Bücher, soweit Kincaid sehen konnte, als er dem Major durch das Wohnzimmer folgte. Der einzige Farbtupfer war der Stapel von Gartenzeitschriften und -katalogen, der auf dem Couchtisch aus Fichtenholz lag.

Der Major führte Kincaid in die Küche und öffnete die Tür zu einem betonierten Vorplatz, der sich bis unter die Treppe erstreckte, die von Jasmines Wohnung in den Garten führte. Auf der rechten Seite, in der Ecke, die der Zaun und die Hausmauer bildeten, hatte der Major sich einen kleinen Geräteschuppen gebaut. Kincaid streckte den Kopf hinein und bekam so intensiven Humusgeruch in die Nase, daß es ihm einen Moment den Atem verschlug.

Der Major stieg die Treppe zum Garten hinauf und stellte seinen Topf ab. Kincaid folgte dem Beispiel und ließ dann seinen Blick durch den Garten schweifen. Der Kontrast zwischen der eintönig braunen Wohnung des Majors und dieser kleinen Oase der Fülle und der Farbenpracht hätte kaum stärker sein können. Er fragte sich, woran der Major sich im Winter erfreute, wenn im Garten nichts blühte.

Nach einer kleinen Weile, während der auch der Major in Gedanken verloren schien, sagte Kincaid: »Wo wollen Sie sie einpflanzen?«

»Da drüben, habe ich mir gedacht.« Der Major wies zu der Backsteinmauer am hinteren Ende des Gartens, der einzige

Fleck, der, soweit Kincaid sehen konnte, noch nicht bepflanzt war. »Es sind Kletterrosen. Sie werden bald die ganze Mauer überwuchern.«

»Lassen Sie mich Ihnen helfen.« Kincaid verspürte plötzlich den Wunsch, in diesem Moment des Gedenkens teilzuhaben, der passender war als jeder von einem Fremden abgehaltene Gottesdienst.

Der Major zögerte wieder. Kincaid hatte den Eindruck, daß er stets so reagierte, wenn jemand ihn in seinem Einsiedlerdasein zu stören drohte. »Gut, ja. Im Schuppen ist noch ein zweiter Spaten.«

Kincaid trug die Töpfe nach hinten zur Mauer, und als der Major mit den Spaten zurückkam und auf eine Stelle zwischen den Stiefmütterchen und den Löwenmäulchen deutete, begann er zu graben. Sie arbeiteten schweigend, während die Schatten im Garten länger wurden.

Als der Major meinte, die Löcher seien tief genug, setzten sie die Wurzelballen behutsam hinein, füllten die Hohlräume auf und drückten die Erde mit den Händen fest. Nach jahrelangem Leben in einer Großstadtwohnung fühlte Kincaid sich danach so befriedigt wie in seiner Kindheit in Cheshire, als er mit Leidenschaft Erdburgen gebaut hatte.

Der Major richtete sich auf und musterte auf seinen Spaten gestützt ihr gemeinsames Werk. »So, das hätten wir. Gut gemacht. Sie würde sich freuen, wenn sie es sehen könnte.«

Kincaid nickte, den Blick auf die dunklen Fenster von Jasmines Wohnung gerichtet. In seinen eigenen Fenstern, eine Etage höher, spiegelte sich noch die Sonne.

»Ich habe einen Bärenhunger. Kommen Sie doch mit, gehen wir etwas essen«, sagte er impulsiv und versuchte sich einzureden, er wolle lediglich die Gelegenheit nutzen, dem Major ein paar Fragen zu stellen, und sein Vorschlag habe überhaupt nichts mit dem Gedanken an seine leere Wohnung zu tun. Geduldig wartete er auf die Antwort des Majors.

Der sah sich im Garten um, als wollte er sich bei den Tulpen und Forsythien Rat holen. »Gut. Dann waschen wir uns jetzt am besten mal die Hände.«

Sie setzten sich in eine Imbißstube am Rosslyn Hill und bestellten Omelettes mit Pommes frites und Salat. Der Major hatte sich das dünne Haar sehr gründlich gebürstet, so daß seine Kopfhaut rosig schimmerte wie sein Gesicht; und Kincaid wunderte sich über diese Generation, die zum zwanglosen Abendessen an einem Samstagabend einen Schlips umband. Er selbst hatte sein Baumwollhemd mit einem langärmeligen Pulli vertauscht, weil der Abend kühl geworden war.

Als sie den ersten Schluck von ihrem Bier getrunken hatten, wischte sich der Major den Schaum vom Schnauzer und fragte: »War der Bruder inzwischen da? Erledigt er die Formalitäten wegen der Beerdigung und so weiter?«

»Ja, der Bruder war hier, aber soviel gibt es im Moment nicht zu erledigen, da die Beerdigung vorläufig nicht stattfinden wird.«

Der Major riß erstaunt die blauen Augen auf. »Wieso denn das?«

»Weil ich eine Obduktion angeordnet habe, Major. Es gab Anzeichen dafür, daß Jasmine Selbstmord begangen haben könnte.«

Einen Herzschlag lang starrte der Major ihn sprachlos an, dann stellte er sein Glas mit solchem Schwung auf den Tisch, daß etwas Bier überschwappte. »Was soll das? Warum konnten Sie sie nicht einfach in Frieden sterben lassen? Spielt es denn für irgend jemand eine Rolle, wenn die arme Seele sich ihr Leiden etwas abgekürzt hat?«

Kincaid zuckte die Achseln. »Nein, gewiß nicht, Major, und ich hätte bestimmt nichts unternommen, wenn nicht noch etwas anderes hinzugekommen wäre. Ein paar Dinge paßten nicht zu der Selbstmordtheorie, und ich weiß jetzt mit

Sicherheit, daß sie keines natürlichen Todes gestorben ist. Ich habe inzwischen den Obduktionsbefund.«

»Was für Dinge?« fragte der Major.

»Jasmine spielte in der Tat mit dem Gedanken an Selbstmord, das wissen wir. Sie hatte ihre Freundin Margaret gebeten, ihr dabei zu helfen. Dann jedoch erklärte sie Margaret, sie habe eine andere Einstellung dazu gewonnen und es sich nun anders überlegt. Sie hinterließ keinen Abschiedsbrief, keinerlei Erkärung. Aber mindestens Margaret hätte sie doch ganz gewiß etwas hinterlassen. Und...« Kincaid machte eine kleine Pause, um einen Schluck Bier zu trinken, »sie verabredete sich mit ihrem Bruder, den sie seit sechs Monaten nicht mehr gesehen hatte, für morgen.«

Der Major hatte nickend zugehört, doch als Kincaid endete, sagte er: »Ich kann mir nicht vorstellen, daß jemand dem armen Ding etwas antun würde. Sie hätte es doch sowieso nicht mehr viel länger gemacht.« Die blauen Augen in dem runden Gesicht hatten einen überraschend scharfen Glanz.

Das Erscheinen der Kellnerin, die ihr Essen brachte, gewährte Kincaid Aufschub. Der Major goß Essig über seine Pommes frites und Flaschensoße über sein Omelette. Kincaid krauste unwillkürlich die Nase, als ihn die Essigdünste erreichten. Junggesellengewohnheiten, dachte er. In ein paar Jahren würde er selbst es nicht anders machen.

»Was meinen Sie, Major? Sie haben sie gekannt, besser vielleicht als ich.«

Der Major schob einen Bissen Omelette in den Mund. »Ich kann beim besten Willen nicht behaupten, sie gut gekannt zu haben. Wir haben uns immer nur über Alltägliches unterhalten – den Garten, das Fernsehprogramm. Margaret habe ich nie kennengelernt, aber ich hab' sie natürlich kommen und gehen sehen, und manchmal kam sie zur Treppe heraus, wenn ich im Garten war, und hat mir gewinkt. Ein freundliches junges Ding. Nicht wie Jasmine. Damit will ich nicht sagen«, fügte er hastig hinzu, »daß Jasmine unfreundlich war. Aber sie war verschlossen, wenn Sie verstehen, was ich meine.« Wie von seiner eigenen Redseligkeit überrascht, hielt der Major plötzlich den Mund und widmete sich seinem Omelette.

Im Hintergrund zischte und gurgelte die Espressomaschine. Kincaid nahm einen Happen von seinem Omelette und fragte: »Haben Sie Margaret einmal in Begleitung kommen sehen? Mit einem Freund vielleicht?«

Der Major runzelte die Stirn und schüttelte den Kopf. »Kann ich nicht behaupten.«

Kincaid war sicher, daß er sich an Roger erinnert hätte. »Haben Sie Theo, ihren Bruder, einmal kennengelernt?«

»Nein. Sie hatte ja in den letzten Monaten kaum Besuch. Nur die Pflegerin kam regelmäßig. Die«, sagte er in vertraulichem Ton und neigte sich näher zu Kincaid, »ist wirklich eine gutaussehende Frau.«

Kincaid vermerkte mit Erheiterung, daß des Majors Leidenschaft für Pflanzen sich nicht auf Rohkost erstreckte – fast die ganze Kresse- und Gurkengarnitur auf seinem Teller war unberührt.

»Wie war es am Donnerstagabend? Haben Sie gesehen, ob da jemand Jasmine besucht hat?«

»Da war ich nicht zu Hause. Donnerstags bin ich nie zu Hause. Da hab' ich Chor.«

»Sie singen?« fragte Kincaid. Er schob seinen leeren Teller weg und beugte sich mit aufgestützten Ellbogen vor.

»Seit meiner Kindheit. Ich hab' vor dem Stimmbruch sogar Preise gewonnen.«

Kincaid hatte den Eindruck, daß das Gesicht des Majors noch tiefer gerötet war als sonst. Dies also war die andere Leidenschaft seines Lebens. »Das ist ja interessant. Und wo singen Sie?«

Der Major trank sein Bierglas aus und tupfte sich den Schnauzer mit der Serviette. »In der St. John's Kirche. Beim

Sonntagsgottesdienst. Mittwochs im Abendgottesdienst. Und donnerstags haben wir Probe.«

»Sind Sie am Donnerstag spät zurückgekommen?«

»Nein. So gegen zehn, wenn ich mich recht erinnere.«

»Und haben Sie irgend etwas Ungewöhnliches gehört oder gesehen?«

Kincaid hielt nicht gerade den Atem an vor Spannung. Solche Fragen mußte er stellen, aber die Antworten fielen selten aufregend aus. Wenn jemand etwas wahrhaft Ungewöhnliches beobachtet hatte, erzählte er das meist gleich von selbst. Kleine Ungereimtheiten hingegen fielen den Leuten oft erst wieder ein, wenn man ihrem Gedächtnis mit Fragen nachhalf.

Der Major schüttelte den Kopf. »Nichts, nein.«

Die Kellnerin räumte Kincaids leeren Teller ab und kam gleich mit ihrer Rechnung wieder. Der Geräuschpegel in dem Lokal war ständig gestiegen, und als Kincaid sich jetzt umblickte, sah er, daß alle Tische besetzt waren und an der Tür die Leute Schlange standen, die auf einen Tisch warteten. Widerstrebend trank er den letzten Schluck Bier.

»Na, dann wollen wir den Massen mal Platz machen.«

Im Schatten der Polizeidienststelle Hampstead bogen sie nach kurzem Marsch in die Pilgrim's Lane ein. Kincaid fand es recht ironisch, daß er sich seine Wohnung ausgerechnet in der Nähe dieses Gebäudes gesucht hatte, das von J. Dixon Butler entworfen worden war, dem Architekten, der mit Norman Shaw zusammen New Scotland Yard sein bauliches Gesicht gegeben hatte. In Kincaids Phantasien umwaberten stets Nebelschwaden seine Queen-Anne-Türmchen, und viktorianische Bobbys eilten schneidig zur Rettung armer Opfer herbei.

Als sie die Carlingford Road erreichten, brach der Major das Schweigen zwischen ihnen und sagte: »Was ist mit dem Dachhasen? Ist für den gesorgt?«

»Dachhase?« echote Kincaid verständnislos. »Ach so, Sie meinen die Katze. Nein. Nein, ich weiß nicht, was aus dem Tier werden soll. Sie würden wohl nicht...«

Der Major schüttelte schon den Kopf. »Ich kann die Tiere nicht im Haus haben. Da muß ich dauernd niesen. Und womöglich würde mir der Bursche in meinen Blumenbeeten graben.« Ihm sträubte sich der Schnauzer vor Unwillen. »Aber man muß natürlich etwas tun.«

Kincaid seufzte. »Ich weiß. Ich werde mich darum kümmern. Gute Nacht, Major.«

»Mr. Kincaid!« Kincaid, der schon auf der Treppe zur Haustür war, blieb stehen. »Ich glaube, Ihr Nachhaken in dieser Sache ist eher schädlich als hilfreich. Manchmal ist es einfach besser, man weckt schlafende Hunde nicht.«

Kincaid wanderte ruhelos in seinem Wohnzimmer auf und ab. Es war noch früh, noch nicht einmal neun Uhr. Er war müde, aber wie aufgedreht, unfähig sich auf irgend etwas zu konzentrieren. Er zappte durch das komplette Fernsehprogramm und schaltete den Apparat schließlich mißmutig aus. Keines seiner Bänder, keine seiner CDs konnte ihn locken, ebensowenig die Bücher, die zu lesen er noch keine Zeit gefunden hatte.

Als er sich dabei ertappte, daß er die Fotografien an seiner Wand anstarrte, drehte er sich um und faßte ganz bewußt den braunen Karton auf seinem Couchtisch ins Auge. Die klassische Vermeidungshaltung, die Weigerung, eine unangenehme Aufgabe anzupacken. Oder, um ehrlicher zu sein, dachte er, die Angst davor, daß Jasmine ihm frisch und schmerzhaft lebendig aus den Seiten ihrer Tagebücher entgegentreten würde.

Er gestattete sich noch einen kleinen Aufschub – die Zeit, sich eine Tasse Kaffee zu machen. Dann ging er mit der Tasse wieder ins Wohnzimmer und machte es sich im Lichtschein der Stehlampe auf dem Sofa bequem. Er zog den Karton etwas näher zu sich heran und strich mit den Fingern über die blauen Papprücken der Schreibhefte. Eine feine Staubschicht blieb an ihnen haften.

Wenn er sich schon darauf einlassen mußte, dann wollte er mit der Lektüre wenigstens von vorn anfangen – in den früheren Heften würde die Jasmine, die er kannte, nicht so unmittelbar zu spüren sein; außerdem hatte er bereits einen flüchtigen Blick in das letzte Heft geworfen und nichts auf den ersten Blick Nützliches entdeckt. Er nahm das am stärksten verblichene Heft aus dem Karton und schlug es auf. Das Papier war spröde und vergilbt und roch ein wenig muffig. Kincaid unterdrückte ein Niesen.

Die Eintragungen begannen im Jahr neunzehnhunderteinundfünfzig. Die Handschrift der zehnjährigen Jasmine war sauber und gewissenhaft, die Aufzeichnungen waren so banal wie befangen: Theos Heldentaten (schon damals war das beschützerische Interesse an dem jüngeren Bruder offenkundig), Schulnoten, eine Tennisstunde, ein Ritt auf dem Pferd der Nachbarn.

Kincaid blätterte ein Heft durch, dann ein zweites und drittes. Mit den Jahren veränderte sich die kindliche Handschrift, entwickelte sich zu Jasmines charakteristischer, zierlicher Schreibweise. Manchmal lagen Wochen, Monate zwischen einzelnen Einträgen, und wenn sie auch unbefangener wurden, so verrieten sie doch nichts über die Seelenlage der Schreiberin. Er hatte mit der Lektüre des vierten Heftes angefangen, als ein Eintrag vom März sechsundfünfzig ihn aufmerksam machte. Er kehrte noch einmal zum Anfang zurück und las genauer.

»9. März

Theos zehnter Geburtstag. Die übliche Feier. Alles wie im letzten Jahr und in den Jahren davor. Wir drei in unseren guten Kleidern am Eßtisch, drückende Hitze, geschlossene

Fensterläden, und keiner sagt ein Wort. Der Koch hat einen Kuchen gebacken. Was er sich eben unter einer Geburtstagstorte vorstellt. Scheußlich (er ist immer scheußlich), aber Vater saß nur mit einem Gesicht da, als stünde das Jüngste Gericht vor der Tür, und Theo kicherte nicht einmal. Ich hätte am liebsten laut geschrien.

Vater hat Theo ein Modellflugzeug zum Selberbasteln geschenkt, und Theo interessiert das natürlich nicht im geringsten. Bestimmt muß ich ihm am Ende helfen, das Ding zusammenzubauen. Man darf Vater schließlich nicht kränken. Ich habe einen Monat lang jeden Tag das Pferd dieser gräßlichen Mrs. Savarkar bewegt, um das Geld für den Tennisschläger zusammenzubringen, den ich Theo geschenkt habe. Ich meine, gegen das Pferd hatte ich ja gar nichts, aber Mrs. S. ist eine richtige Hexe. Immer kommandiert sie einen herum, bloß weil wir ›arme Engländer‹ sind.

Kann ich mich wirklich an die Nacht erinnern, in der Theo zur Welt kam, oder habe ich nur die Geschichten unserer Ayah so oft gehört, daß ich nicht mehr unterscheiden kann, was ich von ihr gehört habe und was ich aus eigener Erfahrung weiß? Ich erinnere mich an lautes Geschrei und an Rauch und den Geruch nach Feuer, aber ich glaube, das alles ist erst später passiert und hat sich nur in meinem Gedächtnis mit der Erinnerung an den Doktor, der an die Tür trommelt, und an die Schreie meiner Mutter vermischt.«

»22. Mai

Mr. Patel hat mich in der Schule wieder in den Arm gekniffen. Er geht dauernd im Gang auf und ab, und seine Kleider knistern wie welkes Laub, und die ganze Zeit schaut er uns beim Schreiben über die Schulter. Ich kann es immer spüren, wenn er von hinten kommt. Dann wird mir im Nacken ganz heiß.

Heute hat er mich am Oberarm gepackt und mir seine

Finger ins Fleisch gebohrt und gedrückt, daß ich die Zähne zusammenbeißen mußte, um nicht zu schreien. Er sagte, ich hätte meine Aufgaben nicht ordentlich gemacht, aber das war nur ein Vorwand, um mich nach dem Unterricht dazubehalten, das wissen alle. Ich habe gehört, wie die anderen Mädchen hinter meinem Rücken gekichert haben.

›Jasmine‹, sagte er, als alle weg waren, und zischte das ›S‹ in meinem Namen, daß sich mir die Haare sträubten. ›Erinnerst du dich noch an deine englische Mutter, Jasmine? Du brauchst jemanden, der dich führt, Jasmine.‹ Dann kam er um das Pult herum. Ich preßte mich an den Türpfosten und drückte meine Bücher ganz fest an meine Brust. ›Du weißt doch, daß du nicht in die Sonne gehen solltest, nicht wahr? Sonst siehst du gleich aus wie eine Inderin.‹ Dabei hat er mich angelächelt. Er sah aus wie eine kahlköpfige Schildkröte mit seinem dünnen, sehnigen Hals und seinen Glotzaugen. Ich bin weggerannt, bevor er mich noch einmal anfassen konnte. Ich bin den ganzen Weg bis nach Hause gerannt, und zu Hause habe ich mich übergeben. Ich wollte, ich könnte ihn umbringen.

Bis ich heimkam waren die Fingerabdrücke auf meinem Arm ganz blau geworden. Ich zog eine langärmlige Bluse an, damit Vater und Theo sie nicht sehen konnten. Mit Vater darüber zu sprechen, hat sowieso keinen Sinn. Ich habe es einmal versucht. Er bekam nur diesen verschwommenen Gesichtsausdruck, als wünschte er, ganz woanders zu sein, und sagte, meine Phantasie ginge mit mir durch.

Ich weiß, warum Mr. Patel mich nach Mami gefragt hat. Sie glauben, daß ich ein Mischling bin, wegen meiner Haar- und Hautfarbe, und daß Mami in Wirklichkeit gar keine Engländerin war.

Ich erinnere mich an meine Mutter. Ich erinnere mich an den weichen Stoff ihrer Kleider und wie sie immer nach Rosen geduftet hat. Ich erinnere mich an die Puppen, die sie mir aus England schicken ließ, und die Geschichten, die wir uns über sie ausgedacht haben. ›Du mußt eine richtige Engländerin werden, Jasmine‹, hat sie immer gesagt, ›damit du auch weißt, was sich gehört, wenn wir nach Hause reisen.‹ Das war das einzige, wovon sie immer gesprochen hat – von der Reise nach Hause. Sie muß hier schrecklich unglücklich gewesen sein. Kann es sein, daß jemand an Heimweh stirbt?«

»5. Juni

Theo, die kleine Ratte, hat Vater verraten, daß ich die Schule geschwänzt habe, während er verreist war. Vater setzte seine Unglücksmiene auf und sagte, ich wollte ihm nur das Leben schwer machen, und jetzt müßte er mit dem Direktor sprechen.«

»30. Juni

Gestern ist Vater gestorben. Der Arzt sagt, es war sein Herz. Er meinte, es hätte was mit den Fieberkrankheiten zu tun, an denen er leidet, seit er nach Indien kam.

Er saß beim Abendessen und las Zeitung. Plötzlich sagte er, ihm sei nicht gut, er wirkte irgendwie verwundert dabei, und dann fiel er über dem Tisch zusammen.

Ich kann es nicht glauben. Was soll aus Theo und mir werden?«

7

Gemma saß in Robs altem Frotteebademantel am Küchentisch. Es war seine Farbe, nicht ihre – das dunkle Weinrot gab ihrem Haar einen Stich ins Rötlichgelbe. Sie wußte, sie sollte ihn wegwerfen oder Oxfam vermachen, genau wie all die anderen Relikte ihrer Ehe, die noch überall im Haus herumflogen. Aber manchmal, wenn sie den rauhen Stoff des Bademantels an ihr Gesicht drückte, bildete sie sich ein, es hafte ihm noch Robs Geruch an.

»Dumme Gans«, sagte sie laut zu sich selbst. Was hatte Rob ihr denn hinterlassen, daß sie sich überhaupt an ihn erinnern wollte? Es überraschte sie, daß er ihr noch immer fehlte, rein körperlich. Es ging dabei nicht nur um Sex (obwohl der selten geworden war seit dem Tag vor zwei Jahren, als sie beim Heimkommen Robs Schränke leer und auf dem Küchentisch seinen Abschiedsbrief gefunden hatte), sondern um die kurze Berührung, die Hand auf ihrem Haar, Körperwärme, statt einer Wärmflasche, wenn sie abends in ihr Bett ging. Der Beruf und Toby ließen ihr nur wenig Zeit und Gelegenheit, auszugehen und neue Menschen kennenzulernen.

Bei dem Gedanken an Toby fiel ihr wieder der Stapel Rechnungen ein, der vor ihr auf dem Küchentisch lag. Sie stand auf und schenkte sich frischen Kaffee ein. Sonntag morgen, neun Uhr, und Toby war noch nicht wach – der gestrige Besuch bei ihren Eltern hatte ihn völlig erledigt. Die drei wilden Gören ihrer Schwester hatten ihm eingeheizt, bis er völlig überdreht gewesen war. Schreiend und strampelnd hatte sie ihn zum Auto getragen, in dem er dann wenige Minuten später mitten im Schrei eingeschlafen war.

Wieder starrte sie auf die Rechnungen, dann ging sie mit ihrer Kaffeetasse zur Hintertür und blieb dort stehen, den Blick in den Garten gerichtet. Tobys Plastikdreirad lag in einer Pfütze. Rob hatte jetzt seit drei Monaten keinen Unterhalt mehr geschickt, und sie wußte bald nicht mehr, woher sie das Geld für Tobys Hortgebühren nehmen sollte. Die Hypothek auf das Haus war hoch, und wenn sie Überstunden machte, mußte sie auch noch einen Babysitter für Toby bezahlen. Unter Robs letzter Telefonnummer gab es keinen Anschluß mehr, und als sie zu seiner Wohnung gefahren war, hatte sie gehört, er sei umgezogen und habe keine Nachsendeadresse hinterlassen. Der Autohändler, bei dem er als Vertreter gearbeitet hatte, hatte ihr das gleiche erzählt, er hatte gekündigt und war spurlos verschwunden.

Gemma spürte die Panik, die im Hintergrund ihres Bewußtseins lauerte und nur darauf wartete, sich auf sie zu stürzen. Sie war so stolz gewesen auf ihre Autonomie und hatte sich nicht eingestanden, wie wichtig Robs Unterstützung war, weil das nicht zu ihrem Selbstbild von der patenten alleinerziehenden Mutter paßte. Jetzt mußte sie dafür bezahlen. Sei realistisch, sagte sie sich, überleg dir, was du für Möglichkeiten hast. Das Haus zu verkaufen und eine preiswertere Unterbringung für Toby zu finden, war schließlich nicht das Ende der Welt. Dennoch drückte ihr der Gedanke des Scheiterns wie ein Stein auf die Brust.

Das durchdringende Surren des Küchentelefons riß sie aus ihren trüben Gedanken. Sie stellte die Kaffeetasse auf die Arbeitsplatte und griff rasch nach dem Hörer, weil sie nicht wollte, daß Toby erwachte. »Gemma? Ich kann verstehen, wenn Sie es unverschämt finden, daß ich schon wieder anrufe, aber ich wollte Sie fragen, ob Sie nicht Lust haben, zwei Besuche mit mir zu machen.«

In seinem Ton lag ein Zaudern, das sie im Dienst niemals hörte. »Immer noch inoffiziell?« fragte sie.

»Hm. Bis morgen wenigstens. Aber den Obduktionsbefund habe ich inzwischen. Eine Überdosis Morphium.«

Gemma griff nach ihrer Tasse und trank einen Schluck lauwarmen Kaffee. Damit also hatte er wenigstens recht behalten, und sie hatte sich getäuscht, als sie geglaubt hatte, seine persönliche Betroffenheit habe sein Urteil getrübt.

»Ich weiß, Sie sind immer noch der Meinung, daß ich aus einer Mücke einen Elefanten mache«, sagte er, als sie beharrlich schwieg, und Gemma hörte den feinen Unterton der Belustigung in seiner Stimme.

»Wen wollen Sie denn besuchen?«

»Felicity Howarth, Jasmines Pflegerin, in Kew. Und Bruder Theo unten in Surrey. Es ist ein herrlicher Tag für einen Ausflug«, fügte er drängend hinzu.

»Mami!« Toby war auf nackten Füßen in die Küche gewandert und bliebt jetzt, seine Bettdecke im Arm, mit schlafgerötetem Gesicht und zerzaustem Haar vor ihr stehen.

»Komm her, Schatz.« Gemma ging in die Knie und drückte ihn an sich.

»Wie bitte?« fragte Kincaid verdutzt.

Gemma lachte. »Ich habe mit Toby gesprochen. Er ist gerade hereingekommen.« Für Toby war dieser geplante Ausflug nicht das Richtige – sie würde ihre Mutter fragen müssen, ob sie sich um ihn kümmern konnte, und würde dann den ganzen Tag ein schlechtes Gewissen haben, weil sie ihn so sehr vernachlässigte.

»Gemma?«

»Ich muß erst noch Toby unterbringen.«

»Ich hole Sie ab. Welche Zeit?«

»Nein!« Kincaid war noch nie bei ihr gewesen, und jetzt, da sie seine Wohnung gesehen hatte, wollte sie ihn schon gar nicht kommen lassen. »Ich meine«, fügte sie hastig hinzu, da sie selbst hörte, wie brüsk ihr Ton geklungen hatte, »ich muß Toby sowieso zu meiner Mutter fahren. Da kann ich auch gleich zu Ihnen weiterfahren.«

Sie war Kincaid dankbar dafür, daß er so taktvoll war, nicht zu erwähnen, daß die Leyton High Street, in der ihre Eltern wohnten, absolut nicht auf dem Weg nach Hampstead war.

Der schöne Tag schien ein gut Teil der Londoner Bevölkerung nach Kew gelockt zu haben, um den Frühlingsanfang zu feiern. Gemma, die das Gesicht der Sonne zugewandt neben Kincaid in dem knallroten MG saß, rechnete sich selbst auch zu den Feiernden. Sie mußte sich immer wieder daran erinnern, daß sie nicht zu ihrem Vergnügen mitgekommen war, und sie bemühte sich, ihren Blick auf die Straße zu richten und nicht auf Kincaids Profil. Normalerweise zog sie es vor, ihn zu chauffieren, statt sich von ihm chauffieren zu lassen, aber als sie in Hampstead angekommen war, hatte er darauf bestanden, daß sie ihren Wagen stehen ließ, und sie ohne viel Federlesens in den Midget gepackt. »Entspannen Sie sich, Gemma. Schließlich ist heute Ihr freier Tag.« Sie hatte ohne allzu großes Widerstreben nachgegeben.

Eingekeilt ins Verkehrsgetümmel umrundeten sie den Kew Green. In den Straßen, die zu Kew Gardens und zum Fluß abzweigten, krochen die Autos im Schrittempo vorwärts, doch als sie das Südende des Green hinter sich gelassen hatten, lichtete sich das Gewühl. Durch kleine Straßen schlängelten sie sich nach Südosten zu der Adresse, die Felicity Howarth Kincaid genannt hatte. Zuerst ging es an großen Villen mit Gärten vorbei, dann an weniger vornehmen Doppelhäusern, und schließlich gelangten sie in eine Sackgasse mit Reihenhäusern. Abfälle lagen auf den Bürgersteigen, und die Häuser wirkten schäbig und vernachlässigt.

Gemma sah Kincaid verwundert an. »Sie ist doch private Pflegerin? Haben Sie wirklich die richtige Adresse?«

Er zog achselzuckend die Augenbrauen hoch. »Schauen wir mal.«

Felictiy Howarths Souterrainwohnung zeigte im Gegensatz zu den meisten Nachbarhäusern Anzeichen von Pflege. Die Treppe war gefegt, die Tür glänzend dunkelgrün lackiert, der Türklopfer aus Messing poliert. Kincaid läutete, und gleich darauf öffnete Felicity ihnen die Tür.

Sie starrte Kincaid an, als wüßte sie nicht, wohin mit ihm. Dann hellte sich ihr Gesicht auf. »Mr. Kincaid?«

Gemma, die nach Kincaids Beschreibung ein Ausbund an korrekter Eleganz und steifer Tüchtigkeit erwartet hatte, sah sich getäuscht. Unter anderen Umständen mochte Felicity Howarth eine aparte Frau sein, doch an diesem Tag zeigte sie sich nicht von ihrer besten Seite. Sie hatte eine alte Jeans an, war ungeschminkt und hatte einen großen Schmutzfleck auf der Stirn. Gemma fand sie müde aussehend und hatte den Eindruck, daß sie über ihren Besuch nicht sonderlich erfreut war.

»Ich habe gerade ein bißchen im Garten gearbeitet«, sagte sie entschuldigend und verschmierte in dem Bemühen, ihn wegzuwischen, den Schmutz auf ihrer Stirn.

Kincaid stellte ihr Gemma lediglich mit Namen vor und sagte dann: »Ich würde gern einen Moment mit Ihnen sprechen. Über Jasmine.«

»Dann kommen Sie am besten herein.« Felicity führte sie in ihr Wohnzimmer, sagte: »Ich mache mich nur rasch frisch«, zögerte, als sie schon hinausgehen wollte, und fügte hinzu: »Möchten Sie eine Tasse Kaffee? Ich wollte mir gerade welchen machen.«

Gemma und Kincaid nutzten die Gelegenheit, um sich im Zimmer umzusehen. Es war ordentlich aufgeräumt und pieksauber, wie Gemma bezeugen konnte, nachdem sie verstohlen mit einem Finger über die Kante eines Bücherbords gefahren war – nicht ein Stäubchen blieb hängen. Die Möbel waren gediegen, aber nicht neu, und die Zierstücke schienen Gemma ererbt zu sein und nicht danach ausgesucht, ob sie zur Einrichtung paßten. Auf dem Sofa lag aufgeblättert die Sonntagsausgabe des *Observer*, einziges Zeugnis, daß hier auch gelebt wurde.

Kincaid trat zu den Fenstern und blickte in den Garten hinaus, der sich auf Augenhöhe befand.

»Sie lebt allein?« fragte Gemma leise, als sie zu ihm trat.

»Scheint so.«

Felicity kehrte mit einem Tablett, auf dem Kaffeekanne und Tassen standen, ins Zimmer zurück. Nachdem sie das Tablett abgestellt hatte, nahm sie die Zeitung vom Sofa und ließ sie unter einem Beistelltisch verschwinden. Mit der Säuberung von Gesicht und Händen schien sie ihre autoritäre Selbstsicherheit wiedergewonnen zu haben. Sie wies Gemma und Kincaid zum Sofa, während sie ihnen einschenkte, und zog sich selbst einen steiflehnigen Stuhl an den Tisch. Das Sofa war in der Mitte durchgesessen, und Gemma merkte, wie sie immer wieder in die Knie rutschte, während sie peinlichst zu vermeiden suchte, daß ihr Oberschenkel mit dem Kincaids zusammenstieß. Sie sah sehr wohl Kincaids leise Erheiterung über ihre mißliche Lage. Sehr clever von Felicity, die erhaben auf ihrem steifen Stuhl thronte. Es überraschte Gemma nicht im geringsten, daß sie sofort die Gesprächsführung an sich riß.

»Sie haben also den Obduktionsbefund bekommen?« fragte sie Kincaid, schlug die Beine übereinander und stellte Tasse und Untertasse leicht auf ihrem Knie ab.

»Man hat weit mehr Morphium gefunden als die vorgeschriebene Dosis. Könnte sie ...«

»Ich verstehe, wie Ihnen zumute ist«, unterbrach Felicity, sich ihm zuneigend. »Sie sind erschüttert, weil Sie es nicht erwartet haben. Aber ich erlebe dergleichen immer wieder. Es ist nichts Ungewöhnliches.«

»Margaret glaubte...«

»Wir wissen beide, Mr. Kincaid, daß Beihilfe zum Selbstmord ein Verbrechen ist. Ich bin sicher, Jasmine überlegte sich, ob sie es riskieren könne, Margaret in so etwas zu verwickeln; und sie hielt Margaret für klug genug, über ihr Gespräch den Mund zu halten. Jasmine brauchte in Wirklichkeit gar keine Hilfe. Sie hatte ja Morphium in flüssiger Form.«

Kincaid lehnte sich zurück und trank von seinem Kaffee. »Warum eigentlich flüssiges Morphium und nicht Tabletten?« fragte er.

»Jasmine hatte starke Schluckbeschwerden. Der Tumor drückte, je größer er wurde, immer stärker auf die Speiseröhre. Jasmine konnte nur noch geringe Mengen weicher Nahrung zu sich nehmen. Wenn sie am Leben geblieben wäre, hätte man ihr früher oder später eine Magensonde legen müssen.« Felicity seufzte und nahm eine etwas lockerere Haltung an. »Auch die Schmerzen wären stärker geworden, vielleicht sogar mit Drogen gar nicht mehr zu lindern gewesen. Ich habe schon erlebt, daß solche Tumore die Rippen des Patienten brachen.«

»Wußte Jasmine, was ihr da bevorstand?« fragte Gemma entsetzt.

»Ich denke, ja. Jasmine war eine gutinformierte Patientin. Sie war immer über den Stand der Dinge unterrichtet.« Felicity lächelte und schwieg, und Gemma sah die Müdigkeit hinter der forschen Fassade.

»Wie halten Sie das in Ihrem Beruf aus, die Menschen so entsetzlich leiden zu sehen?«

Felicitys Achselzucken war beredt. »Irgend jemand muß diese Menschen doch pflegen. Und ich habe eine Begabung dafür. Bei mir fühlen sie sich gut aufgehoben und beruhigt.«

Kincaid trank seinen Kaffee aus, beugte sich vor und stellte seine leere Tasse nachdenklich auf den Tisch. »Felicity, wie konnte Jasmine genug Morphium für einen Selbstmord ansammeln? Haben Sie nicht die Rezepte für sie ausgestellt?«

»Sie verlangte schon vor Wochen eine Erhöhung ihrer bisherigen Dosis. Wir versuchen nicht, den Opiatverbrauch sterbender Patienten einzuschränken; wir bemühen uns lediglich darum, es ihnen so angenehm wie möglich zu machen. Es ist gut möglich, daß sie mir nur vormachte, sie brauche mehr Morphium, und in Wirklichkeit ihre alte Dosis beibehielt.« Felicity sah Kincaid an. »Das ist leider alles, was ich Ihnen dazu sagen kann.«

Offensichtlich war es ihre Absicht, das Gespräch damit zu beenden, aber Kincaid schlug nur ein Bein über das andere und lächelte sie an. »Sie haben uns erzählt, daß Sie Margaret ein paarmal begegnet sind. War ihr Freund auch einmal dabei? Er heißt Roger – ich bin sicher, Sie würden sich an ihn erinnern.«

»Nein, Margaret kam immer allein, wenn ich da war, und Jasmine erwähnte nie etwas von einem Freund.«

»Hat Jasmine zu Ihnen etwas davon gesagt, daß sie sich mit ihrem Bruder verabredet hatte?«

Felicity schüttelte den Kopf und begann, die Kaffeetassen auf das Tablett zu stellen. »Wir haben nie über persönliche Dinge gesprochen. Es gibt Patienten, die einem gleich ihre Lebensgeschichte erzählen; Jasmine war nicht so.«

»Hat sie überhaupt Besuch bekommen? Oder haben Sie in letzter Zeit jemanden im Haus gesehen, der Ihnen bekannt war?«

»Nein. Tut mir leid.«

Kincaid beugte sich vor. Er stand auf und gab Felicity die Hand. »Vielen Dank für Ihre Hilfe.«

Gemma tat es ihm nach. »Danke, daß Sie sich die Zeit genommen haben.«

»Es kann sein, daß Sie zur Leichenschau kommen müssen«, bemerkte Kincaid, als sie schon auf dem Weg zur Tür waren.

»Natürlich. Sie geben mir Bescheid?«

Kincaid nickte und hielt Gemma die Tür auf. »Auf Wiedersehen.«

Gemma drehte sich noch einmal um, ehe die Tür zufiel, um ebenfalls auf Wiedersehen zu sagen. Mit einem letzten Blick sah sie Felicity Howarth allein in ihrem Wohnzimmer stehen.

Erst als sie die A24 nach Surrey erreicht hatten, sprachen sie wieder. Gemma musterte Kincaid von der Seite. Er saß locker am Steuer, eine Hand leicht auf dem Schalthebel, die Augen hinter den dunklen Gläsern der Sonnenbrille verborgen.

»Sie sind immer noch nicht überzeugt, stimmt's?« sagte sie.

Er antwortete, ohne den Blick von der Straße zu wenden. »Nein. Aber vielleicht bin ich ja nur dickköpfig.«

»Sie glauben, sie hätte Margaret oder Theo einen Brief hinterlassen«, sagte Gemma und fügte im stillen hinzu: oder dir. Sie merkte, daß diese Frau, die in Kincaids Leben soviel Raum eingenommen und von der sie nichts gewußt hatte, sie immer neugieriger machte. Er hatte ab und zu beiläufig von Besuchen bei »jemandem im Haus« gesprochen, aber sie hatte immer angenommen, es handle sich um einen männlichen Nachbarn, jemand, mit dem er hin und wieder ein Bier trank. Welcher Art war seine Beziehung zu Jasmine Dent gewesen? Waren die beiden trotz Jasmines tödlicher Krankheit ein Liebespaar gewesen?

Wieder warf Gemma einen Seitenblick auf Kincaids Gesicht, und plötzlich fiel ihr auf, wie wenig sie von ihm wußte. Sie hatte stets den Eindruck gehabt, er ginge mit einer Anmut und Unbefangenheit durchs Leben, um die er zu beneiden war. Aber vielleicht fiel ihm doch nicht alles so mühelos zu, wie sie angenommen hatte – Jasmines Tod bereitete ihm offensichtlich Schmerz und Schuldgefühle.

Wann, fragte sie sich, hatte sie ihm je die Möglichkeit gegeben, etwas mehr darüber zu erzählen, was er tat, wenn er nicht im Dienst war? Sie hatte unentwegt von Toby gequasselt, und Kincaid hatte zugehört, als wären die Aktivitäten eines Zweijährigen absolut faszinierend. Sie mußte das seiner angeborenen Höflichkeit zuschreiben und beschloß, in Zukunft weniger egozentrisch zu sein.

»Gemma?«

Sie sah Kincaid an und errötete, weil sie sich so durchschaubar fühlte. »Ja?«

»Sie hatten eben einen so glasigen Blick. Ich dachte, Sie seien vielleicht starr vor Angst wegen meiner Fahrerei.«

»Nein«, entgegnete Gemma lächelnd. »Ich habe nur nachgedacht.« Sie sagte das Erstbeste, das ihr in den Sinn kam. »Über Felicity. Glauben Sie nicht, daß man einen sehr starken Glauben braucht, wenn man Sterbende pflegt und sich bemüht, sie irgendwie zu trösten?«

»Möglicherweise, ja. Weiter.«

Gemma hörte aus seinem Ton das Stirnrunzeln heraus, obwohl sie ihn nicht angesehen hatte. »Na ja, elf Uhr, Sonntag morgen, und Felicity hat im Garten gearbeitet – sie war nicht in der Kirche.«

»Vielleicht ist sie katholisch und war schon in aller Frühe in der Messe«, meinte Kincaid belustigt.

»Kein Makeup«, konterte Gemma, »nicht einmal der geringste Hauch Lippenstift. Sie wollen mir doch nicht weismachen, daß eine Frau wie Felicity ungeschminkt zur Kirche gehen würde.«

»Gutes Argument,« Kincaid lachte, dann wurde er ernst. »Vielleicht ist der Glaube, aus dem Felicity ihre Kraft schöpft, nicht von der auffallenden Sorte.«

Sie hatten die Außenbezirke von Dorking erreicht. Kincaid zog eine Straßenkarte aus dem Seitenfach in der Tür und reichte sie Gemma. »Können Sie mal nachsehen, ob wir nach Abinger Hammer wirklich die A25 nehmen müssen?« Während Gemma die Karte ausbreitete, fuhr er fort: »Meg kommt von hier. Sie hat mir erzählt, daß ihr Vater eine Tankstelle hat. Es ist doch gar nicht so weit von London, und trotzdem hat sie, seit sie von hier fort ist, anscheinend nichts mehr von ihrer Familie gehört. Man sollte doch meinen ...«

»Gleich kommt die Kreuzung«, unterbrach Gemma ihn. »A25 in westlicher Richtung nach Guildford.« Nachdem Kincaid den Kreisverkehr hinter sich gebracht hatte und in die richtige Straße eingefädelt war, sagte sie: »Entschuldigen Sie. Was wollten Sie sagen?«

»Ach, vergessen Sie's. Denken wir lieber ans Mittagessen.«

Abinger Hammer war eher Weiler als Dorf, ein paar Läden und ein Park, durch den ein Bach floß. Theo Dents Laden »Kinkerlitzchen« befand sich an einem Knick in der Straße, direkt gegenüber der Teestube.

Gemma und Kincaid setzten sich in die Sonne im Gärtchen der Teestube und aßen Sandwiches mit Käse und Tomaten, die mit Kresse garniert waren und von einer jungen Bedienung mit pinkfarbenem Haar und vielen Ohrringen sehr freundlich serviert wurden.

»Die Dorfpunkerin«, bemerkte Kincaid und schob sich ein paar widerspenstige Kresseblättchen mit dem Finger in den Mund.

»Na, viel kann hier abends nicht los sein.« Gemma hatte die Geringschätzung der Londonerin für das dörfliche Leben nie überwunden.

»Wahrscheinlich gibt's im Gemeindesaal eine Disco. Oder Videospiele im Pub für die, die alt genug sind.«

Gemma schnitt eine Grimasse. »Puh!«

Kincaid lachte. »Überlegen Sie doch mal, Gemma. Ist das nicht genau das, was Sie sich für Toby wünschen würden, wenn er mal größer ist. Keine Möglichkeit, Dummheiten zu machen?«

Sie schüttelte den Kopf. »Darüber werde ich jetzt bestimmt

noch nicht nachdenken.« Gemma schob den letzten Bissen ihres Brots in den Mund und schlug nach einer dicken Hummel, die unaufhörlich Sturzflüge auf ihren Tisch machte. »Sind Sie in so einem kleinen Ort aufgewachsen?«

»Nein, so klein war er nicht. Relativ zivilisiert nach Ihren Maßstäben. Wir hatten sogar ein Café. Videospiele gab's damals allerdings noch nicht. Wir mußten uns mit Darts begnügen.« Sein flüchtig aufblitzendes Lächeln verriet Gemma, daß er sie ein wenig auf den Arm nahm. Die hartnäkkige Hummel landete kopfüber in Kincaids Teetasse. Er kippte sie heraus und streckte sich. »Kommen Sie. Wir wollen mal sehen, was Theo Dent am letzten Donnerstagabend getrieben hat.«

Irgendwo in den Tiefen des Ladens klimperte ein Glockenspiel, als Gemma und Kincaid eintraten und die Tür hinter sich schlossen. Das Schild mit der Aufschrift »Geschlossen«, das innen an der Tür hing, schwang rhythmisch hin und her, Kontrapunkt zum schwächer werdenden Gebimmel des Glockenspiels.

Ihre Augen brauchten einen Moment, um sich nach dem grellen Sonnenlicht draußen auf das gedämpfte Licht einzustellen. »Wir scheinen die einzigen Kunden zu sein«, bemerkte Kincaid halblaut, während er sich umsah. »Nicht viel los für einen Sonntagnachmittag.«

»Das Wetter ist zu schön«, meinte Gemma.

Es schien ihr unerträglich warm und muffig im Laden. Durch die Schaufenster, die nicht durch Vorhänge abgeschirmt waren, fielen schräge Lichtbahnen ein und erhellten verstaubte Gegenstände. Gemma drehte sich langsam herum und musterte vollgestellte Borde und Tische, auf denen unter anderen Dingen unvollständige Teeservice, Schnickschnack aus Messing, fleckige Jagddrucke zur Schau gestellt waren. Eine kleine Glasvitrine war voller antiker Köpfe.

»Um sich hier gründlich umzusehen, braucht man einen

Regentag«, sagte sie und hielt eine Butterschale von altmodischer Form ans Licht. »Ach, die hat einen Sprung. Schade.«

Sie hörten das Geräusch eiliger Schritte auf einer Treppe, dann wurde hinten im Laden eine Tür aufgestoßen. »Tut mir leid. Ich habe nur schnell mein ...« Theo Dent, der gerade dabei war, seine Brille aufzusetzen, hielt inne und riß verdutzt die Augen auf. »Mr. Kincaid? Ich habe Sie nicht gleich erkannt ... Ich habe nicht erwartet ...«

»Hallo, Theo. Ich wollte Sie nicht aus der Fassung bringen. Ich hätte wahrscheinlich vorher anrufen sollen, aber es war so ein verlockender Tag für eine Autofahrt.«

Alles Quatsch, dachte Gemma bei Kincaids entwaffnendem Gesäusel. Sie war überzeugt davon, daß es seine volle Absicht gewesen war, Theo auf dem falschen Fuß zu erwischen. Was ihn trieb, mochte rein private Neugier sein, die Methoden aber waren die gleichen, die er im Dienst anzuwenden pflegte.

Kincaid stellte Gemma vor, wobei er ihre Beziehung zueinander wiederum völlig offen ließ, und Theo reichte ihr die Hand. Er war ein kleiner Mann mit ovalem Gesicht und lockigem braunen Haar, das von Grau durchschossen war. Die Brille mit den runden, goldgefaßten Gläsern verlieh ihm etwas Altväterisches. Seine Hand war klein und weicher als die ihre.

»Es freut mich, Sie kennenzulernen. Sie haben hübsche Dinge hier.« Gemma umriß mit einer Handbewegung den Ladenraum und ergriff dann den erstbesten Gegenstand in ihrer Reichweite, ein Porzellantöpfchen in Form eines Bienenkorbs.

»Finden Sie wirklich?« Theo schien über die Maßen erfreut. Er strahlte Gemma an und zeigte dabei kleine, regelmäßige Zähne. »Interessieren Sie sich für Honigtöpfe? Hier, sehen Sie sich den an«, sagte er und nahm die porzellanene Nachbildung eines strohgedeckten Häuschens von einem Bord. »Oder den hier.« Weißes Porzellan diesmal, mit Mäuschen verziert, die hinter einem Busch hervorlinsten. »Wußten Sie, daß die alten Ägypter glaubten, der Honig bestünde aus den Tränen des Sonnengottes Ra? Niemals wurde ein Pharao bestattet, ohne daß man ihm einen versiegelten Honig ...«

»Theo«, unterbrach Kincaid den enthusiastischen Monolog, »können wir uns irgendwo in Ruhe unterhalten?«

»Unterhalten?« Theo schien verblüfft. Erwartungsvoll sah er sich in seinem Laden um, und als keine Stühle zum Vorschein kamen, sagte er: »Äh ... natürlich. Wir könnten nach oben gehen.« Er drehte sich herum, um ihnen vorauszugehen. »Es ist aber nichts Besonderes«, fügte er mit einem ängstlich besorgten Blick nach rückwärts, zu ihnen, hinzu. »Es macht Ihnen hoffentlich nichts aus ...«

Die Wohnung oben diente offensichtlich gleichzeitig als Büro, wobei das Büro aus einem abgestoßenen alten Holzschreibtisch voller Zettel und loser Blätter und einem altmodischen schwarzen Bakelit-Telefon bestand. Der Wohnbereich sah nach Gemmas Meinung nicht viel besser aus: ein hastig gemachtes Couchbett, ein museumsreifer Ledersessel, beides mit gutem Blick auf einen neuen Farbfernsehapparat und ein Videogerät. In einem Alkoven hinter zugezogenem Vorhang verbargen sich, so vermutete jedenfalls Gemma, Wasch- und Kochgelegenheit.

»Ach, das war mein Mittagessen«, sagte Theo entschuldigend und nahm einen Teller mit Brotrinden und einen Pappbehälter, der eine Fertigsuppe enthalten hatte, um ihn hinter dem Vorhang verschwinden zu lassen. Er wies Kincaid zu dem Ledersessel und zog Gemma den Schreibtischstuhl heran. Nun war er selbst jedoch ohne Sitzgelegenheit. Verlegen stand er da, dann entdeckte er eine leere Kiste, drehte sie um und benutzte sie als Hocker. Seine nervöse Unsicherheit ließ etwas nach, und er lächelte entschuldigend: »Ich habe selten Gäste, wie Sie vielleicht schon gemerkt haben werden. Für Jasmine, wenn sie gekommen wäre, hätte ich natürlich ein bißchen Ordnung gemacht.« Er holte einmal tief Atem. »Also, Mr. Kincaid, was haben Sie mit mir zu besprechen? Sie haben diese hübsche junge Dame doch gewiß nicht hierher gebracht, damit sie meinen Trödel bewundern kann.« Beim Sprechen wies er mit dem Kopf auf Gemma, und wiederum hatte sie den Eindruck von einer gewissen altmodischen Qualität.

»Ich habe inzwischen den Obduktionsbefund bekommen, Theo. Ihre Schwester ist an einer Überdosis Morphium gestorben.« Kincaid sprach leise und ruhig.

Theos Blick glitt ins Leere. Der Mann saß so still, daß Gemma unwillkürlich Kincaid einen fragenden Blick zuwarf. Doch schließlich erwachte Theo mit einem Seufzer aus seiner Erstarrung und sagte: »Eigentlich habe ich das erwartet, seit Sie am Freitagabend mit mir gesprochen haben. Es ist sehr nett von Ihnen, daß Sie extra die weite Fahrt gemacht haben, um es mir zu sagen.«

Gemma, die wußte, daß Nettigkeit nichts damit zu tun hatte, sah, wie Kincaid leicht errötete.

»Theo ...«

»Es war der Schock, der mich so aus der Fassung gebracht hat, wissen Sie. Inzwischen habe ich etwas Zeit gehabt, um mich an den Gedanken zu gewöhnen, und ich glaube, daß es typisch Jasmine gewesen wäre, so etwas zu tun. Aber eines verstehe ich immer noch nicht.« Theo sah von Kincaid zu Gemma, um sie in die Frage einzubeziehen. »Warum hat sie mich angerufen und mich gebeten, sie heute zu besuchen?«

»Theo«, sagte Kincaid behutsam, »es gibt noch eine andere Möglichkeit. Der Coroner wird höchstwahrscheinlich auf Selbstmord erkennen, es sei denn, wir finden Hinweise, daß das Gegenteil passiert ist.«

»Das Gegenteil? Wie meinen Sie das?« Theos Brauen zogen sich über den goldgeränderten Brillengläsern zusammen.

Kincaid richtete sich auf und neigte sich Theo zu. Er sprach jetzt drängender. »Es könnte doch sein, daß eine dritte Person ihr das Morphium verabreicht hat, Theo. Vielleicht hat Jasmine Margaret die Wahrheit gesagt, vielleicht hatte sie tatsächlich beschlossen, keinen Selbstmord zu verüben, und vielleicht gab es jemanden, dem dieser Entschluß überhaupt nicht in den Kram paßte.«

»Das kann doch nicht Ihr Ernst sein.« Theo blickte Kincaid forschend ins Gesicht, als suche er ein Anzeichen dafür, daß dieser gescherzt hatte. Als er ein solches nicht fand, wandte er sich fragend an Gemma.

Die nickte. »Doch, es ist leider unser Ernst.«

»Aber wieso denn?« Theos Stimme überschlug sich fast. »Warum sollte jemand Jasmine töten wollen? Sie wäre doch sowieso gestorben. Sie haben selbst gesagt, daß sie nur noch ein paar Monate hatte.« Er schob seine Brille hoch und deutete mit wackelndem Zeigefinger anklagend auf Kincaid. »Wie kann ihr überhaupt jemand soviel Morphium gegeben haben, ohne daß sie es gemerkt hat?«

Eine gute Frage, dachte Gemma; eine Frage, die Kincaid noch nicht beantwortet hatte.

»Das weiß ich auch nicht, Theo. Ich vermute, es kann nur jemand gewesen sein, dem sie vertraut hat. Und was das Warum angeht«, sein Ton wurde härter, »so hatte es jemand vielleicht aus einem ganz bestimmten Grund eilig. Was wissen Sie über Jasmines Vermögensverhältnisse, Theo?«

»Über ihre Vermögensverhälntisse?« wiederholte Theo verständnislos.

»Nun kommen Sie schon. Machen Sie nicht so ein entgeistertes Gesicht.« Kincaid stand auf und ging in dem kleinen Zimmer auf und ab. »Sie müssen doch wenigstens eine Ahnung davon gehabt haben, wie Jasmine über ihr Vermögen verfügen wollte. Sie hat mir erzählt, daß sie im Lauf der Jahre ihr Geld recht gut angelegt hätte, und die Wohnung hatte sie auch zum großen Teil abbezahlt. Werden Sie das alles erben?«

»Ich weiß nicht.« Theo sah zu Kincaid auf, und es schien Gemma, als wäre er vor ihren Augen geschrumpft. »Sie hat die Anzahlung auf die Hypothek für den Laden geleistet. Ich war völlig pleite, wirklich am Ende.« Er drehte sich um und richtete auf der Suche nach Verständnis das Wort an Gemma. »Es war einiges schief gegangen, verstehen Sie? Ich habe nie darüber nachgedacht, was geschehen würde, wenn sie stirbt.«

Kincaid zog ungläubig die Brauen hoch und öffnete den Mund zum Protest, doch dann besann er sich anders und wechselte das Thema. »Was haben Sie Donnerstagabend gemacht?«

»Donnerstag?«

»An dem Abend, an dem Jasmine starb«, sagte Kincaid.

»Ich war hier! Wo hätte ich sonst sein sollen?« Theo schien jetzt gründlich verängstigt, den Tränen nahe.

»Fangen Sie von vorne an«, sagte Gemma, um ihm zu helfen. »Um welche Zeit schließen Sie das Geschäft?«

»Um halb sechs normalerweise.«

»Und am Donnerstag haben Sie auch um halb sechs geschlossen? Was haben Sie danach getan?«

»Na ja, ich hab' ein bißchen Ordnung gemacht und die Kasse abgesperrt, dann bin ich zum Abendessen rüber gegangen.« Theo, der sichtlich ruhiger wurde, sah Gemma erwartungsvoll an. Kincaid war ans Fenster getreten und sah zur Straße hinunter.

»Rüber?«

»Ins Pub. Das ist das einzige, was abends offen ist. Die Teestube macht um fünf zu. Ich geh' zum Abendessen immer rüber ins Pub. Da ist das Essen gut, und ich kann ja hier nicht viel kochen.« Er wies zum Vorhang vor der Nische. »Ich habe nur eine Kochplatte.«

»Sagten Sie nicht, Sie tränken kaum«, bemerkte Kincaid vom Fenster her.

Theo lief rot an. »Das stimmt auch. Höchstens ab und zu mal ein Glas Apfelmost.«

Gemma übernahm wieder das Kommando. »Was haben Sie nach dem Essen getan? Haben Sie einen Wagen?«

Die Frage schien Theo zornig zu machen. »Nein, verdammt noch mal, ich habe keinen Wagen, wenn das überhaupt jemanden was angeht. Ich bin nach Hause gegangen. Ein Nachtleben existiert in Abinger Hammer nicht. Und außerdem«, er lächelte Gemma an, der flüchtige Zornesausbruch schon vergessen, «außerdem hatte ich einen neuen Film. Er war gerade am Nachmittag gekommen. *Random Harvest.* Von 1942. Mit Ronald Coleman und Greer Garson. Tolle Geschichte. Es geht da um einen Offizier des Ersten Weltkriegs mit einer schweren Kriegsneurose, der vor einem Leben in der Nervenheilanstalt von einer Revuesängerin gerettet wird – ach, ist ja unwichtig.

Den Film hab' ich mir an dem Abend angesehen. Danach hab' ich noch ein Weilchen gelesen, dann bin ich zu Bett gegangen.« Er sah Kincaid an, der zum Sessel zurückgekehrt war und sich auf dessen Armlehne niedergelassen hatte. »Zufrieden?«

»Tut mir leid.« Kincaid stand auf und bot Theo die Hand. »Aber ich mache mir gern ein klares Bild von den Dingen. Sie werden leider zur Leichenschau kommen müssen. Die Einzelheiten teile ich Ihnen noch mit.«

»Es hat mich gefreut, Sie kennenzulernen, Theo.« Gemma nahm Theos Hand und stellte überrascht fest, daß sie trotz der Hitze in dem kleinen Raum eiskalt war.

Theo folgte ihnen die steile Stiege hinunter, und Gemma warf einen letzten Blick auf den Honigtopf mit den neugierigen Mäuschen, ehe Theo die Ladentür hinter ihnen schloß.

Ohne ein Wort zu wechseln, traten sie auf die Straße hinaus und schlugen den Fußweg zum Fluß ein. Kincaid ging mit gekrümmten Schultern, ohne Gemma anzusehen.

»Raffiniert haben Sie das gemacht, wie Sie mich in das Böser-Bulle-Guter-Bulle-Spiel reingedrängt haben. Der arme Kerl! Dabei war er Ihnen so rührend dankbar. Hatten Sie diese Taktik schon geplant, als Sie mich aufgefordert haben mitzukommen?« Gemma blieb stehen und zwang ihn so, sich umzudrehen und ihr ins Gesicht zu sehen.

»Nein. Das war wahrscheinlich reine Gewohnheit. Ich fühle mich ungefähr so, als hätte ich ein Kind verprügelt. Aber Herrgott noch mal, Gemma, wie kann ein Mensch so dumm sein? Sie glauben doch nicht, daß er wirklich nie daran gedacht hat, was aus Jasmines Geld werden würde.«

»Oh, ich glaube nicht, daß er dumm ist, Duncan.« Gemma setzte sich wieder in Bewegung, und Kincaid folgte ihr. »Naiv vielleicht. Aber Sie können doch nicht im Ernst glauben, daß er etwas mit Jasmines Tod zu tun hat.«

»Ach, ich merk's schon«, sagte Kincaid mit dem Anflug eines Lächelns, »er hat mit seiner hilflosen Art Ihren Beschützerinstinkt geweckt. Genauso ist es den Leuten wahrscheinlich mit Crippen gegangen.«

»Sie haben überhaupt keinen Grund, ihm nicht zu glauben«, konterte Gemma. »Denken Sie denn darüber nach, was aus dem Geld Ihrer Eltern oder Ihrer Schwester wird, wenn die plötzlich sterben sollten?«

»Nein. Aber die sind auch nicht krank, und sie unterstützen mich nicht. Mir sieht es ganz so aus, als ob Theo immer noch alle Hilfe braucht, die er kriegen kann. Sein Geschäft scheint nicht gerade zu blühen.«

Sie bogen jetzt ab und folgten dem Wasserlauf zur Brücke am Ende des Dorfes. Kresse, grün gesprenkelt im Sonnenlicht, wuchs dicht im fließenden Wasser des Bachs. Der Kinderspielplatz auf der Wiese war leer, eine Schaukel bewegte sich leise in der Brise, und Gemma wünschte von Herzen, nichts anderes, als das Verlangen nach einem Spaziergang am Bach hätte sie an diesem Nachmittag hier heraus gelockt.

»Es ist fast drei Uhr, und soweit ich sehen kann, ist dies das einzige Pub im Dorf.« Kincaid wies auf das niedrige weißgetünchte Haus, das an der Kreuzung jenseits der Brücke stand. »Wenn wir noch einen kleinen Schwatz mit dem Wirt halten wollen, müsse wir uns beeilen. Ich lade Sie zu einem Apfelmost ein«, fügte er mit einem breiten Lächeln hinzu.

Der joviale Wirt des *Bull and Whistle* bestätigte, daß Theo Dent am Donnerstag abend sein Nachtmal im Pub eingenommen hatte. »Er kommt jeden Abend, immer um die gleiche Zeit. Mir würd's bestimmt auffallen, wenn er mal nicht käme. Am Donnerstag hatten wir vegetarische Lasagne. Richtig gefreut hat er sich, wie er das am schwarzen Brett gelesen hat.« Der Wirt nahm Gemmas leeres Glas und fragte sie mit einem beifälligen Blick: »Darf's noch was sein, Miss?«

»Danke, nein. Das war alles.«

Gemma hatte sich einen Apfelwein bestellt und Kincaid nur einen vernichtenden Blick zugeworfen. Er hatte daraus geschlossen, daß sie es satt hatte, ständig wegen ihrer Vorliebe für süße Getränke geneckt zu werden. Mit unergründlicher Miene saß sie neben ihm am Tresen, frisch und kühl in heller Hose und zimtbrauner Baumwollbluse. Kincaid fühlte sich im Vergleich zu ihr recht mitgenommen und zerknittert.

Auf der Tafel über dem Tresen war nichts zu sehen als ein paar verwischte Kreidestreifen.

»Und heute gibt's kein Tagesmenü?« fragte Kincaid.

»Sonntags nimmt meine Frau sich frei. Da gibt's nur kalte Pasteten und belegte Brote, wenn Sie so was wollen.«

Kincaid schüttelte den Kopf. »Können Sie sich erinnern, um welche Zeit Theo Dent am Donnerstag hier weggegangen ist?«

Der Wirt kratzte sich am Kopf. »Wird so halb acht gewesen sein, würd' ich sagen. War nicht viel los an dem Abend. Manchmal, wenn's richtig zugeht oder die hier ein Darts-Turnier veranstalten, bleibt er noch auf ein Glas.«

»Ach, er versteht sich gut mit den Einheimischen?« fragte Kincaid etwas verwundert.

»Na ja, das würd ich nicht gerade sagen. Aber er ist ein ganz netter Mann. Bißchen schüchtern vielleicht. Schaut eher zu, als daß er mitmacht, wenn Sie verstehen, was ich meine.«

»Haben Sie eine Ahnung, wohin er gegangen ist, nachdem er hier weggegangen war?«

Der Wirt lachte. »In Abinger Hammer? Da gibt's keine große Auswahl. Und ein Auto hat er nicht. Nach Hause ist er gegangen, soviel ich weiß.«

»Danke.« Kincaid leerte sein Glas und sah Gemma an.

»Zufrieden?« fragte sie beißend.

Kincaid grinste. »Noch nicht. Schauen wir noch im Videoladen vorbei.«

Laden war übertrieben. Zeitungshandel, Postamt und Videoverleih waren in einem Raum zusammengepreßt, der etwa die Größe von Kincaids Badezimmer hatte. Die junge Frau hinter dem Ladentisch kaute träge einen Kaugummi, während sie sich Kincaids Frage durch den Kopf gehen ließ, und forderte unglückliche Vergleiche mit einer Kuh heraus.

Sorgfältig zählte sie an ihren Fingern zurück. »Ja. *Random Harvest* ist am Donnerstag reingekommen. Ich hab's extra für ihn bestellen müssen.« Sie bohrte mit ihrem Zeigefinger in ihrem Ohr. »Komischer Kauz ist das. Ganz geil auf alte Filme. Die echt guten Sachen, so wie *Terminator* und so, die interessieren den gar nicht. Der schaut sich nur das verstaubte alte Zeug an. Letzte Woche wollte er – Mensch, jetzt weiß ich schon wieder nicht mehr, wie der Film heißt. Ist was mit Cary Grant. *Arsen und Spitzendeckchen?«*

»Arsen und Spitzenhäubchen«, korrigierte Kincaid, ein Lächeln unterdrückend. »Und hat er Ihnen *Random Harvest* am nächsten Tag zurückgebracht?«

»O ja. Ganz pünktlich«, antwortete das junge Mädchen verwundert.

»Danke.«

»Also, es wird Ihnen doch nicht einfallen, das als Indiz für irgend etwas zu nehmen«, sagte Gemma empört, als sie in den Wagen stiegen. »Viele Leute lieben diesen Film, ohne deshalb gleich ihre ganze Verwandtschaft zu vergiften.«

Kincaid mußte zugeben, daß er sich nur schwer vorstellen konnte, Theo sei irgendwie ganz unauffällig nach London verschwunden, habe dort seine Schwester umgebracht und es dann geschafft, so bald wieder zu Hause zu sein, daß er sich noch einen Videofilm ansehen konnte, auf den er sich die ganze Woche gefreut hatte. Trotz angestrengten Nachdenkens auf der Heimfahrt hatte er bei ihrer Ankunft in Hampstead nicht mehr vorzuweisen als einen Entschluß, zu überprüfen, ob Theo bezüglich Jasmines Angelegenheiten wirklich so ahnungslos war, wie er behauptete. Er würde schnellstens Jasmines Anwalt aufsuchen.

Er konnte Gemma nicht zum Bleiben überreden, als sie vor seinem Haus hielten; nicht einmal mit der Einladung zu einem Drink auf seinem Balkon konnte er sie locken. Sie war schon auf der Rückfahrt aus Surrey unruhig gewesen und hatte immer wieder auf die Uhr gesehen. Das, was als vergnüglicher Sonntagsausflug begonnen hatte, hatte allmählich seinen Reiz verloren, und Kincaid hatte das dumpfe Gefühl, sie in irgendeiner ihm unbekannten Erwartung enttäuscht zu haben.

Vielleicht war sie ihm immer noch böse, weil er mit Theo so hart umgesprungen war, und wenn er ehrlich war, konnte er ihr das nicht einmal verübeln. Eigentlich hatte er nur ein paar Auskünfte haben wollen, aber angesichts der Hilflosigkeit des Mannes hatte er sich tollpatschig und unzulänglich gefühlt, und das wiederum hatte ihn gereizt.

Kincaid öffnete Gemma die Tür zu ihrem Wagen und schloß sie wieder, als Gemma am Steuer saß. Die Hand auf den Rand des offenen Fensters gestützt, blieb er stehen, so daß sie den Kopf neigen mußte, um zu ihm hinaufzusehen.

»Danke, daß Sie mitgekommen sind, Gemma.«

»Ich war nur leider keine große Hilfe, fürchte ich.« Sie lächelte und drehte den Zündschlüssel. »Also – vergessen Sie nicht, nach der Katze zu sehen«, sagte sie, als sie losfuhr, aber Kincaid fand, sowohl das Lächeln als auch die Ermahnung wirkten zerstreut.

Dennoch nahm er sie sich zu Herzen. Nachdem er sich ein Bier und einen Stapel blauer Tagebücher aus seiner Wohnung geholt hatte, betrat er leise Jasmines Wohnung. Sid, der auf dem Krankenhausbett zusammengerollt lag, begann geräuschvoll zu schnurren, als Kincaid ins Zimmer kam.

»Ach, diesmal freust du dich wohl tatsächlich, mich zu sehen, wie?« sagte Kincaid zu dem Kater. »Aber wahrscheinlich auch nur, weil du hungrig bist.« Er löffelte etwas Dosenfutter in eine Schale und stellte sie dem Kater hin. Der ließ sich immerhin hinter den Ohren kraulen, ehe er seine gesammelte Aufmerksamkeit dem Futternapf zuwandte.

Mit dem Bierglas in der Hand und den Tagebüchern unterm Arm, öffnete Kincaid die Fenstertür zum Garten und setzte sich auf die oberste Treppenstufe. An das Geländer gelehnt, in der gleichen Haltung, in der Jasmine so oft auf der Treppe gesessen hatte, begann er zu lesen.

»22. September 1957

Es ist kalt hier. Die ganze Zeit ist es kalt, obwohl Tante May behauptet, es sei ein ›schöner Herbst‹. Hände und Füße tun mir weh vor Kälte, und diese blöden Wollsachen kratzen alle. Überall habe ich rote Pickel auf der Haut. Wenigstens werde ich niemals so bleich sein wie diese Engländer. Ihre Haut hat die Farbe von rohen Kartoffeln, und ihre Gesichter sind so zu wie Fenster mit geschlossenen Läden.

May hat mich oben in der Mansarde einquartiert. Theo hat das Gästezimmer bekommen. Sie behauptet, weil er der Kleine sei, aber in Wirklichkeit zieht sie ihn vor. Mich hat sie vom ersten Moment an nicht gemocht.

Abends liege ich oben in meinem Bett und lausche dem Wind in den Dachbalken und stelle mir vor, wie ich barfuß im Staub gehe, und denke an kühle Baumwollkleider und Kokosmilch und Granatäpfel und Passionsfrüchte und wie das Sonnenlicht in unserem Haus in der Mohur Street durch die grünen Bambusjalousien fiel, so daß mein Zimmer aussah, als wäre es unter Wasser.

Sie sagt, ich muß zur Schule gehen bis ich sechzehn bin. Das ist hier gesetzliche Vorschrift. Die Mädchen reden überhaupt nicht mit mir, außer wenn sie gemeine Bemerkungen machen. Und die Jungen starren mich nur an.

Theo kommt besser zurecht. Er trifft sich nach der Schule mit ein paar von den Jungen. Er fängt sogar schon an, so wie sie zu reden.

Ich würde ja hier gleich an meinem sechzehnten Geburtstag abhauen, aber ich kann Theo nicht allein in Mays Klauen zurücklassen. Sie hat alles schon für ihn geplant, macht sich bereits Gedanken wegen seiner Noten und redet dauernd von der Universität.

Wir sind ohne sie prima zurechtgekommen, Theo und ich, und das wird auch wieder so, das schwöre ich.«

8

Der Montag zog kalt und windig herauf und setzte dem milden Wetter, das Jasmines Tod begleitet hatte, ein Ende. Mit einem Gefühl der Erleichterung, in das sich Erwartung mischte, band Kincaid seinen Schlips und schlüpfte in ein Wollsakko. Er musterte sich im Badezimmerspiegel, als wollte er in seinem Gesicht irgendeine sichtbare Spur des schleppenden Verlaufs des Wochenendes entdecken, doch die blauen Augen, die ihn anblickten, sahen aus wie immer, höchstens noch ein wenig schlaftrunken. Mit einem letzten Bürstenstrich über sein Haar ließ er es gut sein. Er steckte Schlüssel und Brieftasche ein, kippte den Kaffee, den er nicht ausgetrunken hatte, ins Spülbecken und ging.

Er fuhr mit der U-Bahn bis St. James Park. Ein paar Minuten zu Fuß, dann stand er im kalten Schatten des Stahl- und Betonturms, in dem New Scotland Yard untergebracht war. Die Bürgersteige waren verlassen bis auf die uniformierten Wachbeamten, die vor den Glastüren Posten standen. Der Wind blies weggeworfene Papiere den Rinnstein entlang. Nicht gerade ein tröstlicher Anblick, das Yard, aber, dachte Kincaid, das war wohl auch nicht das Anliegen der Architekten gewesen. Er nickte dem Wachposten zu und betrat das Gebäude.

Er hatte den kurzen Fußmarsch genutzt, um seine Argumente zurechtzulegen, und ging jetzt direkt zum Büro seines Chief Superintendent. Denis Childs' Sekretärin, eine rundliche, dunkelhaarige junge Frau, sah von ihrer Schreibmaschine auf und strahlte ihn an.

»Morgen, Mr. Kincaid. Was kann ich für Sie tun?«

Der Chief Superintendent hatte eine Begabung dafür, sich Mitarbeiter zu wählen, die sowohl gutmütig als auch tüchtig waren.

»Ist er da, Holly?« Kincaid wies mit dem Kopf zur geschlossenen Tür des anschließenden Büros.

»Ja, wahrscheinlich liest er gerade seine Berichte. Es liegt nichts Dringendes vor heute morgen. Klopfen Sie einfach.« Noch ehe sie fertig gesprochen hatte, wandte sie sich wieder ihrer Schreibmaschine zu.

Der Chief Superintendent hatte sein Büro im modernen skandinavischen Stil eingerichtet: helles Holz, Rohr und Grünpflanzen. Kincaid hatte den Verdacht, daß das Motiv weniger eine besondere Vorliebe war als Protest gegen die Konvention.

Denis Childs lag bequem im Sessel hinter seinem Schreibtisch, auf den gekreuzten Knien einen Bericht, im Aschenbecher am Rand des Schreibtischs eine schwelende Zigarette. Sein massiger Körper ließ das Mobilar beinahe kümmerlich erscheinen, die Pastellfarben wirkten neben dem dunklen Haar und den lebhaften braunen Augen anämisch.

»Was gibt's, Duncan? Nehmen Sie sich einen Sessel.« Er blätterte die letzte Seite des Berichts um und warf das Bündel Papiere in den Ausgangskorb. Dann drückte er die Zigarette aus und verschränkte die Arme über der Brust, um, wie das seine Gewohnheit war, mit ungeteilter Aufmerksamkeit zuzuhören.

Nachdem Kincaid es sich im Besuchersessel bequem gemacht hatte, berichtete er so ausführlich wie nötig über Jasmine Dents Tod und seine darauffolgenden Unternehmungen.

»Ich möchte gern amtliche Ermittlungen anstellen«, schloß er. »Ein großes Aufgebot an Leuten ist dazu nicht nötig, nur Gemma und ich im Grunde.«

Childs ließ sich die ganze Sache einen Moment durch den Kopf gehen, ehe er sprach. »Mir scheint das ein ziemlich eindeutiger Fall von Selbstmord zu sein. Sie wissen doch, daß wir bei diesen Geschichten im allgemeinen ein Auge zudrücken – eine Verfolgung bringt ja meistens gar nichts, besonders nicht für die Angehörigen. Wenn aber konkrete Beweise da sind, daß diese junge Frau – wie heißt sie gleich wieder?«

»Margaret Bellamy.«

»... daß diese Margaret Bellamy anwesend war und Ihrer Bekannten aktive Sterbehilfe geleistet hat, müssen wir etwas unternehmen.«

»Ausschließen kann ich das nicht. Sie behauptet, sie sei an dem fraglichen Abend nicht bei Jasmine Dent gewesen, aber bestätigen kann das niemand.« Kincaid verlagerte sein Gewicht, und der Sessel knarrte beunruhigend. »Aber ich finde, das ergibt keinen Sinn. Weshalb die Absprache zum Selbstmord überhaupt erwähnen? Sie hätte nichts davon zu sagen brauchen, dann wäre ich wahrscheinlich nie auf den Gedanken gekommen, eine Obduktion anzuordnen.«

»Der Schreck vielleicht?« meinte Childs, während er sich aus der Packung auf dem Schreibtisch eine Player's nahm und anzündete. Abwartend blinzelte er Kincaid durch die Rauchschwaden an.

Kincaid zuckte gereizt die Achseln. »Natürlich war sie erschrocken und schockiert. Sie ist wahrscheinlich emotional ganz allgemein nicht besonders stabil. Aber sie ist nicht dumm. Sie muß das Gesetz kennen. Und das «, er beugte sich in seinem Sessel vor, »ist der Punkt, der mir zu schaffen macht. Jasmine hat zweifellos gewußt, wie riskant die Sache für Meg war. Ich habe die Texte von *Exit* gelesen«, Kincaid ignorierte die hochgezogenen Brauen seines Chefs, »und sie empfehlen mit allem Nachdruck, Freunde und Angehörige von seinen Absichten zu unterrichten und für den Fall, daß

Verdächtigungen erhoben werden sollten, entlastende Dokumente zu hinterlassen.«

»Einen Abschiedsbrief?«

»Nicht unbedingt... jedenfalls nicht, wenn man den Eindruck eines natürlichen Todes erwecken möchte. Aber *Exit* schlägt eine präzise Absichtserklärung mit Datum und Unterschrift vor, für den Fall, daß an der Todesursache Zweifel aufkommen sollten. Jasmine Dent hat nichts dergleichen hinterlassen. Jedenfalls habe ich nichts gefunden.«

Childs seufzte und drehte sich in seinem Sessel sachte hin und her. »Und Sie sind der Meinung, das war untypisch für sie? Kranke verhalten sich nicht immer...«

»Sie sind nicht der erste, der mich darauf aufmerksam macht, aber ich glaube, ich bin nie einer rationaler denkenden Person als Jasmine Dent begegnet, und den Entschluß, sich das Leben zu nehmen, muß man bei einer Frau, die weiß, daß sie an einer tödlichen Krankheit leidet, doch als rational werten.«

»Haben Sie schon mit ihrem Anwalt gesprochen? Vielleicht hat sie die entlastenden Unterlagen bei ihm hinterlegt.«

»Er steht als erster auf meiner Liste«, antwortete Kincaid, erleichtert, als er sah, welche Richtung das Gespräch nahm. Er wußte, wenn Childs erst einmal begonnen hatte, sich mit einer Frage zu beschäftigen, ließ er so leicht nicht locker.

»Lassen Sie sich eine richterliche Vollmacht zur Einsichtnahme in die Akten des Anwalts ausstellen. Sie haben meine Ermächtigung dazu. Hat es Sinn, die Leute von der Spurensicherung mobil zu machen?«

Kincaid lachte. »Das wäre schon ein Wunder, wenn die da was finden würden. Die Wohnung ist sauber. Im Kühlschrank liegen zwei noch fast volle Ampullen Morphium; was daraus fehlt, hätte sicher nicht gereicht, um Jasmines Tod herbeizuführen. Ich bringe sie her, aber ich bezweifle, daß wir Fingerabdrücke von Personen an ihnen finden werden, die nicht normalerweise Zugang zu der Wohnung hatten. Wenn es Mord war, dann ist der Täter sehr sorgfältig zu Werke gegangen.« Er überlegte einen Moment. »Wenn Jasmine sich selbst das Leben genommen hat, was hat sie dann mit der leeren Morphiumampulle getan? Ich habe die Wohnung ziemlich gründlich durchsucht.«

Childs beugte sich über seinen Schreibtisch und drückte seine Zigarette aus. »Ich kann Sie ein paar Tage entbehren, wenn nichts Größeres hereinkommt. Sullivan soll sich mit den Fällen von heute morgen befassen, der kann ruhig mal wieder eine Dosis Kopfschmerzen vertragen.« Kincaid sah das boshafte Lächeln, das die letzten Worte begleitete, und war froh, nicht in Bill Sullivans Schuhen zu stecken.

»Und Gemma?« fragte er.

»Als ich sie das letztemal mit Sullivan zusammengespannt habe, hat's ziemlich gekracht. Zwei Rothaarige passen nicht zusammen, jedenfalls nicht diese beiden. Sie können sie zwei Tage haben, wenn sie damit einverstanden ist – und denken Sie daran, das gilt nur, solange ich Sie nicht brauche.«

»In Ordnung«, sagte Kincaid und stand auf. »Vielen Dank auch.«

Kincaid fand Gemma bereits in seinem Büro. Sie hatte es sich in seinem Schreibtischsessel bequem gemacht. Als sie aufstehen wollte, winkte er sie zurück und hockte sich auf die Kante seines unansehnlichen Schreibtischs. Über das Zweckmäßige war die Inneneinrichtung seines Büros nie hinausgekommen – irgendwie kam er nie dazu, mehr als Bücherregale zu bestellen.

Jedes verfügbare Fleckchen in dem kleinen Raum war von Büchern besetzt. Der Bücherfriedhof seiner Mutter, dachte Kincaid, während er die Bände betrachtete, die ohne Ordnung und System in die Regale gequetscht waren. Sie trafen regelmäßig per Post aus Cheshire ein, immer irgend etwas, auf das sie in der Buchhandlung »ganz zufällig gestoßen« war. Vom Handbuch für den Heimwerker bis zum russischen Science-Fiction-Roman war hier alles vertreten, wofür sich seine Mutter je begeistert hatte. Hinter ihrem Kampf um die ständige Erweiterung seiner Bildung vermutete Kincaid ihre Enttäuschung, daß er es abgelehnt hatte zu studieren, und er brachte es nicht übers Herz, die Bücher zurückzuschicken oder zu verschenken. Und wenn er auch seine Mutter wegen ihrer fixen Ideen neckte, so konnte man doch nicht mit Büchern aufwachsen, so wie das bei ihm gewesen war, und sie nicht um ihrer selbst willen lieben.

Gemma klappte den Hefter zu, in dem sie gelesen hatte, und reichte ihn Kincaid. »Jasmines Obduktionsbefund. Keine Einstiche. Das Morphium muß ihr über den Katheter verabreicht worden sein.«

»Das ist nicht weiter überraschend.«

»Und ich habe mit dem Büro des Coroner telefoniert. Die Leichenschau ist für Mittwoch angesetzt.« Gemma stand auf und fegte einige Krümel von der Löschunterlage. Dann griff sie nach einer Kaffeetasse mit Lippenstiftspuren am Rand. Statt ihres sonstigen Schneiderkostüms trug sie eine lange marineblaue Wolljacke und einen weich fallenden Rock.

»Sie sind ja heute morgen ein richtiger Schnellstarter, wie?« Kincaid sah sie lächelnd an. »Ist das Ihr zweites Frühstück?«

Gemma ignorierte die kleine Stichelei. »Ich hab' gehört, Sie sind direkt zum Chef gegangen. Hat er's genehmigt?«

Kincaid wurde ernst. »Wir haben zwei Tage, wenn nichts reinkommt, womit Sullivan nicht allein fertig wird. Die anderen können vor Arbeit kaum aus den Augen schauen.« Er ging um den Schreibtisch herum und setzte sich in den Sessel, den Gemma freigemacht hatte. Zurückgelehnt zählte er an den Fingern ab: »Zuerst Jasmines Anwalt – das übernehme ich. Vielleicht können Sie mal auf der Bezirksbaubehörde vorbeischauen, wo Meg und Jasmine gearbeitet haben, und mit Meg sprechen. Versuchen Sie herauszubekommen, was Jasmine ihr über die gesetzlichen Regelungen wegen Beihilfe zum Selbstmord erzählt hat. Und reden Sie dann eventuell mit anderen, die was zu sagen haben. Aber zuerst möchte ich, daß Sie den umwerfenden Roger Leveson-Gower mal unter die Lupe nehmen. Würde mich interessieren, was Sie von ihm halten.« Bei der Vorstellung dieses Rencontres zwischen Gemmas hitzigem Temperament und Leveson-Gowers schneidendem Sarkasmus mußte er lächeln. »Vielleicht«, fügte er hinzu, »sagt er Ihnen, was er am Donnerstagabend getrieben hat. Mir hat er's jedenfalls nicht verraten.«

Kincaid fand die Adresse in Bayswater ohne Schwierigkeiten: eine Erdgeschoßwohnung in einem ehemals privat genutzten Stadthaus. Zu seiner Überraschung stand auf dem Messingschild lediglich »Antony Thomas, Rechtsanwalt«. Aus irgendeinem Grund hatte er eine ganze beeindruckende Latte von Namen erwartet.

Die Empfangssekretärin ließ sich Kincaids Namen nennen und riß die dunklen Augen auf, als sie seinen Dienstausweis sah. Sehr jung, sehr hübsch, sehr wahrscheinlich Pakistani, dachte Kincaid. Sie warf ihm immer wieder nervöse Blicke zu, während er auf seinem geradlehnigen Stuhl sitzend geduldig wartete. Als die Sprechanlage summte, führte sie ihn mit unverkennbarer Erleichterung ins Büro ihres Chefs.

»Was kann ich für Sie tun, Superintendent?« Antony Thomas begrüßte Kincaid mit einem Lächeln und einem kräftigen Händedruck. »Bitte, nehmen Sie doch Platz. Ich kann mir allerdings nicht vorstellen, wie ich Ihnen behilflich sein kann, wenn es sich um eine polizeiliche Angelegenheit handelt.«

Kincaid ließ sich in dem Ohrensessel nieder, der schräg vor dem Schreibtisch stand, und musterte Thomas. Wieder einmal ein vorgefaßtes Bild gründlich zertrümmert, wobei er selbst nicht wußte, wieso seine Bekanntschaft mit Jasmine ihn dazu veranlaßt haben sollte, einen widerborstigen alten Familienanwalt zu erwarten. Antony Thomas war ein schlanker Mann mittleren Alters mit einem dunklen Haarkranz um den kahlen Scheitel und einem wallisischen Tonfall in der Stimme.

»Die Sache ist nicht nur amtlich, Mr. Thomas«, begann Kincaid und berichtete dann von Jasmine Dents Tod und seinen Begleitumständen.

Thomas nahm das alles schweigend auf, und blieb auch, nachdem Kincaid geendet hatte, noch eine Weile still sitzen, ohne etwas zu sagen, rieb sich nur mit Daumen und Zeigefinger nachdenklich das Kinn. Als er schließlich sprach, war seine Stimme gedämpft, und die weiche Melodie seines Heimatdialekts war stärker zu hören. »Es tut mir sehr leid, das zu hören, Mr. Kincaid. Ich wußte natürlich von Ihrer Situation, dennoch ist man nie wirklich vorbereitet. Haben Sie Jasmine lange gekannt?«

Die Frage überraschte Kincaid. »Nein, nicht sehr lange. Ich habe sie erst in der Zeit kennengelernt, als die Krankheit sie zwang, ihre Arbeit aufzugeben.«

Thomas seufzte und senkte den Blick, um die Stifte, die auf seinem Schreibtisch lagen, geradezurichten. »Ich habe sie sehr lange gekannt, Mr. Kincaid. Mehr als zwanzig Jahre. Meine Kanzlei war in derselben Straße wie das Büro des Wirtschaftsprüfers, für den sie damals tätig war – Jasmine hatte einen ausgesprochenen Sinn für Zahlen. Das erstemal kam sie wegen der Regelung des Nachlasses ihrer Tante zu mir. Sie war damals eine sehr schöne Frau, Sie hätten sie sehen sollen!« Er hob den Kopf und sah Kincaid an. »Ich war schon verheiratet und hatte zwei kleine Kinder und«, er fuhr sich mit der Hand über den kahlen Kopf und lachte, »Haare, wenn Sie das glauben können. Ich muß zugeben, ich war in arger Versuchung. Aber mißverstehen Sie das bitte nicht – ich bin überzeugt, die Phantasie war völlig einseitig. Dennoch sind wir im Lauf der Jahre Freunde geworden.«

»Hat sie mit Ihnen über Selbstmord gesprochen, Mr. Thomas? Oder Ihnen irgendwelche Papiere übergeben, in denen ihre Absicht niedergelegt ist, sich das Leben zu nehmen?«

Thomas schüttelte den Kopf. »Nein. Das hätte mich sehr belastet.«

Kincaid schlug ein Bein über das andere und zog die Bügelfalte in seinem Hosenbein gerade, während er überlegte, wie er den nächsten Punkt am besten angehen sollte. »Ich weiß, es ist eine heikle Angelegenheit, Mr. Thomas, aber ich muß wissen, was für Verfügungen Jasmine über ihr Vermögen getroffen hat und ob sie eine Lebensversicherung hatte. Ich habe in ihrer Wohnung weder ein Testament noch eine Versicherungspolice gefunden.« Er zog die richterliche Anordnung zur Akteneinsicht aus seiner Tasche und reichte sie Thomas über den Schreibtisch hinweg. »Ich denke, Sie werden sehen, daß alles ordnungsgemäß ist.«

Thomas überflog das Schriftstück, dann schaltete er seine Sprechanlage ein. »Hareem, bringen Sie doch bitte die Akte Jasmine Dent.« Nachdem er wieder ausgeschaltet hatte, sagte er zu Kincaid: »Es gefällt mir zwar gar nicht, aber ich werde Ihnen helfen, soweit ich kann.«

Hareem kam mit der Akte herein und warf Kincaid einen weiteren neugierigen Blick zu, ehe sie wieder verschwand und die Tür hinter sich schloß.

Thomas blätterte in den Papieren, nickte angesichts der ihm vertrauten Dokumente und sah Kincaid dann überrascht an. »Sie hat Sie zum Testamentsvollstrecker ernannt, Mr. Kincaid. Ihr Name kam mir doch gleich irgendwie bekannt vor.«

»Mich?« sagte Kincaid lauter als beabsichtigt. »Aber wie kommt sie ...«, begann er und brach ab. Sie hatte sonst niemanden gekannt, dem sie Kompetenz und Unparteilichkeit zugetraut hatte. »Hätte Sie mir das nicht mitteilen müssen?«

»Nein. Aber Sie können ablehnen, wenn Sie möchten.«

Kincaid schüttelte den Kopf. »Nein. Ich möchte ihre Wünsche erfüllen, auch wenn es die Dinge ein wenig kompliziert.«

Anthony Thomas lächelte. »Gut. Dann werde ich Ihnen jetzt so kurz und so einfach wie möglich sagen, wie es aussieht.

Jasmine hat im Herbst ein neues Testament gemacht. Aus dem Nachlaß soll die Hypothek auf dem Geschäft ihres Bruders bezahlt werden. Der Rest des Vermögens fällt, abgesehen von zwei kleinen Vermächtnissen, an Miss Margaret Bellamy.«

»Und ist es ein größeres Vermögen?« fragte Kincaid einigermaßen erstaunt.

»Nun, wie ich schon sagte, Jasmine hatte ein Gespür für das Finanzielle. Ihr Vermögen umfaßt Aktien und Rentenpapiere und die Wohnung in der Carlingford Road, die nur noch mit einer kleinen Hypothek belastet ist. Sie und ihr Bruder erbten ein ansehnliches kleines Vermögen nach dem Tod ihrer Tante, und Jasmine legte es klug an. Außerdem hat sie gut verdient. Soviel ich weiß, hat sie wenig für sich selbst ausgegeben – ja, abgesehen von den Auslagen für ihren Bruder hat sie äußerst bescheiden gelebt.«

Kincaid setzte sich etwas aufrechter in seinem Sessel. »Soll das heißen, daß sie Theo nicht nur den Laden finanziert, sondern ihm vorher schon häufiger Geld geliehen hatte?«

Thomas nickte nachdrücklich. »Ganz recht. Nachdem ich ihr bei der Regelung des Nachlasses ihrer Tante geholfen hatte, beauftragte sie mich beispielsweise damit, wenigstens einen Teil des Geldes zu retten, das er in ein psychedelisches Nachtlokal investiert hatte. In Chelsea war das, glaube ich.«

»Theo? Ein psychedelisches Nachtlokal?« fragte Kincaid ungläubig.

»Ja, es muß siebenundsechzig oder achtundsechzig gewesen sein. Leider hatten meine Bemühungen nur äußerst geringen Erfolg, und wenn ich mich richtig erinnere, war dies die letzte von einer ganzen Kette törichter Anlagen mit dem Geld seiner Tante.« Thomas schnippte mit den Fingern. »Er hatte alles durchgebracht. In sehr kurzer Zeit. Danach finanzierte ihm Jasmine diverse Unternehmungen – er ging auf eine Malschule, und sie unterstützte ihn eine Zeitlang, aber er war nicht sonderlich erfolgreich mit seiner Malerei.«

Theo als Maler fand Kincaid nur halb so absurd wie Theo als Nachtklubbesitzer. »Haben Sie Theo mal kennengelernt?«

»O ja. Ich bin ihm mehrmals begegnet, wenn er mit Jasmine herkam, um irgendwelche Papiere zu unterzeichnen. Aber das ist nun schon wieder mehrere Jahre her.«

»Hat Jasmine Ihnen gegenüber etwas davon verlauten lassen, wie der Laden lief?«

Thomas schüttelte den Kopf. »Nachdem man ihre Krankheit diagnostiziert hatte, habe ich sie nur noch einmal gesehen, und da blieb sie nicht länger als unbedingt nötig. Sie war sehr – zurückhaltend.«

Hatte sie mit dem alten Freund nicht über ihre Krankheit sprechen oder hatte sie keine Erklärungen zur Änderung ihres Testaments geben wollen? »Fanden Sie es nicht seltsam, Mr. Thomas, daß Jasmine keine bessere Vorsorge für ihren Bruder traf?«

»Ja, doch, gewiß. Sie machte auch eine Bemerkung, die ich etwas rätselhaft fand. Sie sagte in etwa, es sei ›ein wenig spät, um die Nabelschnur durchzuschneiden, aber es müsse trotzdem sein‹. Außerdem war da ja die Lebensversich...«

»Jasmine hatte eine Lebensversicherung?« Kincaid beugte sich lebhaft vor, und Thomas schreckte ein wenig zurück.

»Ja, sie...«

»Der Begünstigte ist Theo?«

Thomas nickte. »Aber soviel ist es nicht, Mr. Kincaid. Nur zwanzigtausend Pfund.«

Kincaid entspannte sich wieder und lehnte sich in seinem

Sessel zurück. »Mr. Thomas«, sagte er bedächtig, das Kinn auf die aneinandergelegten Fingerspitzen gestützt, »enthält die Police eine Selbstmordausschlußklausel?«

Stirnrunzelnd blätterte Thomas in seiner Akte. »Ah, hier haben wir sie.« Er las einen Moment schweigend, dann richtete er seinen Blick auf Kincaid. »Ja. Über zwei Jahre. Und letzten Monat waren es genau zwei Jahre seit Ausstellung der Police.«

Sie sahen einander stumm an, dann sagte Thomas mit Bekümmerung in der Stimme: »Aber Jasmine kann unmöglich geplant haben ... sie wußte doch gar nicht, daß sie krank war ...«

»Vielleicht spürte sie, daß etwas nicht ganz so war, wie es sein sollte.« Die ersten quälenden Symptome, dachte Kincaid, und die Angst, zu einem Arzt zu gehen. »Wußte Theo von der Versicherung?« Und wußte er auch, fragte sich Kincaid im stillen, daß sie eine Ausschlußklausel enthielt?

9

Als Kind hatte Gemma St. John's Wood faszinierend gefunden. Dort wohnten Popstars und Fernsehgrößen. Der Name selbst erinnerte an Märchen und beschwor Bilder von dunklen, ausladenden Bäumen und versteckten Hexenhäuschen.

Die Wirklichkeit war, wie sie entdeckte, als sie ein wenig älter war, eine herbe Enttäuschung. Ganz gewöhnliche Häuser des gehobenen Mittelstands in ganz gewöhnlichen Straßen, denen sehr schnell immer mehr Hochhäuser mit Luxuswohnungen auf die Pelle rückten. Sie fand die Adresse, die Kincaid Margaret Bellamy am Telefon herausgekitzelt hatte, und nicht allzuweit entfernt einen Parkplatz.

Das Haus aus weißem Stein mit einem pseudogriechischen Portikus sah teuer aus und nicht sonderlich gepflegt. Aus der Nähe betrachtet, zeigte die weiße Tünche rissige blätternde Stellen, und in den Sprüngen des gepflasterten Gartenwegs wucherte das Unkraut.

Gemma läutete und zog im Wind fröstelnd ihre Jacke zusammen, während sie wartete. Das dumpf hallende Echo des Klingeltons verlor sich, und Gemma wollte schon ein zweitesmal läuten, als sie das schnelle Klappern hoher Absätze auf hartem Fußboden hörte. Die Tür flog auf. Eine dünne Frau mit einem Helm aus wasserstoffsuperoxidblondem Haar stand vor Gemma. Sie trug einen weißen Overall mit goldenem Strahlenkranz auf der Brust.

»Ja bitte?« Die Frau begann mit dem Fuß, der in einer hochhackigen goldenen Sandale steckte, ungeduldig auf die Fliesen zu klopfen.

Gemma fegte alle Spekulationen darüber, wie man auf solchen Absätzen gehen konnte, ohne sich einen bleibenden Wirbelsäulenschaden zu holen, beiseite, sah der Frau ins Gesicht und zeigte ihr lächelnd ihren Dienstausweis. »Polizei. Ich würde Ihnen gern einige Fragen stellen.« Kincaid hatte gesagt, Roger Leveson-Gower lebe mit seiner Mutter zusammen. Als die Frau den Mund zu einer Erwiderung öffnete, sagte Gemma: »Sind Sie Mrs. Leveson-Gower?«

»Ja, natürlich. Was um alles in der Welt...«

»Vielleicht darf ich einen Moment eintreten.« Gemma hatte ihren Fuß in dem marineblauen Slipper schon ins Foyer des Hauses geschoben und schlängelte sich nun gewandt ganz hinein. »Ich werde Sie nicht lange aufhalten.« Sehr bestimmt schloß sie die Tür und dachte dabei, wenn sie je bei der Polizei aufhören sollte, hätte sie als Staubsaugervertreterin die besten Chancen.

Mrs. Leveson-Gower sperrte den Mund auf, um zu protestieren, ließ es dann jedoch bei einem Achselzucken bewenden. »Nun gut, wenn es sein muß. Aber beeilen Sie sich – ich habe einen Termin.« Sie sah demonstrativ auf ihre Uhr, als sie Gemma durch die offene Tür auf der rechten Seite des Hauses führte.

Weiß, weiß und nochmals weiß – Spiegelwände, weiße Sofas und Sessel, ein flauschiger weißer Teppich. Das Schloß der Schneekönigin, dachte Gemma. Mrs. Leveson-Gower ließ sich in eines der weißen Sofas sinken, schlug die Beine übereinander und stemmte einen Fuß an die Kante eines niedrigen Tischs aus Glas und Chrom. Sie forderte Gemma nicht auf, Platz zu nehmen.

Gemma ließ sich auf der Kante des gegenüberliegenden Sofas nieder und nahm Block und Stift aus ihrer Handtasche, ohne sich von der offenkundigen Ungeguld der Frau aus der Ruhe bringen zu lassen.

»Mrs. Leveson-Gower«, begann sie und sprach den Namen Lush-n-goa aus, wie Kincaid es sie gelehrt hatte. Die werden sich über Sie lustig machen, wenn Sie ihn falsch aussprechen, hatte er gesagt, und Sie können es sich nicht leisten, daß Roger die Oberhand gewinnt. »Lebt Ihr Sohn Roger hier bei Ihnen im Haus?«

Mrs. Leveson-Gower begann rhythmisch mit einem Fuß zu wippen, doch ihr Ton blieb angriffslustig. »Roger? Wozu wollen Sie das wissen?«

»Lediglich eine Routineuntersuchung, Mrs....«

»Untersuchung worüber?« Der wippende Fuß hielt plötzlich still.

Hätte ihr Gesicht nicht diesen Stempel ärgerlicher Gereiztheit getragen, so wäre Mrs. Leveson-Gower eine auffallend schöne Frau gewesen. Eine äußerst gutkonservierte Endvierzigerin, schätzte Gemma, und die Straffheit der Haut über den Knochen sprach von teuren Liftings.

»Eine Bekannte Ihres Sohnes ist am vergangenen Donnerstagabend unter zweifelhaften Umständen gestorben. Wir müssen die einzelnen Aussagen vergleichen. Ist er...«

»Und von welchem Revier kommen Sie, Sergeant? Zeigen Sie mir doch noch einmal Ihren Ausweis.«

Gemma zog gehorsam den Ausweis aus ihrer Handtasche und reichte ihn der Frau. »Ich komme nicht von Ihrem zuständigen Revier, Mrs. Leveson-Gower. Ich komme von New Scotland Yard.«

»Welche Abteilung?«

Eine solch informierte Frage hatte Gemma nicht erwartet. »C1, Morddezernat.«

Mrs. Leveson-Gower schien plötzlich zu erstarren, und Gemma konnte förmlich hören, wie sich die kleinen Rädchen in ihrem Hirn schnurrend drehten.

»Ohne unseren Anwalt werden Sie nicht mit meinem Sohn sprechen.« Die Frau stand auf und steuerte auf die Tür zu. »Sie können einen Termin mit ihm vereinbaren...«

»Du sorgst dich um mich, Mutter? Das ist wirklich nicht nötig.«

Der Mann erschien so genau im richtigen Moment, daß Gemma sicher war, daß er draußen vor der Tür gelauscht hatte. Er schenkte Gemma ein flüchtiges Lächeln mit blitzenden, ebenmäßigen Zähnen, ehe er seine Aufmerksamkeit wieder auf seine Mutter richtete. Schweigend fixierten die beiden einander wie zwei Duellanten, bis schließlich Mrs. Leveson-Gower ohne ein Wort und ohne einen Blick zu Gemma aus dem Zimmer ging.

Roger Leveson-Gower, und Gemma hatte keinen Zweifel daran, daß er es war, kam gemächlichen Schrittes durch das Zimmer und blieb in lässiger Haltung vor ihr stehen. Mit einem deutlichen Geräusch machte sie ihren Mund wieder zu. Kincaid, dieser hinterhältige Bursche hätte sie wenigstens warnen können. Dieser Mann sah ja absolut atemberaubend aus. Sie konnte die Ähnlichkeit mit der Mutter erkennen, insbesondere in Haut- und Haarfarbe – die Mutter hatte wahrscheinlich das gleiche lohfarbene Haar gehabt, ehe sie zum Wasserstoffsuperoxid gegriffen hatte –, doch bei ihm hatten sich alle Linien und Flächen zu Vollkommenheit vereinigt.

»Ich bin überzeugt, diese Sache, worum auch immer es sich handelt, lohnt einen Anwalt gar nicht, Constable.« Er setzte sich auf die Armlehne des Sofas Gemma gegenüber, so daß sie weiterhin zu ihm aufsehen mußte.

»Sergeant«, sagte sie scharf, senkte den Blick und klappte ihren Block auf in dem Bemühen, das Gespräch selbst in die Hand zu nehmen. »Es handelt sich um den vergangenen Donnerstag abend, Mr. Leveson-Gower. Können Sie mir sagen, wo Sie gewesen sind?«

»In welchem Zusammenhang interessiert Sie das?« erkundigte sich Roger in einem Ton milden Interesses.

»Im Zusammenhang mit dem Tod Jasmine Dents und der

Frage, wie weit Ihre Freundin Margaret Bellamy damit zu tun hat. Miss Bellamy hat uns gesagt, daß sie mit Jasmine Dent vereinbart hatte, ihr bei einem Selbstmord zu helfen, daß Miss Dent es sich jedoch anders überlegt hätte und sie sie am Donnerstag nach dem späten Nachmittag nicht mehr gesehen habe. Können Sie das bestätigen?«

»Letzten Donnerstag?« Roger runzelte in angestrengter Konzentration die Stirn. »Nein. Ich hatte an dem Abend zu tun, und danach war ich mit Freunden unterwegs. Aber Meg hätte das sowieso nie getan. Sie hat gar nicht den Mut dazu.«

»Ach, sie hat es mit Ihnen besprochen?«

Roger lächelte und ließ Gemma am Grund seiner Erheiterung teilhaben. »O ja, und sie war so schrecklich nobel dabei, quälte sich ständig mit Fragen über ihre moralische Pflicht, Leiden zu lindern.«

»Und das hat Sie nicht beunruhigt? Sie haben nicht versucht ihr das Ganze auszureden? Beihilfe zum Selbstmord ist ein Verbrechen.«

»Es war doch alles nur heiße Luft, wie ich schon sagte, Sergeant. Meg könnte nicht einmal einen verletzten Vogel töten. Zwischen Plan und Ausführung klafft eine Riesenlücke.« Er stand auf, streckte sich geschmeidig wie eine Katze und ließ sich dann wieder auf der Armlehne des Sofas nieder.

»Und was treiben Sie so abends, Mr. Leveson-Gower?«

Roger lachte kurz auf. »Guter Gott, Sie sagen das, als wäre ich ein Zuhälter. Warum so entrüstet, Sergeant?«

Gemma spürte, wie sie rot wurde. Auch in ihren eigenen Ohren hatte ihr Ton selbstgerecht geklungen, aber der Mann forderte sie förmlich dazu heraus, alle Stacheln aufzustellen. Sie holte einmal tief Luft, um sich auf ihre Vernehmungstechnik zu konzentrieren, dann sah sie ihn freundlich lächelnd an und legte die Betonung auf das erste Wort. »Sind Sie ein Zuhälter, Mr. Leveson-Gower?«

»Damit kann ich leider nicht dienen, Sergeant.« Sein Ton

klang immer noch erheitert. »Ich mache die Installationen in Nachtlokalen und Discos. Beleuchtung, Tontechnik und so, Sie wissen schon. Die Arbeitszeit gefällt mir.«

»Und das haben Sie auch Donnerstagabend getan?«

»Ja. In einem Laden namens *The Blue Angel.*« Roger zog routiniert eine Augenbraue hoch. »Sie werden sicher die Adresse haben wollen? Und die Namen meiner Kumpel?«

»Richtig.«

Er nannte ihr eine Adresse in Hammersmith und fügte hinzu: »Jimmy Dawson finden Sie an der Tankstelle gleich beim Kreisverkehr Shepherd's Bush. Wir waren an der Bar bis die Show zu Ende war.«

»Und um welche Zeit war das?« fragte Gemma mit gezücktem Stift.

Roger zuckte die Achseln. »Keine Ahnung. Ich hatte ein bißchen was getrunken und ich trage keine Uhr.« Er hatte die Ärmel bis zu den Ellbogen hochgekrempelt und hielt Gemma jetzt ein nahtlos gebräuntes Handgelenk unter die Nase.

»Und weiter?«

»Danach bin ich nach Hause gefahren und zu Bett gegangen, wie sich das für einen braven Jungen gehört.«

Gemma zeigte ihre Skepsis. »Ach, wirklich? Und kann Ihre Mutter das bestätigen?«

»Es ist nicht meine Gewohnheit, mich bei meiner Mutter an- und abzumelden. Außerdem war sie an dem Abend aus, wenn ich mich recht erinnere.«

Gemma spürte die Gereiztheit, die sich hinter der lässigen, leicht herablassenden Erwiderung verbarg. Die Tatsache, daß er im Haus seiner Mutter lebte, schien ein wunder Punkt zu sein. Sie nutzte ihren Vorteil aus. »Und bei Margaret haben Sie sich auch nicht gemeldet? Nicht einmal telefonisch?«

»Nein. Unsere Beziehung ist nicht solcher Art, Sergeant.« Herablassung triumphierte über Gereiztheit. Sein Ton besagte, Gemma sei ziemlich naiv, wenn sie erwarte, daß er irgend jemand Rechenschaft ablege. Mit der gleichen katzenhaften Geschmeidigkeit wie zuvor stand er auf. »Ist das alles, Sergeant?«

Gemma blieb auf dem Sofa sitzen, entschlossen, sich nicht von ihm das Ende des Gesprächs aufzwingen zu lassen. »Sie waren nicht zufällig an dem Abend, nachdem Sie das Lokal verlassen hatten, in der Carlingford Road, Mr. Leveson-Gower? Sie haben nicht zufällig Jasmine Dent einen Besuch abgestattet?«

Roger lächelte, und Gemma hatte das unangenehme Gefühl, daß sie selbst die Dumme war. »Ich war nie in der Carlingford Road, Sergeant. Ich habe Jasmine Dent niemals gesehen.«

Jimmy Dawson hatte einen Pferdeschwanz und sah aus wie Ende Zwanzig, aber das waren die einzigen offenkundigen Ähnlichkeiten zwischen ihm und seinem Freund Roger Leveson-Gower. Dawsons breiter Dialekt ließ keinen Zweifel daran, daß sie nicht dieselben Schulen besucht hatten.

»Hey, was soll das?« fragte er mißtrauisch, nachdem Gemma ihn in der Werkstatt unter einem Auto hervorgeholt und ihm ihren Dienstausweis gezeigt hatte.

»Es geht um Roger Leveson-Gower.«

»Ach, den.« Dawson machte eine wegwerfende Handbewegung, und Gemma sah, wie er sich entspannte. Er wies mit einer ruckhaften Kopfbewegung zum verglasten Büro, und sie folgte ihm, dankbar, als die Tür sich schloß und das Verkehrsgedonner von Shepherd's Bush nur noch gedämpft zu hören war. Dawson wies sie zu einem rissigen Ledersessel, wischte sich die Hände an einem schmierigen Lappen ab und zündete sich eine Zigarette an. »Was hat er denn angestellt?«

Gemma ignorierte die Frage. »War er am vergangenen Donnerstag abend mit Ihnen zusammen, Mr. Dawson?«

Dawson lehnte sich an den Schreibtisch und blies Rauch

durch seine Nasenlöcher in die Luft, während er überlegte. »Ja. Und ich kann Ihnen auch sagen, wann er sich verdrückt hat. Er ist nämlich abgehauen, als er dran gewesen wäre, 'ne Runde zu schmeißen.«

»Um welche Zeit war das?«

»Hm, die Band hat um neun mal Pause gemacht – nicht viel später, würd' ich sagen.«

»Und hat er gesagt, wohin er wollte?« fragte Gemma ohne große Hoffnung.

»Nein. Wir haben ihn wegen seiner Kleinen hochgenommen, aber er ist sauer geworden.«

»Ach, Sie kennen Margaret also?« fragte Gemma erstaunt.

Dawson zuckte die Achseln. »Sie ist ganz in Ordnung. Er bringt sie manchmal mit.«

»Woher kennen Sie ihn, Jimmy – darf ich Sie Jimmy nennen?« fragte Gemma, die die Freundschaft zwischen diesen Männern immer unwahrscheinlicher fand.

»Ich spiel' in 'ner Band, wissen Sie.« Dawson grinste mit nikotingelben Zähnen und klimperte auf einer imaginären Gitarre. »Und er installiert in den Klubs die Geräte für uns, Beleuchtung und Ton.«

»Sie sind also nicht eigentlich Freunde?«

»Nee. Er ist eben da, und wenn's ans Zahlen geht, drückt er sich meistens, der Gute. Aber er erzählt dauernd, was er alles tut, wenn er erst mal die Kohle hat.«

»Kohle?« wiederholte Gemma.

»Genau.« Jimmy Dawson drückte seine Zigarette in dem Blechaschenbecher auf dem Schreibtisch aus, und der metallische Geruch stieg Gemma beißend in die Nase. »Wenn er sein Geld kriegt.«

10

Das Käsebrötchen, das längst nicht mehr taufrisch gewesen war, lag Gemma schwer im Magen. Sie war nur auf einen Sprung ins Yard zurückgekehrt, um mit Kincaid Informationen auszutauschen und in der Kantine eine Kleinigkeit zu essen.

Während sie sich jetzt abmühte, den Ford in eine Parklücke zu zwängen, die eine Nummer zu klein war, bedauerte sie es, das Brötchen gegessen zu haben. Bilder von in Muße genossenen Mittagessen in freundlichen kleinen Restaurants liefen vor ihrem inneren Auge ab, als sie den Motor abschaltete und Luft holte. Sie hörte die drängende Stimme ihrer Mutter: »Warum suchst du dir nicht eine erfreulichere Arbeit, Schatz? Eine mit ein bißchen Stil. Du könntest Anwaltsgehilfin werden. Oder auch Friseuse wie deine Schwester.«

Gemma stieg kopfschüttelnd aus dem Auto und knallte laut die Tür zu, um alle weiteren inneren Ermahnungen abzuwürgen. Dann wollte sie doch lieber bei Käsebrötchen von gestern bleiben. Ein wenig unbedachter als gewöhnlich lief sie zwischen fahrenden Autos hindurch zur anderen Straßenseite und blieb vor dem Eingang zur Bezirksbaubehörde stehen.

Diese bevorzugte Lage, gleich beim Holland Park, verlieh der Behörde, die in einem gründlich gesäuberten weißen Steingebäude mit glänzend schwarz lackierter Eingangstür untergebracht war, das passende Image. Gemma rückte ihre Umhängetasche zurecht und öffnete die Tür. Im Treppenhaus blieb sie wieder einen Moment stehen und spitzte die Ohren, lauschte der summenden Betriebsamkeit eines vielbeschäftigten Büros – dem Stimmengemurmel und Maschinengeklapper. Rechts von ihr war eine offene Tür. Licht, das durch ein Erkerfenster mit Blick zur Straße hereinströmte, beleuchtete eine junge Frau, die an einem einfachen Schreibtisch saß. Wäre nicht der Telefonhörer gewesen, den sie ans Ohr gedrückt hielt, sie hätte einem Porträt Whistlers entstiegen sein können – ganz in Weiß gekleidet, dunkles Haar, das ein milchweißes Gesicht umrahmte. »Einen Augenblick bitte«, sagte sie und sah Gemma fragend an, ohne den Hörer aufzulegen.

»Ich hätte gern die Person gesprochen, die das Büro leitet.« Gemma zeigte ihren Dienstausweis.

Die junge Frau verdrehte achselzuckend die Augen. »Da wenden Sie sich am besten an Mrs. Washburn. Eine Treppe höher, erste Tür rechts«, sagte sie und wandte sich wieder ihrem unterbrochenen Telefongespräch zu. Als Gemma die Tür erreichte, hörte sie die junge Frau mit übertriebener Mattigkeit sagen: »Er könnte wirklich die ganze Nacht durchmachen. Ich bin völlig erschöpft.«

Du armes Ding, dachte Gemma mit einem Lächeln. Sogar ihre Neugier schien erschöpft zu sein – die meisten Leute fanden Verbrechen interessanter als Sex.

Sie klopfte, als sie die angegebene Tür erreicht hatte, und hörte sogleich eine scharfe Stimme: »Ja? Was gibt's denn?«

Mrs. Washburns gereizte Miene verhieß nichts Gutes. Dank der schwarzgeränderten schweren Brille und des hennaroten Haares wirkten die scharfen Gesichtszüge der älteren Frau noch grimmiger.

Gemma setzte ihr gewinnendstes Lächeln auf, stellte sich vor und reichte der Frau ihren Dienstausweis über den Schreibtisch. Dann zog sie sich den Besuchersessel heran und setzte sich.

»Was soll das ...«

»Ich möchte mit Ihnen über Jasmine Dent sprechen, Mrs. Washburn.«

Einen Moment lang saß Mrs. Washburn offenen Mundes da, schien allen Zorn, dem sie soeben hatte Luft machen wollen, vergessen zu haben.

Eins zu null für mich, dachte Gemma und fuhr zu sprechen fort, ehe die Gegnerin sich fassen konnte. »Soviel ich weiß, haben Sie sehr eng mit Miss Dent zusammengearbeitet, Mrs. Washburn. Ich hoffe sehr, daß Sie mir weiterhelfen können.«

Sie lächelte aufmunternd und warf einen Blick auf das Namensschildchen aus Messing, das auf dem Schreibtisch stand. »Beatrice Washburn«, hieß es da in schwarzen Druckbuchstaben. Gemma fragte sich, ob auch Jasmine das Bedürfnis gehabt hatte, ihre Wichtigkeit so sichtbar zu demonstrieren, und wenn ja, was aus dem Namensschild geworden war. Ja, was war überhaupt mit den persönlichen Dingen geschehen, die Jasmine zweifellos hier im Büro gehabt hatte.

»Äh, ich ... Ja, natürlich habe ich mit Jasmine zusammengearbeitet ... wirklich tragisch, ihr Tod, aber ich wüßte nicht, wie ich Ihnen ...«

»Die Umstände von Miss Dents Tod geben uns einige Fragen auf. Wie Sie sicherlich wissen, gehört es zur Routine, in solchen Fällen mit Freunden und Kollegen der Toten zu sprechen.« Gemma neigte sich vertraulich näher. »Da Sie nach ihrem Tod ihre Position übernommen haben, Mrs. Washburn, dachte ich mir, daß Sie über Miss Dents Arbeit und ihre persönlichen Beziehungen hier im Büro am besten Bescheid wissen.«

Das zu leugnen wäre mit allzu großem Gesichtsverlust verbunden gewesen. Mrs. Washburn schluckte also den Köder. »Ich habe nicht lange bevor Jasmine wegen ihrer Krankheit kündigen mußte hier angefangen. Ich habe sie daher nicht besonders gut gekannt.«

»Aber sie wird Sie doch angelernt haben?«

Mrs. Washburn blähte voll verletzter Würde die Wangen. »Ich bin mit weitreichender Erfahrung hierher gekommen. Bevor ich hier angefangen habe, war ich bei ...«

»Aber in einer neuen Stellung gibt es doch immer Dinge, die man nicht weiß und erst lernen muß. Jedes Unternehmen hat seine eigene Art, die Dinge zu erledigen, seine eigene Persönlichkeit gewissermaßen, und Miss Dent war das natürlich alles vertraut.«

»Ja, sicher, sie hat mir im Notfall geholfen, aber von privater Vertraulichkeit im Dienst hat sie nichts gehalten, und mir war das sehr recht.«

Mrs. Washburn endete mit so sauerer Miene, daß Gemma nur vermuten konnte, sie hatte bei Jasmine einen Annäherungsversuch unternommen und war zurückgewiesen worden. »Hatte Miss Dent zu jemandem hier eine besondere Beziehung?«

»Privater Umgang mit den Schreibkräften wird nicht gern gesehen. Ich bin sicher, Jasmine hat das gewußt.«

Du alte Hexe, dachte Gemma. Sie konnte sich lebhaft vorstellen, wie die jungen Frauen im Schreibsaal hinter ihrem Rücken Gesichter schnitten.

»Wie war ihre Beziehung zu Margaret Bellamy?«

»Margaret?« fragte Mrs. Washburn, nun wieder gereizt. »Ich glaube, Margaret hat sie einige Male zu Hause besucht, nachdem sie hier aufgehört hatte, aber ich wüßte nicht, daß sie vorher näher befreundet waren.«

Gemma stand auf. »Ich würde mich gern mit Margaret unterhalten, wenn Sie sie ein paar Minuten entbehren können.«

»Bitte, gern, wenn Sie sie finden können.« Mrs. Washburn lachte bitter und sah auf ihre Uhr. »Diese Person hat doch immer eine andere Entschuldigung dafür, die Mittagspause zu überziehen und morgens zu spät zu kommen. Jetzt ist sie schon wieder anderthalb Stunden überfällig. So was kann man doch nicht durchgehen lassen. Wenn sie so weitermacht, arbeitet sie bei mir nicht mehr lange, das kann ich Ihnen sagen.«

»Ich werde auf sie warten«, sagte Gemma, als Mrs. Washburn ihr kein entsprechendes Angebot machte. Sie fand es äußerst merkwürdig, daß die Frau sich nicht einmal danach erkundigt hatte, wieso sich die Polizei für Jasmine Dents Tod interessierte. Man konnte diesen Mangel an Neugier, einer völlig natürlichen menschlichen Eigenschaft, nur als ein Zeichen dafür auffassen, daß die Frau entweder ein Geheimnis hatte oder aber absolut ichbezogen war. »Mrs. Washburn.« An der Tür drehte sich Gemma noch einmal herum. »Wer hat der Behörde eigentlich Jasmine Dents Tod mitgeteilt?«

Das scharfe Gesicht blieb ausdruckslos. »Ich weiß nicht. Eine der Typistinnen kam herauf und sagte es mir. Carla. Am besten fragen Sie sie selbst.« Sie wandte sich wieder den Papieren auf ihrem Schreibtisch zu, noch ehe Gemma zur Tür hinaus war.

Gemma folgte dem schwachen Stimmengewirr zum Ende des Korridors, öffnete dort eine Tür und blieb auf der Schwelle stehen. Das Gespräch brach abrupt ab. Zwei junge Frauen saßen an Computern. Ihre Schreibtische waren zusammengeschoben, um den Aktenschränken und Zeichentischen im Raum Platz zu geben. Ein dritter Schreibtisch stand unter dem Fenster. Der Stuhl davor war unbesetzt.

Die beiden jungen Frauen sahen Gemma an. Ihre bemüht ausdruckslosen Gesichter verrieten, daß sie wußten, wer sie war. Sie hatte die kleine Rezeptionistin also unterschätzt – das Buschtelefon funktionierte doch.

»Ich suche Margaret Bellamy«, sagte sie harmlos, trat ins Zimmer und schloß die Tür.

Die Frau, die ihr am nächsten saß, stieß sich auf ihrem

Drehstuhl vom Schreibtisch ab und wandte sich ihr zu. »Die ist nicht da.« Sie lächelte zaghaft und zeigte dabei einen angeschlagenen Zahn.

»Glauben Sie, daß sie bald wieder kommt? Ich werde warten.«

Die beiden jungen Frauen tauschten einen Blick, dann sagte die erste. »Das kann man ihr nur wünschen. Die alte He...« Mrs. Washburn wird sie sowieso schon zur Schnecke machen.«

»Oh, sie ist wohl zu spät dran?« Gemma trat zu der ersten Frau und bot ihr die Hand. »Ich bin Gemma James.«

»Ich bin Carla. Das ist Jennifer.« Ein Nicken in Richtung zu ihrer Kollegin, die bisher noch nichts gesprochen hatte.

Carla hatte krauses braunes Haar, das sie mit einem Gummiband hochgebunden hatte, und ein kantiges, sympathisches Gesicht. Ihre Beine, die unter einem Minirock aus Latex gut sichtbar waren, waren äußerst stämmig. Die andere Frau, Jennifer, schien, wie Gemma es für sich zu nennen pflegte, mit dem Untadeligkeitsgen ausgestattet. Es gab einfach nichts an ihr auszusetzen. Manche Frauen wurden mit solcher Perfektion geboren, und wenn man nicht zu ihnen gehörte, hatte es überhaupt keinen Sinn zu versuchen, diese Vollendung zu erreichen: Makellose Haut, vollkommen geschnittene Gesichtszüge, eine Mannequinfigur, Haar, das niemals widerspenstig war, Kleider nach der letzten Mode. Wenn sie jetzt auch noch sprechen könnte, wäre alles bestens, dachte Gemma und nahm sich ihre Bissigkeit gleich übel.

»Haben Sie eine Ahnung, wo sie sein könnte?« Gemma hockte sich auf die Kante eines niedrigen Aktenschranks und sah auf ihre Uhr. Gleich halb zwei.

Wieder sahen die beiden jungen Frauen einander an, und diesmal hatten sie wohl ein stummes Signal getauscht, denn jetzt sprach Jennifer. »Vielleicht mit ihrem Freund unterwegs.« Sie sprach mit einem leichten Akzent – West-England, dachte Gemma –, und ihre blauen Augen zeigten überraschende Intelligenz. »Sie war heute morgen völlig erledigt. Wegen Miss Dent. Sie sind doch wegen Miss Dent hier, stimmt's?«

Ja, das Buschtelefon funktionierte nicht nur; es funktionierte auf wunderbare Weise. »Indirekt«, antwortete Gemma, die sich nicht festlegen wollte. »Kennen Sie Margarets Freund?«

Die beiden Frauen lachten. »Roger?« sagte Jennifer. »Soviel Glück sollten wir mal haben.« Sie warf einen Blick auf Carla, die ein Gesicht zog. »Nein, im Ernst«, fuhr sie fort, »ich war dabei, als sie ihn kennengelernt hat.«

Gemma verschränkte die Arme und neigte den Kopf leicht zur Seite. Sie sah aus, als hätte sie den ganzen Tag Zeit. »Tatsächlich? Wann war denn das?«

Jennifer dachte nach und krauste dabei ihre schöne Stirn. »Im Oktober, glaube ich. Ich habe sie mal abends mitgenommen, als ich ausgegangen bin. Sie hat mir ein bißchen leid getan, wissen Sie.« Wieder warf sie Carla unter langen Wimpern einen Blick zu, und Carla nickte zustimmend. »Sie hat ja nie etwas unternommen. Abends hat sie sich immer nur mutterseelenallein in ihrem gräßlichen möblierten Zimmer verkrochen. Und da hab' ich mir gedacht... na ja, Sie wissen schon.«

»Das war wirklich sehr nett von Ihnen.« Gemmas Stimme war voll warmen Lobs. »Und was passierte an dem Abend?«

Jennifer lächelte. Ihre Zähne waren weiß und ebenmäßig und so klein wie die eines Kindes. »Nichts. Wir saßen irgendwo an der Bar, und kein Mensch hat auch nur ein Wort mit uns gewechselt. Man hätte echt meinen können, wir hätten die Beulenpest oder so was. Und dann kreuzt plötzlich dieser wahnsinnig gutaussehende Mann auf. Ich meine, wirklich gutaussehend, wie ein...« Jennifer leckte sich die vollkommen geformten Lippen, während sie nach einem anschaulichen Vergleich suchte, »... wie ein amerikanischer Fernsehstar oder so was. Mann, dachte ich, nichts wie ran an den Speck.« Sie wackelte ein klein wenig mit den Schultern. »Und dann baggert er doch tatsächlich Margaret an.« Selbst jetzt noch schien sie konsterniert und schüttelte ungläubig den Kopf.

Jennifers Worte verrieten weniger Eigendünkel als Ungläubigkeit darüber, daß ihre Welt so auf den Kopf gestellt werden konnte. Männer drehten die Köpfe nach Jennifer und nicht nach Margaret. Man trat die Naturgesetze nicht mit Füßen.

»Im Grund kannst du froh sein«, bemerkte Carla. »So eine tolle Eroberung ist der gute Roger nun auch wieder nicht.«

»Und wieso nicht?« fragte Gemma.

Diesmal sah Carla ihre Freundin fragend an, und die nickte kaum merklich. Carla senkte den Blick, schien immer noch zu zögern, zog ihren Latexrock ein wenig weiter in Richtung zu ihren Knien. »Na ja ... er geht eigentlich nie mit ihr aus, gibt keinen Penny für sie aus. Er kommt nur zu ihr in ihr möbliertes Zimmer und ... Sie wissen schon.« Carlas Gesicht wurde rot bis unter die Haarwurzeln. Sie sah Gemma nicht in die Augen.

»Und woher wissen Sie das?« fragte Gemma leise. Sie schob ihr Gesäß, das ganz taub geworden war, ein bißchen höher auf den Aktenschrank. »Hat Margaret Ihnen das erzählt?«

»Nein.« Carla war immer noch blutrot. »Aber an manchen Tagen ... man sieht es ihr einfach an. Ich weiß, ich hätte nichts sagen sollen ...«

»Lassen Sie nur«, fiel Gemma ihr ins Wort, um ihr keine Zeit zu lassen, sich über ihr unloyales Verhalten Gedanken zu machen. »Eigentlich interessiert Miss Dent mich mehr. Waren sie und Margaret schon befreundet, als sie noch hier gearbeitet hat?«

Als Jennifer nichts sagte, antwortete Carla. »Nein. Miss Dent war immer fair – ganz im Gegensatz zu gewissen anderen Leuten.« Sie sandte einen finsteren Blick in Richtung zu Beatrice Washburns Büro. »Sie war auch immer freundlich, auf eine distanzierte Art und Weise, aber sie hat nie mit uns zusammen Teepause gemacht oder so was. Erst nachdem sie hier aufgehört hatte, fing Margaret an, sie zu besuchen. ›Ich war gestern bei Jasmine‹, sagte sie oft und blies sich dabei auf, als wäre sie was Besseres als wir, nur weil sie Miss Dent Jasmine nannte.«

»War das, bevor sie Roger kennengelernt hatte, oder später?«

Die beiden jungen Frauen sahen einander überlegend an. »Vorher«, antwortete Jennifer und Carla nickte.

»Ja, stimmt. Miss Dent ist Ende August gegangen, und nicht lange danach ...«

Die Tür öffnete sich. Carla verstummte, als hätte man ihr das Wort abgeschnitten, und wurde wieder blutrot. Jennifer setzte eine ausdruckslose Miene auf und wandte sich wieder ihrer Schreibmaschine zu.

Eine Frau hastete atemlos ins Zimmer. Ihre helle Haut war gerötet vor Anstrengung, ihr feines, braunes Haar war wirr, ein Zipfel ihrer Bluse hing aus dem Rock.

»Tut mir leid, daß ich mich verspätet habe. Ich wollte nicht ...« Das Bündel Papiere, das sie in der Hand hielt, fiel zu Boden, als sie Gemma bemerkte. Sie bückte sich, schob die Papiere ungeschickt zusammen und hielt den Blick beharrlich gesenkt.

»Sie sind Margaret«, sagte Gemma, eine Tatsache feststellend. Ein blaßblauer Blick durch helle Wimpern, und schon senkte Margaret den Kopf wieder zu ihren Papieren. Gemma begriff, daß Margaret Bellamy große Angst hatte. »Ich bin eine Freundin von Duncan Kincaid. Können wir hier irgendwo in Ruhe eine Tasse Tee trinken?«

»Mrs. Washburn bringt mich um. Die schmeißen mich bestimmt raus.« Margaret rutschte nervös auf der roten Plastiksitzbank hin und her.«

»Keine Sorge. Ich mach' das schon mit ihr. Sie können sich drauf verlassen.« Gemma neigte sich über den Tisch und berührte Margarets Hand. Eine kräftige Hand mit kurzen Fingern und abgeknabberten Nägeln. Sie war eiskalt und feucht, und Gemma spürte ein feines Zittern.

Eine gehetzte Kellnerin knallte die Tassen so heftig vor ihnen auf den Resopaltisch, daß der Tee in die Untertassen schwappte. Gemma war eingefallen, daß sie an dem Café auf dem Weg zur Baubehörde vorbeigekommen war. Die Atmosphäre wirkte nicht gerade beruhigend, aber Margaret schien den Lärm und den durchdringenden Geruch nach heißem Fett, der aus der Küche hereinwehte, nicht zu bemerken.

»Margaret...«

»Jetzt sitz' ich wirklich in der Patsche, nicht?« Margaret sprach so leise, daß Gemma sich vorbeugen mußte, um die Worte zu verstehen. »Roger sagt, ich könnte ins Gefängnis kommen. Und es ist allein meine Schuld. Ich hätte Ihrem Freund nichts sagen sollen...«

»Ich glaube...«, Gemma schwieg einen Moment, während sie große Mengen Zucker und Milch in ihren Tee gab, um ihm den Spülwassergeschmack zu nehmen, »wenn Sie die Wahrheit gesagt haben, dann haben Sie genau das Richtige getan. Duncan möchte nur sichergehen, daß es wirklich Jasmines eigener Entschluß war.«

Margaret schüttelte mehrmals den Kopf. »Ich kann es immer noch nicht glauben, daß sie mich belogen haben soll. Ich dachte, ich hätte es inzwischen akzeptiert, aber das stimmt nicht. An dem Tag... ich war so erleichtert, als sie sagte, sie hätte es sich anders überlegt.« Sie sah Gemma an. »Glauben Sie, ich habe mir nur vorgemacht, daß es ihr Ernst war? Weil ich es eben gern hören wollte?«

Aus dem Augenwinkel sah Gemma die Kellnerin mit zwei zerfledderten Plastikspeisekarten kommen. Sie hob die Hand und bedeutete der Frau zu gehen, ohne den Blick von Margarets Gesicht zu wenden. »Wenn Sie solche Angst hatten, warum haben Sie dann überhaupt eingewilligt, ihr zu helfen?«

»Ach, anfangs war das etwas anderes. Ich habe mich wie eine Auserwählte gefühlt.« Margaret setzte sich etwas gerader und lächelte zum erstenmal. »Daß ein Mensch seine letzten Minuten auf dieser Erde mit mir verbringen wollte, daß er solches Vertrauen zu mir hatte – und ausgerechnet Jasmine! Sie war anderen gegenüber immer sehr zurückhaltend. Niemand hatte mir je solches Vertrauen entgegengebracht. Verstehen Sie?«

Gemma nickte nur.

»Und außerdem war es aufregend. Das Planen und Organisieren. Und daß ich ein Geheimnis hatte, von dem kein Mensch etwas wußte. Ein Geheimnis über Leben und Tod.« Margaret lächelte wieder, als sie sich jener Zeit erinnerte. »Manchmal hab' ich mir vorgestellt, ich würde es allen im Büro sagen, aber ich wußte natürlich, daß ich das nicht tun konnte. Es war viel zu persönlich, nur zwischen Jasmine und mir.« Sie trank einen Schluck Tee und zog ein Gesicht wegen des bitteren Geschmacks. Zum erstenmal blickte sie in ihre Tasse.

»Und dann?«

Margaret zuckte die Achseln. »Der Tag kam immer näher. Ich bekam es mit der Angst zu tun.« Sie warf Gemma einen flehentlichen Blick zu. »Anfangs sah sie so gut aus. Ihr Haar war nach den Behandlungen wieder nachgewachsen. Ich wußte, daß sie leicht müde wurde, aber eigentlich wirkte sie gar nicht wie eine Kranke. Dann wurde sie immer dünner. Und jeden Tag wurde sie ein bißchen schwächer. Jeden Tag bat sie mich irgendeine Kleinigkeit für sie zu tun, die sie am Vortag noch selbst hatte tun können. Dann wurde der Brustkatheter gelegt. Sie wurde auf flüssiges Morphium gesetzt, auch wenn sie niemals über die Schmerzen sprach.«

Diesmal machte Gemma die Kellnerin mit einem Blick auf sich aufmerksam und sagte beinahe lautlos: »Heißes Wasser bitte.« Das Café begann sich zu leeren, und der Lärm hatte soweit abgenommen, daß sie Margarets leise Stimme ohne Anstrengung hören konnte. Als die dampfende Kanne gebracht wurde, goß Gemma ohne zu fragen heißes Wasser in Margarets zur Hälfte geleerte Tasse und lehnte sich dann abwartend wieder zurück.

»Sie hat nie einen Zeitpunkt festgelegt«, fuhr Margaret fort, als hätte es keine Unterbrechung gegeben. Sie hielt den Blick auf ihre Hände gerichtet, die die heiße Teetasse umschlossen hielten. »Langsam begann mir davor zu grauen – jeden Tag, wenn ich sie besuchte, dachte ich, ist das wohl heute der Tag? Wird sie heute sagen, ich bin bereit, Margaret, tun wir es? Ich konnte kaum noch essen. Mir war dauernd übel. Ich fing an, darüber nachzudenken, wie es sein würde, wenn ich ihr die Plastiktüte über den Kopf ziehen mußte, weil das Morphium nicht wirkte.

Eines Tages dann, als ich kam, wirkte sie sehr ruhig, gar nicht so rastlos wie sonst. Ich dachte, sie hätte vielleicht die Morphiumdosis erhöht. Dann sagte sie auf einmal, ›Ich werde meinen fünfzigsten Geburtstag nicht mehr erleben, Meg. Es hat keinen Sinn.‹ Und da wußte ich, daß sie ihren Entschluß gefaßt hatte.«

Gemma trank einen Schluck von ihrem verdünnten Tee und wartete. Als Margaret sich in Schweigen hüllte, fragte sie behutsam: »Hat sie Ihnen ein festes Datum genannt?«

»Den Tag vor ihrem Geburtstag. Ich habe nachts wachgelegen und mir vorgestellt, wie es sein würde, wenn sie stirbt. Wie sie aussehen würde. Woran ich merken würde, daß es vorbei ist. Ich konnte es nicht aushalten. Und ich konnte es ihr nicht sagen.«

Als Margaret aufblickte, fand Gemma ihre Augen so gerötet und verschwollen, als hätte sie tagelang geweint. »Aber Sie haben es ihr dann doch gesagt?«

»Es war der schlimmste Tag meines Lebens. Dachte ich damals jedenfalls. Ich hätte nicht gedacht, daß es noch schlimmer kommen könnte.« Margaret wischte sich mit dem Handrücken über den Mund. »In der Arbeit war ich fast den ganzen Tag nur in der Toilette, weil ich mich dauernd übergeben mußte. Ich nahm mir fest vor, es ihr sofort beim Kommen zu sagen.« Sie lächelte ironisch. »Sie ließ mich nicht einmal ausreden. ›Mach dir keine Sorgen, Meg‹, sagte sie. ›Ich weiß nicht, ob ich den Mut gefunden oder verloren habe, aber ich habe mich entschlossen, bis zum bitteren Ende durchzuhalten.‹«

»Und wieso haben Sie ihr geglaubt?« fragte Gemma. »Wieso dachten Sie nicht, sie wolle sie nur entlasten?«

Margaret krauste die Stirn, während sie über die Frage nachdachte. »Ich weiß nicht, ob ich es genau erklären kann. Es war nichts ... nichts Angespanntes mehr da. Keine Anstrengung, keine Aufregung. Verstehen sie?«

Gemma ließ es sich durch den Kopf gehen. »Ja, ich glaube schon. Sie hat Sie nicht gebeten zu bleiben?«

»Nur ein Weilchen. Ich habe alles getan, was ich auch sonst immer für sie tat – die Katze gefüttert, ein bißchen aufgeräumt. Dann bin ich zu dem indischen Restaurant gegangen und habe ihr zum Abendessen ein Curry geholt. Sie konnte nicht mehr viel essen, aber sie hat sich immer noch bemüht.«

»Margaret«, sagte Gemma vorsichtig, »hat Jasmine eigentlich jemals mit Ihnen darüber gesprochen, was Beihilfe zum Selbstmord juristisch bedeutet?«

Margaret nickte eifrig. »Sie sagte, solange ich sie nicht berühren oder ihr etwas eingeben würde, könnte mir nichts passieren. Außerdem dachten wir ja, daß kein Mensch etwas merken würde. Jasmine sagte, wir würden dafür sorgen, daß es natürlich aussieht – sie wollte keine Komplikationen.«

Hatte Jasmine es Margaret nur leicht machen wollen? War ihre Gelassenheit an diesem Tag Entschlossenheit entsprungen und nicht Hinnahme? War sie eine so geschickte Lügnerin gewesen, daß sie die Menschen, die sie am besten kannte, so leicht hinters Licht führen konnte? Und wenn sie gelogen hatte, warum? Gemma dachte an das junge Mädchen auf dem Foto, mit ihrer zarten Schönheit und dem verschlossenen, beinahe geheimnisvollen Gesicht. Eine kluge Frau, eine Frau, die planen und organisieren konnte – war ihre Verabredung mit Theo für den Sonntag nichts weiter gewesen als eine überflüssige Inszenierung? Gemma schüttelte den Kopf. Nach dem, was Gemma über Jasmine wußte, konnte sie sich das nicht vorstellen.

Eine Frage gab es, die sie Margaret noch nicht gestellt hatte. »Jasmine hat ein Testament hinterlassen, Meg.« Gemma gebrauchte absichtlich die abgekürzte Form des Namens, die Jasmine gewählt hatte. »Hat sie Ihnen darüber etwas gesagt?«

Margaret starrte in ihre leere Teetasse, als könnte sie die Antwort im Satz finden.

Gemma wartete schweigend, ohne sie zu ermuntern, ohne die Spannung zu durchbrechen, die sich aufbaute.

»Wir haben gestritten.« Margarets Fingerspitzen wurden weiß, so fest drückte sie sie gegen die Tasse. »Ich habe ihr gesagt, es sei furchtbar unfair, aber sie wollte nichts davon hören. Sie sagte, für Theo hätte sie schon getan, was sie konnte. Aber ich wollte nicht von ihrem Tod profitieren. Es war ein schreckliches Gefühl – als hätte ich sie für einen Preis gemocht.« Sie sah Gemma an, und die Tränen schossen ihr in die Augen. »Das verstehen Sie doch, nicht wahr?«

Gemma griff über den Tisch und legte ihre Hände auf die Margarets. »Haben Sie irgend jemandem von dem Testament erzählt, Meg?« fragte sie ruhig. »Ganz gleich, wem.«

Margaret riß ihre Hand zurück und hätte beinahe ihre

Tasse umgestoßen. »Nein! Natürlich nicht. Ich habe keinem Menschen was davon gesagt.«

Sie packte Handtasche und Strickjacke zusammen und schob ihre Tasse weg. Gemma roch den beißenden Geruch der Angst.

11

»Klare Sache.«

»Okay. Begründen Sie das.« Kincaid schob seinen Sessel ein Stück zurück und legte seine Füße auf die offenstehende unterste Schublade seines Schreibtischs. Er hatte mit schweren Lidern über einem Stoß Papierkram gesessen, der ihn den ganzen Nachmittag beschäftigt hatte, als Gemma wie ein frischer Windstoß ins Büro gefegt war.

»Sie hat Todesangst, das arme Ding.« Gemma unterbrach ihre Wanderung durch das Zimmer und ließ sich auf der Armlehne des Besuchersessels nieder. »Sie hat ihrem schönen Freund von dem Testament erzählt, und jetzt schwitzt sie Blut.« Sie beugte sich vor, um ihren Worten Nachdruck zu verleihen, und strich sich hastig eine Haarsträhne aus dem Gesicht, die der Wind aus der Spange in ihrem Nacken gelöst hatte. »Nehmen wir mal an, Roger hat an dem bewußten Nachmittag auf Margaret gewartet, und als sie von Jasmine kam, erzählt sie ihm, daß Jasmine ihren Plan umgestoßen hat. Daraufhin gibt's Streit zwischen den beiden, und schließlich geht Roger, um in dieser Kneipe seine Lampen und Mikrofone aufzustellen. Später sucht er irgendeinen Vorwand, um gehen zu können und stattet Jasmine einen Besuch ab.«

»Ich dachte, er hätte gesagt, er sei niemals dort gewesen.«

Gemma zuckte nur die Achseln. »Kann doch sein, daß er gelogen hat. Wer würde ihm dann widersprechen? Margaret vielleicht?« Sie hielt einen Moment inne, dann fuhr sie nachdenklicher fort: »Oder vielleicht hat er auch die Wahrheit gesagt. Aber was hätte ihn davon abhalten sollen, zu ihr zu gehen und sich unter irgendeinem Vorwand Zutritt zu ihrer Wohnung zu verschaffen? Ich könnte mir vorstellen, daß er sehr überzeugend sein kann.«

Kincaid lehnte sich in seinem Sessel zurück, faltete die Hände hinter dem Kopf und grinste. »Aha, Sie sind wohl auch nicht ganz immun gegen den schönen Roger, hm?«

Gemma schauderte. »Als wäre man mit einer Schlange eingesperrt. Der Kerl war mir richtig unheimlich. Dem würde ich alles zutrauen. Könnte es nicht sein ...«, sie stand auf und begann wieder, im Büro hin und her zu gehen, »daß er irgendwie von Jasmines Testament erfahren hat, noch ehe er Margaret kannte? Weshalb hätte er Margaret sonst überhaupt angequatscht? Bei dem stehen doch die Frauen sicher Schlange. Und erklären Sie mir jetzt nicht«, fügte sie errötend hinzu, als sie Kincaids Lächeln sah, »daß er die Reinheit ihrer Seele schätzt oder so was. Das glaube ich nämlich nicht.«

»Ich auch nicht, aber die Dinge liegen vielleicht trotzdem nicht ganz so einfach.« Kincaid erinnerte sich der Szene, deren Zeuge er in Margarets Zimmer geworden war. Roger genoß es, sich mit seiner sexuellen Macht über sie zu brüsten, und das war wahrscheinlich nur die Spitze des Eisbergs. »Nur mal angenommen, Sie haben recht, Gemma. So weithergeholt es ist – woher könnte Roger von Jasmine und ihrem Testament gewußt haben?«

»Vielleicht hat er ihren Anwalt bestochen?«

Kincaid schüttelte den Kopf bei dem Gedanken an Antony Thomas. »Höchst unwahrscheinlich. Und wie soll die Sache abgelaufen sein, wenn Sie mit Ihrer ersten Vermutung recht haben und Roger an dem bewußten Abend tatsächlich Jasmine aufgesucht hat? Er hat sie nie kennengelernt, er findet irgendeinen überzeugenden Vorwand, um in ihre Wohnung zu gelangen – und dann? Sagt er, ›Nehmen Sie es mir nicht übel, aber ich würde Ihnen jetzt gern eine Überdosis Morphium verabreichen?‹« Er stach mit ausgestrecktem Finger nach Gemma. »Ich bin bereit zu schwören, daß kein Kampf stattgefunden hat.«

»Vielleicht hat er ihr erzählt, Margaret hätte sie nur ausgenützt, und daraufhin beschloß Jasmine, sich doch das Leben zu nehmen.«

»Aber er brauchte doch nur ein bißchen Geduld zu haben. Weshalb hätte er den letztendlichen Ausgang aufs Spiel setzen sollen?«

»Vielleicht hat er gefürchtet, seine Macht über Margaret zu verlieren und wollte deshalb aufs Ganze gehen«, erwiderte Gemma. Sie ließ sich in den Sessel fallen, lehnte sich zurück und schlug die Beine übereinander.

Einen Moment lang sahen sie einander an, jeder in seine Gedanken versunken, dann richtete sich Kincaid in seinem Sessel auf und stieß die Schreibtischschublade zu. »Keinerlei Beweise, Gemma. Überhaupt nichts. Ich gebe zu, daß Roger sich als Verdächtiger gut eignet, aber wir müssen weiter bohren. Mir ist nämlich der gute Theo auch nicht ganz geheuer.« Er sah auf seine Uhr und streckte sich. Dann zog er seinen Schlips auf und öffnete den obersten Knopf seines Hemds. »Machen wir Schluß. Ich bin erledigt. Haben Sie Lust, vor der Heimfahrt noch ein Glas zu trinken?«

Gemma zögerte, dann zog sie ein Gesicht. »Besser nicht. Ich hab' mich die letzten Tage genug herumgetrieben. Wir sehen uns morgen.« Sie winkte kurz und ging. Aber dann schaute sie noch einmal zur Tür herein. »Vergessen Sie nicht, nach der Katze zu sehen.«

Der Wetterumschwung hatte die Wochenendhorden von der Heide vertrieben. Der Frühling hatte sein wahres Gesicht gezeigt und sie in ihre Häuser zurückgescheucht; übrig geblieben waren nur ein paar einsam wandelnde Hundebesitzer und wackere Jogger. Der Wind trieb die Abfälle, die von den Festivitäten der warmen Tage zurückgeblieben waren, traurig über das Gras. Kincaid machte nur einen kurzen Abstecher nach Hause, um sich Jeans und Anorak anzuziehen, dann überquerte er am Fuß der Worsley Street die East Heath Road und tauchte in die Heide ein. Er hatte das Bedürfnis, Geist und Körper von Verkrampfungen zu befreien. Zu joggen hätte zuviel Konzentration in Anspruch genommen, darum beschloß er zu gehen. Er ging nach Norden und ließ seine Gedanken schweifen, wohin sie wollten.

Gemmas Theorien gaben ihm stärker zu denken, als er zugeben mochte. Er vertraute ihrem Instinkt, und wenn sie sagte, daß Margaret Bellamy Todesangst hatte, so glaubte er ihr das. Aber der Rest ihrer Argumente ließ sich nicht zu einem logischen Gebäude zusammenfügen – es gab da einfach zu viele Löcher.

Er mußte lächeln, als er an Gemma dachte. Manchmal amüsierte ihn ihr eifriger Enthusiasmus, manchmal irritierte er ihn, aber das war einer der Gründe, weshalb sie gut zusammenarbeiteten – sie tendierte dazu, sich Hals über Kopf in einen Gedanken zu stürzen, während er eher ein Tüftler war, und in konzertierter Aktion erreichten sie häufig ein befriedigendes Ergebnis.

Am Teich blieb er einen Moment stehen und bewunderte die Aussicht. Frisch begrünte Zweige spiegelten sich im Wasser, und im Westen ragte der Turm der Christus-Kirche von Hampstead über den noch kahlen Wipfeln der Bäume auf. Gemma war am Wochenende anders gewesen als sonst, nicht so hitzig, ruhiger und gelassener. Helle Baumwolle auf von der Sonne leicht geröteter Haut, ein zarter Duft nach Pfirsichen, als er in Theos verstaubtem Laden neben ihr gestanden hatte – Kincaid zwinkerte und schüttelte sich wie ein Hund, der aus dem Wasser kommt.

Den Kopf gegen den Wind gesenkt setzte er sich wieder in Bewegung, um den langen Anstieg zur Höhe der Heide zu beginnen. Irgendwie hatte sich im Lauf des Wochenendes die Stimmung zwischen ihnen verändert. Heute hatten sie zusammengearbeitet wie immer, und er hatte schon geglaubt, er hätte sich alles nur eingebildet, aber dann hatte er ihr ungewohntes Zaudern wahrgenommen, als er vorgeschlagen hatte, nach der Arbeit noch ein Glas miteinander zu trinken. Sie taten das oft, daß sie sich noch eine Weile ins Pub setzten, um Tagesbilanz zu ziehen und für den folgenden Tag zu planen, und erst jetzt wurde ihm bewußt, wie sehr er sich immer auf diese halbe Stunde freute. Vielleicht nahm er zuviel von ihrer Zeit in Anspruch, und sie nahm ihm das übel. Er würde in Zukunft etwas vorsichtiger sein.

Ginsterzweige voll gelber Blüten verfingen sich im Stoff seiner Kleidung, als er in seiner Gedankenverlorenheit zu nahe an ihnen vorbeiging. Schön und mit Vorsicht zu genießen – wie Gemma. Er lächelte.

Auf der Höhe der Heath Street, gleich gegenüber vom *Jack's Straw Castle,* war sein Weg zu Ende. Der Parkplatz des alten Pubs war bereits gerappelt voll, und als die Tür geöffnet wurde, trug ihm der Wind gedämpfte Klänge von Musik zu. Der Lärm dort drinnen lockte ihn nicht, und er wandte sich nach links, um die Heath Street hinunterzugehen. Als er die U-Bahn-Haltestelle erreichte, führte ein Impuls ihn geradeaus weiter, und er ließ die Hampstead High Street, in die er eigentlich hätte einbiegen müssen, links liegen. Nach wenigen Schritten schon öffnete sich rechts von ihm die Church Row, und er bog, vom Turm der St.-John's-Kirche geführt wie von einer Kompaßnadel, in die kleine alte Straße ein.

Durch das massive schmiedeeiserne Tor trat er in den Kirchhof. Auf einer Bank neben dem Portal schlief ein Betrunkener und störte mit seinem Schnarchen die Stille. Kincaid wandte sich nach links, ins dämmrige Grün des von Grabmälern besetzten Hügelhangs, der selbst jetzt, da der Frühling kaum begonnen hatte, von Pflanzen überwuchert war. Der Weg schlängelte sich unter den schwarzen Zweigen immergrüner Bäume dahin, führte an feuchten, grauen Steinen vorbei, die von Flechten überzogen waren. An seiner Lieblingsstelle, kurz vor der unteren Begrenzungsmauer machte er halt.

»John Constable, Esq., R. A., 1837« lautete die auf der Seite des Grabsteins eingemeißelte Inschrift. Hier lag Constable mit seiner Frau Mary Elizabeth, und der Stein legte ferner Zeugnis ab vom Tod ihres gemeinsamen Sohnes, John Charles, im Alter von dreiundzwanzig Jahren. Der Name Constables war mit der Geschichte von Hampstead eng verbunden; von achtzehnhundertneunzehn bis zu seinem Tod hatte er hier in verschiedenen Häusern gelebt, und es hieß, er habe darum gebeten, seine »ewige Ruhe« in dem Dorf finden zu dürfen, das er mit seinen Gemälden unsterblich gemacht hatte.

Warum Kincaid dieses viktorianische Monument tröstlich fand, hätte er nicht sagen können, aber seit er in Hampstead lebte, war es ihm zur Gewohnheit geworden, zum Nachdenken hierherzukommen, wenn er mit irgend etwas nicht klar kam. Er setzte sich auf einen Felsbrocken und rieb einen dürren Ast zwischen seinen Fingern, unter denen die trokkene Borke in Staub zerfiel. Er versuchte, seinen Geist aller Gedanken zu entleeren und sich zu konzentrieren. Sein Gefühl sagte ihm, daß Margaret Jasmine wirklich geliebt hatte und ihr niemals etwas zuleide getan hätte. Bei Roger jedoch lag die Sache anders. Die Sexualität war eine mächtige und häufig fehlgeleitete Kraft, und er war nicht sicher, wie blind sich Margaret gestellt hätte, nur um ihre Beziehung mit Roger zu retten.

Und Theo? Hatte Theo seiner Schwester vielleicht mehr Groll als Liebe entgegengebracht? Er hatte allen Grund, ihr dankbar zu sein, gewiß, aber für den Menschen in seiner Widersprüchlichkeit war die Dankbarkeit häufig eine schwer ertragbare Last.

Er begann Jasmine als Mittelpunkt eines Netzwerks von

Beziehungen zu sehen, von denen sie unberührt geblieben war. Was hatte sie für andere empfunden? War sie durchs Leben gegangen, ohne sich berühren zu lassen, ohne zu berühren? Sie hatte sich ihrer Krankheit mit einem solchen Gleichmut gestellt. Er konnte das leidenschaftliche junge Mädchen der Tagebücher nicht mit der Frau in Einklang bringen, die er gekannt hatte – charmant, geistreich, intelligent und verschlossener als er je gedacht hätte.

Seufzend stand Kincaid auf. Das Licht schwand rasch, die Gräber hatten ihm keine Geheimnisse anzuvertrauen, und wenn er nicht achtgab, würde er den Weg den Hügel hinauf im Dunkeln machen müssen. Ihm fiel auf, daß der Wind sich gelegt hatte, jenseits der Begrenzungshecke flimmerten die Lichter der Stadt in der Abenddämmerung.

Der Betrunkene war nicht mehr da, als Kincaid zur Kirche kam. Aus dem Inneren des Baus, durch das schwere Portal gedämpft, war der vertraute Gesang vieler Stimmen zu hören. »Abendandacht«, sagte Kincaid laut zu sich selbst. Wann war er zuletzt bei einem Abendgottesdienst gewesen? Der Gesang führte ihn zurück in die behäbige rote Backsteinkirche seiner Kindheit in Cheshire. Einzig die Abendandacht hatten seine Eltern als Kompromiß zwischen ihrer anglikanischen Erziehung und ihrer liberalen Weltanschauung gelten lassen. Oft hatte die Familie an der Abendandacht teilgenommen, aber niemals war Kincaid, soweit er sich erinnern konnte, sonntags in einer Kirche gewesen.

Leise zog er die zerschrammte, mit blauem Leder gepolsterte Tür auf und schob sich hinein. Er ging zur hintersten Bank und setzte sich. Nur ein paar verstreute Gestalten saßen auf ihren Plätzen vor ihm. Es verwunderte ihn, daß der Gottesdienst, da er so mäßig besucht war, überhaupt abgehalten wurde.

Die Stimmen der Sänger schwollen an und füllten das Kirchenschiff, und das Holz der Kirchenbänke vibrierte unter den brausenden Klängen der Orgel. Kincaid entspannte sich und beobachtete müßig den Chorleiter. Der Mann gebrauchte seine Hände wie Waffen, mit denen er dem Chor seine Zeichen um die Ohren schlug. Er sah überhaupt mehr wie ein Rugbystürmer aus als ein Chorleiter – leicht größer als einen Meter achtzig, bullige Schultern, ein kantiger Schädel.

Als der Mann einen Schritt zur Seite trat, gewahrte Kincaid in der letzten Chorreihe ein bekanntes Gesicht. Ein grauer Haarkranz um einen kahlen Scheitel, ein rosiges Gesicht, ein gepflegter grauer Schnauzbart – Kincaid war so sehr daran gewöhnt, den Major im sportlichen Tweed zu sehen, daß er ihn im weißen Chorhemd nicht gleich erkannt hatte. Wie hatte er vergessen können, daß der Major ihm erzählt hatte, er singe im Chor der St.-John's-Kirche? Kincaid starrte interessiert nach vorn, fasziniert vom Anblick seines sonst so wortkargen Nachbarn, der hier seine Baßstimme zu freudigem Gesang erhob.

Der Gottesdienst ging zu Ende. Ein letztes »Amen« hing zitternd in der Luft, dann marschierte der Chor hinaus. Die anderen Gemeindemitglieder kamen auf ihrem Weg zum Portal an Kincaid vorüber, lächelten, warfen ihm neugierige Blicke zu. Regelmäßige Kirchgänger, dachte er, die sich fragen, wer, zum Teufel, ich bin. Als das Portal hinter dem letzten zufiel, stand Kincaid auf und ging zum Altar.

»Entschuldigen Sie.«

Der Chorleiter war gerade im Begriff, eine Tür zu öffnen, von der Kincaid vermutete, daß sie in die Sakristei führte. Erstaunt drehte er sich herum, auffallend anmutig in seinen Bewegungen für einen so massigen Menschen. »Ja?«

»Kann ich Sie einen Moment sprechen? Mein Name ist Duncan Kincaid.« Kincaid überlegte rasch. Er wollte vorläufig auf keinen Fall in amtlicher Eigenschaft auftreten, um sich nach einem Nachbarn zu erkundigen, er wollte lediglich für sich selbst Klarheit erlangen. Vielleicht waren seine Jeans, der

Anorak und das vom Wind zerzauste Haar gar nicht von Nachteil.

Mit ausgestreckter Hand trat der Chorleiter auf Kincaid zu. »Ich bin Paul Grisham. Was kann ich für Sie tun?«

Kincaid hörte den vertrauten, weichen Singsang in seiner Stimme. »Sie kommen aus Wales«, stellte er fest.

Paul Grisham lachte. Seine Zähne waren groß und schief gewachsen, seine Nase war, wie Kincaid sah, gebrochen, vermutlich mehr als einmal.

»Richtig. Aus Llangynog.« Grisham neigte den Kopf zur Seite und musterte Kincaid. »Und Sie?«

»Ich bin ein Nachbar von Ihnen. Ich bin gleich auf der anderen Seite der Grenze in Nantwich aufgewachsen.«

»Ich dachte mir doch gleich, daß Sie sich nicht wie ein echter Londoner anhören.«

»Spielen Sie Rugby?« Kincaid berührte mit einem Finger seine eigene Nase.

»Ich habe gespielt, ja, als meine Knochen noch schneller wieder zusammengewachsen sind. Wrexham Union.«

Kincaid lehnte sich an die Altarschranke. Er spürte, daß Grisham darauf wartete, er möge zu seinem eigentlichen Anliegen kommen, und sagte: »Ich bin nur zufällig vorbeigekommen. Ich hatte keine Ahnung, daß Sie hier einen Abendgottesdienst abhalten.« Er wies mit dem Kopf zum Chorgestühl hinter Grisham. »War das vielleicht Major Keith, den ich da gesehen habe?«

Grisham lächelte. »Sie kennen den Major? Er ist eine unserer Stützen, auch wenn man das kaum vermuten würde, so wie er sich gibt. Er versäumt keine Probe und ist immer pünktlich wie eine wandelnde Uhr.«

»Sie proben zweimal die Woche?«

»Sonntag und Donnerstag abend.«

»Er wohnt unten bei mir im Haus. Ich hatte keine Ahnung, daß er singt, aber ich habe mir schon manchmal Gedanken darüber gemacht, wohin er so regelmäßig verschwindet. Ich dachte immmer, er geht irgendwo zum Stammtisch.« Kincaid richtete sich auf, als Grisham sein Chorhemd hob und einen Schlüsselbund aus seiner Hosentasche zog. »Ich war nur verblüfft, ihn zu sehen.«

»Wenn es Ihnen nichts ausmacht, lasse ich Sie vorn hinaus, ehe ich absperre.«

»Natürlich.« Kincaid folgte ihm durch den Mittelgang. »Ich wollte Sie wirklich nicht so lange aufhalten.«

Als sie das Vestibül erreichten, blieb Grisham stehen und wandte sich Kincaid zu. Er schien zu zögern. Im dämmrigen Licht mußte Kincaid zu ihm hinaufsehen, um seinen Gesichtsausdruck erkennen zu können. Der Mann überragte ihn um Haupteslänge.

»Sie sagten eben, daß er bei Ihnen im Haus wohnt – der Major, meine ich.«

Kincaid nickte. »Ja, er ist seit drei Jahren, als ich meine Wohnung kaufte, mein Nachbar.«

»Und Sie kennen ihn gut?«

Mit einem Achselzucken antwortete Kincaid: »Das kann ich eigentlich nicht behaupten. Ich bezweifle, daß überhaupt jemand ihn gut kennt.« Jasmine fiel ihm ein mit ihren Bemerkungen über nachmittägliche Teestunden mit dem Major, und er mußte an die Rosenbüsche denken, die er und der Major zu ihrem Gedenken gepflanzt hatten. »Ich weiß nicht. Es gab vielleicht doch jemanden, der ihn gekannt hat. Unsere Nachbarin, aber sie ist letzte Woche gestorben.«

Grisham zog das schwere Portal mit einer Leichtigkeit auf, als wäre es aus Pappe. »Aha, das ist dann die Erklärung. Am letzten Donnerstag ist er nämlich früher gegangen. Er sagte, er fühle sich nicht wohl. Das war das erstemal, daß ich so etwas bei ihm erlebte, und ich habe mir ein wenig Sorgen um ihn gemacht. Er lebt ja schließlich ganz allein. Aber er ist kein Mensch, den man darauf ansprechen könnte.«

»Nein«, stimmte Kincaid zu und trat in die Dunkelheit hinaus. »Nein, das ist er nicht. Nochmals besten Dank, daß Sie sich für mich Zeit genommen haben. Ich komme wieder«, sagte er und es war ihm ernst damit. Bevor die Tür zufiel, sah er das Blitzen von Paul Grishams weißen Zähnen.

Er sagte nichts davon, daß Jasmines Tod nicht am Unwohlsein des Majors schuld sein konnte. Er hatte ja von ihrem Tod erst am Freitag erfahren, als Kincaid es ihm gesagt hatte.

Er machte halt für eine Fleischpastete und ein Bier im *King George* in der High Street. Als er wieder auf die Straße kam, legte sich die stille Luft feucht auf seine Haut. Morgen gibt es Regen oder ich freß einen Besen. Er klappte seinen Kragen hoch, schob die Hände in die Taschen und ging langsam zwischen den erleuchteten Schaufenstern geschlossener Geschäfte hindurch nach Hause.

Ganz von selbst führte sein Weg ihn zu Jasmines Tür, und er sperrte sie mit dem Schlüssel auf, den er an seinen Bund gehängt hatte. Als er die Lampe anknipste, blinzelte ihm Sid vom Bett entgegen, richtete sich auf und streckte sich ausgiebig.

»Hallo, Sid. Na, freust du dich, daß ich da bin? Oder hast du nur Hunger?«

Die Katze folgte ihm in die Küche und hockte sich ihm erwartungsvoll zu Füßen, während er in der Schublade nach dem Dosenöffner kramte. »Mir streichst du nicht um die Beine, wie, Junge?« bemerkte Kincaid, als ihm einfiel, wie der Kater, bevor er sein Futter bekam, Jasmine immer um die schlanken Beine gestrichen war. Später, als sie so zerbrechlich geworden war, hatte er immer Angst gehabt, der Kater würde sie zu Fall bringen, aber er hatte nie etwas gesagt.

»Wir freunden uns besser nicht zu sehr an, okay?« Er stellte den Napf auf den Boden und strich Sid mit einer Hand über den seidenweichen Rücken, als dieser sich näherte, um zu fressen. Eingedenk Gemmas Ermahnung holte er das Katzenklo, das unter dem Waschbecken im Badezimmer stand, leerte es in den Mülleimer und füllte es neu aus einem Sack, den er im Küchenschrank fand. Er nahm den Müllbeutel aus dem Eimer und band ihn zu, um ihn hinauszutragen.

Sich sehr tugendhaft fühlend, füllte er Sids Wassernapf frisch und sah dann dem Kater beim Fressen zu. »Tja, was soll aus dir eigentlich werden, mein Schöner?« Während Sid den leeren Napf noch einmal gründlich ausleckte, fügte Kincaid hinzu: »Der schlimmste Kummer scheint bei dir vorbei zu sein.« Ob Mensch oder Tier, meistens verlangte der Körper schon sehr bald wieder sein Recht. Man trank Tee oder Whiskey. Man aß, was einem vorgesetzt wurde, und das Leben ging weiter. »Also, dann bis morgen, alter Freund.«

Er ließ das Licht für die Katze brennen und ging nach oben zu Jasmines Tagebüchern.

»5. Juni 1963

Ich kann an nichts anderes denken, als an ihn und wie es ist, wenn er mich anfaßt. Meine Haut brennt. Ich kann nicht essen. Ich kann nicht schlafen. Mir ist die ganze Zeit ein bißchen schwindlig, aber ich will nicht, daß es aufhört, und dauernd flattert mir der Magen. Ich kann tun, was ich will, es hört nicht auf. Ich weiß, was die Leute über ihn reden, aber es ist nicht wahr. Mit mir ist er anders, ganz sanft. Sie verstehen ihn nur nicht. Er gehört nicht hierher, genausowenig wie ich. Wir sind beide Außenseiter, in uns ist etwas Dunkleres, weniger Englisches. Tante May hat mir erzählt, daß ein Teil der Vorfahren meiner Mutter aus Frankreich stammten und ich deshalb so aussehe, wie ich aussehe, aber man merkt genau an der Art, wie sie es sagt, daß sie meine Mutter verachtet hat. ›Rose Hollis‹, hat sie gesagt, ›hatte nicht mal den gesunden Menschenverstand, den Gott einem Kind mitgibt. Ich weiß nicht, was sich dein Vater dabei gedacht hat, als er sie heiratete und nach Indien mitnahm.‹ Arme Mami. Er hat sie getötet, so sicher, als hätte er ihr ein Messer ins Herz gestoßen, und ich habe Angst. Ich will nicht, daß mir das gleiche passiert, aber ich habe jetzt schon keine Kontrolle mehr und sehe keine Möglichkeit, das Rad zurückzudrehen.

Sobald ich von dem Geld, das ich bei dem alten Mr. Rawlinson verdiene, genug zusammengespart habe, gehen wir von hier fort. Nach London, wo niemand uns kennt, wo wir die ganze Zeit zusammensein können. Wir suchen uns irgendwo eine kleine Wohnung. Ich weiß, ich habe versprochen, nicht ohne Theo zu gehen, aber er kommt ja nächstes Jahr aus der Schule, und vielleicht kann ich bis dahin auch für ihn sorgen.

Wenn ich schlafen kann, träume ich von ihm. Wenn ich die Augen zumache, sehe ich sein Gesicht vor mir. Sein dunkles Haar fühlt sich an wie Seide, wenn ich es streichle. Gestern abend haben wir uns, nachdem es dunkel geworden war, hinter dem Gemeindehaus getroffen. Es war Bingo-Abend. Ich konnte sie drinnen rufen hören, die Zahlen und die Buchstaben. ›Jasmine?‹ sagte er immer mit diesem fragenden Unterton, so als könnte er nicht recht glauben, daß es mich gibt, und dann lächelte er. Aber es bleibt jetzt jeden Abend länger hell, und es gibt keinen Ort, wo wir uns treffen können. Tante May würde mich umbringen, wenn sie dahinterkäme. Und seine alte Mutter ist noch schlimmer. Sie sind beide so vertrocknet wie Dörrpflaumen und grün vor Neid.

Aber ich habe schon eine Idee, und wenn ich sie ausführen kann, wird uns nie wieder etwas trennen.«

12

Am nächsten Morgen regnete es wie erwartet. Kincaid spähte im grauen Licht angestrengt durch die Windschutzscheibe des Midget auf die Straße, während die Scheibenwischer sich in monotonem Klick-Klack hin und her bewegten. In Basingstoke war er vom M3 abgefahren und fuhr jetzt auf zweispurigen Landstraßen in westlicher Richtung Dorset entgegen.

Der Entschluß, den er irgendwann beim Frühstück getroffen hatte, hatte ihn selbst überrascht. Er hatte von Jasmine geträumt – von dem leidenschaftlichen Mädchen aus den Tagebüchern, nicht von der Jasmine, die selbst von der Krankheit geschwächt ihre unerschütterliche Reserviertheit bewahrt hatte – und war mit einem Bild von ihr erwacht, wie sie in ihrer winzigen Mansarde saß und in ihr Tagebuch schrieb.

Nach der Eintragung über den Jungen gab es eine Lücke, und als sie wieder zu schreiben begann, berichtete sie von einem Leben in London, Wohnungssuche, mühsame Eingewöhnung in eine neue Arbeit. Verglichen mit den früheren Einträgen waren diese merkwürdig emotionslos, als hätte sie das Tagebuch zu einem Logbuch trivialer Ereignisse degradiert.

Von Müdigkeit übermannt, hatte Kincaid die Lektüre aufgegeben, aber schon beim Erwachen ertappte er sich dabei, daß seine Gedanken erneut um die Tagebücher kreisten. Er hatte nachgerechnet – Jasmine war zur Zeit jenes letzten Eintrags einundzwanzig Jahre alt gewesen, und sie erschien ihm seltsam unreif. Wenn er nicht gewußt hätte, daß sie Theo unterstützt hatte und mit allem fertiggeworden war, was das Leben von ihr verlangte, hätte er die Tatsache, daß sie bis zu ihrem zwanzigsten oder einundzwanzigsten Jahr sexuell völlig unerfahren geblieben war, vielleicht nicht so frappierend gefunden. Je mehr er jedoch darüber nachdachte, desto weniger verwunderlich fand er es. Obwohl in mancher Hinsicht weit über ihre Jahre hinaus reif, war Jasmine dennoch die Außenseiterin geblieben. Teenager-Flirts und rauhe Kumpelhaftigkeit waren gewiß ihre Sache nicht gewesen, und zur Erforschung der Welt auf eigene Faust bot ein kleines englisches Dorf wenig Raum.

Hinter dieser unerwarteten Pilgerfahrt stand die Hoffnung, daß er in dem Weiler Briantspuddle Antworten finden würde – daß irgendeine Spur von Jasmine Dents Übergang von der Kindheit ins Erwachsenenalter geblieben war.

Tunnelartig führte die Straße zwischen mannshohen Hekken hindurch, so wellig und gewunden wie ein Kaninchenbau. Gelegentliche Lücken in den grünen Mauern zeigten nichts weiter als die schlammigen Höfe vereinzelter Gehöfte. Kincaid hatte sich die Karte noch einmal angesehen, als er zu einem schnellen Mittagessen in Blandford Forum haltgemacht hatte, aber jetzt begann er sich doch zu fragen, ob er den letzten Wegweiser richtig gelesen hatte. Im selben Moment überquerte die schmale Landstraße einen Bach, machte plötzlich einen scharfen Rechtsknick und katapultierte ihn auf einen freien Platz. Weiße Häuser gruppierten sich um eine Straßenkreuzung, an der ein Schild mit der Aufschrift »Briantspuddle« stand.

Kincaid hielt an der Kreuzung an. Keine Kirche, kein Pub, kein Ort der Geselligkeit und des Austauschs, wie es schien. Das würde ihm die Arbeit erschweren. In der Hoffnung, doch noch einen Ort zu finden, an dem der Klatsch blühte, schlug er die westliche Abzweigung der Kreuzung ein.

Ein paar hundert Meter weiter stieß er wiederum auf eine Gruppe von Häusern, noch kleiner als Briantspuddle. Die Häuser hier waren nicht weiß, sondern in blassen Farben gestrichen. Aus einigen Kaminen stiegen dünne Rauchfäden auf, sonst aber schien dieser Weiler so verlassen zu sein wie der andere, größere. Ein Steinkreuz, in dessen Stamm eine madonnaähnliche Figur eingemeißelt war, schien die Häuser um sich zu scharen wie ein Prediger seine Gläubigen.

Kincaid hielt den Wagen an und stieg aus. Der Regen war schon früher in einen feinen Sprühregen übergegangen, und nun hatte er ganz aufgehört. Kincaid ging um das Kreuz herum und musterte die ungewöhnliche Konstruktion. Es erinnerte ihn an ein traditionelles Marktkreuz, aber irgendwie hatte es etwas sehr Modernes. Vorn, am Fuß des Stamms, stand die Madonna gebückt unter einem spitzgiebeligen Dach. Hinten schien etwa auf halber Höhe der Säule eine größere, nicht erkennbare Figur zu schweben. Um den rechteckigen Sockel des Kreuzes zog sich eine Inschrift, und Kincaid las sie, während er noch einmal um das Kreuz herumging. »Fürwahr es ist die Sünde Quell all dieses Schmerzes. Aber alles wird gut werden und alles wird gut werden und alle Dinge jeglicher Art werden gut werden.«

Kincaid kehrte zum Wagen zurück und drehte um. Als er wieder in Briantspuddle war, lenkte er den Midget an den Straßenrand und schaltete den Motor aus. Er stieg aus, streckte sich und hatte das Gefühl, die kühle Luft lege sich wie ein Gewand auf seine Haut. Erfrischt von der kühlen Stille, holte er einmal tief Atem.

Ein schwaches rhythmisches Geräusch durchbrach die Stille, und Kincaid drehte sich langsam herum, um nach seiner Quelle zu suchen. Hinter einer Hecke aus blühenden Pflaumenbüschen und gelben Forsythien bewegte sich etwas. Kincaid ging einige Schritte näher und sah zuerst einen grauen Kopf, dann, noch etwas näher, eine ältere Frau, die im Gras kniete und mit einer kleinen Hacke ihr Blumenbeet jätete.

Sie blickte auf, ohne Überraschung zu zeigen, und lächelte ihm zu. »Das muß man ausnützen«, sagte sie und wies mit dem Kopf zu den tiefhängenden grauen Wolken. »Lang wird das nicht halten.« Sie sprach kultiviert, mit einem nur leisen Anklang regionalen Dialekts.

Kincaid schob seine Hände in die Taschen und lächelte sein gewinnendstes Lächeln. »Eine hübsche Rabatte.« Bei näherem Hinsehen entdeckte er, daß die Frau recht hinfällig wirkte, sicherlich schon über achtzig war. Sie hatte einen Tweedrock an und dazu ein Twin-Set unter einer alten Öljacke. Das dünne graue Haar hatte sie auf dem Kopf zu einem ordentlichen Knoten gedreht, und an den Füßen hatte sie nicht die erwarteten soliden Straßenschuhe, sondern neonfarbene Turnschuhe aus Kunststoff.

Sie sah ihn stirnrunzelnd an, während sie seine Bemerkung erwog, und schüttelte schließlich den Kopf. »Nein, Sie müssen das hier sehen, wenn der Rhododendron blüht. Dann sieht es großartig aus. Das hier«, sie wies mit ihrer Hacke auf die Stiefmütterchen und Narzissen im Beet, »ist nur die Eröffnung des Schauspiels.«

Kincaid lächelte diesmal ehrlich. Ihre ernsthafte Art gefiel ihm. Die Hände in den Gartenhandschuhen auf ihre Knie gestützt, sah sie zu ihm auf, und Kincaid kam zu dem Schluß, daß sie eine sehr schöne Frau gewesen sein mußte. Neugier spiegelte sich in ihren Augen, als sie ihn jetzt forschend betrachtete.

»Sind Sie auf der Durchfahrt?« fragte sie und fügte hinzu: »Was für eine dumme Frage! Von Briantspuddle führt kein Weg irgendwohin.«

»Nein, nicht direkt. Leben Sie schon lange hier?«

»Kommt darauf an, was man lang nennt. Seit vor dem Krieg. Da hatte Briantspuddle seine Hochzeit, wissen Sie.

Ernest Debenham, der Kaufhauskönig, beschloß, aus dem Ort ein Modelldorf zu machen. Diese Häuser hier hat er entweder bauen oder restaurieren lassen.« Sie zog kokett eine Braue hoch. »Sie wissen doch wohl, von welchem Krieg ich spreche, junger Mann?«

»Also, vom ersten bestimmt nicht. Den haben Sie sicher nicht erlebt.«

»Jetzt schmeicheln Sie mir aber.« Mit einem Ächzen versuchte sie aufzustehen, und Kincaid reichte ihr eine helfende Hand. Sie nickte zum Dank.

»Erinnern Sie sich an eine Frau namens May Dent?«

Sie sah ihn überrascht an. »May? Aber natürlich. Wir waren jahrelang Nachbarinnen. Sie hat gleich da über der Straße gewohnt.«

Kincaid drehte den Kopf. Das Haus stand etwas zurückgesetzt von der Straße am Ende eines von Sträuchern eingefaßten Wegs. Keine Blumen lockerten seine schwarz-weiße Strenge auf; die hohen Fenster unter dem strohgedeckten Dach blickten blind in die Landschaft und verliehen dem Haus etwas Geheimnisvolles.

Er nahm seinen Dienstausweis heraus und hielt ihn der verwunderten Frau hin. »Mein Name ist Duncan Kincaid.«

Mit zusammengezogenen Brauen blickte sie von dem Ausweis zu seinem Gesicht auf. »Nach so einem hohen Tier sehen Sie gar nicht aus.«

Kincaid lachte. »Besten Dank.«

Errötend sagte sie: »Ich sehe schon, ich benehme mich wie ein alte Idiotin, die sich einbildet, jeder der jünger als sechzig ist, gehört noch gewindelt. Ich bin übrigens Alice Finney.« Sie bot Kincaid die Hand, und der nahm sie und war sich bewußt, wie leicht, beinahe gewichtslos sie in der seinen lag.

»Mrs. Finney, erinnern Sie sich an die Nichte und den Neffen May Dents, die aus Indien kamen und dann bei ihr im Haus lebten?«

Sie warf ihm einen konsternierten Blick zu. »Aber natürlich erinnere ich mich an Jasmine und Theo. So klar wie an meinen eigenen Namen. Aber das ist dreißig Jahre mindestens her. Wieso fragen Sie mich heute nach ihnen?«

Kincaid holte kurz Atem und bemühte sich um den richtigen Ansatz. »Es handelt sich...«

Alice Finney schüttelte den Kopf. »Nein, nein.« Sie wies mit einer Kopfbewegung auf die toten Fassaden der Dorfhäuser. »Ich sehe schon, daß das nicht so nebenbei besprochen werden kann. Gehen wir lieber hinein. Ich mache uns eine Tasse Tee, und Sie können mir alles der Reihe nach erzählen, von Anfang an.«

»Ja, Mrs. Finney«, antwortete Kincaid so gehorsam wie ein Schuljunge und folgte ihr den Gartenweg hinauf.

Die Untertasse auf seinem Knie, führte Kincaid eine Tasse zum Mund, die aus so feinem Porzellan war, daß er fürchtete, allein sein Atem könnte sie zerbrechen. Draußen vor den Fenstern des Wohnzimmers hatte sich wieder grauer Dunst zusammengezogen, der die Farben der blühenden Sträucher und Blumen schluckte. Alice Finney kniete vor ihrem offenen Kamin und machte Feuer. Als Kincaid ihr helfen wollte, lehnte sie mit einer Handbewegung ab.

»Ich mache das seit fast fünfzig Jahren allein. Da werde ich es jetzt auch noch schaffen.«

Sie setzte sich ihm gegenüber in einen mit Brokat bezogenen Sessel, dessen Sitzfläche schon ein wenig schäbig war. Auf Kincaids fragenden Blick ergriff sie ihre Tasse und fuhr fort: »Mein Mann Jack und ich wären dieses Frühjahr fünfundfünfzig Jahre verheiratet gewesen. Er war Pilot. Er ist ein wenig ruhmreicher umgekommen als viele andere – in der Luft und nicht im Schützengraben. Aber ihm wird das wohl kaum ein Trost gewesen sein.« Sie lächelte plötzlich schalkhaft. »Ziehen Sie doch nicht so eine Leichenbittermiene, Mr. Kincaid. Um ehrlich zu sein, es gibt Tage, da kann ich mich nicht erinnern, wie er ausgesehen hat, so lange ist das alles her. Und in meinem Alter Erinnerungen nachzuhängen, ist nichts als Schwelgen in Sentimentalität. Erzählen Sie mir von Jasmine und Theo Dent.«

In der Wärme und Behaglichkeit des kleinen Wohnzimmers vergaß Kincaid seine sorgsam überlegten einführenden Worte. »Jasmine Dent war meine Nachbarin. Und meine Freundin. Sie hatte Lungenkrebs. Als sie starb, nahmen wir darum zunächst an, die Krankheit sei schneller fortgeschritten, als wir erwartet hatten.«

Alice Finney hörte ihm aufmerksam zu. Nicht einmal als sie von ihrem Tee trank, wandte sie den Blick von seinem Gesicht. Bei der Erwähnung von Jasmines Tod preßte sie kurz die Lippen zusammen.

»Dann erfuhren wir, daß Jasmine eine jüngere Freundin gebeten hatte, ihr beim Selbstmord zu helfen, aber in letzter Minute doch einen Rückzieher gemacht hatte. Ich ordnete eine Obduktion an.« Kincaid machte eine Pause, doch Alice unterbrach nicht. »Sie ist an einer Überdosis Morphium gestorben, und ich glaube nicht, daß sie sich die selbst verabreicht hat.«

»Warum nicht?«

Er zuckte die Achseln. »Ich könnte Ihnen eine Menge logischer Gründe aufzählen, aber um der Wahrheit die Ehre zu geben, mehr als alles andere ist es ein Gefühl. Ich glaube es einfach nicht.«

»Und darum sind Sie hierher gekommen.« Alice beugte sich ein wenig vor und nahm die Teekanne von dem kleinen ovalen Tisch, um ihnen beiden nachzugießen. »Ich sage Ihnen gern alles, was ich weiß.« Einen Moment lang schwieg sie, den Blick ins Leere gerichtet, während sie ihre Gedanken sammelte. Dann seufzte sie. »Es war von Anfang an eine ungute Geschichte. May Dent hätte niemals Kinder haben dürfen. Sie war nicht fähig, sie zu lieben. Ich muß allerdings sagen, ich glaube, mit Theo hat sie sich ehrlich bemüht. Sie war eine verbitterte Frau. Sie gehörte zu den Leuten, die ständig das Gefühl haben, im Leben zu kurz gekommen zu sein. Vielleicht hat sie ihren älteren Bruder mehr geliebt als gut für sie war. Damals allerdings«, Alice lächelte mit feiner Belustigung, »hat man natürlich über solche Dinge keine Spekulationen angestellt. Ganz gleich, sie hat ihre Schwägerin verachtet und kein gutes Haar an ihr gelassen.«

»Und Jasmine?« Kincaid stand auf, ging zum Kamin und bestreute das Feuer mit Asche.

»Jasmine muß May an ihre Mutter erinnert haben. Auf jeden Fall konnten die beiden vom ersten Moment an nicht miteinander. Und Jasmine – Jasmine war schwierig. Ich hatte zu unterrichten aufgehört, als die Dorfschule geschlossen wurde, aber ich hatte noch Verbindungen, Zugang zum Klatsch, könnte man sagen.«

»Sie waren die Dorflehrerin?« Kincaid stellte sich eine jüngere Alice vor, die ihre Schützlinge mit dem ihr eigenen sanften Humor führte.

»Ich hatte zwei Kinder, die ich allein großziehen mußte, und weder das Geld noch die Neigung, untätig herumzusitzen«, sagte sie sachlich. »Jasmine«, fuhr sie fort, als hätte er sie nicht unterbrochen, »war nicht beliebt. Sie wurde zwar nicht gerade geschnittten, aber sie paßte nicht ins Schema; die anderen Kinder fühlten sich in ihrer Gegenwart unbehaglich.« Alice machte eine kleine nachdenkliche Pause. »Jasmine war ein sehr schönes junges Mädchen. Aber anders. Die anderen wußten nicht, wie sie mit ihr umgehen sollten. Ich selbst habe versucht, mich mit ihr anzufreunden – ich dachte, sie brauche vielleicht einen Menschen, dem sie sich anvertrauen könne, und May wäre da sicher nicht die Richtige gewesen –, aber sie ging auf meine Bemühungen nicht ein. Sie war von einer Zurückhaltung, einer Verschlossenheit, die man nicht durchdringen konnte.«

Kincaid nickte. »Und Theo? Paßte der sich besser an?«

Alice lehnte sich in ihrem Sessel zurück und streckte die Beine zum Feuer aus. Kincaid vermerkte, daß die Fesseln über den gepolsterten Turnschuhen immer noch schlank und zierlich waren.

»Ja, ich denke, man könnte sagen, daß Theo weniger Anpassungsschwierigkeiten hatte. Zunächst einmal sah er schon viel mehr wie ein Engländer aus. Seinen Kolonialakzent legte er im Handumdrehen ab. Jasmine, könnte ich mir vorstellen, hat ihn wohl nie ganz verloren?« Alice sah Kincaid fragend an. »Sie hatte diese sehr präzise Aussprache und das leichte Singen, das man bei vielen Leuten hört, die die Hindustanidialekte sprechen.«

»Nein, sie hat ihn nie ganz abgelegt. Im Lauf ihrer Krankheit ist er sogar wieder deutlicher hervorgetreten.« Kincaid wurde sich bewußt, daß eben Jasmines Stimme ihn angezogen hatte – neben ihrer Intelligenz und ihrem beißenden, trockenen Humor.

»Theo hat sich mit den Kindern angefreundet oder wurde wenigstens geduldet. Und May hat ihn anfangs ein wenig verhätschelt. Er war ja auch erst zehn, als sie hier ankamen. Ein richtiges Kind noch. Er hatte immer so was von einem armen kleinen Hündchen an sich, das jeden Moment einen Fußtritt erwartet.«

»Und als die beiden älter wurden?«

»Eines hat mich immer gewundert«, sagte Alice. »Daß Jasmine es überhaupt so lange hier ausgehalten hat. Ich vermute, sie ist aus Verantwortungsgefühl Theo gegenüber geblieben. Sie fühlte sich als seine Beschützerin und war sehr eifersüchtig auf May. Ganz besonders als Theo die ersten Dummheiten machte.«

»Dummheiten? Theo?« Kincaids Interesse war geweckt. Er richtete sich auf.

Alice wiegelte ab. »Ich glaube nicht, daß er irgend etwas aus

Bosheit getan hat. Er war einfach einer von diesen Jungen, die ein Talent dafür haben, in schlechte Gesellschaft und eine Patsche nach der anderen zu geraten. Immer war er zur falschen Zeit am falschen Ort. Sie wissen, was ich meine.«

Kincaid lächelte. »Das habe ich schon ein-, zweimal gehört, ja. Und wie hat May auf Theos kleine Eskapaden reagiert?«

»Anfangs hat sie ihn in Schutz genommen, aber nachdem Jasmine fortgegangen war, leistete er sich schlimmere Dinge als Spritztouren in fremder Leute Autos.« Alice beugte sich vor und nahm sich einen Keks vom Teller. »Schokoladenplätzchen. Mein einziges Laster«, bemerkte sie entschuldigend. »May sprach eines Tages nicht mehr davon, daß sie ihn auf die Universität schicken würde. Das war sowieso von Anfang an eine Illusion gewesen. Er war für ein Studium viel zu schlecht in der Schule.«

»Wissen Sie, warum Jasmine damals weggegangen ist?« fragte Kincaid.

»Nein. Aber ich habe mir natürlich meine Gedanken gemacht. Eines Tages hat sie einfach ihre Stellung aufgegeben und ist verschwunden. Buchstäblich von einem Tag auf den anderen. May war außer sich. Nannte sie ein undankbares kleines Luder, und das waren starke Worte für May. Dabei hatte sie von dem Moment an, als Jasmine aus der Schule kam, nichts anderes getan, als sich über sie zu beschweren. Was für eine Last sie sei, wie sehr sie sich wünsche, sie würde endlich ausziehen – und das, obwohl Jasmine einen Teil ihres Gehalts abgab, nachdem sie eine Stellung gefunden hatte. Außerdem war May ja keine arme Frau, sie hätte es sich leisten können, für Jasmine zu sorgen.«

»Man hätte also meinen sollen, May wäre heilfroh gewesen, Jasmine endlich los zu sein.«

»Genau. Aber das war typisch für May. Nie war sie zufrieden, und schon gar nicht dann, wenn sie bekam, was sie wollte.« Alice starrte ins Feuer, und Kincaid wartete schweigend. »Trotzdem ... da war was. Ich hätte es als bösartigen Klatsch abgetan und nicht mehr darüber nachgedacht, wenn Jasmine nicht so bald danach verschwunden wäre.«

»Ein Gerücht?«

»Ja ... Jasmine zöge mit diesem Jungen aus Bladen Valley herum, der nicht ganz richtig war. Sind Sie durch Bladen Valley gekommen?« Sie wies mit dem Arm nach Westen. »Das war auch so ein Experiment. Das Dorf wurde im Ersten Weltkrieg gebaut, allerdings für die Landarbeiter. Ein passender Ort für ein Kriegerdenkmal, finde ich.«

»Ach, das ist ein Kriegerdenkmal, dieses große Steinkreuz?«

Alice nickte. »Von einem Bildhauer namens Eric Gill. Es soll eine gewisse heilige Juliana darstellen, eine Mystikerin des fünfzehnten Jahrhunderts. Ich habe leider nie entdeckt, was sie mit dem Krieg zu tun hatte.«

»Mrs. Finney«, sagte Kincaid, um sie wieder zum Thema zurückzuführen. »Was fehlte dem Jungen?«

»So genau weiß ich das nicht. Er war nicht zurückgeblieben. Eher labil, geistig krank vielleicht. Er hatte angeblich eine Neigung zu plötzlichen Gewaltausbrüchen, wenn es stimmt, was die Leute sich erzählen. Aber das ist alles so lange her.« Sie seufzte.

»Ich habe Sie ermüdet«, sagte Kincaid augenblicklich zerknirscht. »Verzeihen Sie mir.«

»Nein, nein, das ist es nicht.« Alice Finney richtete sich auf, und ein Teil ihrer Lebhaftigkeit kehrte zurück. »Ich ärgere mich über mich selbst, wenn ich ehrlich sein soll, weil ich mich nicht an den Namen dieses Jungen erinnern kann. Ich hasse es, wenn ich merke, daß mir die Dinge nicht mehr einfallen – ich komme mir dann so alt vor.« Sie lächelte. »Was ich doch gar nicht bin.«

»Natürlich nicht«, stimmte Kincaid zu.

»Und es gibt keine Angehörigen. Die Mutter gab den Jungen in ein Heim. Nicht lange nachdem Jasmine verschwunden war, glaube ich. Sie selbst ist jetzt seit gut fünfzehn oder zwanzig Jahren tot. Und sonst hat er keine Familie gehabt, soviel ich weiß.«

»Was wurde aus Theo, nachdem Jasmine fortgegangen war?«

»Er hat die Schule fertiggemacht, wenn ich mich recht erinnere, aber danach ist er nie richtig auf die Beine gekommen. Er fand keine Arbeit und geriet in immer schlimmere Geschichten. Dann starb May eines Tages. Sie bekam eine Lungenentzündung und war innerhalb von Tagen tot. Jasmine ist nie wieder hierher gekommen, nicht einmal zur Beerdigung, und nachdem Mays Angelegenheiten geregelt waren und das Haus verkauft, ist auch Theo verschwunden. Ich habe nie wieder ein Wort von den beiden gehört, bis heute.«

»Wissen Sie, ob May ihnen etwas hinterlassen hat?«

»Sie muß ganz schön was auf der Seite gehabt haben. Sie war ja entsetzlich knausrig. Sie ist mit ihrem Erbe offenbar weit besser umgegangen als ihr Bruder mit seinem, aber ich habe keine Ahnung, wie sie es zwischen den Kindern aufgeteilt hat – andere Verwandte waren nicht da. Aber sie kann ihr Geld auch einem Heim für herrenlose Katzen hinterlassen haben. Ich habe keine Ahnung.« Sie schwieg einen Moment. Dann sah sie Kincaid an. »Sie können es bei dem Anwalt in Blandford Forum versuchen.«

»Bei dem Jasmine damals gearbeitet hat? Gibt es den noch?«

»Er war damals der einzige hier in der Gegend, da hat er natürlich Mays Angelegenheiten betreut. Der alte Mr. Rawlinson ist inzwischen gestorben, und der Sohn wird sich vielleicht nicht an Jasmine erinnern, aber es könnte einen Versuch wert sein.«

Kincaid stand auf. »Sie haben mir wirklich sehr geholfen. Es tut mir leid, daß ich Sie so lange belästigt habe.«

»Unsinn.« Sie stand ebenfalls auf, lehnte es ab, sich dabei von

Kincaid helfen zu lassen. »Glauben Sie denn, ich habe noch etwas Besseres zu tun, als mit einem gutaussehenden jungen Mann, der sich für alles, was ich zu sagen habe, brennend interessiert, Tee zu trinken? Das ist der Traum jeder alten Frau, mein Junge.«

Kincaid verspürte plötzlich das Verlangen, etwas zu tun, was sich gar nicht gehört und gar nicht dem englischen Wesen entspricht. Er legte ihr leicht die Hände auf die Schultern und sagte: »Sie sind eine hinreißende Frau. Ihr Mann war ein Glückspilz, und wenn ich ein paar Jährchen älter wäre, Alice Finney, würde ich Sie heiraten.« Er neigte sich zu ihr hinunter und küßte sie auf die Wange, deren Haut so weich war wie die Lippen eines jungen Mädchens.

Blandford Forum war, wie Alice ihm erzählt hatte, im Jahr siebzehnhunderteinunddreißig fast bis auf die Grundfesten niedergebrannt. Das Feuer war im Haus des Kerzenziehers ausgebrochen und rasch von einem strohgedeckten Dach zum nächsten übergesprungen. So tragisch der Brand für die Menschen damals gewesen sein mußte, Blandford Forum hatte davon profitiert, es war als ein Juwel georgianischen Baustils wiederauferstanden. Die Kanzlei Rawlinson & Söhne hatte ihre Büroräume in dem georgianischen Haus am Marktplatz soweit die Dorfbewohner zurückdenken konnten.

Kincaid, der durch das Milchglas der inneren Tür spähte, konnte nur verschwommene Schemen erkennen. Er zog die Tür auf und trat in einen ganz gewöhnlichen Empfangsraum mit Sesseln für wartende Mandanten und einem Schreibtisch, an dem eine Empfangsdame saß.

Sie drehte sich von ihrer Schreibmaschine weg und fragte ihn lächelnd: »Guten Tag. Kann ich Ihnen behilflich sein?«

»Äh ... das weiß ich selbst nicht so genau, um ehrlich zu sein. Ist Mr. Rawlinson zu sprechen?«

»Der ist heute nachmittag bei Gericht.« Sie sah auf ihre Uhr und fügte hinzu: »Und es wird leider auch noch eine Weile dauern. Möchten Sie vielleicht einen Termin vereinbaren?«

Sie fügte taktvollerweise, dachte Kincaid, nicht hinzu, daß jeder Idiot von vornherein einen vereinbart hätte. Auf dem Namensschild auf dem Schreibtisch stand »Carol White«, ein gut englischer Name. Er paßte zu ihr: Mitte Vierzig, gute Figur, ein offenes, sympathisches Gesicht, prachtvolles, schulterlanges, kastanienbraunes Haar – in einigen Jahren würde sie langsam zur Matrone werden, jetzt jedoch war sie noch sehr attraktiv.

»Ist das der junge Mr. Rawlinson?«

Sie starrte ihn an, perplex, aber weiterhin höflich. »Der alte Mr. Rawlinson ist schon vor zehn Jahren gestorben. Sie sind offensichtlich nicht von hier?«

»Nein, aus London.« Kincaid holte seinen Dienstausweis heraus und zeigte ihn ihr.

»Oh!« Sie bekam große Augen, als sie den Ausweis sah. Dann blickte sie zu ihm auf. »Na so was! Und was will Scotland Yard von uns?«

Kincaid beeilte sich, sie zu beruhigen. »Nur einige sehr verstaubte Informationen. Halten Sie es für möglich, daß Mr. Rawlinson sich an ein junges Mädchen erinnert, das vor fast dreißig Jahren eine Weile hier in der Kanzlei gearbeitet hat? Ihr Name war Jasmine Dent.«

Carol White starrte ihn an, dann sagte sie langsam: »Nein. Mr. Rawlinson war zu der Zeit noch im Internat. Aber ich erinnere mich an sie. Ich erinnere mich an Jasmine.«

Unaufgefordert zog sich Kincaid einen der Besucherstühle zum Schreibtisch heran und setzte sich. »*Sie* erinnern sich an sie?«

Noch immer etwas zögernd sagte sie: »Ich weiß, es ist ziemlich albern, aber ich gebe einfach nicht gern zu, wie lange ich schon hier sitze. Ich habe direkt nach der Schule hier angefangen, genau wie Jasmine. Sie war nur ein paar Jahre älter als ich.«

»Mr. Rawlinson brauchte zwei Sekretärinnen?«

»Könnte man sagen.« Sie lächelte. »Mr. Rawlinson hatte ein Faible für hübsche junge Mädchen, und das waren wir beide, auch wenn Sie mich jetzt vielleicht für eingebildet halten.« Sie hob abwehrend die Hand, als Kincaid etwas einwerfen wollte, und fügte hinzu: »Ich will damit auf keinen Fall sagen, daß er es wirklich auf junge Mädchen abgesehen hatte – soviel ich weiß, hat er nie etwas dergleichen versucht –, aber er sah sich gern als flotter Draufgänger. Und da er uns damals das absolute Minimum bezahlte, konnte er sich eben zwei junge Mädchen leisten.«

Kincaid, der sich neben Carols Schreibtisch niedergelassen hatte, entdeckte jetzt, daß das, was er für ein Kleid gehalten hatte, in Wirklichkeit ein lässiges Hemd war, zu dem sie schwarze Leggins trug und hochhackige Schuhe. Als sie seinen beifälligen Blick sah, lachte sie.

»Diesen Schick habe ich meiner Teenager-Tochter zu verdanken, die es auf den Tod nicht leiden kann, wenn ihre Mutter wie eine gediegene Spießerin daherkommt. Dann wurde sie ernst und sagte: »Nein, ich glaube, Mr. Rawlinson hatte von Anfang an vor, mich als Nachfolgerin von Jasmine anzulernen. Sie muß ihm genau wie allen anderen klipp und klar gesagt haben, daß sie nicht die Absicht hatte, länger als unbedingt nötig in diesem Nest zu bleiben. Jasmine war unheimlich ehrgeizig. Was ist aus ihr geworden, Mr. Kincaid? Ist sie eine erfolgreiche Karrierefrau? Ich konnte sie mir nie als Hausfrau und Mutter vorstellen. »Nein, sie hat auch nie geheiratet. Und sie war recht erfolgreich. Sie war Abteilungsleiterin bei der Baubehörde in London.«

»War?« fragte Carol betroffen. »Dann ist sie –«

»Sie hatte Krebs.«

»Oh, das tut mir leid.« Ihr kamen die Tränen, und sie

schüttelte den Kopf. »Gott, wie blöd von mir. Wir waren ja nicht einmal richtig befreundet, ich habe seit Jahren nicht mehr an sie gedacht – aber wissen Sie, immer wenn ich höre, daß einer der Menschen gestorben ist, mit denen ich aufgewachsen bin, trifft mich das mitten ins Herz.« Sie schlug sich mit der Faust auf die Brust, griff dann in ihre Schreibtischschublade, um ein Papiertuch herauszuholen, und schneuzte sich. »Wahrscheinlich weil es mich an meine eigene Vergänglichkeit erinnert. Wenn es anderen geschehen kann, dann kann es auch einem selbst geschehen.«

»Ich weiß genau, was Sie meinen«, sagte Kincaid und dachte an seine eigene Reaktion nicht nur auf den Tod von Menschen, die er kannte, sondern auch auf den Fremder – dieses quälende Gefühl des Verlustes, das er niemals ganz in den Griff bekam. »Aber ich verstehe nicht.« Sie wischte sich ein letztes Mal die Augen, warf das Taschentuch in den Papierkorb unter ihrem Schreibtisch und faßte sich wieder. »Warum fragen Sie nach Jasmine?«

Kincaids Antwort war noch knapper als die, die er Alice Finney gegeben hatte, doch sie nickte, offensichtlich zufrieden. Jahrelange Tätigkeit in einer Anwaltskanzlei hatte sie zweifellos Diskretion gelehrt.

»Sie sagten eben, Sie seien nicht einmal richtig befreundet gewesen.«

»Wir haben natürlich miteinander geschwatzt, wie das alle in einem Büro tun, über Dinge, die in der Kanzlei vorgingen, und wem Mr. Rawlinson in der letzten Woche am häufigsten den Hintern getätschelt hatte. Aber es war eigentlich immer Gequassel. Sobald es persönlich wurde, klappte Jasmine den Mund zu und wurde stumm wie ein Fisch.« Carol schwieg einen Moment und krauste nachdenklich die Stirn. »Manchmal – manchmal hatte ich das Gefühl, Jasmine hätte nie eine Freundin gehabt und wüßte auch gar nicht, was sie mit einer anfangen sollte.«

»Und woher kam Ihr Eindruck, daß sie ehrgeizig war?«

»London. Das war das einzige, wovon sie ständig geredet hat. Sie hat jeden Penny gespart, hat sich ihr Mittagbrot von zu Hause mitgebracht, hat sogar abends noch Kinder gehütet, um sich etwas dazuzuverdienen. Ich erinnere mich, daß sie mit ihrer Tante überhaupt nicht zurechtgekommen ist. Kincaid lächelte. »Ja, das kann man wohl sagen.« Er kam auf ihre frühere Bemerkung zurück. »Wenn Jasmine so sparsam war, ist sie wohl auch nicht ausgegangen? Man sollte doch meinen, daß es für ein hübsches Mädchen dieses Alters in einem Ort dieser Größe genug zu unternehmen gibt.«

Carol schüttelte den Kopf. »Ich habe sogar ein paarmal versucht, sie mit einem Freund meines Freundes zusammenzubringen, aber das hat sie überhaupt nicht interessiert.«

»Hat sie über Männer gesprochen? Halten Sie mich bitte nicht für einen alten Chauvi, aber solche Gespräche sind in dem Alter doch natürlich.«

»Ich weiß, daß *ich* von nichts anderem geredet habe«, erwiderte Carol lachend. »Das muß ganz schön nervig gewesen sein. Aber Jasmine – nein, ich kann mich nicht erinnern.« Einen Moment lang starrte sie ins Leere, und Kincaid wartete. »Aber irgendwas hat's gegeben. In den letzten zwei Monaten, bevor sie ging, war sie verändert – sie hatte so einen Ausdruck im Gesicht, wissen Sie. Wie die Katze, die den Kanarienvogel gefressen hat. Manchmal habe ich direkt erwartet, daß sie sich den Schnurrbart putzen würde.«

»Aber sie hat Ihnen nie etwas erzählt?«

Diesmal hatte ihr Kopfschütteln etwas Wehmütiges. »Nein. Tut mir leid.«

»Und als sie ging? Hat sie Ihnen da vorher etwas gesagt?«

»Nein, ich war so überrascht wie alle anderen. Sie kam an dem Tag nur kurz in die Kanzlei, legte ihre Kündigung auf den Tisch, räumte ihren Schreibtisch aus und ging. Mr. Rawlison war begeistert, das können Sie mir glauben.

»Haben Sie später einmal von ihr gehört?«

»Kein Wort. Aber immerhin hat sie mir an dem Tag auf Wiedersehen gesagt und alles Gute gewünscht.«

Diesmal war es Kincaid, der schweigend und sinnend dasaß. Diese Räume hier, dachte er, hatten sich wahrscheinlich kaum verändert. Er stellte sich Jasmine auf dem Platz vor, auf dem Carol jetzt saß ... Jasmines dunkles, fein geschnittenes Gesicht, das sich silhouettenhaft von der cremefarbenen Wand abhob. Was hatte sie veranlaßt, Hals über Kopf die Flucht zu ergreifen, ihre sorgfältig ausgearbeiteten Pläne über Bord zu werfen und ihren Bruder im Stich zu lassen?

»Haben Sie mal ihren Bruder Theo kennengelernt?« fragte er, seinen Gedankengang weiter verfolgend.

»Erst als die Tante starb und wir den Nachlaß regelten.« Sie zuckte mit den Achseln. »Viel war mit dem Jungen nicht los. Aber er war damals ja auch noch ein grüner Junge, erst siebzehn oder achtzehn Jahre alt. Das erklärt es wahrscheinlich.«

»Erklärt was?«

Carol White blickte auf ihre gefalteten Hände mit den pinkfarbenen lackierten Fingernägeln hinunter. »Ach, jetzt habe ich wahrscheinlich ein bißchen zuviel geredet. Das ist alles so lange her, und ich bin mir nicht sicher, woran ich mich wirklich erinnere. Ich glaube, Mr. Rawlison mußte alles erledigen, von der Beerdigung bis zum Verkauf des Hauses ... Theo war nur noch ein Nervenbündel. Beinahe hysterisch. Das war sicher ganz natürlich, aber damals fand ich sein Verhalten merkwürdig – die meisten jungen Männer, die soviel Geld erben, daß sie auf eigenen Füßen stehen können, müssen sich schon bemühen, um Kummer zu zeigen.«

»Ich wußte gar nicht, daß May Dent so gut für Theo gesorgt hatte.«

»O doch, aber ich glaube, Jasmine hat das Geld bis zu seiner Volljährigkeit verwaltet.« Sie richtete sich auf und atmete einmal durch. Die Abruptheit ihrer Bewegungen verriet Kincaid, daß das Gespräch zu Ende war. »Mr. Rawlinson wird bald zurückkommen. Möchten Sie warten?«

»Nein, danke. Ich glaube, Sie haben mir weit mehr gesagt, als ich von ihm je erfahren könnte.« Kincaid stand auf und stellte den Stuhl wieder an seinen Platz. Dann reichte er Carol White die Hand.

»Es tut mir leid um Jasmine«, sagte sie.

»Danke«, erwiderte er ernst, und sie lächelte, und das Unbehagen wich aus ihrem Gesicht.

»Mr. Kincaid«, rief sie, als er schon an der Tür war. Er drehte sich herum. »Was ich vorhin gesagt habe, daß ich seit Jahren nicht mehr an Jasmine gedacht habe, stimmt nicht. Ich habe sie beneidet und mir vorgestellt, was für ein aufregendes Leben sie führt, während ich hier sitze und Tag für Tag das gleiche tue. Ich kam mir immer wie ein Feigling vor.« Beinahe unmerklich hob sie die Schultern. »Aber vielleicht habe ich gar nicht so schlecht gewählt.«

13

Gemma ließ den Wagen in der Garage des Yard und fuhr mit der U-Bahn zur Tottenham Court Road. In London mit dem Auto durchzukommen, war schwierig genug, für kurze Strecken den Wagen zu nehmen, war schlicht Wahnsinn.

Der Heimpflegedienst, dessen Adresse Felicity Howarth ihnen angegeben hatte, hatte seinen Sitz in einem Haus, das zwischen einem indischen Restaurant und einer Reinigung eingeklemmt war. Gemma krauste die Nase, als die Küchendünste aus dem Restaurant sie erreichten – ihr knurrte sowieso schon der Magen, und es dauerte mindestens noch eine Stunde, ehe sie auch nur ans Mittagessen denken durfte. Mit zusammengekniffenen Augen las sie die Namensschilder neben den Klingelknöpfen. Auf einer schmutzigen Geschäftskarte neben der Klingel für Wohnung 2B stand *Heimpflegedienst*.

Gemma, die bereits festgestellt hatte, daß die Haustür offen war, ging ohne zu läuten ins Haus und stieg die Betontreppe hinauf. Sie klopfte an die Tür von 2B und brauchte nicht lange zu warten, bis ihr geöffnet wurde.

»Ich hab' dir doch gesagt, daß ich –« Die Frau an der Tür brach plötzlich ab und starrte Gemma mit offenem Mund an. Als sie sich wieder ein wenig gefaßt hatte, lächelte sie verlegen und sagte: »Entschuldigen Sie. Ich dachte, es wäre mein Freund. Wir hatten gerade Krach. Was kann ich für Sie tun?«

Durch die offene Tür konnte Gemma direkt in das Wohnzimmer sehen. Die eine Seite des Zimmers war mit Sofa, Sesseln, Fernsehgerät entsprechend eingerichtet; die andere

Seite, mit Schreibtisch, Aktenschränken und Computer, diente offensichtlich als Büro.

»Bin ich hier richtig beim Heimpflegedienst?«

»Oh.« Die Stimme der Frau klang betroffen. »Ja, aber wir wickeln unsere Geschäfte größtenteils übers Telefon ab, deshalb habe ich nicht erwartet ... wie Sie sehen können.« Sie zeigte auf ihre Jeans und die nackten Füße.

Gemma schätzte sie auf Mitte Vierzig, eine kräftige Frau mit einem sympathischen Gesicht und vollem braunem, mit Grau gesprenkeltem Haar.

»Mein Name ist Gemma James.« Gemma zeigte ihren Dienstausweis. »Wir ermitteln rein routinemäßig im Todesfall einer Ihrer Patientinnen, einer Miss Jasmine Dent.«

Die Frau wurde blaß. »Ach, du lieber Gott.« Sie sah über ihre Schulter nach rückwärts, als suche sie Unterstützung und wandte sich dann wieder Gemma zu. »Felicity hat mir von der Obduktion erzählt. Kommen Sie doch einen Moment rein.« Sie schloß die Tür und wies Gemma zum Sofa. »Mein Name ist übrigens Martha Trevellyan«, bemerkte sie nachträglich.

Gemma ließ sich auf dem Sofa nieder und kramte ihren Block heraus. Martha Trevellyan zog derweilen unter den Papieren auf ihrem Schreibtisch eine Packung Zigaretten hervor, zündete sich eine an und sagte, während sie das Streichholz löschte: »Ich weiß, was Sie denken. Krankenpfleger sollten nicht rauchen. Das ist ein schlechtes Beispiel, richtig? Tja, wenn ich mich nicht verzählt habe, habe ich bereits fünfzehnmal aufgehört, aber ich halte nie durch.«

»Ist der Heimpflegedienst Ihr Unternehmen, Miss Trevellyan?«

»Ja.« Die Frau setzte sich auf die Kante eines Sessels Gemma gegenüber. »Ich habe vor zwei Jahren als Krankenschwester aufgehört, weil ich mich selbständig machen wollte, um nicht mehr wie eine Wahnsinnige schuften zu müssen.« Sie lächelte mit leichter Selbstironie. »Aber sagen Sie mir, Sergeant – Sergeant ist doch richtig?« Gemma nickte. »Sagen Sie mir doch, worum es eigentlich geht. Wir stecken hier immer noch in den Anfängen. Der leiseste Verdacht von Nachlässigkeit könnte uns ruinieren.«

»Vielleicht könnten Sie mir zunächst einmal in aller Kürze erklären, wie Sie hier arbeiten.« Gemma wies mit einer Handbewegung zum Arbeitsbereich.

»Wir bekommen unsere Aufträge größtenteils durch Empfehlung. Das war von Anfang an so. Ich habe viele Jahre als Krankenschwester auf der Intensivstation gearbeitet, und die Ärzte, mit denen ich zusammengearbeitet hatte, empfahlen mich dann denen unter ihren Patienten, die Heimpflege brauchten.« Sie lehnte sich in ihrem Sessel zurück, begann sich im Gespräch über das ihr vertraute Thema offensichtlich wohler zu fühlen. »Ich habe eine Liste von Pflegern und Pflegerinnen, die Voll- oder Teilzeit für mich arbeiten können. Wenn sich ein neuer Patient bei uns meldet, vermittle ich eine Pflegerin und übernehme die Koordination, soweit nötig. Ich stelle den Patienten die Rechnung und bezahle dann meine Leute. Ganz einfach eigentlich.«

»Ideal«, sagte Gemma.

»Nur, daß gutes Pflegepersonal viel kostet. Meine Gewinnspanne ist daher ausgesprochen schmal.« Martha beugte sich vor und drückte ihre Zigarette in einem Aschenbecher aus. »Das Ritz ist das hier nicht gerade, wie Ihnen vielleicht aufgefallen ist. Ich brauche noch ein paar Jahre Glück und harte Arbeit, wenn ich mir ein Polster für meinen Lebensabend schaffen will.« Sie lächelte bei ihren Worten, aber die Besorgnis in ihren Augen war nicht zu übersehen.

Die Wohnung war klein und beengt, war makellos sauber, und die Möbel waren von guter Qualität, wenn auch recht konventionell im Stil.

»Für eine vorübergehende Situation ist es doch gar nicht so

übel«, meinte Gemma ebenfalls lächelnd und bemerkte, daß Martha Trevellyan sich noch ein wenig mehr entspannte. »Sagen Sie, Miss Trevellyan –

»Eigentlich ist es Mrs. – ich bin seit Ewigkeiten geschieden. Ich habe zwei Kinder allein großgezogen, aber jetzt sind sie beide aus dem Haus und mit der Ausbildung fertig, da konnte ich es mir leisten, ein Risiko einzugehen.« Sie wies mit dem Kopf zu ihrem Arbeitsbereich. »Nennen Sie mich doch einfach Martha. Dann fühle ich mich nicht so, als säße ich auf der Anklagebank.«

Gemma hatte nichts dagegen, dieser Bitte nachzukommen. Sie begegnete ihr häufig genug. Es schien die Kluft, die die Leute zwischen sich und der Polizei empfanden, zu verkleinern.

»Wie kam Jasmine Dent als Patientin zu Ihnen, Martha?«

»Auf Empfehlung ihres Arztes, wenn ich mich richtig erinnere. Ich kann in meinen Unterlagen nachsehen.« Nachdem sie sich eine neue Zigarette angezündet hatte, stand sie auf und trat zu einem der Aktenschränke neben ihrem Schreibtisch. Sie zog eine Schublade auf und fand nach kurzem Suchen eine Karte. »Ja, über Dr. Gwilym. Er ist Onkologe. Er hat mir schon eine ganze Reihe Patienten geschickt.«

»War an Jasmine Dents Fall irgend etwas Ungewöhnliches?«

Martha überlegte einen Moment und schüttelte dann den Kopf. »Nein, eigentlich nicht. Wenn diese Kranken zu uns kommen, besteht meist keine Chance mehr auf Remission. Sie war bei Felicity in guten Händen.« Auf Gemmas fragenden Blick fügte sie hinzu: »Felicity Howarth ist meine beste Pflegerin. Ich lasse ihr bei der Wahl ihrer Fälle praktisch freie Hand. Sie kann sich aussuchen, was für sie zeitlich und örtlich am günstigsten ist.« Nachdenklich fügte sie hinzu: »Natürlich spielt auch die persönliche Neigung eine Rolle. Das finden Sie bei jedem, der im Pflegefach tätig ist. Felicity kommt besonders gut mit Krebspatienten zurecht.«

»Hat sie sich auch Jasmine Dent ausgesucht?«

»Soweit ich mich erinnere, ja. Felicity arbeitete zu der Zeit besonders viel. Ich dachte, es würde ihr vielleicht zuviel werden, aber sie wollte den Fall unbedingt haben. Sie sagte, sie brauche das Geld.«

»Wissen Sie, warum?«

Martha zögerte, drückte ihre Zigarette aus, ehe sie antwortete. »Wissen Sie, mir ist gar nicht wohl dabei, wenn ich über persönliche Angelegenheiten meiner Angestellten spreche.«

Gemma wartete schweigend.

Schließlich sagte Martha seufzend: »Na ja, ich weiß eigentlich nicht, was daran so schlimm sein sollte. Felicity hat einen Sohn in einem privaten Pflegeheim. Er hat wohl in der Kindheit irgendeine Verletzung erlitten. Vielleicht sind die Kosten gestiegen. Das muß sie sowieso eine Menge kosten.« Dann setzte sie eine Spur angriffslustig hinzu: »Aber ich weiß natürlich nicht mit Sicherheit, ob sie das Geld tatsächlich dafür brauchte. Kann ja auch sein, daß sie auf eine Mittelmeerkreuzfahrt spart. Verdienen würde sie sie.«

Wer nicht, dachte Gemma, die sich bemühte, die immer stärker werdenden Hungergefühle ihres Magens zu ignorieren. »Noch eine Frage, Martha. Zu dem Morphium. Wäre es Jasmine möglich gewesen, genug Morphium zu sammeln, um sich das Leben zu nehmen?«

Sie sah die erneute Spannung in Martha Trevellyans Gesicht. »Schauen Sie, wenn ein Arzt einer tödlich kranken Patientin Morphium zur Selbstverabreichung in unbegrenzter Menge verordnet, haben wir im Grund keine Möglichkeit, die Verwendung des Medikaments zu überwachen. Miss Dent könnte höhere Dosen verlangt haben, aber in Wirklichkeit bei derselben Dosis geblieben sein. So etwas kommt vor. Häufiger, wenn wir einmal ganz ehrlich sein wollen, als wir gern zugeben. Aber was soll man tun? Ihnen auf die Finger klopfen? Die meisten tun es zur Rückversicherung, für den

Fall, daß die Schmerzen unerträglich werden sollten. Und in Jasmine Dents Fall wären die Schmerzen wegen der Lage des Tumors wahrscheinlich tatsächlich unerträglich geworden.«

Martha Trevellyans Bericht über Jasmines Behandlung und Zustand deckte sich mit dem Felicity Howarths, aber Gemma war immer noch neugierig.

»Wer ist für den Kauf der Medikamente für die Patienten zuständig?«

»Ich. Ich führe ein Tagebuch, und wer von den Medikamenten nimmt, trägt sich ein. Ich vergleiche regelmäßig die Krankenblätter der Patienten und die Eintragungen im Tagebuch.«

»Keine Diskrepanzen?« fragte Gemma.

»Nein«, antwortete Martha Trevellyan entschieden. Sie sah Gemma an. »Wie weit soll diese Untersuchung nun eigentlich gehen, Sergeant? Wirft man uns irgend etwas vor?«

»Felicity Howarth wird morgen bei der Leichenschau aussagen müssen. Über Jasmine Dents Behandlung und ihre seelische Verfassung. Was dann folgt –« Gemma zuckte die Achseln, »kommt auf das Urteil des Coroners an.«

»Davon hat sie mir nichts gesagt«, meinte Martha bestürzt. »Aber nun ja, so ist es eben – sie wollte mich wahrscheinlich nicht beunruhigen.« Einen Moment lang sah sie Gemma schweigend an. »Eines«, sagte sie dann, »verstehe ich nicht. Wieso vergeuden Sie und Ihre Mitarbeiter soviel Zeit an einen simplen Selbstmord? Sie haben doch bestimmt Wichtigeres zu tun.«

»Hat Felicity es Ihnen denn nicht gesagt?«

»Was?«

»Es besteht die Möglichkeit, daß bei dem Selbstmord Beihilfe geleistet wurde, und das ist ein Verbrechen. Oder aber es war kein Selbstmord, sondern Mord.«

Kincaid hatte nichts hören lassen, als Gemma ins Yard zurückkam. Sie schüttelte den Kopf, als sie an seinen morgendlichen Anruf aus dem Auto dachte. Dorset? Oft genug hatte er sie der Unüberlegtheit beschuldigt, aber sie konnte sich nicht erinnern, je aus einer Laune heraus quer durch England gebraust zu sein.

Sein Interesse für Jasmine Dents Vergangenheit schien sich zur Besessenheit zu entwickeln, und das machte ihr Sorgen. Er hatte kein Wort mit ihr über Jasmines Tagebücher gesprochen, seit sie ihm geholfen hatte, die Hefte in seine Wohnung hinaufzutragen. Hatte er in Jasmines früherem Leben einen Hinweis gefunden, oder trieb ihn nur krankhafte Neugier, das Bemühen, ein junges Mädchen wieder auferstehen zu lassen, das er nicht gekannt hatte? Gemma erinnerte sich an das Foto, das sie in Jasmines Kommode gefunden hatte, und hätte auch jetzt noch nicht sagen können, was sie davon abgehalten hatte, es ihm zu zeigen. Hatte sie es um seinet- oder um ihretwillen vorenthalten?

Sie hatte sich in Kincaids leeres Büro gesetzt, und die Stille gab ihr keine Antwort.

Jetzt setzte sie sich mit einem Ruck in Kincaids Sessel auf und schüttelte die für sie ganz ungewöhnliche Stimmung ab. Wahrscheinlich war es die Nachwirkung des Currygerichts, das sie zu schnell hinuntergeschlungen hatte. Sie hatte selbst Probleme genug, ohne sich auch noch die seinen aufzuhalsen. Sie würde jetzt den Bericht über das Gespräch dieses Morgens schreiben, und wenn Kincaid sich nicht meldete, bevor sie damit fertig war, würde sie vielleicht ausnahmsweise früher verschwinden können.

Nachdem sie Toby in Hackney abgeholt hatte, fuhr Gemma Richtung Leyton. So eilig sie es gehabt hatte, aus dem Büro zu kommen, so wenig verlockend schien ihr plötzlich die Aussicht auf einen langen Abend zu Hause.

Die Leyton High Street hatte sich seit ihrer Kindheit kaum verändert. Vor den Schaufenstern in den roten Backsteinhäusern gab es einige Eisengitter mehr; wo früher der Chinese gewesen war, war jetzt ein Grieche, das biedere Textilgeschäft, das Gemma in Erinnerung hatte, hatte jetzt neonfarbene Glitzer-T-Shirts im Fenster liegen – aber im wesentlichen war der Charakter der Straße derselbe geblieben. Leyton, das früher einmal ein selbständiges kleines Dorf gewesen war, war vor langer Zeit schon von dem Moloch London verschlungen worden, und nur die High Street erinnerte noch an seine ehemalige Identität.

Ihre Eltern hatten die Bäckerei in der High Street schon vor ihrer Geburt gehabt. Sie war in der Wohnung über dem Laden aufgewachsen, mit den Düften von frischem Brot, süßen Kuchen und herzhaften Fleischpasteten. Nach der Schule hatte sie oft im Laden mitgeholfen, und sogar jetzt noch spürte sie die Enttäuschung ihres Vaters darüber, daß keine seiner beiden Töchter ein Interesse daran hatte, das Geschäft einmal weiterzuführen.

Sie stellte ihren Wagen auf dem öffentlichen Parkplatz ab und ging das Stück bis zum Laden mit Toby, der alle paar Schritte einen Känguruhsprung einlegte, zu Fuß. Der Nieselregen, der fast den ganzen Tag gefallen war, hatte aufgehört, und auch Gemmas bis dahin recht trübe Stimmung lichtete sich jetzt ein wenig. Ihre Mutter stand noch hinter der Theke, als sie das Geschäft betraten, und hatte alle Hände voll damit zu tun, die Kunden zu bedienen, die noch in letzter Minute vor Ladenschluß hereingeschneit waren.

»Gemma! Wie schön! Toby, Schätzchen, komm, gib Granny ein Bussi. So ist es lieb.« Vi Walters wischte sich mit einer Hand über die schweißfeuchte Stirn und sagte zu Gemma: »Kannst du mir hier ein bißchen helfen, Kind? Es ist furchtbar hektisch heute abend.«

»Natürlich, Mama.« Gemma fand es immer wieder komisch, daß ihre Großeltern ihren Sprößling mit dem karottenroten Haar ausgerechnet Violet genannt hatte. Aus Violet war Vi geworden, so bald das Kind alt genug gewesen war, um selbst ein Wörtchen mitzureden, und dabei war es geblieben.

»Wo ist Dad?« fragte Gemma, als sie um die Theke herumkam und sich eine weiße Schürze umband. Toby steuerte schnurstracks den Korb mit den Spielsachen an, der extra für ihn und seine beiden kleinen Vettern hier unten stand.

»Hinten. Er schneidet das Brot für Mrs. Tibbit. Du bleibst doch zum Abendessen, Kind?«

Gemma nickte und bediente den letzten Kunden. Bei ihren Eltern gab es kein Ausweichen von der täglichen Routine – man schloß den Laden, aß zu Abend, sobald ihre Mutter das Essen auf den Tisch brachte, und machte es sich dann vor dem Fernsehapparat bequem. Gemma fand es sowohl aufreizend als auch anheimelnd.

Dieser Abend war keine Ausnahme. Eine halbe Stunde nach Ladenschluß saßen sie an dem roten Resopaltisch in der Küche und aßen Toast mit Butter, harte Eier und Kuchen, der mit Marmelade gefüllt war. An demselben Tisch hatte Gemma als Kind ihre Mahlzeiten eingenommen, und auch das Linoleum, auf dem sie ihre Milch verschüttet hatte, war noch dasselbe. Ihre Mutter steckte ihre ganze Zeit und Energie in den Laden, nicht in »die Innendekoration«, wie sie zu sagen pflegte. Der gute Ruf, den die Bäckerei weit und breit genoß, war der Lohn dieses Engagements, und sie und ihre Schwester, sagte sich Gemma, hatten im Grund nicht darunter gelitten. Ihre Schwester –

Schuldbewußt hielt Gemma inne und fragte: »Wie geht es Cyn?«

Ihre Mutter warf ihr diesen mißbilligenden Seitenblick zu, bei dem sie sich heute noch wie die schlimmste Sünderin fühlte. »Du kannst sie doch selbst anrufen. Oder hast du dir die Finger gebrochen?«

»Ich weiß ja, Mama.« Gemma seufzte. »Sag's mir trotzdem.«

»Du hast sie um ein Haar verpaßt. Sie war gestern abend mit den Kleinen hier. Der neue Salon scheint wirklich das Richtige zu sein. Sie hat schon die erste Gehaltserhöhung bekommen, und die Geschäftsführerin hat gesagt...«

Aus langer Gewohnheit gab Gemma an den entsprechenden Stellen Geräusche von sich, die Interesse beweisen sollten, während sie in Gedanken ganz woanders war.

»Gemma, du hast mir überhaupt nicht zugehört.« Ihre Mutter sah sie scharf an, und die Gereiztheit auf ihrem Gesicht wich einem Ausdruck der Besorgnis. »Überhaupt warst du den ganzen Abend so still. Geht's dir nicht gut, Schatz?«

Gemma zögerte, hin und her gerissen zwischen ihrem Bedürfnis, ihr Herz auszuschütten, und ihrem Widerstreben, ihrer Mutter neue Munition zu liefern. Immer wieder hielt ihre Mutter ihr die Schwester, deren Ehe nicht in die Brüche gegangen war, als leuchtendes Beispiel vor Augen, obwohl Gemmas Meinung nach ihr Schwager keineswegs der Traummann war – im Gegenteil, er war ein notorischer Faulenzer, der statt zu arbeiten lieber stempeln ging.

Aber der innere Druck war zu groß. »Ich glaube, Rob ist abgehauen, Mama. Er hat schon seit Monaten kein Geld mehr für Toby geschickt, und ich weiß nicht, wie lange ich so, wie es jetzt ist, noch durchhalten kann.«

Anstatt zu antworten, ließ Vi Wasser in den elektrischen Wasserkochtopf laufen und nahm zwei Tassen vom Bord. »Setz dich. Wir trinken noch eine Tasse.«

Gemma hätte beinahe gelacht. Niemals nahm ihre Mutter eine Schwierigkeit in Angriff, ohne sich zuvor mit kräftigem, süßem Tee gestärkt zu haben. Aus dem Wohnzimmer hörte sie die Stimme ihres Vaters und Tobys helles Lachen, dann die Titelmusik zu *Coronation Street*. Ihre Mutter brachte ihr ein großes Opfer.

»Du hast versucht, ihn aufzustöbern?« fragte Vi, als sie sich Gemma gegenüber setzte und ihr eine Tasse zuschob.

»Natürlich. Ich sag' dir, er ist abgehauen, Mama. Er hat seine Arbeit gekündigt, keine Nachsendeadresse hinterlassen und auch keine Telefonnummer. Ich habe mit sämtlichen Leuten gesprochen, die etwas von ihm wissen könnten, aber gebracht hat es nichts.«

»Auch mit seiner Mutter?«

»Wenn sie etwas weiß, dann sagt sie's mir nicht, und schließlich ist es doch ihr Enkel, der leidet. Wie kann er uns das antun? Dieser gemeine Kerl!« Gemma spürte, wie ihre Kehle sich zusammenzog, hörte die Tränen in ihrer Stimme. Hastig trank sie von dem Tee, der noch so heiß war, daß sie sich den Mund verbrannte.

»Wie schlimm ist es, Gem?«

Gemma zuckte die Achseln. »Die Hypothekenzahlungen sind hoch, auch wenn das Haus nur eine Bruchbude ist. Auch so eine geniale Idee von Rob, diese Bude zu kaufen – wenn ich das Haus jetzt verkaufen muß, verliere ich alles. Aber die größte Belastung sind die Kosten für Tobys Betreuung. Es geht ja nicht nur um den Hort, sondern die Babysitter abends und an den Wochenenden, wenn ich arbeiten muß.«

Vi trank einen Schluck Tee. »Könntest du etwas Günstigeres finden?«

Gemma schüttelte heftig den Kopf. »Nein. Es ist schon bei dem jetzigen Preis nicht gut genug.«

»Gemma«, sagte Vi langsam, »du weißt, daß wir ihn jederzeit nehmen würden. Du brauchst es nur zu sagen.«

Sie sah ihrer Mutter in die Augen und senkte dann die Lider. »Nein, Mama, das kann ich nicht. Ich würde mich – ich kann einfach nicht.«

»Überleg es dir trotzdem noch einmal, Kind. Vielleicht nur als vorübergehende Notlösung.«

Es war ein verlockendes Angebot. Es wäre ein leichter

Ausweg, aber er würde einen Verlust an Eigenständigkeit bedeuten, den sie nicht einmal in Betracht ziehen wollte. Sie holte Atem und sah ihre Mutter lächelnd an. »Ich werde es auf jeden Fall im Kopf behalten, Mama. Vielen Dank.«

Es begann zu dämmern, als Kincaid den Nordring um die Stadt erreichte. Die Rückfahrt aus Dorset war ihm endlos erschienen. Nachdem er stundenlang seinen ewig sich im Kreis drehenden Gedanken nachgehangen war, empfand er das lärmende Gewühl des Londoner Verkehrs als willkommene Ablenkung.

Er bog von der belebten Ringstraße ab und fuhr quer durch das relativ ruhige Golders Green nach North Hampstead. Als er die Kreuzung von North End Way und Heath Street erreichte, wandte er sich impulsiv nach links. Die Spaniard's Road führte wie eine Brücke über die Höhe der sich langsam verdunkelnden Heide, isoliert und leer. Ein weißes Gesicht leuchtete im Licht seiner Scheinwerfer auf – ein einsam Wartender an einer Bushaltestelle –, dann war er auch schon auf dem Parkplatz des *Spaniard's Inn*. Als er den Wagen abstellte, öffnete sich die Tür des alten Pubs, und eine Flut von Licht, Wärme und appetitlichen Düften ergoß sich in die Nacht. Ein paar Minuten später nahm Kincaid mit einem Teller mit Wurst, Pommes frites und Salat und einem Glas Bier beladen an einem Zweiertisch Platz. Er setzte sich mit dem Rücken zur Wand, so daß er den Blick durch den Gastraum schweifen lassen konnte, während er aß. Er fühlte sich immer in der Rolle des Beobachters wohler als in der des Beobachteten, und das lebhafte Treiben rundherum gestattete ihm, seine Gedanken auf Wanderschaft zu schicken.

Hatte der heutige Tag ihn seinem Ziel, die wahre Jasmine Dent zu entdecken, näher gebracht? Fragmenthafte Bilder schossen ihm irrlichternd durch den Kopf: Jasmines Gesicht vom Fenster des Häuschens in Briantspuddle umrahmt;

Jasmine mit lose herabhängendem dunklem Haar, das ihr Gesicht verbarg, in der Kanzlei Rawlinson über die Schreibmaschine gebeugt; Jasmine, in den Kissen ihres Betts in Hampstead aufgerichtet, vergnügt lachend über irgendeine übertriebende Geschichte von ihm. Wenn er lange genug und tief genug grub, würden dann endlich all die kleinen Einzelteile ein zusammenhängendes Ganzes ergeben? Gab es so etwas wie eine klar abgegrenzte Persönlichkeit überhaupt? Konnte man je sagen, *dies* sei Jasmine gewesen, jenes aber nicht?

Er erkannte, daß die Melancholie und die innere Unruhe, die ihn seit seinem Aufbruch aus Dorset plagten, mit einem wachsenden Widerstreben zu tun hatten, Jasmines Tagebücher weiterzulesen. Alles, was er aus ihnen erfuhr, verstärkte das Bild einer ungemein verschlossenen, beinahe geheimniskrämerischen Person, und das Gefühl unbefugten Eindringens belastete ihn immer schwerer.

Er merkte plötzlich, daß er geistesabwesend zwei junge Mädchen anstarrte, die am Tresen zu essen bestellten. Die eine hatte orangefarbenes Stoppelhaar, die andere glattes blondes Haar, das ihr weit über die Schultern herabfiel. Beide trugen enge Stretchminiröcke, die ihnen kaum über den Po reichten, und hatten trotz des kühlen Abends keine Strümpfe an. Wahrscheinlich, dachte er, lieferte ihnen die Eitelkeit innere Hitze genug; was ihm Sorgen machte, war sowieso nicht die Möglichkeit, daß sie sich eine Erkältung holten, sondern daß er keine Ahnung hatte, wie lange er sie angestarrt hatte, ohne sie überhaupt wahrzunehmen. Er wurde anscheinend alt.

Der Anblick des langen blonden Haares des einen Mädchens löste die gewohnte Reaktion aus – einen vertrauten Schmerz, den er schon unterdrückt hatte, fast ehe er ihm bewußt wurde. Vic. Seltsam, Jasmine beinahe bis in ihre innersten Regungen zu kennen, während er bei seiner eigenen

Frau nie gewußt hatte, was sie dachte. Seine Beziehung zu Jasmine war auf eine perverse Weise intimer geworden als seine Ehe.

Kincaid schob den letzten Bissen Wurst und Pommes in den Mund. Widerstreben hin oder her, er würde jetzt nach Hause fahren und sich wieder über die Tagebücher setzen. Unmöglich, jetzt plötzlich aufzuhören, dem Leben nicht bis zu seinem Ende zu folgen. Ein innerer Drang, ein Zwang beinahe, trieb ihn.

Die Einträge, die Jasmines Umzug nach London folgten, erinnerten Kincaid über Monate hinweg an die Tagebücher, wie viktorianische Ehefrauen sie zu führen pflegten. »Vorhänge für die Wohnung gekauft. Zehn Pfund ausgegeben, um Küche mit dem Notwendigsten einzurichten. Hoffentlich reicht der Rest für die fixen Kosten.« Es folgte eine lange Unterbrechung, dann endlich begannen die Worte wieder zu fließen. Die Eintragungen waren undatiert, sporadisch, unzusammenhängend. Kincaid überflog Seite um Seite und hielt nur gelegentlich inne, um diesen oder jenen Eintrag genauer zu lesen.

»May ist tot. Wie Vater. Ich sollte wahrscheinlich irgend etwas empfinden, aber ich empfinde gar nichts. Nur Leere. Ob sie gewußt hat, daß sie sterben muß? Hat sie Angst gehabt oder war sie bis zum Ende so steif und unnahbar wie immer? Hat sie an mich gedacht? Hat es ihr leid getan?

Hätte ich sie gernhaben können, wenn ich mir mehr Mühe gegeben hätte?

Ich fahre nicht hin, auch für Theo nicht.«

»In dieser Stadt scheint die Einsamkeit aus den glatten, nassen Straßen zu wachsen, aus der Kälte ihrer Steine. Sein ganzes Leben könnte man hier verbringen, ohne erkannt oder wahrgenommen zu werden. Ich gehe Tag für Tag denselben Weg zur Arbeit, kaufe in denselben Läden ein, aber ich bin immer noch eine Fremde, nichts als ›Miss‹.

Die Wohnung empfängt mich mit ihrem Gestank nach altem Bratfett, wenn ich komme, und ich stecke gerade so viele Münzen in die Heizung, daß ich nicht erfriere. Manchmal träume ich, wenn ich einschlafe, von Indien. Ich träume dann, ich läge in meinem Bett in dem Haus in der Mohur Street und hörte unter meinem Fenster das Geschrei der Händler und Hausierer.«

»Nie hätte ich gedacht, daß May soviel Geld hat. Oder daß sie es uns zu gleichen Teilen vererben würde. Sie hat sich bemüht, gerecht zu sein, obwohl ihr Gefühl ganz anders war. Das muß ich ihr zugute halten.

Warum hat sie die ganzen Jahre so gespart? Sie hat gelebt, als könnte sie die Milch für den nächsten Tag nicht bezahlen, sie hat mir vorgehalten, sie könnte es sich nicht leisten, mich zu beherbergen, obwohl ich doch weiß Gott genug abgegeben habe, und dabei hatte sie die ganze Zeit das viele Geld auf der Bank. So was Geiziges!«

»Eine neue Wohnung in Bayswater, Erdgeschoß. Klein, aber sauber und sonnig. Hinten in dem winzigen Garten steht ein Pflaumenbaum, der gerade die ersten Blüten bekommt. Ich freue mich darauf, abends hierher nach Hause zu kommen, mir etwas Einfaches zu kochen, ein Glas Wein dazu zu trinken, alles genauso, wie ich es will. Zum erstenmal habe ich einen kleinen Funken Hoffnung, daß das Leben hier vielleicht doch nicht immer so grau und eintönig bleiben wird. Aber dann durchzuckt es mich, daß nur Mays Geld mir diese Veränderung ermöglicht hat. Ich habe es für die Anzahlung genommen, aber mehr gebe ich nicht davon aus. Ich werde von meinem Gehalt leben und das Kapital nicht angreifen.

Theo hat mich bereits um ein Darlehen gebeten. Ich kann nicht nein zu ihm sagen. Er erscheint mir immer so verloren.«

»Die Träume haben wieder angefangen. Ich bin schweißgebadet aufgewacht und konnte nicht wieder einschlafen. Letzte Woche habe ich wieder seiner Mutter geschrieben. Keine Antwort. Sonst kann ich niemanden fragen. Ich sollte es lassen. Ich weiß, daß ich es lassen sollte. Ich sollte aufhören, daran zu denken, mich zu erinnern, immer wieder zu schreiben.

Manchmal kommt es mir vor, als wäre das alles einer anderen geschehen, so fern ist es und so verwässert. Dann kommen die Träume.«

»Heute ist ein besonderer Tag. Mein erster Tag als stellvertretende Abteilungsleiterin in der Baubehörde. Das Gehalt ist nicht gerade überwältigend, aber es ist der erste Posten mit Aussicht auf Beförderung.«

Heute morgen bin ich eine Haltestelle früher aus dem Bus gestiegen und durch den Holland Park zu Fuß gegangen. Der Wind hat die Blätter auf den Wegen vor sich hergefegt, und die Leute zogen ihre Mäntel fest um sich und gingen mit gesenkten Köpfen, aber ich war wie in einer Euphorie, als gehörte mir der Park, die Stadt, ja, als gehörte mir sogar die Zeit und ich könnte sie ausdehnen so weit ich wollte.

Es war ein herrliches Gefühl, aber gleichzeitig stand ich neben mir und betrachtete dieses Erlebnis aus der Distanz und fragte mich, ob ich es festhalten, meinem Gedächtnis für immer würde einprägen können. Die Eindrücke verblassen so rasch. Schon jetzt hat der Moment an Intensität verloren, verwischt sich, und aus der Euphorie ist Wehmut geworden.«

»Alles, was er anfängt, wird zum Desaster. Diesmal war es ein Nachtlokal, absolut der letzte Schrei, garantiert ein Erfolg. Es war nur nicht ganz die richtige Gegend, oder es war nicht genug Geld da, um die kritische Anfangsphase zu überstehen, oder sein Geschäftspartner hat den ganzen Profit abgesahnt. Immer haben die Dinge irgendeinen Haken.

Ist es meine Schuld? Wenn ich damals nicht gegangen wäre ... er war nicht stark genug, um sich um May zu kümmern, als sie krank wurde. Sie ist in seinen Armen gestorben. Das wußte ich nicht. Theo hat mir erzählt, sie habe so angstvoll ausgesehen. Ich hätte für May nichts tun können, aber Theo wäre ich vielleicht eine Stütze gewesen.«

»Ich glaube, Theo nimmt Drogen. Wie soll ich mich verhalten? Soll ich mich einmischen? Oder lieber nicht? Sein ganzes Geld ist weg; wie Sand ist es ihm zwischen den Fingern zerronnen. Jetzt arbeitet er für einen Hungerlohn im Packraum einer Galerie in Chelsea – ein Freund hat sich seiner erbarmt. Er hat mich gebeten, ihm Malstunden zu finanzieren. Was soll ich tun?«

»Ich habe John den Laufpaß gegeben. In aller Höflichkeit. Es war nicht seine Schuld. Es geht einfach nicht. Es ist nie so wie damals.«

14

Am Mittwoch morgen um neun Uhr eröffnete Dr. James Gordon die amtliche Untersuchung der Ursache von Jasmine Dents Tod. Im Gerichtssaal hing noch die Kälte der vergangenen Nacht, und die Luft roch schwach nach kaltem Zigarettenrauch. Kincaid war froh, daß die Coroner in London üblicherweise Mediziner mit juristischen Fachkenntnissen waren und man sich bei den meisten von ihnen darauf verlassen konnte, daß sie eine Leichenschau schnell und sachlich abwickeln. Auf dem Land konnten die Coroner, häufig Kleinstadtanwälte, die von der Lokalpolitik mehr verstanden als von Medizin und Jurisprudenz, manchmal der Versuchung, sich in Szene zu setzen, nicht widerstehen. Kincaid hatte schon früher mit Dr. Gordon zu tun gehabt. Er wußte, daß er gerecht, gewissenhaft und intelligent war. Gordons blaue Augen, so blaß in der Farbe wie sein gelichtetes rotblondes Haar, spiegelten scharfes Interesse. An einem alten Eichentisch voller Schrammen saß er Kincaid, Gemma, Margaret Bellamy und Felicity Howarth in dem kleinen Raum gegenüber. Alle außer Gemma waren als Zeugen geladen, und außer ihnen war niemand im Saal.

Sie warteten schweigend, während Gordon die von ihm ausgebreiteten Unterlagen studierte. Kincaid betrachtete die drei Frauen und dachte, wie klar ihre Haltung jeweils ihre Persönlichkeit ausdrückte. Gemma sah gleichzeitig entspannt und aufmerksam aus wie sie da, die Hände lose im Schoß gefaltet, auf ihrem Stuhl saß. Im grauen Licht, das durch das einzige Fenster des Raums fiel, hob sich ihr Haar mit kupfernem Glanz vom matten Oliv ihrer Jacke ab. Als sie Kincaids Blick auf sich fühlte, sah sie auf und lächelte.

Margaret war zwar einigermaßen ordentlich frisiert und gekleidet, drehte aber unablässig ein Papiertuch in den Fingern, das sich sehr schnell in seine Bestandteile auflöste. Als sie hereingekommen war, hatte Kincaid bemerkt, daß ihr Rock zipfelte, als hätten kleine Jungen sich dran hin und hergeschwungen, als er zum Trocknen aufgehängt gewesen war.

Felicity Howarth trug Anthrazitgrau statt Marineblau, und war so korrekt gekleidet wie an Jasmines Todestag, als er sie zum erstenmal gesehen hatte. Sie saß so gerade auf dem harten Stuhl, als hätte sie ein Lineal im Rücken, die Hände auf ihrer Handtasche, die mehr wie eine Aktenmappe aussah. Doch das rotblonde Haar wirkte im Gegensatz zu sonst stumpf, und die Fältchen um ihre Augen waren deutlicher sichtbar. Kincaid erinnerte sich, daß Gemma ihm erzählt hatte, Felicity habe im Augenblick besonders viele Patienten zu betreuen.

»Mr. Kincaid!«

Gordons Stimme riß Kincaid aus seinen Gedanken.

»Sir?«

»Mr. Kincaid, meines Wissens waren Sie derjenige, der Antrag auf eine Obduktion stellte?«

»Das ist richtig.«

»Etwas ungewöhnlich, nicht wahr, daß ein Beamter des CID persönlich eine Obduktion beantragt?« Gordon blickte Kincaid mit blauen Augen forschend ins Gesicht, doch ehe Kincaid etwas erwidern konnte, fuhr er zu sprechen fort. »Ich nehme an, Sie haben die Akte an die Staatsanwaltschaft gesandt?«

Kincaid nickte. »Ja.«

»Und gibt es Gründe, eine strafrechtliche Verfolgung einzuleiten?«

»Noch nicht, nein.«

Gordon seufzte. »Nun, ich kann nicht viel mehr tun, als die Genehmigung zur Beerdigung zu erteilen.« Er musterte die Gesichter der Anwesenden. »Sind Angehörige der Toten hier?« Auf Kincaids Kopfschütteln zog Gordon die Augenbrauen hoch, sagte jedoch nur: »Dann werde ich den Totenschein zur Post geben.«

Kincaid spürte eine plötzliche Entspannung der Atmosphäre im Raum. Er war sich der Spannung zuvor gar nicht bewußt gewesen, und selbst jetzt konnte er ihre Quelle nicht fixieren. Meg oder Felicity? Er hielt es durchaus für möglich, daß Felicity im Rahmen ihrer beruflichen Tätigkeit schon früher gelegentlich bei einer Leichenschau hatte erscheinen müssen. Margaret war wohl die Unerfahrenste unter ihnen, hatte vermutlich nicht gewußt, wie schnell so eine Untersuchung vorbei sein konnte und daß der Coroner keine Befugnis hatte, jemanden zu beschuldigen.

»Aber«, sagte Gordon mit Nachdruck, so daß alle Augen sich wieder auf ihn richteten, »ich würde dennoch gern einige Fragen zu meiner eigenen Beruhigung klären.«

Dieser gerissene alte Teufel, dachte Kincaid und lächelte.

»Mrs. Howarth«, sagte Gordon. »Sie haben Miss Dent am vergangenen Donnerstag besucht, ist das richtig?«

Felicity nickte. »Ja, gleich morgens. Ich habe ihr beim Baden geholfen, überprüft, ob der Katheter richtig sitzt, das Übliche eben.« Sie breitete mit hilfloser Geste die Hände aus. »Man kann im Grund für sterbende Patienten, solange sie noch aufstehen können, nicht viel tun. Man kann eigentlich nur den Fortschritt der Krankheit beobachten und dafür sorgen, daß die Patienten sich einigermaßen wohl fühlen.«

»Erschien sie Ihnen von ihrer Disposition her anders als sonst? Gab es Anzeichen einer Depression? War sie nervös?«

Felicity Howarth lächelte etwas nachsichtig. »Patienten, die an einer tödlichen Krankheit leiden, sind häufig niedergeschlagen, Dr. Gordon. Aber an diesem besonderen Tag ist mir nichts Ungewöhnliches aufgefallen. Kein Anzeichen dafür, daß Jasmine mit dem Gedanken spielte, sich das Leben zu nehmen.«

Unbeeindruckt von Felicity Howarths Seitenhieb setzte Gordon seine Vernehmung fort. »Und das entsprach der täglichen Gewohnheit? Ein Besuch am Tag?«

»Ja ...« Felicity hielt mit gerunzelter Stirn inne. »Das heißt, manchmal bin ich auf dem Heimweg noch einmal bei ihr vorbeigegangen, wenn ich in der Nähe einen Fall hatte. An solchen Tagen sagte ich Jasmine, daß ich vielleicht noch einmal vorbeischauen würde. Das hatte ich vergessen.«

»Und haben Sie noch einmal bei ihr vorbeigeschaut?«

»Nein.« Sie sagte es leise und mit Bedauern. »Als ich mit meinen Besuchen fertig war, war es zu spät.«

»Miss Bellamy.« Gordon richtete seinen scharfen Blick jetzt auf Meg. Kincaid sah, wie ihre Hände im Schoß zuckten. »Soweit ich gehört habe, hat Miss Dent mit Ihnen über die Möglichkeit eines Selbstmords gesprochen.«

»Ja, Sir.«

Gordon mußte sich vorbeugen, um sie hören zu können. »War Ihnen klar, wie ernst das war, worum Miss Dent Sie da bat?«

Meg sah zu ihm. Ihr Gesicht war rot und fleckig, ihre Hände waren jetzt ruhig. »Sie hat mich ja nicht gebeten, irgend etwas zu *tun*. Sie wollte mich nur bei sich haben. Sie wollte nicht allein sterben. Kann das denn keiner von Ihnen verstehen?« Meg sah sie alle herausfordernd an. Keiner hielt ihrem Blick stand. Im nächsten Moment senkte sie ihren Blick wieder und sagte, die Augen auf ihre Hände gerichtet: »Es ist ja sowieso gleich. Am Ende war sie doch allein.«

»Sie waren auch am letzten Donnerstag noch einmal bei ihr?« fragte Gordon mit einer Spur Anteilnahme in der Stimme.

»Ja, nach der Arbeit. Ich hatte ihr ein Curry mitgebracht. Ich wußte, daß sie nicht viel essen würde, aber sie versuchte es meistens, wenn sie meinte, ich hätte mir ihretwegen besondere Mühe gemacht.« Meg sah zu Gordon auf und sprach mit ihm, als wären sie allein im Saal. »Ich wäre niemals gegangen, wenn ich eine Ahnung gehabt hätte – niemals. Sie wirkte so – Aber dazu hätten Sie sie kennen müssen. Selbst wenn Jasmine von Selbstmord gesprochen hat, war sie immer ganz sachlich. Nie hat sie gesagt, ›Meg, ich habe Angst‹, oder ›Meg, ich will nicht allein sein‹. Selbst mit dem Tod vor Augen hat sie nie zugelassen, daß man hinter die Fassade sah. Aber an dem Tag, am letzten Donnerstag, da war sie anders. Ich weiß nicht, wie ich es erklären soll.« Das Gesicht voll konzentriert, die Hände erhoben, als wollte sie die Worte aus der Luft holen, hielt Meg inne und atmete tief ein. »Sie war offen. Die Fassade war abgebröckelt. Ich konnte ihre Zuneigung klar spüren. Und sie war glücklich. Das habe ich auch gefühlt.«

»Miss Bellamy.« Gordons Ton war tatsächlich sanft. Kincaid zog eine Augenbraue hoch. Er hatte James Gordon emotionalen Appellen gegenüber für unempfänglich gehalten, doch Margaret Bellamy schien selbst bei den Dickfelligsten Beschützerinstinkte zu wecken. »Miss Bellamy«, setzte Gordon noch einmal an. »Eben solches Verhalten ist mit beabsichtigtem Selbstmord vereinbar. Man hat einen Entschluß gefaßt, man fühlt sich erleichtert, beinahe euphorisch.«

Meg hob den Kopf. »Ja, das hat man mir schon gesagt. Aber daran glaube ich nicht. Bei Jasmine war es nicht so.«

»Mr. Kincaid, Sie haben keinerlei konkrete Anhaltspunkte für einen Selbstmord gefunden?«

»Nein, Sir. Im Kühlschrank fanden wir zwei Ampullen Morphium, aber die Menge, die aus ihnen entnommen wurde, reichte bei weitem nicht an die heran, die man in Jasmine Dents Körper festgestellt hat. Und es waren keine leeren Ampullen in der Wohnung.« Kincaid hielt inne und richtete den Blick auf Gordon, während er sich sammelte. »Sie war ziemlich schwach. Das Treppensteigen war eine große Anstrengung für sie. Ich denke, es liegt im Bereich des Möglichen, daß Jasmine Dent sich selbst eine tödliche Dosis Morphium verabreichte, die Ampullen aus der Wohnung brachte – vielleicht vergrub sie sie im Garten – und sich dann in ihr Bett legte, um zu sterben. Aber ich halte das für höchst unwahrscheinlich. Außerdem war sie eine ordentliche und methodische Frau. Ich glaube nicht, daß sie sich das Leben genommen hätte, ohne etwas Schriftliches zu hinterlassen, für den Fall, daß es Fragen geben sollte.«

»Wie steht es mit der Lebensversicherung?« fragte Gordon. »Vielleicht war es ihr wichtig, ihren Tod als einen natürlichen erscheinen zu lassen, weil sonst der Anspruch an die Versicherungsgesellschaft verfallen würde.«

»Die Suizidklausel war bereits abgelaufen. Es spielte keine Rolle mehr.«

Gordon schob die Lippen vor und richtete die vor ihm liegenden Papiere zu einem ordentlichen Stapel zusammen. »Tja, Mr. Kincaid, ich glaube, ich kann nicht mit gutem Gewissen auf Tod durch Selbstmord erkennen. Diese Untersuchung wird daher gemäß Artikel 20 des *Coroner's Act* vertagt, um der Polizei Gelegenheit zu geben, weitere Ermittlungen durchzuführen.«

Kincaid nickte. »Danke, Dr. Gordon.«

Als sie alle aufstanden und zur Tür drängten, hielt Gordon Kincaid auf. Zum erstenmal lächelte er, und seine Förmlichkeit fiel wie eine Verkleidung von ihm ab. »Es hätte die Dinge für Sie vielleicht vereinfacht, wenn ich auf Selbstmord erkannt hätte. Ein Soziopath ist mir tausendmal lieber als diese hinterhältigen Familiengeschichten – da gibt's wenigstens gutes forensisches Material, Blutspritzer, Fingerabdrücke und dergleichen mehr. Da kann man wissenschaftlich arbeiten. Das ist so ein Hobby von mir«, fügte er etwas verlegen hinzu, während er Unterlagen in seine Aktentasche stopfte. »Auch historische Fälle. Jack the Ripper. Dr. Crippen. Ich habe wahrscheinlich den Beruf verfehlt. Ich hätte Gerichtspathologie machen sollen. Gordon drückte die Schlösser seiner Aktentasche zu, grüßte kurz und wandte sich zur Tür. »Also, viel Glück bei der Klärung dieser Geschichte.« Die Tür des Gerichtssaals fiel quietschend hinter ihm zu.

Kincaid und Gemma sahen einander an und begannen beide zu lachen. »Wer hätte das gedacht?« sagte Gemma.

»Bißchen, als hätte Maggie Thatcher die Unterhose runtergelassen«, fügte Kincaid immer noch lachend hinzu, als sie Gordon in den Korridor hinaus folgten.

Draußen war alles leer. Nur das Quietschen ihrer Schuhsohlen auf dem Linoleum war zu hören. Margaret Bellamy und Felicity Howarth waren verschwunden.

»Sie hatten offensichtlich keine Lust auf einen Schwatz«, stellte Gemma fest. »Aber um elf sehen wir sie ja sowieso wieder.«

»Nur wird sich da zum Schwätzen auch nicht viel Gelegenheit ergeben«, erwiderte er und öffnete Gemma die Tür. Gemeinsam traten sie in den grauen Londoner Morgen hinaus, und Kincaid faßte sie automatisch am Arm, als ein Taxi vorbeibrauste und Fontänen öligen Wassers aufspritzen ließ. »Ich komme mir vor, als inszenierte ich eine schlechte Farce mit einem unwilligen Ensemble. ›Die Testamentsverlesung‹«, intonierte er mit Grabesstimme. »Wahrscheinlich war es eine absurde Idee, aber –«, er hielt inne, als sie den Midget erreichten, und sperrte Gemma die Tür auf der Beifahrerseite auf, »aber als Jasmines Testamentsvollstrecker kann ich zur Unterrichtung der Begünstigten die Form wählen, die ich für richtig halte. Und ich hätte Sie gern dabei, wenn die Vorstellung steigt. Sie können die guten Leute im Auge behalten, während ich Regie führe.«

Sid schoß auf Gemma zu und wickelte sich ihr schnurrend um die Beine, so daß sie stehen bleiben mußte, um nicht über ihn zu fallen. »Du treuloser Kerl«, schimpfte Kincaid. »Dabei bin ich derjenige, der dich füttert.«

»Sie haben sich ja tatsächlich richtig gut um ihn gekümmert.« Gemma kniete nieder, um den Kater zu streicheln. »Er hat sich glänzend erholt.«

Kincaid knipste die Lampen in Jasmines Wohnzimmer an und hatte gerade die Jalousien hochgezogen, als es das erstemal klopfte.

In verlegenem Schweigen, wie Fremde in einem Aufzug, standen Theo Dent, der Major und Felicity Howarth vor der Tür. Kincaid begrüßte sie, schloß die Tür hinter ihnen und hatte ihnen gerade ihre Mäntel abgenommen, als es wieder klopfte. Diesmal war es Margaret Bellamy, sichtlich außer Atem und um einiges zerzauster als bei der Leichenschau; und hinter ihr stand, zu Kincaids Vergnügen, Roger Leveson-Gower. Kincaid drehte sich um und tauschte einen Blick mit Gemma. Er wußte, daß sie das gleiche dachten – solche Pünktlichkeit bei fünf verschiedenen Personen war entschieden unnatürlich. Sie mußten ja alle sehr neugierig sein.

»Ist Ihnen die Post nicht gut genug«, fragte Roger, sich augenblicklich in den Mittelpunkt stellend, »daß Sie uns alle hierher lotsen mußten? Oder genießen Sie es einfach, den kleinen Diktator zu spielen?«

Kincaid lächelte. »Ich kann mich nicht erinnern, Sie eingeladen zu haben.«

Roger legte besitzergreifend einen Arm um Margarets Schultern. Sie schien zu schrumpfen unter seiner Berührung. »Es muß doch jemand dafür sorgen, daß Margaret anständig behandelt wird.«

»Ach, und da sind Sie genau der Richtige?«

»Ganz klar«, antwortete Roger. Die Ironie kam bei ihm gar nicht an.

Ohne Roger weiter zu beachten, wandte sich Kincaid den anderen zu. Felicity hatte auf einem der Eßzimmerstühle Platz genommen. Sie saß kerzengerade wie immer, aber ihre Kopfhaltung verriet Müdigkeit. Der Major war ihrem Beispiel gefolgt und hatte sich ebenfalls gesetzt. Seine Mütze in den Händen drehend, hielt er die blauen Augen unverwandt auf Kincaid gerichtet. Theo stand allein abseits, die Daumen unter seine Hosenträger geschoben, die er nervös schnalzen ließ.

Kincaid richtete das Wort an alle. »Ich werde Sie nicht lange aufhalten. Es tut mir leid, wenn ich Ihnen Umstände gemacht habe. Ich weiß, das ist ein wenig dramatisch, aber mir erschien dieser Weg, die Dinge zu erledigen, als der praktischste.« Er machte eine Pause, um sich zu vergewissern, daß er ihre Aufmerksamkeit hatte. »Und es erschien mir nur recht, Ihnen Jasmines Wünsche persönlich mitzuteilen. Wenn so eine Nachricht per Brief mit der Post kommt...« Er zuckte die Achseln. »Da könnte man ebensogut im Toto gewonnen haben. Aber dies hier sind keine anonymen Geschenke. Jasmine hat sich sehr sorgfältig überlegt, was sie für jeden von Ihnen tun wollte. In gewisser Weise ist dies ihre letzte Mitteilung an Sie.«

Kincaid mußte einen Kloß in seiner Kehle hinunterschlukken. Er hatte sich vorher nicht überlegt was er sagen würde, und seine Worte überraschten ihn selbst ebenso wie die Stimmung von Endgültigkeit, die sie vermittelten.

Megs Augen wurden feucht. Sie befreite sich aus Rogers Arm. Kincaid setzte an, zu ihr zu sprechen, zögerte und wandte sich statt dessen an Theo.

»Jasmine hat Ihnen kein Bargeld hinterlassen, Theo, aber sie hat alles Notwendige zur Bezahlung der Hypothek auf dem Laden veranlaßt. Sie hat Sie ferner als Begünstigten ihrer Lebensversicherung angegeben, die sich auf eine stattliche

Summe beläuft.« Unterschiedliche Emotionen spiegelten sich in Theos Zügen – Enttäuschung, Erleichterung und schließlich Verwirrung, als wäre er nicht sicher, ob er belohnt oder bestraft worden sei.

»Meg, abgesehen von einigen kleineren Vermächtnissen hat Jasmine Ihnen ihr gesamtes Vermögen hinterlassen. Dazu gehören diese Wohnung und alle ihre Wertpapiere.«

Roger preßte die Lippen zusammen und zwinkerte einmal, aber es gelang ihm dennoch nicht ganz, seine Genugtuung zu verbergen. Meg sah hingegen noch unglücklicher aus als zuvor.

»Mrs. Howarth und Major Keith«, fuhr Kincaid fort, »jedem von Ihnen hat Jasmine eintausend Pfund ›in Wertschätzung ihrer Freundschaft‹ hinterlassen. Sie hat außerdem dem Tierschutzverein einen Betrag gespendet. Und das ist schon alles. Ich habe für jeden von Ihnen eine Kopie.« Er wies auf den Stapel Papiere, den er auf den Eßtisch gelegt hatte. »Wenn Sie –«

»Das ist nicht recht.« Felicitys Gesicht war beinahe so weiß wie die Bluse, die sie unter der anthrazitgrauen Kostümjacke trug. Sie schüttelte heftig den Kopf. »Ich kann das nicht annehmen. Es war meine Aufgabe, mich um sie zu kümmern. Niemals hätte ich erwartet –«

»Ich ebensowenig.« Der Major stand auf. Er drückte nervös seine Mütze zwischen seinen kurzen, kräftigen Fingern zusammen. »Das geht einfach nicht. Schlimm genug, daß sie so früh sterben mußte, aber dann auch noch von ihrem Tod zu profitieren ...« Er sah sich im Zimmer um, als hoffte er, jemand würde ihm weiterhelfen. Dann sagte er: »Entschuldigen Sie mich«, drehte sich herum und ging zur Tür hinaus.

Im nachfolgenden Schweigen hörte Kincaid, wie der Nachhall vom Zuschlagen der Tür langsam verklang.

Meg trat einen Schritt auf die Tür zu. »Kann denn nicht jemand etwas tun? Mit ihm sprechen? Ich bin sicher, Jasmine hätte nicht gewollt, daß er es so ... falsch auffaßt. Sie wollte ihm doch nur für seine Güte danken.«

»Sei nicht albern.« Rogers Verachtung war unverkennbar. »Der kommt bald wieder zu Verstand, darauf kannst du dich verlassen.«

Kincaid sagte zu Felicity: »Ich weiß nicht, ob Sie ein Vermächtnis ausschlagen können. Sie müssen das mit Jasmines Anwalt besprechen. Selbstverständlich könnten Sie das Geld verwenden, wie Sie es für richtig halten – Sie könnten es zum Beispiel für einen wohltätigen Zweck spenden, wenn Ihnen das angenehmer wäre.«

»Nichts kann mir das angenehmer machen. Ich werde es einfach nicht annehmen.« Felicitys Stimme war laut; der erste Riß in der professionellen Fassade.

Meg trat zu ihr und sah ihr ernsthaft in die Augen. »Jasmine hat mir sooft erzählt, wie gut Sie zu ihr waren, wie sehr sie Ihre Ehrlichkeit schätzte. ›Kein Getue‹, sagte sie immer.« Meg lächelte bei der Erinnerung und kniete vor Felicity nieder. »Sie mochte das an Ihnen. Sie waren der einzige Mensch, bei dem sie sich darauf verlassen konnte, daß er ihr schonungslos die Wahrheit sagte. Die meisten von uns haben in dieser Hinsicht versagt. Es ist leichter vorzugeben, es verginge bald wieder.« Meg hockte sich auf ihre Fersen und wandte den Blick ab, während sie an ihrem Rock zupfte. »Sogar wenn sie davon gesprochen hat, daß sie sich das Leben nehmen wollte, habe ich es nie wirklich geglaubt – es wurde nie richtig real. Es war wie im Kino oder im Theater.« Sie sah sie alle an außer Roger. »Verstehen Sie das?«

»Ja«, antwortete Theo. Er hatte das nervöse Zupfen an seinen Hosenträgern eingestellt, als er Meg zugehört hatte, und setzte sich jetzt auf einen Stuhl am anderen Ende des Eßtischs. Die Ellbogen aufgestützt, sagte er: »Bei mir war es genauso. Ich hätte die Wahrheit erkennen müssen, als sie sagte, es ginge ihr besser, mich aber trotzdem nicht sehen wollte. Ich hätte nicht lockerlassen sollen, ich hätte einfach nach London kommen und vor ihrer Tür kampieren sollen, bis sie mich hereingelassen hätte. Ich hätte alles für sie tun müssen, was in meiner Macht stand.« Mit einem hilflosen Achselzucken hob er die Hände. »Sie wußte sicher, daß ich den Weg des geringsten Widerstands gehen würde – so war ich immer schon. Jasmine war ja immer für mich da – oft genug ärgerlich«, er lächelte, »aber sie war da, und ich wollte nicht glauben, daß sich daran je etwas ändern würde.« Theo machte eine Pause und sah Meg an. »Ich bin froh, daß meine Schwester Sie gekannt hat, Margaret. Sie haben sie nicht enttäuscht.«

»Nein?« fragte Meg und hob den Kopf, um Theo in die Augen zu sehen.

Roger verdrehte angewidert die Augen. »Wie rührend! Mir wird gleich übel.«

Die Stimmung war zerstört. Meg wandte sich von Theo ab und blickte an sich selbst hinunter. Kincaid beobachtete, wie die verlegene Befangenheit sich ihrer wieder bemächtigte, als sie sich ihrer kindlichen Haltung bewußt wurde. Als sie aufstehen wollte, verfing sich der Absatz ihres Schuhs in ihrem Rocksaum und der Stoff riß. Mit einer Grimasse fiel sie wieder auf die Knie.

»Warten Sie«, sagte Felicity. »Ich helfe Ihnen.« Sie schien zumindest einen Teil ihrer Fassung wiedergewonnen zu haben, während Meg und Theo gesprochen hatten, und schlüpfte jetzt schnell wieder in die ihr vertraute Rolle. Sie kniete nieder und befreite geschickt Megs Absatz aus dem zerrissenen Stoff. »Geht es so? Sie werden allerdings zu Nadel und Faden greifen müssen, um den Rock wieder in Ordnung zu bringen.«

Roger verschränkte die Arme und sagte in übertrieben geduldigem Ton: »Bist du jetzt so weit, Margaret?«, machte aber keinerlei Anstalten, ihr aufzuhelfen.

Felicity richtete sich auf, reichte Meg eine Hand, nahm dann ihre Handtasche vom Stuhl. Sie wandte sich Kincaid zu und sprach langsam und mit Bedacht, als hätte sie die Worte auswendig gelernt. »Mr. Kincaid. Es tut mir leid. Es war unfair von mir, Sie zu attackieren. Ich weiß selbstverständlich, daß die Verantwortung nicht bei Ihnen liegt, und ich werde die nötigen Schritte unternehmen, um diese Angelegenheit zu klären.«

»Haben Sie vor, zu Antony Thomas zu gehen? Oder vielleicht zu Ihrem eigenen Anwalt?«

»Ja. Sobald –«

»Wie lang dauert es?« unterbrach Roger. »Bis das Gericht die Gültigkeit des Testaments bestätigt, meine ich.«

Kincaid zog eine Augenbraue hoch.« Hat Margaret es denn besonders eilig?«

»Würden Sie endlich aufhören, über mich zu reden, als wäre ich gar nicht vorhanden?« fuhr Meg sie alle zornig an. »Nein, ich habe es überhaupt nicht eilig, Jasmines Geld einzustecken. Ich wollte es von Anfang an nicht haben, und es ist mir auch völlig egal, wenn ich nie einen Penny davon zu sehen bekomme.« Sie hielt inne, schnappte einmal kurz nach Luft und feuerte dann ihre letzte Salve ab. »Meinetwegen können Sie alle zum Teufel gehen!« Damit stakte sie hocherhobenen Hauptes aus der Wohnung, und ihr Zorn verlieh ihr eine Würde, die auch der herabhängende Rocksaum nicht schmälern konnte.

Roger folgte ihr mit einem Achselzucken, als wollte er sagen, was kann man da schon machen?, vergaß jedoch nicht, eine der Testamentskopien mitzunehmen, die auf dem Tisch lagen.

Zu Kincaids Überraschung faßte Theo sich als erster. »Diese Frau hat wirklich was Besseres verdient. Was sieht sie nur in diesem unangenehmen Burschen?« Kaum waren die Worte heraus, lief er brennend rot an und sagte gedrückt:

»Oh, Entschuldigung. Das war unangebracht.« Und nach einer kleinen Pause fügte er hinzu: »Dann gehe ich jetzt besser auch.«

Auch er vergaß nicht, sich eine Kopie des Testaments mitzunehmen.

Felicity wandte sich an Gemma und Kincaid. »Sie waren sehr freundlich«, sagte sie mit einem dünnen Lächeln, »auch wenn ich meine Zweifel habe, daß Freundlichkeit zu den Motiven gehört, die Sie veranlaßt haben, uns hier zusammenzurufen. Mr. Kincaid, diese Untersuchung ist sehr schlimm für Margaret und Theo – sie haben schon genug damit zu tun, mit ihren Schuldgefühlen und ihrem Schmerz fertigzuwerden –, Sie wären wohl nicht bereit, sie einzustellen?«

Kincaid schüttelte den Kopf. »Nein. Tut mir leid.«

»Ich dachte es mir schon.« Felicity seufzte und sah auf ihre Uhr. »Tja, dann gehe ich jetzt. Meine Patienten warten.« Sie nahm Handtasche und Mantel und ging.

»Dann waren's nur noch zwei«, murmelte Kincaid und setzte sich auf die Kante von Jasmines Krankenhausbett. »Abgang der Akteure. Sie haben sich bewundernswert im Hintergrund gehalten«, fügte er mit einem Blick zu Gemma hinzu, die immer noch an die Küchenanrichte gelehnt stand.

Sie streckte sich und ging zu einem der Eßzimmerstühle. Sid, der beim ersten Klopfen wie der Blitz verschwunden war, erschien plötzlich wieder und sprang auf ihren Schoß. Gemma streichelte geistesabwesend seinen Kopf, während sie sprach. »Daß der reizende Roger seine Freude verbergen würde, habe ich gar nicht erwartet, aber Theo hat auch nicht gerade wie ein Wilder protestiert.«

Kincaid zog eine Augenbraue hoch. »Und die anderen? Haben die zuviel protestiert?«

In Gemmas Lächeln sprühte ein Funken Mutwillen. »Ihre kleinlaute Meg hat eine bemerkenswerte Wandlung zur Tigerin durchgemacht. Wären Sie nicht gern Mäuschen, wenn sie und Roger unter vier Augen miteinander reden?«

»Ist Ihnen aufgefallen«, sagte Kincaid, »daß Meg über Jasmines Absichten genauestens informiert war?«

Meg hockte fröstelnd auf dem Bett. Selbst der letzte Hauch Wärme von der vergangenen Nacht hatte sich längst verflüchtigt, und der Heizkörper war, als sie ihn berührte, eiskalt. Mrs. Wilsons Großzügigkeit ging nicht so weit, daß sie die Zimmer ihrer Untermieter auch tagsüber warm hielt. Sie hatte für Faulenzer, die bis in die Puppen schliefen, nichts übrig und verkündete das häufig genug aus den warmen Regionen ihrer Küche.

Aber Meg war ja normalerweise tagsüber auch nicht zu Hause. Sie hatte sich einen Tag freigenommen, um, wie sie erklärt hatte, persönliche Dinge zu erledigen, und nach Mrs. Washburns rascher und schweigender Zustimmung hatte sie kaum noch Zweifel daran, daß ihre Tage bei der Baubehörde gezählt waren. Diese Erkenntnis war ihr beinahe eine Erleichterung.

An den Wochenenden ging sie außer Haus, wenn das Zimmer kalt zu werden begann – ging einkaufen, lief ziellos durch die Straßen, und in den letzten Monaten hatte sie Jasmine besucht.

Papierknistern lenkte ihre Aufmerksamkeit auf Roger. Er saß am Tisch und kaute mechanisch den letzten Bissen einer Fleischpastete, *ihrer* Fleischpastete – er hatte zwei beim Bäkker an der Ecke gekauft. Aber Meg hatte nur einmal in die kalte Pastete mit dem talgigen, nach Zwiebel schmeckenden Fleisch hineingebissen und hätte sich beinahe übergeben.

Roger knüllte das Einwickelpapier zu einer Kugel zusammen, die er in Richtung Abfalleimer quer durch das Zimmer warf. Er verfehlte sein Ziel. Achselzuckend ließ er die Papierkugel liegen, wo sie gelandet war.

»Roger, kannst du nicht –«, begann Meg und brach ab, da sie nicht die Worte finden konnte, ihm zu sagen, daß er gehen solle, ohne ihn wütend zu machen.

»Ach, du möchtest wohl, daß ich gehe, Schätzchen, hm?« sagte Roger leise und kam durchs Zimmer, um sich neben sie auf das Bett zu setzen. Ihr Magen krampfte sich zusammen, und ihre Hände begannen zu zittern. »Ich soll dich allein lassen? Das würde ich doch niemals tun, Meg, mein Schatz.« Er strich mit seinen Fingern leicht über ihren Rücken. »Du weißt doch, was das bedeutet, nicht wahr, Meg? Sobald das Testament für gültig erklärt ist, und das wird sicher nicht lange dauern, haben wir's geschafft. Eine anständige Wohnung, vielleicht ein Urlaub irgendwo. Hast du nicht Lust, irgendwo in Spanien in der Sonne zu liegen, Meg, und piña coladas zu trinken?«

Er hatte ihre Bluse aufgeknöpft, während er sprach, und schob jetzt eine Fingerspitze unter den Rand ihres Büstenhalters.

Meg spürte die Reaktion ihres Körpers. »Roger, nicht jetzt. Mrs. Wilson –«

»Die hält jetzt ihr Mittagsschläfchen vor der Glotze. Die hört nichts. Jedenfalls nicht, wenn du schön brav bist. Und ich möchte gern, daß du schön brav bist. Nicht wie heute morgen, als du diese Szene hingelegt hast. Was sollte denn der Superintendent denken, Schätzchen? Du hast ja herumgekreischt wie ein Fischweib.« Er drückte sie in die Kissen und hob ihre Beine auf das Bett. »So geht das nicht, Meg. Hörst du?« fragte er mit einschmeichelnder Stimme.

Meg nickte. Im kalten, grauen Licht, das durch das Fenster fiel, konnte sie die feinen Sommersprossen auf seiner Haut sehen und die Bräunung, die dort begann, wo das offene Hemd seine Brust freiließ. Sie klammerte sich an die Erinnerung ihrer Rebellion gegen ihn an diesem Morgen und hüllte sich darin ein wie in eine zweite Haut.

Roger zog seine Jeans herunter und schob ihren Rock hoch. Das zerwühlte Laken hatte sich unter ihren Schulterblättern zu einem Klumpen zusammengeschoben, und Meg konzentrierte sich auf diese Belästigung, weil sie glaubte, wenn sie sich stark genug darauf konzentrierte, würde das die verräterische Reaktion ihres Körpers blockieren.

Roger legte sich mit einem leisen Stöhnen auf sie.

Meg drehte das Gesicht zur Wand.

15

Sobald Meg merkte, daß Rogers Atem tiefer wurde und in den langsamen Rhythmus des Schlafs überging, schob sie sich vorsichtig unter ihm hervor und stand auf. Sie richtete ihre Kleider und fuhr sich mit der Hand einmal hastig durch das wirre Haar. Nachdem sie in ihre Schuhe geschlüpft war, nahm sie Mantel und Handtasche vom Sessel und schlich auf Zehenspitzen zur Tür. Eine lose Diele knarrte, und sie hielt mit angehaltenem Atem und klopfendem Herzen inne. Roger brummte einmal und drehte sich auf die Seite. Die Decke glitt von seinem nackten Gesäß.

Soll er doch erfrieren, dachte Meg boshaft, als sie den Knauf drehte und aus dem Zimmer ging.

Ohne einen Gedanken, ohne ein Ziel ging sie durch die Straßen, blieb stehen, um in Schaufenstern Dinge anzustarren, die sie gar nicht wahrnahm. Aus der offenen Tür einer Frittenbude wehte ihr der Geruch von heißem Fett und gebratenem Fisch entgegen, daß es ihr den Magen umdrehte; sie eilte hastig weiter.

Erst als sie plötzlich an der Ecke Finchley Road stand, erkannte sie, wohin ihre Füße sie getragen hatten. Sie schüttelte ihre Benommenheit ab, zögerte einen Moment, überquerte dann die Straße und begann den langen Anstieg die Arkwright Road hinauf nach Hampstead.

Obwohl auf beiden Seiten der Straße Autos parkten, wirkte die Carlingford Road verlassen, in nachmittäglicher Ruhe versunken, ehe ihre Bewohner von der Arbeit nach Hause zurückkehrten. Meg stieg die Treppe zu Jasmines Wohnung hinauf und kramte den Schlüssel aus der Seitentasche ihrer Handtasche. Sie horchte einen Moment, dann sperrte sie auf und trat in die Wohnung. Sid warf ihr vom Bett aus einen Blick zu und rollte sich dann wieder zusammen.

»Ich wollte, ich könnte es auch so machen«, sagte sie laut. »Einfach alles abblocken. Ausblenden.«

Sie schloß die Augen und blieb an die Tür gelehnt stehen. Ganz bewußt atmete sie die Stille ein, den schwachen Duft, der Jasmines Dingen anhaftete, den ersten Hauch jener kühlen Muffigkeit, die einen unbewohnten Raum kennzeichnet.

Im Lauf der Monate war diese Wohnung ihr eine Zuflucht geworden, ein Ort, an dem sie geborgen war, und nun würde er bald für immer verloren sein. Meg öffnete die Augen und ging langsam im Zimmer umher, wobei sie einen vertrauten Gegenstand nach dem anderen berührte. Sie trat zum Fenster, an dem Jasmine so oft gestanden und die geschnitzten Holzelefanten gestreichelt hatte, während sie dem Major bei der Arbeit im Garten zusah. Heute waren selbst die Farben im Garten gedämpft, die Leuchtkraft der Tulpen und Forsythien von der Luftfeuchtigkeit gebrochen. Mit den Fingern zeichnete sie die vertrauten Konturen des kleinsten der Elefanten auf dem Fensterbrett nach. Das Holz war seidig glatt vom vielen Streicheln.

Ein Geräusch aus dem Treppenhaus ließ sie schuldbewußt zusammenfahren. Mit zitternden Fingern stellte sie den Elefanten, der sie nicht zu trösten vermochte, wieder auf das Fensterbrett. Der Türknauf wurde gedreht, dann folgte ein zaghaftes Klopfen.

Panik überfiel Meg. Sie mußte sich zwingen, sie in Schach zu halten und vernünftig zu denken. Roger konnte das nicht sein. Dazu war das Klopfen viel zu zaghaft gewesen. Doch wer auch immer es war, er mußte das Aufsetzen des Elefanten auf dem Fensterbrett gehört haben.

Sie ging durch das Zimmer und öffnete langsam die Tür. Theo Dent stand im Treppenhaus, und er sah so verlegen aus wie Meg tatsächlich war.

»Entschuldigen Sie, ich wußte nicht...« stammelte er, und sein Gesicht wurde so rot wie seine Nasenspitze, die, dachte Meg, wohl der kalte Wind so gerötet hatte. Sein krauses Haar war voll kleiner Wasserperlen. »Ich wollte nur –« ich habe nicht erwartet... Ich weiß eigentlich gar nicht, warum ich hergekommen bin«, schloß er hilflos. »Ich habe meinen Zug verpaßt. Der nächste geht erst gegen Abend.«

Meg zog die Tür weiter auf und trat zurück. »Ich wollte eigentlich auch nicht herkommen«, sagte sie, als Theo eintrat. In einem plötzlichen Gefühl der Verwandtschaft mit ihm lächelte sie ihm zu. »Ich habe überhaupt kein Recht, hier zu sein. Aber irgendwie –«

»Aber natürlich! Sie haben jedes Recht dazu.« Theo wischte sich mit der Hand die Nase und schniefte. »Sie hat die Wohnung doch Ihnen hinterlassen.«

Meg starrte ihn an. Roger hatte so oft von dem Geld gesprochen, das der Verkauf der Wohnung bringen würde und was man alles damit anfangen könnte, daß ihr der Gedanke, sie zu besitzen, ganz fremd geblieben war. Jetzt sah sie sich in dem Zimmer um und sah es aus einer ganz neuen Perspektive. Diese Wohnung gehörte tatsächlich ihr, sie konnte mit ihr tun, was ihr beliebte – sie verkaufen, vermieten, sogar in ihr leben, wenn ihr das gefiel.

Einen berauschenden Moment lang stellte sie sich vor, diese behaglichen Räume zu bewohnen, ihnen ihren persönlichen Stempel aufzudrücken, doch die Vision löste sich rasch auf. Sie spürte, daß die Prägung durch Jasmine zu stark war, als daß ihre eigene, weniger starke Persönlichkeit sich hier hätte durchsetzen können. Und Roger – niemals würde sie Roger hier entkommen.

Doch die Erinnerung an ihr Eigentumsrecht gab ihr neues

Selbstvertrauen. Sie kniete nieder und schaltete die Heizung ein, knipste eine Lampe an und legte ihren Mantel ab.

»Ich mache uns eine Tasse Tee.«

Theo folgte ihr in die Kochnische und sah ihr eine Weile schweigend zu. »Sie waren sicher sehr viel hier bei Jasmine. Ich beneide Sie darum. Ich glaubte wohl, wenn ich hierher käme, könnte ich ... ich weiß auch nicht – ihrer besser habhaft werden.«

»Es ist nicht fair, daß sie die Wohnung mir hinterlassen hat und nicht Ihnen.« Meg drehte sich um und sah ihn ernst an. »Ich habe mich deswegen mit ihr gezankt, aber sie wollte nicht –«

Theo hob abwehrend eine Hand. »Das dürfen Sie nicht sagen. Sie hat genug getan. Viele, viele Jahre lang hat sie genug getan. Mehr als sie hätte tun sollen.«

Er nahm seine Brille ab und sah sich mit blinden Augen nach einem Tuch um, mit dem er die Gläser hätte säubern können. Meg reichte ihm ein Geschirrtuch. »Ich war mein Leben lang ein Versager, müssen Sie wissen. Und Jasmine hat mich immer wieder gerettet und mir auf die Beine geholfen.« Er schob die Brillenbügel wieder über seine Ohren. »Am Anfang hörte sich alles immer großartig an, und dann ging es irgendwie daneben ...« Er zuckte die Achseln und sprach nicht weiter.

Meg goß kochendes Wasser in die Tassen, schwenkte die Teebeutel ein paarmal hin und her und warf sie dann ins Spülbecken. »Milch ist keine da. Nehmen Sie Zucker?«

Theo nickte. Sie rührte einen Löffel Zucker in seinen Tee, ehe sie ihm die Tasse reichte. Dann gingen sie zum Tisch, und Meg setzte sich auf den Stuhl, auf dem sie immer gesessen hatte. Sie war erstaunt über das Gefühl von Besitzerstolz, das sie plötzlich empfand. Sie hatte nie in ihrem Leben etwas ihr eigen genannt – ein paar Kleinigkeiten, die sie für das möblierte Zimmer gekauft hatte, die abgelegten Kleider ihrer

Schwester –, nie etwas besessen, worauf sie hätte stolz sein können, das ihr erlaubte, sich ein bißchen breitzumachen.

»Der Tisch hat unserer Tante May gehört«, bemerkte Theo. »Es wundert mich, daß Jasmine ihn behalten hat.«

»Sie hat nie viel über früher gesprochen. Die Zeit, als Sie in Dorset lebten, meine ich. Ich weiß, daß Sie nach dem Tod Ihres Vaters nach England zu Ihrer Tante gekommen sind, aber das ist auch alles.«

Meg trank von ihrem Tee und musterte Theo, auf der Suche nach einer Ähnlichkeit mit ihrer Freundin. Vielleicht lag da eine gewisse Ähnlichkeit im Schnitt der Augen, in der ovalen Form des Gesichts. Er sah jünger aus als fünfundvierzig, beinahe jungenhaft – sein Gesicht schien merkwürdigerweise von Lebenserfahrung kaum gezeichnet.

Ihr wurde plötzlich bewußt, wie sie aussehen mußte, und sie fuhr sich mit beiden Händen durch das Haar. Sie war gegangen, ohne auch nur einen Blick in den Spiegel zu werfen.

»Aber von Ihnen hat Jasmine erzählt«, fuhr sie ein wenig hastig fort, um ihr Unbehagen zu vertuschen. »Von den Dingen, die Sie als Kinder getrieben haben. Und sie war froh, daß Sie den Laden haben. Sie meinte, Sie hätten jetzt endlich etwas gefunden, das für Sie das Richtige ist.«

Theo nahm wieder seine Brille ab und bedeckte sein Gesicht mit den Händen. »Ich konnte es ihr nicht sagen«, murmelte er.

Meg wartete einen Moment. Als er nicht weitersprach, fragte sie: »Was konnten Sie ihr nicht sagen?«

Er hob den Kopf. »Es ist das gleiche wie immer. Ein Desaster. Ich werde ihn nicht mehr lange halten können.«

»Aber –«

»Ich dachte, daß sie mich deshalb nicht sehen wollte – daß sie nicht schon wieder die gleiche Geschichte hören wollte. Sie hat mir damals gesagt, es sei das letztemal. ›Keine Freifahrten mehr, Theo‹. Was hätte ich ihr sagen sollen?« Er schluckte. »Und als sie dann anrief und sagte, sie wolle mich sehen –«

»Hätten Sie es ihr gesagt?«

Theo zuckte die Achseln wie ein Kind. »Ich konnte noch nie gut lügen.«

»Sie müssen in Panik gewesen sein.«

Theo nickte. »In der Nacht habe ich kein Auge zugetan, sondern unablässig darüber nachgedacht, was ich zu ihr sagen würde.«

»Sie wäre Ihnen nicht böse gewesen.«

»Aber das wäre fast besser gewesen.« Theos Tasse stand unberührt vor ihm auf dem Tisch. Jetzt nahm er sie und trank durstig. »Sie haben keine Ahnung, wie das ist, wenn man einen anderen immer wieder enttäuscht. Wenn sie mich angebrüllt hätte, das hätte ich ganz gut ertragen können. Andere Leute haben mich oft genug angebrüllt.« Er lächelte. »Aber ich wartete immer auf diesen Schatten der Enttäuschung auf ihrem Gesicht – sie konnte ihn nie ganz unterdrücken –, und dann lächelte sie immer sofort und fing an, mich zu entschuldigen. Als wäre es ihre Schuld. Das konnte ich nicht ertragen.«

Meg zögerte. Sie wußte nicht, ob sie das Recht hatte, die Frage zu äußern, die ihr auf der Zunge lag. »Und jetzt?« fragte sie schließlich. »Kommen Sie jetzt zurecht, wo die Hypothek bezahlt ist?«

Theo setzte seine Brille auf und schob sie mit der für ihn typischen Bewegung mit einem Finger auf dem Nasenrücken hoch. Das Licht der Tischlampe spiegelte sich in den Gläsern und verbarg seine Augen.

»Wenn sich das Nachlaßgericht nicht zu lange Zeit läßt und das Geschäft nicht zu schlecht geht, kann ich vielleicht gerade noch einmal die Kurve kratzen. Ich weiß, es ist schrecklich, so etwas zu sagen, aber das hier kam gerade noch zur rechten Zeit.«

Kincaid trat ins Haus und blieb stehen. Er ließ mehrmals seinen Kopf kreisen, um die schmerzhafte Spannung in Nakken und Schultern zu lockern, und fuhr sich mit der Hand durch das zerzauste Haar. Er hatte den Nachmittag mit jener Tätigkeit zugebracht, die er am wenigsten liebte: dem Bemühen, die Fäden aufzunehmen, die in Jasmine Dents vergangenes Leben führten. Er hatte mit ehemaligen Kollegen, Arbeitgebern, ihrem Arzt, ihrem Zahnarzt, ihrem Versicherungsagenten gesprochen – mit jedem, von dem zu erwarten war, daß er sich vielleicht an einen Namen oder eine Episode erinnerte, eine Verbindung zur Vergangenheit herstellen konnte.

Und er hatte nichts gefunden, genau wie er vermutet hatte.

Er hörte das Stimmengemurmel, als er den Treppenabsatz vor Jasmines Wohnung erreichte. Wieder hielt er an und neigte lauschend den Kopf, um sich zu vergewissern, daß die Stimmen tatsächlich aus Jasmines Wohnung kamen.

Er schob seinen Schlüssel ins Schloß und sperrte auf. Margaret Bellamy und Theo Dent saßen am Eßtisch. Sie drehten die Köpfe, als sie die Tür hörten, und ihre Gesichter gefroren in diesem Ausdruck des Erschreckens und des Schuldbewußtseins, den Kinder zeigen, wenn sie bei etwas Verbotenem ertappt werden.

»Mr. Kincaid?« Margaret faßte sich zuerst. Sie wurde rot und sprang von ihrem Stuhl auf.

»Ein Teekränzchen?« sagte Kincaid und lächelte. »Bin ich auch eingeladen?«

Meg schob ihren Stuhl zurück. »Warten Sie. Lassen Sie mich –«

»Nein, nein.« Kincaid wandte sich schon zur Küche. »Ich mache mir selbst eine Tasse. Ich kenne mich ja hier aus.«

Sie schwiegen verlegen, den Blick auf Kincaid gerichtet, der den Wasserkochtopf füllte und einen Teebeutel in den Keramikbecher gab, den er fast als seinen eigenen betrachtete.

Nach einigen Augenblicken wandte sich Margaret Theo zu und begann mit bemühter Leichtigkeit zu sprechen. »Ich kenne Ihr Dorf. Ich bin aus Dorking und bin auf dem Weg zu meiner Großmutter, die in Guildford wohnt, bestimmt dort hundertmal durchgefahren. Ist Ihr Laden der am Knie?«

Theo nickte, ohne Kincaid aus den Augen zu lassen. »Ja, ganz recht. Gleich gegenüber dem Glockenturm.«

»Das muß doch schön sein«, sagte Margaret recht sehnsüchtig, »so ganz für sich allein.«

Kincaid trug seinen Becher zum Tisch und setzte sich. Dann öffnete er seinen Kragenknopf und lockerte seinen Schlips. »Wer von Ihnen«, fragte er mit einem freundlichen Lächeln, »hat eigentlich den Schlüssel zur Wohnung?«

Meg senkte den Blick zum Tisch und drehte ihre Tasse in den Händen. »Ich. Jasmine hat mich gebeten, mir einen machen zu lassen, falls sie mal verhindert sein sollte, mir aufzumachen, wenn ich kam.«

»Und warum haben Sie nichts davon gesagt?«

»Ich habe nicht daran gedacht.« Meg sah ihn offen an. »Ehrlich. Ich war so durcheinander, daß es mir überhaupt nicht eingefallen ist. Ist es denn wichtig?«

»Erzählen Sie mir noch einmal, was geschah, nachdem Sie am vergangenen Donnerstagnachmittag von Jasmine weggegangen waren.«

Sie überlegte einen Moment, und ihr Gesicht entspannte sich allmählich. »Ich bin zu Fuß nach Hause gegangen. Ich konnte nicht sillstehen, ich hatte nicht die Geduld, auf den Bus zu warten. Ich hatte das Gefühl, mir müßte vor Erleichterung darüber, daß Jasmine sich das mit dem Selbstmord anders überlegt hatte, das Herz zerspringen. Es war so ein herrlicher Tag, erinnern Sie sich?«

Kincaid nickte, sagte aber nichts, da er nicht riskieren wollte, den Wortfluß zum Stillstand zu bringen.

»Alles war so klar und scharf umrissen; die Lichter, die

überall angingen, die Menschen auf den Straßen, die von der Arbeit nach Hause gingen. Ich fühlte mich zu allem dazugehörig und doch auch wieder darüber hinausgehoben. Mir war, als könnte ich Berge versetzen.« Sie blickte von Kincaid zu Theo. »Das klingt absurd, nicht wahr?«

»Gar nicht«, versicherte Theo eilig. »Ich weiß genau –«

Kincaid unterbrach ihn. »Und wie ging es dann weiter, Meg?«

Sie schob sich das Haar hinter das Ohr und betrachtete dann ihre Hände. »Er war da, als ich kam. In meinem Zimmer. Er hatte auf mich gewartet.«

»Roger?« fragte Kincaid. Margaret nickte, sagte aber nichts. Kincaid wartete einen Moment, dann hakte er nach. »Und Sie haben ihm erzählt, was geschehen war, nicht wahr?«

Wieder nickte sie. Das Haar fiel ihr von neuem ins Gesicht, aber diesmal schob sie es nicht zurück.

»Was hat Roger getan?«

Das Schweigen zog sich in die Länge. Theo öffnete den Mund, um etwas zu sagen, doch Kincaid warf ihm rasch einen warnenden Blick zu und schüttelte den Kopf.

»Ich dachte, er würde losbrüllen. Das tut er sonst immer.«

Kincaid bemerkte, daß es dunkel zu werden begann. Die Häuser im Westen nahmen der Wohnung die letzte Sonne. Schweigend saßen sie alle drei im Schein der Lampe.

Schließlich holte Margaret einmal tief Atem, warf einen Blick auf Theo und sah dann Kincaid an, als sie sprach. »Er wurde ganz still. Ich hatte ihn schon ein- oder zweimal vorher so erlebt, wenn er richtig wütend war. Es klingt harmlos, aber es ist viel schlimmer als alle Worte. Es ist beinahe wie –«, sie runzelte die Stirn auf der Suche nach der passenden Beschreibung, »wie körperliche Gewalt. Wie ein Schlag.«

»Er sagte gar nichts?« fragte Kincaid mit einem Anflug von Ungläubigkeit in der Stimme.

»Oh, doch, zuerst hat er mir alles mögliche an den Kopf geworfen –«, sie verzog das Gesicht zur Grimasse, »aber es klang so, als wäre er in Gedanken ganz woanders, verstehen Sie.«

»Ist er dann gleich gegangen?«

Margaret schüttelte den Kopf. »Nein. Dabei habe ich mir gewünscht, er würde gehen. Die ganze schöne Stimmung vom Heimweg war plötzlich wie weggeblasen. Aber ich wußte, daß es keinen Sinn hatte, ihn zu bitten zu gehen. Das hätte die ganze Situation noch schwieriger gemacht.«

Kincaid erinnerte sich, wie durchbohrend seine Frau hatte schweigen können, wie bedrückend es gewesen war, mit einem Menschen, der das Schweigen als Waffe gebrauchte, in einem engen Raum eingeschlossen zu sein.

»Sie haben versucht, mit ihm zu sprechen, nicht wahr?« Das Mitgefühl machte seine Stimme freundlicher als er beabsichtigt hatte. »Um ihn zu versöhnen, um eine Reaktion herauszufordern?«

Sie antwortete nicht. Der Ausdruck der Scham auf ihrem Gesicht sagte mehr als alle Worte. Aber nach einem Moment sagte sie doch: »Ich habe mich am Ende einfach aufs Bett gelegt und die Augen zugemacht und getan, als wäre er nicht da. Bis er schließlich gegangen ist.«

»Wo waren Ihre Schlüssel, Meg?«

Ihr erschreckter Blick begegnete dem seinen. Sie griff nach ihrer Handtasche und klopfte leicht darauf. »Hier. Wo sie immer sind.«

»Haben Sie das Zimmer einmal verlassen, solange Roger da war?«

»Nein, natürlich –« Sie brach ab und zog die Brauen zusammen. »Ich bin mal zur Toilette gegangen.«

»Sind Sie an dem Abend noch einmal ausgegangen oder brauchten Sie sonst aus irgendeinem Grund Ihre Schlüssel?«

»Nein.« Das Wort war ein Flüstern.

»Und wann ist er –»

»Mr. Kincaid«, unterbrach Theo, »ich weiß zwar nicht, worauf Sie hinauswollen, aber ich finde, Sie setzen Miss Bellamy unnötig zu. Meinen Sie nicht –«

Kincaid hob eine Hand. »Nur eine Frage noch, Theo, das ist alles.« Er fühlte sich versucht, sie so zu behandeln, wie Roger es tat und ihre konditionierte Reaktion auszunutzen, aber er wußte auch, wenn er diese Grenze überschritt, dann würde das an seiner Integrität schwere Zweifel aufkommen lassen und nicht wiedergutzumachenden Schaden anrichten. »Meg, wann ist Roger zurückgekommen?«

»Spät. Es war nach Mitternacht. Er hatte sich einen Schlüssel für die Haustür machen lassen, obwohl ich ihm gesagt hatte, daß Mrs. Wilson mich an die Luft setzen würde, wenn sie ihn dabei erwischen sollte, wie er sich nachts ins Haus schlich.«

»Haben Sie geschlafen?«

Sie nickte. »Erst als er ins Bett kam, bin ich –« Sie sah Theo an und brach ab. »Ich meine . . .«

Kincaid fand, es sei an der Zeit, sie in Ruhe zu lassen. Er wandte sich Theo zu. »Theo«, sagte er im Konversationston, »Sie hatten wirklich keine Ahnung, wie Ihre Schwester über ihr Vermögen zu verfügen gedachte? Sie konnten das Erbe doch gebrauchen, nicht wahr? Ich habe nämlich den Eindruck, daß das Antiquitätengeschäft nicht besonders gut läuft.«

Theo und Margaret tauschten einen Blick, der auf Kincaid eindeutig verschwörerisch wirkte. Wenn der Eindruck richtig war, hatten die beiden sehr schnell zueinander gefunden.

»Ich will ehrlich sein, Mr. Kincaid.« Theo lehnte sich über den Tisch. »Ich habe Margaret schon erzählt, daß ich so ziemlich auf dem letzten Loch gepfiffen habe. O ja, ich brauchte Geld. Aber ich hatte nicht die Absicht, das Jasmine zu sagen; auch nicht, nachdem sie mich am letzten Donnerstag angerufen hatte, um mir zu sagen, daß sie mich sehen wollte.«

»Sehr nobel von Ihnen«, sagte Kincaid, und Theo preßte die Lippen zusammen.

»Sie können glauben, was Sie wollen, Mr. Kincaid. Ich habe keinerlei Beweise. Aber ich habe meine Schwester geliebt und fand, sie habe meinetwegen genug gelitten.« Er sah auf seine Uhr, stand auf und trug seine Tasse zum Spülbecken. »Und wenn ich jetzt nicht gehe, verpasse ich wieder meinen Zug. Sie wissen, wo Sie mich erreichen können, falls Sie noch etwas von mir brauchen sollten. Ich kann mir allerdings nicht vorstellen, wie ich Ihnen helfen könnte.« Er beugte sich über den Tisch und gab Margaret die Hand. »Margaret. Danke.«

Als die Tür hinter ihm zufiel, erlosch Margarets Lächeln.

»Tja, die Party ist vorbei, Meg.« Kincaid stand auf und trug ihre Tasse und seinen Becher zum Spülbecken. Sie blieb am Tisch sitzen, die Hände im Schoß zusammengekrampft, während er abspülte und Sids Napf füllte.

Als er fertig war, blieb er am Durchgang zur Küche stehen und betrachtete ihr Gesicht mit dem gesenkten Blick. Er spürte ihr Widerstreben. »Meg, ich wüßte nicht, warum Sie nicht ein Weilchen hier bleiben sollten, wenn Sie das möchten.«

Sie sah zu ihm auf. Ihr Gesichtsausdruck war mehr zaghaft als hoffnungsvoll, als hätte sie Angst, wenn sie sich zugestünde, etwas wirklich zu wollen, würde es ihr automatisch verwehrt werden.

»Wirklich?« fragte sie. »Sie meinen, das geht? Ich könnte mich ja hier ein bißchen kümmern und –« Ihr Lächeln verflog. »Nein. Er würde mich finden, und ich will ihn hier nicht haben, hier, in diesen Zimmern.«

»Sie brauchten ihn ja nicht einzulassen.«

Sie schüttelte den Kopf, noch ehe er zu Ende gesprochen hatte. »Sie verstehen nicht. Bis heute habe ich es geschafft, ihn von hier fernzuhalten. Sonst wäre hier nichts mehr dasselbe gewesen.« Sie umfaßte das Zimmer mit einer Handbewegung, und Kincaid sah es mit ihren Augen, vertraut und behaglich im Lampenlicht. »Sie kennen Roger nicht. Er verdirbt alles, was er anrührt.«

Nachdem Kincaid darauf bestanden hatte, Margaret zum Bus zu bringen, blieb er, die Hände tief in den Taschen, noch einen Moment am Ende der Hampstead High Street stehen. Dieses wachsende Verantwortungsgefühl Margaret Bellamy gegenüber konnte überaus peinlich werden, wenn sich herausstellen sollte, daß sie in Jasmines Tod verwickelt war, und doch erwachten jedesmal, wenn er ihr begegnete, väterliche Gefühle in ihm. Er mußte plötzlich an Gemma denken und lächelte. Obwohl die beiden Frauen etwa im gleichen Alter sein mußten, weckte Gemma niemals väterliche Gefühle bei ihm.

Ein schmaler Mond hing über dem verblassenden Rosa des westlichen Himmels. Menschen drängten sich an ihm vorbei, in Eile, nach Hause zu kommen. Kincaid blickte die Heath Street hinauf und hinunter, in der sich ein Restaurant an das andere reihte – italienisch, mexikanisch, indisch, griechisch, thailändisch, japanisch, chinesisch. Wenn man auf traditionelle britische Küche aus war, durfte man nicht nach Hampstead kommen.

Obwohl er hungrig war, war er zu ruhelos, um sich in ein Restaurant zu setzen. Er ging zu Fuß die Heath Street entlang bis zur Fitzjohn Avenue und trat dort in das italienische Feinkostgeschäft. Der Geruch von Knoblauch und Oliven drang bis auf die Straße und lockte andere Passanten an. Drinnen, in der Vitrine unter dem Fenster standen große Keramiktöpfe mit dunklen Oliven und vielfarbiger Pasta, mit marinierten Fischen und Schalentieren, mit Paprika und Auberginen in Knoblauchsoße. Überwältigt von solcher Fülle kaufte Kincaid das, was er immer kaufte – eine Pizza, die er nur noch ins Rohr zu schieben brauchte, mit geröstetem süßem Paprika und Mozzarella.

Im Spirituosengeschäft gegenüber besorgte er eine Flasche Rotwein und ging dann den Hügel hinunter heimwärts. Es war beinahe so, dachte er, als ginge er zu einer lang erwarteten heimlichen Verabredung.

Und in gewisser Weise war es ja auch so, wenn auch die verblaßten blauen Hefte außer der Zeit waren.

»Der Wind ist heute wie wild durch die Straßen gefegt. Er hat einem die Papierfetzen um die Beine gewirbelt und den Staub ins Gesicht und Augen getrieben, daß es gebrannt hat wie von Brennesseln. Bestrafung.

Während ich in der Schlange auf den Bus wartete, hinter der Plexiglaswand verkrochen, mußte ich plötzlich an lang vergangene Abende denken, wenn ich in der Mohur Street auf der Veranda saß. Es lag damals eine Stille über den Dingen, eine beinahe melancholische Erwartung. Immer war es so, als warte gleich um die Ecke etwas Aufregendes, ich mußte nur richtig hinsehen.

Habe ich mir je vorgestellt, daß man seine Tage in so geisttötendem Einerlei zubringen kann?«

»Ein merkwürdiges Gefühl, nach so vielen Jahren aus Bayswater wegzuziehen. Wenigstens kannte ich hier die Ladenbesitzer, sogar die Katzen der Nachbarn. Die Carlingford Road strahlt im Gegensatz dazu Ruhe und Wohlanständigkeit aus, genau die Dinge, die ich früher am wenigsten verlockend fand. Bin ich vielleicht alt geworden, ohne es zu merken?«

»Ich fühle mich in dieser Wohnung mehr zu Hause als an irgendeinem Ort, den ich seit meiner Kindheit bewohnt habe. Ich weiß nicht, warum. Sie paßt irgendwie zu mir, oder ich passe zu ihr. Man hat den Eindruck, die Möbel stünden schon seit Jahren hier; alles hat sofort seinen Platz gefunden. Wenn ich nachts aufwache, weiß ich genau, wo ich bin und kann mich auch im Dunkeln in der Wohnung zurechtfinden.

Habe den Mann kennengelernt, der unter mir wohnt, Major Keith. Ein komischer alter Vogel, so förmlich und höflich, aber irgend etwas an ihm kommt mir ganz vertraut vor. Er lüftet seine Mütze vor mir und nennt mich Miss Dent. Er ist es, der dafür sorgt, daß der Garten immer so wunderschön aussieht. Jetzt, da es ein wenig wärmer wird, ist er jeden Tag draußen im Freien, ordnet dies und säubert das, aber ich glaube in Wirklichkeit hält er nach den ersten Knospen Ausschau, nach den ersten grünen Trieben, die aus der Erde hervorstoßen. Obwohl er kaum mit mir spricht, glaube ich nicht, daß es ihn stört, wenn ich auf meiner Treppe sitze, während er im Garten arbeitet.«

»Dieser Husten beunruhigt mich. Ich dachte, es wäre eine Frühjahrserkältung, aber nun habe ich ihn schon seit Monaten. Ich werde wohl oder übel zum Arzt gehen müssen, wenn er nicht bald besser wird.«

»Mein armer Theo. Was soll ich tun, wenn das nun auch wieder nicht klappt? Er wird doch wenigstens diesen kleinen Laden halbwegs kompetent führen können! Aber er hat noch nie so etwas geschafft, warum auf einmal jetzt? Da ist wohl bei mir der Wunsch der Vater des Gedankens.«

»Es ist schon seltsam, wie sehr wir uns auf unseren Körper verlassen, ohne jemals wirklich einen Gedanken an ihn zu verschwenden. Zellen und Organe tun ihre Arbeit, das Blut fließt, das Herz pumpt. Wir haben dauernd Angst vor Unfällen und Stürzen und Infektionen. Verrat von innen erwarten wir am allerwenigsten.

Und der Krebs ist der heimtückischste Feind, eine Krankheit, bei der sich der Körper gegen sich selbst wendet wie ein Kannibale. Wie konnte das geschehen, ohne daß ich es gemerkt habe? Es gefühlt habe? Gespürt habe, wie dieser Knoten der Fäulnis sich vergrößerte?

Bestrahlung und Chemotherapie, sagt der Spezialist. Werde ich das schreckliche Kind meines Körpers vergiften?

Lieber Gott, ich fühle mich so entsetzlich hilflos.«

»Manchmal denke ich stundenlang nicht daran. Es gelingt mir, so zu tun, als wäre ich wie die anderen, heil und gesund. Es gelingt mir, so zu tun, als sei die Entscheidung, ob für irgendein Projekt eine Baugenehmigung erteilt werden soll oder nicht, von weltbewegender Bedeutung; als sei es für mich ungeheuer wichtig, ob die Pommes frites in dem neuen Café besser sind als in dem alten; als sei alles wichtiger als mein eigener Körper.«

»Das Haar fällt mir in Büscheln aus, wenn ich hineingreife, habe ich ganze Hände voll. Es ist, als rupfte man einen Vogel. Auf dem Grund der Badewanne liegt es in langen, dunklen Schlangenlinien, setzt sich dick und dicht in Kämme und Bürsten. Ich habe schon daran gedacht, daß man es in den Garten hinauslegen könnte; dann könnten die Vögel es zum Nestbau verwenden. Wie absurd.

May würde lachen und mir wieder einmal sagen, daß Hochmut vor dem Fall kommt. Sie hat mich ja oft genug wegen meiner Eitelkeit ins Gebet genommen. Ich habe mir angewöhnt, Mützen zu tragen, meistens Baskenmützen – Travestie eines französischen Bauern. Ich kann es nicht ertragen, Theo zu sehen.«

»Während ich zur letzten Behandlung weg war, hat eine neue Schreibkraft im Büro angefangen. Ein armseliges kleines Ding. Immer fehlt an ihren Kleidern irgendwo ein Knopf, immer läuft sie rot an, wenn man mit ihr spricht. Sie beobachtet mich, wenn sie meint, ich sähe es nicht. Mit einem Ausdruck von – ja, was eigentlich? Mitleid ist es nicht, das habe ich oft genug gesehen. Sorge? Es ist sehr merkwürdig.«

»Sie wollen nichts mehr mit mir zu tun haben und haben mich Morpheus überantwortet. Tut uns wirklich leid, aber für Sie können wir nichts mehr tun. Wollen wir uns lieber jemandem zuwenden, der auch angemessen dankbar sein wird.

Zu schwach jetzt, um zu arbeiten. Bin ohne viel Aufhebens gegangen. Was habe ich denn erwartet?«

»Meg Bellamy hat mich besucht, zuerst mit Karten und Blumen aus dem Büro, dann aus eigenem Antrieb, als das kollektive Schuldgefühl im Büro langsam nachließ.«

»Wieder Eliot gelesen. Diese langen, goldenen Herbstnachmittage scheinen wirklich eine beinahe körperliche Präsenz zu besitzen, eine Existenz, die von meinem Erleben abgetrennt ist.

Ich habe alle meine Lieblingsbücher wieder gelesen, mich mit den Geschichten umgeben wie mit dem Trost alter Freunde.«

»Der Major und ich haben eine gemeinsame Gewohnheit entwickelt. Wir sprechen natürlich nicht darüber, das würde irgendwie die Grenzen dessen, was sich gehört, überschreiten, aber wir halten uns dennoch getreulich an sie. An schönen Nachmittagen sitze ich auf der Treppe und sehe ihm bei der Arbeit im Garten zu, und wenn er dann seine Geräte säubert, stehe ich auf und mache Tee. Manchmal unterhalten wir uns, manchmal nicht, wir fühlen uns so oder so wohl miteinander. An einem seiner redseligsten Tage hat er mir erzählt, daß er im Krieg und danach in Indien gedient hat, in

Kalkutta. Es wird wohl diese typische Art des Kolonialsoldaten gewesen sein, die mir so vertraut vorkam, als ich ihm das erstemal begegnete. Er muß ein junger Offizier gewesen sein, als ich ein Kind war, und wenn man bedenkt, wie eng begrenzt die englische Kolonie war, könnte er sogar meine Eltern gekannt haben.«

»Seit sie die Behandlung abgebrochen haben, wächst mein Haar wieder nach, ist so dicht und kurz wie das eines Kindes, und da ich stark abgenommen habe, ist mein Busen zu nichts geschrumpft. Ich bin ein androgynes Wesen geworden, eine zerbrechliche Hülle aus Haut und Muskeln voller Erinnerungen.

Bald werde ich eine Pflegerin brauchen.«

16

»Sie wußten nicht, daß er in Indien gedient hat?« Gemma drehte sich in Kincaids Sessel, den sie usurpiert hatte, da sie vor ihm im Yard angekommen war.

»Vor Jasmines Tod habe ich kaum ein Wort mit ihm gewechselt«, antwortete Kincaid, als müßte er sich verteidigen. »Weshalb hätte ich ihn danach fragen sollen? Und wenn Sie die Absicht haben sollten, mein Büro zu übernehmen«, fügte er hinzu, »dann machen Sie sich nützlich und fordern Sie sein Dienstdossier an.«

Das Telefon läutete im selben Moment, als Gemma nach ihm greifen wollte. Sie hob den Hörer ab und sagte mit ihrer amtlichsten Stimme: »Büro Superintendent Kincaid.« Gleichzeitig zog sie Block und Stift zu sich heran und begann sogleich zu schreiben. »Ja, gut, ich werde es ausrichten. Danke.« Sie überflog, was sie notiert hatte und sah dann zu Kincaid auf. »Eine Mrs. Alice Finney hat bei der Zentrale eine Nachricht für Sie hinterlassen. Sie sagte, ein Rückruf sei nicht nötig, sie wollte Ihnen nur sagen, daß sein Name ihr wieder eingefallen sei. Er heißt Timothy Franklin.«

»Das war alles?«

Gemma zog eine Augenbraue hoch. »Was hat das zu bedeuten?«

»Das ist ein junger Mann, mit dem Jasmine offenbar befreundet war, ehe sie aus Dorset verschwand, als wären die Furien hinter ihr her. Rufen Sie bei den Kollegen in Dorset an und bitten Sie, daß man den Mann ausfindig macht. Und wenn Sie schon mal dabei sind«, fuhr er fort, ehe sie Einspruch erheben konnte, »setzen Sie sich auch gleich mit dem Constable von Abinger Hammer in Verbindung. Theo Dent hat keinen Führerschein – das habe ich überprüft –, aber ich möchte wissen, ob er am vergangenen Donnerstagabend am dortigen Bahnhof ein Zugbillett gekauft hat, oder ob er ein Taxi angerufen hat, oder ob ihn vielleicht jemand zu einem anderen Bahnhof gefahren hat.« Er wartete, bis Gemma mit dem Schreiben fertig war. »Und stellen Sie fest, ob er ein Fahrrad hat.«

»Ich glaube nicht...«

»Das weiß ich, aber ich möchte es trotzdem wissen. Mag sein, daß Theo Dent so unschuldig ist wie Mutter Teresa, aber Jasmines Tod ist ihm auf jeden Fall verdammt gelegen gekommen. Allzu gelegen für meinen Geschmack. Keine Sorge«, fügte er schmunzelnd hinzu, »den guten Roger knöpfen wir uns auch noch vor. Gleich heute morgen. Wir haben einen Termin beim Leiter seiner alten Schule. Noch vor dem Mittagessen. Was Besseres habe ich nicht zustande gebracht. Er war nicht auf der Universität, und er scheint nie einer geregelten Arbeit nachgegangen zu sein.«

»Das wundert mich nicht«, sagte Gemma ätzend.

»Sind Sie mit dem Wagen da?«

»Nein. Sie?«

Er schüttelte den Kopf. »Wir lassen uns einen Wagen geben. Möglichst bald. Ich möchte unterwegs noch einen Zwischenstop einlegen.«

Kincaid bemerkte, mit welch unverhohlenem Vergnügen Gemma den Rover durch den Verkehr manövrierte. »Eine angenehme Abwechslung, hm?«

»Nach meinem Escort wäre sogar ein Pferdefuhrwerk eine angenehme Abwechslung«, versetzte sie, als sie den Wagen in eine Parklücke in der Tottenham Court Road bugsierte. »Nicht schlecht für einen Donnerstagvormittag. Ich dachte eigentlich, ich würde um einen Parkplatz anstehen müssen. Und der Regen hat auch aufgehört, Gott sei Dank.« Es war zu hoffen, daß der feine Dunst, der die Morgensonne verschleierte, sich im Lauf des Tages auflösen würde.

Martha Trevellyan öffnete ihnen prompt und zeigte nicht die geringste Verwunderung, sie zu sehen. Kincaid vermutete, daß sie sie durch das vordere Fenster ihrer Wohnung hatte kommen sehen.

»Sergeant James«, sagte sie lächelnd zu Gemma und trat zurück, um sie hereinzulassen. »Ich hoffe, ich sehe heute etwas geschäftsmäßiger aus als bei Ihrem letzten Besuch«, sagte sie mit einem Blick auf ihre Kleidung, die aus Rock und Pullover bestand. »Sogar geschminkt bin ich. Also – was kann ich für Sie tun?«

Kincaid stellte sich vor und sagte dann: »Nur eine kurze Frage – wir werden Sie nicht lange aufhalten.« Er sah sich in dem ordentlichen Raum, der Wohnraum und Büro vereinigte, um und dachte, daß diese Aufgeräumtheit gut zu Martha Trevellyans sachlicher Art paßte. Er hatte allerdings auch eine Ahnung, daß diese Sachlichkeit teilweise künstlich und Martha Trevellyan tatsächlich etwas unsicherer war, als sie zugeben wollte. »Ich nehme doch an, Felicity Howarth kam mit Referenzen zu Ihnen. Sie hörten nichts von irgendwelchen Problemen mit sterbenden Patienten? Von Fahrlässigkeit bei der Verabreichung von Medikamenten oder dergleichen?«

Sie starrte Kincaid mit offenem Mund völlig konsterniert an. »Aber nein, selbstverständlich nicht! Ich würde niemals eine Pflegekraft einstellen, die nicht tadellose Zeugnisse vorweisen kann. Mein ganzes Unternehmen hängt von der Qualität der Pflege ab. Und Felicity war nicht nur erfahren – sie hat auch eine spezielle Ausbildung.«

»Was für eine?« fragte Gemma, während sie Block und Stift herauszog. »Ich wußte gar nicht, daß es so etwas gibt.«

»Doch, es gibt einen Ausbildungskurs zur Pflege unheilbar Kranker. Felicity hat ihn absolviert. Er findet in Winchester oder Exeter statt. Irgendwo in dieser Ecke.« Sie ging zum Schreibtisch, streckte den Arm aus, zog ihn jedoch sofort wieder zurück und verschränkte beide Arme fest auf ihrer Brust. »Ich wollte ich hätte mehr Pflegekräfte, die so hervorragend qualifiziert sind, aber sie sind schwer zu finden. Die Nachfrage wird immer größer.«

»Sie haben wieder zu rauchen aufgehört, nicht wahr?« sagte Gemma und wies mit dem Kopf auf den sauberen Aschenbecher auf dem Schreibtisch.

»Ich greife immer noch nach ihnen. Die Hand ist schneller als das Hirn.« Martha Trevellyan lächelte mit leiser Ironie. »Aber mein Entschluß wird nicht lange halten, wenn dieser Morgen sich weiter so entwickelt.«

»Können Sie sich erinnern, wo genau Felicity Howarth diesen Kurs absolviert hat?« fragte Kincaid, dem es ganz recht war, daß Gemma die Spannung etwas lockerte, die er hereingetragen hatte. Sie hatte ihren Zweck erfüllt. Marthas erste Reaktion auf seine Frage war spontan genug gewesen, um ihn davon zu überzeugen, daß ihre Antwort aufrichtig war.

»Ich brauche mich nicht zu erinnern. Ich habe das hier bei meinen Unterlagen.« Sie zog eine Schublade auf und ging mit routinierter Schnelligkeit die Akten mit den farbigen Reitern durch. »Da haben wir es schon. Nicht Winchester, sondern Dorchester. Die zwei verwechsle ich jedesmal!« Sie reichte Gemma ein Blatt Papier. »Hier, schreiben Sie sich die Adresse auf, wenn Sie sie brauchen, aber soviel ich weiß, ist das ein sehr angesehenes Institut. Brauchen Sie die Referenzen von den Ärzten auch?«

»Ja, bitte.«

»Ich bin bereit, meinen Ruf darauf zu wetten, daß Felicity Howarth eine absolut kompetente Krankenpflegerin ist«, erklärte Martha Trevellyan langsam. »Ich bin wirklich überzeugt davon. Da bin ich ganz sicher«, fügte sie ironisch hinzu.

»Ich glaube nicht, daß Sie sich Sorgen zu machen brauchen, Mrs. Trevellyan«, sagte Kincaid lächelnd, um den Boden für einen harmonischen Abgang zu bereiten. »Uns geht es nur darum, die noch offenen Fragen zu klären.«

Als sie Richmond erreichten, hatte der Dunst sich aufgelöst, und wäßriges Sonnenlicht sickerte durch das Blätterdach, das die Straße beschattete. Kincaid warf einen Blick auf den Plan. »Petersham ist nicht mehr weit, und wenn die Anweisungen stimmen, die sie mir am Telefon gegeben haben, liegt die Schule gleich an der Hauptstraße.«

»Oh, das Lied kenne ich. Ihre Navigationskünste lassen einiges zu wünschen übrig.«

Er sah sie an. Ihr Blick war konzentriert auf die Straße gerichtet, doch ihr Mund verzog sich zu einem feinen Lächeln. »Da Sie nicht fahren und zugleich navigieren können, werden Sie wohl mit meinen Mängeln leben müssen, hm?«

Kurz nachdem sie Petersham erreicht hatten, erhob sich rechts von ihnen eine hohe Mauer aus rotem Backstein, die der Straße folgte.

»Langsam, Gemma. Jetzt müßte gleich die Einfahrt kommen.«

Sie fuhren nach rechts durch ein offenes Tor in eine Landschaft gepflegter grüner Rasenflächen und symmetrisch angeordneter Gebäude aus dunkelrotem Backstein. Jenseits glitzerte in der Sonne die Themse.

»Du meine Güte«, sagte Gemma, als sie den Wagen parkte, »unser Roger hat es wirklich schwer gehabt, nicht?«

Eine Sekretärin führte sie in ein Arbeitszimmer mit hohen Bücherwänden und Fenstertüren mit Blick auf den Fluß. Sie warteten schweigend. Gemma stellte sich an eines der Fenster und sah den Schwänen zu, die träge auf dem Wasser dahintrieben, und Kincaid bemerkte, daß der schwarze Pulli, den sie trug, den Kontrast zwischen ihrem leuchtenden Haar und ihrer blassen Haut noch stärker betonte.

Die Tür flog auf, und der Schulleiter eilte mit fliegender schwarzer Robe ins Zimmer. Er war ungefähr in Kincaids Alter, ein Energiebündel mit schütterem Haar, Brille und dem Ansatz eines Bäuchleins.

»Ich bin Martin Farrow.« Er gab ihnen beiden mit kurzem, kräftigem Druck die Hand. »Was kann ich für Sie tun?«

Kincaid sagte sich, daß dieser Mann für Wortreichtum wenig übrig hatte. »Es geht um einen Ihrer ehemaligen Schüler, Roger Leveson-Gower – erinnern Sie sich an ihn? Ich denke, Sie werden etwa zehn Jahre zurückgehen müssen.«

Martin Farrow forderte sie nicht auf, sich zu setzen. Kincaid vermutete, daß dieses Versäumnis nicht auf Unhöflichkeit zurückzuführen war, sondern auf die Tatsache, daß Farrow sich schlicht nicht vorstellen konnte, daß es Leute gab, die nicht lieber standen als saßen.

Farrow wippte leicht auf den Fußballen auf und nieder, während er nachdachte. »O ja, ich erinnere mich sehr gut an ihn. Ich war damals stellvertretender Direktor, und die meisten Regelverstöße und Disziplinarsachen landeten bei mir. Was hat Roger denn mit seinem Leben angefangen? Hat er eine Karriere als Fälscher gemacht? Oder als Versicherungsbetrüger? Oder hat er sich darauf spezialisiert, vertrauensseligen alten Damen ihre Ersparnisse abzuschwatzen?«

»Nichts so Spektakuläres. Aber ich sehe schon, daß Roger bereits sehr früh kriminelles Potential zeigte. Warum haben Sie ihn nicht hinausgeworfen?«

»Wenn es nach mir gegangen wäre, hätten wir's getan.« Farrow begann im Zimmer auf und ab zu gehen, während er sprach, zupfte hier an einem Sofakissen, rückte dort einen Stuhl zurecht, und Kincaid und Gemma mußten sich wie Kreisel drehen, um ihn nicht aus dem Blickfeld zu verlieren.

»Wir führen hier eine gute Schule, modern und fortschrittlich. Wir halten nichts von mittelalterlichen Methoden nach dem Grundsatz ›gelobt sei, was hart macht‹. Schüler wie Roger Leveson-Gower können dem Ruf einer Schule nur schaden.«

An ihren üblichen Dialog bei einer Vernehmung gewöhnt, sah Kincaid Gemma erwartungsvoll an. Doch die sah mit ausdrucksloser Miene an Farrow vorbei zum Fenster hinaus.

»Äh«, sagte er, ehe die Pause allzu lang werden konnte, »was hat er denn für einen Trumpf im Ärmel gehabt?«

Farrow blieb stehen, die Hände auf die Rückenlehne eines Lehnstuhls gestützt, und Kincaid konnte ihn sich plötzlich hinter dem Pult vorstellen. »Sein Vater hat unseren Baufonds mit großzügigen Spenden unterstützt.« Er zuckte die Achseln.« Das Übliche eben. Und mag der Junge noch so ein Früchtchen gewesen sein, er war zu schlau, um sich bei einer wirklich ernsten Sache erwischen zu lassen. Aber ich muß sagen, ich war froh, als er ging.«

»Der Vater scheint entweder sein Vermögen oder seine Großzügigkeit verloren zu haben; dieser Tage lebt Roger nämlich auf Kosten einer jungen Frau, die wahrscheinlich nicht viel mehr als das Existenzminimum verdient.«

Farrow lächelte. »Das sieht ihm ähnlich. Immer hat er die Kleinen tyrannisiert – sie hatten Todesangst vor ihm, und immer hat er's geschafft, daß sie für seine Dummheiten bestraft wurden.«

»Hat er Ihres Wissens je eine Neigung zu Gewalt gezeigt?«

»Nein.« Farrow schüttelte den Kopf. »Dazu ist er viel zu berechnend, hat viel zuviel Angst um sein eigenes kleines Leben.« Er überlegte einen Moment. »Wenn Roger Leveson-Gower je zu Gewaltmethoden greifen sollte, dann würde er es meiner Meinung nach nur in aller Heimlichkeit tun.«

»Zufrieden?« fragte Kincaid, nachdem Farrow sie mit einem freundlichen Winken verabschiedet hatte.

»Er war ein intelligenter Bursche«, hatte Farrows letzter Kommentar gelautet. »Ich hasse es, wenn ich mitansehen muß, wie gute Gaben sinnlos vergeudet werden.«

»Haben Sie erwartet, daß er Klassenbester war?« fragte Gemma, während sie den Gang einlegte und den Rover auf die Straße hinauslenkte.

»Wäre ein Mord an Jasmine risikolos genug gewesen, um ihn zu locken? Was meinen Sie? Hätte er sich sicher gefühlt?«

Gemma zuckte die Achseln, ohne den Blick von der Fahrbahn zu wenden. »Auf jeden Fall hätte er nicht mit Ihnen gerechnet. Sie sind der Sand im Getriebe. Ohne Sie hätte niemand an Jasmines Tod etwas Besonderes gefunden.«

Er wartete darauf, daß sie die Gelegenheit ergreifen würde, um Roger zum Täter zu machen, aber sie hüllte sich in Schweigen.

Als sie wieder in Richmond waren, sagte er: »Gemma, was ist eigentlich los? Bei dem Gespräch mit Farrow waren Sie schon so wortkarg, als hätte es Ihnen die Sprache verschlagen, und jetzt reden Sie mit mir auch nicht. Wenn ich's mir genauer überlege, waren Sie den ganzen Tag schon etwas seltsam.«

Sie warf ihm einen kurzen Blick zu und richtete dann ihre Aufmerksamkeit wieder auf den Verkehr. »Oh, verdammter Mist!« Dank der flüchtigen Ablenkung blieb ihr keine Zeit mehr, sich in die rechte Spur einzureihen, und auf der linken wurden sie in eine der schmalen Einbahnstraßen geschleust. »Was machen wir jetzt?«

Kincaid lächelte. »Wir haben keine Wahl. Fahren wir einfach weiter. Wir werden schon sehen, wo wir wieder rauskommen.«

Die Straße verengte sich zu einer kopfsteingepflasterten Gasse, die sich zwischen endlos scheinenden Reihen von

Lagerhäusern hindurchschlängelte. Plötzlich schossen sie in die Sonne hinaus. Vor ihnen, jenseits eines mit Backstein gepflasterten Platzes, der mit einer Kette abgesperrt war, lag die Themse.«

»Halten Sie da drüben.« Kincaid deutete auf eine Stelle vor der Absperrung. »Vertreten wir uns ein wenig die Füße.« Zu ihrer Rechten sauste der Verkehr über die bucklige Brücke, die sie überquert hatten, ehe sie auf Abwege geraten waren.

Die Sonne lag warm auf ihren Gesichtern, und eine kleine Brise zauste ihr Haar. Am anderen Flußufer tauchten Trauerweiden im ersten frischen Grün ihre Zweige ins Wasser. Ein vertäutes Hausboot schaukelte sachte von seinem Spiegelbild begleitet in der Strömung, und auf einem Pfosten stand ein Pelikan auf einem Bein und träumte. Selbst die Verkehrsgeräusche schienen hier gedämpft.

»Das war ja ein richtiges Glück, daß wir falsch abgebogen sind. Kommen Sie.« Kincaid begann langsam an der Sperrkette entlangzugehen. »Zu schade, daß das Schicksal einen auf diese kleinen Geschenke nicht vorbereitet. Wir hätten ein Picknick mitnehmen sollen.« Er machte halt, als Gemma stehen blieb und ihr Gesicht mit geschlossenen Augen der Sonne entgegenhob. »Also, was ist?«

Sie seufzte und antwortete, ohne ihn anzusehen. »Diese Privilegiertheit. Die ganze Schule hat förmlich danach gestunken. Geld und Privilegien, seit Generationen, ob nun fortschrittlich oder nicht. Aber Sie können das wahrscheinlich gar nicht verstehen.« Sie verschränkte die Arme über der Brust und sah ihn an. Im Sonnenlicht konnte er im Braun ihrer Augen goldene Lichter sehen. »Geld an sich läßt mich kalt. Die Leveson-Gowers zum Beispiel – die können im Geld schwimmen und sind trotzdem Gesindel. Sie haben keinen Geschmack, und ich bin ihnen haushoch überlegen. Aber diese Selbstsicherheit, die diese Leute schon mit der Muttermilch einsaugen, wenn ich die sehe, dann wird mir immer ganz anders – diese Selbstverständlichkeit, mit der man immer genau weiß, was man gerade sagen oder tun muß. Für Sie ist das so selbstverständlich wie das Atmen.«

»Moment mal, ich bin nicht das Produkt einer exklusiven Privatschule. Das wissen Sie doch, Gemma. Meine Eltern fühlten sich viel zu sehr als Liberale, um ihre Sprößlinge in so eine Brutstätte des Konservatismus zu geben. Sie waren der Meinung, die örtliche Gesamtschule sei gut genug für uns, und ich denke, sie hatten recht.« Er schob beide Hände in die Hosentaschen und ging weiter. Gemma hielt mit ihm Schritt. Als sie nichts entgegnete, fuhr er zu sprechen fort. »Da steckt doch noch etwas anderes dahinter, nicht wahr? Die Männerprivilegien attackieren Sie doch im allgemeinen, ohne mit der Wimper zu zucken. Ich erlebe doch immer wieder, wie Sie im Yard ihre Frau stehen und meistens auch gleich noch ein paar Leuten kräftig auf die Zehen treten.«

»Das ist etwas ganz anderes«, gab sie heftig zurück. »Da kenne ich die Regeln.« Dann lächelte sie etwas verlegen. »Ich bin heute wohl ein bißchen empfindlich. Tut mir leid. Ich sollte es nicht an Ihnen auslassen, nur weil die allgemeine Beschreibung auf Sie paßt.«

»Geht es um Rob?« fragte Kincaid in sachlichem Ton. Ihren gelegentlich eingestreuten Bemerkungen hatte er entnommen, daß ihr geschiedener Mann wenig Interesse an Toby oder der Aufrechterhaltung freundschaftlicher Beziehungen zeigte. Aber er hatte nicht aufdringlich sein wollen.

Gemma blieb wieder stehen und schaute über den Fluß. »Ich glaube, er ist abgehauen. Keine Schecks, kein Telefon, keine Nachsendeadresse.«

»Haben Sie versucht, ihn ausfindig zu machen?«

»Übers Yard, ja, soweit das möglich war, ohne anzuecken. Es gibt da ein paar Kollegen, die mir eine Gefälligkeit geschuldet haben.« Sie hielt inne und sagte dann heftig: »Dieser gemeine Kerl! Ich bemühe mich, nicht wütend zu werden, aber manchmal muß sich die Wut einfach Luft verschaffen. Wie kann er uns das antun?«

Kincaid wartete schweigend. Sie stieß prustend die Luft aus und entspannte sich ein wenig. »Aber es ist nicht seine Schuld allein«, sagte sie. »Es gehören immer zwei dazu. Ich habe mich wider besseres Wissen dafür entschieden, Rob James zu heiraten, und jetzt muß ich eben die Konsequenzen tragen. Jammern hilft nichts, und außerdem können wir nicht unser Leben lang alles x-mal hinterfragen. Wir tun immer das, was wir gerade können.«

»Und Sie haben Toby«, sagte Kincaid milde.

»Ja. Ich kann mir ein Leben ohne Toby nicht vorstellen. Aber genau das ist der springende Punkt – wie soll ich es allein schaffen?«

»Aber sicher ...«

»Mein ganzes Geld geht für Tobys Betreuung drauf. Es ist schon unter normalen Umständen schwierig, aber wenn ich Überstunden machen muß ... ich komme ja so kaum damit aus.«

»Können Sie nicht an einer anderen Stelle sparen?« Er sprach so beiläufig, wie ihm das möglich war, da er glaubte, wenn er die Teilnahme zeigte, die er empfand, würde Gemma es sich später übelnehmen, daß sie ihm ihr Herz ausgeschüttet hatte.

»Rob wollte unbedingt das Haus kaufen, obwohl die Zinsen damals so hoch waren. Es wäre eine Kapitalanlage für die Zukunft, sagte er.« Ihr Lächeln war bitter. »Jetzt hängt es mir wie ein Mühlstein am Hals, und völlig runtergekommen ist es außerdem. Rob hatte Riesenpläne, was er im Haus alles machen wollte – aber natürlich ist überhaupt nichts passiert und ...« Sie brach plötzlich ab und rieb sich mit beiden Händen das Gesicht. »Mein Gott, hör sich das einer an. Und ich habe gesagt, ich wollte es nicht an Ihnen auslassen. Es tut mir wirklich leid.« Sie lächelte diesmal reuig. »Ich habe oft genug erlebt, wie die Leute Ihnen ohne den geringsten Anstoß ihre ganze Lebensgeschichte erzählen. Ich müßte es wirklich besser wissen.«

»Was wollen Sie denn nun tun, Gemma?«

»Ich weiß es nicht. Meine Mutter hat mir angeboten, sich um Toby zu kümmern...«

»Das ist doch großartig. Das wäre...«

Sie schüttelte schon den Kopf. »Ich möchte ihnen nicht verpflichtet sein. Ich habe auf eigenen Füßen gestanden, seit ich aus der Schule gekommen bin, und ich habe nicht die Absicht...«

»Und wer leidet unter Ihrem Eigensinn? Finden Sie nicht, daß es falscher Stolz ist, Hilfe auszuschlagen, wenn man sich in einer Notlage befindet?«

»Das ist es gar nicht. Es ist... Sie sind im Grunde mit meiner Berufswahl nicht einverstanden.« Eine Wolke schob sich vor die Sonne, und Gemma zog fröstelnd die Schultern zusammen. Der Wind war stärker geworden und trieb kleine Kräuselwellen über die Wasserfläche. »Ich habe Angst, daß sie das an Toby weitergeben, sicher nicht absichtlich, aber daß er ihre Mißbilligung einfach spüren würde. Gute Mütter arbeiten nicht abends und an Wochenenden. Gute Mütter lassen sich nicht scheiden. Gute Mütter arbeiten nicht in Männerberufen.«

Kincaid schob seine Hand unter ihren Ellbogen und drehte sich herum. »Kommen Sie, wir kehren um.« Unter dem weichen Fleisch ihres Arms fühlte er einen harten, zierlichen Knochen, und er spürte auch ein leichtes Frösteln, als der Wind ihnen in die Gesichter blies. Er zog seine Hand weg. »Trauen Sie sich selbst etwas zu, Gemma. Er ist Ihr Sohn, und Ihr Einfluß ist stärker.« Er lächelte ein wenig über ihr zweifelndes Gesicht. »Und Ihren Eltern sollten Sie auch ein bißchen was zutrauen. Schließlich haben *sie* Sie großgezogen, und ganz so übel sind Sie doch nicht geworden, oder?«

17

Am Freitag morgen erwachte Kincaid vor Sonnenaufgang. Er hatte am Abend zuvor die Vorhänge nicht zugezogen, und nun lag er in seinem Bett und sah zu, wie das erste schwache graue Licht am östlichen Himmel aufglomm. Er dachte an die Tage der vergangenen Woche, blätterte sie gewissermaßen auf wie in einem Kalender, und sah, daß er der Lösung des Rätsels um Jasmines Tod nicht näher war als vor acht Tagen. Reine Frustration trieb ihn schließlich aus dem Bett, aber auch die banalen Handlungen des Morgens, Waschen, Zähneputzen, Frühstücken, konnten das nagende Gefühl des Scheiterns nicht besänftigen.

Es wäre ein Leichtes, Roger Leveson-Gower zum Hauptverdächtigen zu küren, aber er hatte nicht das Zipfelchen eines konkreten Beweises gegen ihn in der Hand. Und ganz gleich, wie sehr Roger sich rein emotional als Kandidat anbot, es paßte nicht. Dann hätte sich ja Jasmine von einem Menschen, den sie nicht kannte und dem sie aller Wahrscheinlichkeit nach nicht getraut hätte, ohne Widerrede eine tödliche Dosis Morphium einflößen lassen müssen, und diese Vorstellung widersprach aller Logik.

Kincaid bummelte beim Rasieren und Ankleiden, aber als er auf die Straße trat, drehte gerade erst der Milchwagen seine geräuschlosen Runden, und weder das Knallen von Autotüren noch das Heulen startender Motoren störte die frühmorgendliche Stille der Carlingford Road. Der Himmel war klar, es war windstill, impulsiv schälte er den Midget aus seiner Plane. Er liebte es, spät nachts oder morgens in aller Frühe, wenn der Verkehr abgeflaut war, durch die Straßen Londons zu fahren. Er hatte dann das Gefühl, mit der Stadt im Frieden zu sein, eins mit ihr, anstatt sie zu bekriegen.

Ein Stapel Faxnachrichten lag in seinem Eingangskorb. Kincaid, der lange vor Gemma da war, nahm seinen Schreibtischsessel selbst in Besitz und begann zu lesen.

Major Harley Keith hatte in der Tat gleich nach dem Krieg, neunzehnhundertfünfundvierzig, als frischgebackener Offizier und frischgebackener Ehemann, seinen Dienst in Indien angetreten. Anfang sechsundvierzig war er in Kalkutta stationiert gewesen und hatte bei den Unruhen dort seine Frau und seine kleine Tochter, ein Säugling noch, verloren. Soweit Kincaid es aus dem ihm fremden Militärjargon herauslesen konnte, war Keiths ehemals vielversprechende berufliche Laufbahn danach in Mittelmäßigkeit steckengeblieben. Neunzehnhundertachtundvierzig war der Major wieder nach Großbritannien versetzt worden und schien den Rest seiner Dienstzeit in irgendwelchen Schreibtischstuben verbracht zu haben.

Kincaid griff seufzend nach dem nächsten Blatt auf dem Stapel. Es war ein kurzer Bericht der Polizei von Dorset, der meldete, daß ein gewisser Timothy Franklin vor fünfundzwanzig Jahren in der Nervenheilanstalt Farrington oder wie man früher gesagt hatte, der Irrenanstalt Farrington untergebracht worden war. Eingeliefert worden war er von Althea Franklin, seiner Mutter. Bei Franklins Einlieferung war sein Leiden als Schizophrenie diagnostiziert worden, und er war niemals entlassen worden. Althea Franklin war neunzehnhundertsiebenundsiebzig in Bladen Valley gestorben.

Der Beamte, der den Bericht zusammengestellt hatte, hatte eine handschriftliche Notiz angefügt, um Kincaid zu informieren, daß die Anstalt Farrington sich zwei Meilen nördlich von Dorchester befand und nicht ganz leicht zu finden sei.

Gemma kam, als er den Bericht beiseite legte und den letzten

Schluck seiner zweiten Tasse Kaffee trank. Enttäuschung flog über ihr Gesicht, bevor sie lächelnd sagte: »Na, Sie sind aber heute früh auf den Beinen, Sir.«

»Ja, ich habe Sie ausnahmsweise mal geschlagen, wie?« Ein albernes Spiel, aber ihm macht es Spaß, und er richtete es so ein, daß er häufiger verlor als gewann, weil er wußte, daß Gemma das Gefühl der Macht genoß, das ein paar Minuten allein in seinem Büro ihr vermittelten.

»Was von Interesse?« fragte sie, als sie sich ihm gegenüber setzte.

Er reichte ihr die Berichte und wartete schweigend, während sie las. Als sie den über Major Keith fertig gelesen hatte, sah sie kopfschüttelnd auf. »Er scheint ja über den Tod seiner Frau und seiner kleinen Tochter nie hinweggekommen zu sein. Es ist irgendwie erschreckend, nicht wahr, daß jemand, der so normal und durchschnittlich wie der Major zu sein scheint, eine solche Tragödie erlebt hat?«

Kincaid verstand, was sie meinte – in gewisser Weise bekam man dadurch das Gefühl, daß man selbst gegen derartige Schicksalsschläge auch nicht gefeit war. Wenn es einem Durchschnittsmenschen wie dem Major zustoßen konnte, dann konnte es auch einem selbst zustoßen.

»Ich werde ihn danach fragen müssen.« Ohne es eigentlich beabsichtigt zu haben, vertraute er Gemma sein Unbehagen an. »Es ist wirklich unangenehm – aber ich kann es nicht auf sich beruhen lassen, ich muß ihn nach der schlimmsten Zeit seines Lebens fragen und danach weiter als Nachbar mit ihm leben. Und es ist um so schwieriger, weil er so ein ungeheuer zurückhaltender Mensch ist.« Er überlegte einen Moment. »Bei Jasmine hatte ich den gleichen Eindruck. Es wäre einem nicht leicht gefallen, sie nach Dingen aus ihrem Leben zu fragen, die sie nicht von selbst erzählt hat. Zwischen ihr und dem Major muß eine merkwürdige Beziehung bestanden haben.«

»Wollen Sie heute noch mit ihm sprechen?«

Kincaid zögerte und traf dann wieder einmal eine impulsive Entscheidung, von der er sehr wohl wußte, daß sie teilweise seiner Ablehnung gegen das Gespräch mit dem Major entsprang. »Ich fahre nach Dorset.«

»Schon wieder?« Gemmas Ton war unverkennbar kritisch. »Ich finde, Sie verschwenden Ihre Zeit. Es gibt doch hier in London genug zu tun, ohne auch noch irgendwelchen Chimären in gottverlassenen Landnestern nachzujagen. Was ist mit Roger?«

Er lachte. »Ich bin froh, daß Sie Ihren Angriffsgeist wiedergefunden haben. Da Sie auf den schönen Roger so versessen sind, können Sie das auch allein erledigen. Schauen Sie mal, ob Sie außer Mama und Jimmy Dawson jemanden finden, der bereit ist, sich für Roger zu verbürgen.«

Er fuhr auf dem *motorway* bis zum New Forest. Seiner Karte zufolge endete der *motorway* dort, wo der New Forest begann. Doch auch die weiterführende Straße, die das scheckige Grün auf der Karte durchschnitt, war eine zweispurige Schnellstraße. Erwartungen von mächtigen, uralten Bäumen und grünen Laubdächern allerdings wurden schnöde enttäuscht. Zu beiden Seiten der Straße dehnte sich weites Hochmoor, dessen Eintönigkeit nur von Ginsterbüschen unterbrochen wurde und den fernen Gestalten zottiger Tiere, die er für die wilden New Forest Ponys hielt. Er wünschte sich gar nicht, daß sie näher herankamen – sonst würde er womöglich die nächste Enttäuschung erleben und entdecken, daß die Ponys in Wirklichkeit kleine zottige Kühe waren.

Auf halbem Weg zwischen Wimbourne Minster und Dorchester passierte er die Abzweigung nach Briantspuddle. Das Dorf lag versteckt hinter den Hügeln, von der Straße aus nicht zu sehen, und die Straße, die zu ihm führte, verschwand zwischen mannshohen Hecken steil abfallend wie ein geheimer Schacht. In seiner Phantasie fuhr er in das Dorf hinein und fand die Zeit zurückgedreht, sah sich einer zwanzigjährigen Jasmine gegenüber, die aus der Tür ihres Hauses trat. Was würde er zu ihr sagen, und was würde sie ihm antworten?

Lachend über die Absurdität der Vorstellung schüttelte er den Kopf und dachte, wenn er diese Sache nicht bald klärte, würde er noch durchdrehen.

»Nicht ganz leicht zu finden« erwies sich als zutreffende Beschreibung für die Nervenheilanstalt Farrington. Er hatte in Dorchester, in einer schäbigen Teestube in der High Street, ein Sandwich gegessen und hatte dann munter die Straße nach Norden eingeschlagen.

Eine halbe Stunde später, nachdem er mindestens ein halbes Dutzendmal falsch abgebogen war und dreimal nach dem Weg gefragt hatte, fuhr er im Schneckentempo eine schmale ungeteerte Landstraße hinunter. Die letzte hilfsbereite Fußgängerin, eine alte Frau in Öljacke und schweren Schuhen, die ihren Terrier spazierenführte, hatte ihm versichert, hier sei er richtig, und so tuckerte er in gutem Glauben weiter. Auf der Höhe der Böschung zu seiner Rechten erschien schließlich ein hoher Maschendrahtzaun, und in einer Kurve sah er flüchtig roten Backstein, der gleich wieder hinter den Bäumen verschwand.

Der Zaun führte weiter bis zu einer Straßenkreuzung, und von dort zog sich eine asphaltierte Einfahrt einen Hügel hinauf. Ein verwittertes Schild setzte ihn davon in Kenntnis, daß er den Besuchereingang der Nervenheilanstalt Farrington erreicht hatte. Er folgte der Einfahrt unter Bäumen hindurch, und stellte den Midget auf dem kleinen leeren Parkplatz an ihrem Ende ab. Vor ihm erhob sich ein weitläufiger viktorianischer Bau aus rotem Backstein. Vernachlässigung und Verfall waren beinahe greifbar. Mit Spanplatten zugenagelte Fenster gaben dem Gebäude ein abweisendes, verlassenes Aussehen, und das Gelände rund herum war völlig verwildert. Abseits vom Hauptgebäude stand eine Kapelle, die aus dem gleichen roten Backstein erbaut war, doch die Fensterscheiben waren herausgebrochen und die Tür hing offen in den Angeln.

Kincaid sperrte den Wagen ab und nahm Kurs auf das einzige bewohnt aussehende Gebäude, einen kleinen Anbau am nächstliegenden Haus. Durch eine Glastür trat er in einen Flur mit Linoleumboden und Türen rechts und links. In der Stille konnte er das Klappern von Schreibmaschinentasten und gelegentlich eine Stimme hören.

Eine junge Frau mit einem Packen Papiere in der Hand kam eilig aus der ersten Tür zu seiner Linken. Sie blieb stehen, als sie ihn sah, sichtlich erstaunt. Unangemeldete Besucher gab es in der Heilanstalt Farrington anscheinend normalerweise nicht.

»Kann ich Ihnen behilflich sein?«

Er zeigte seinen Dienstausweis und sagte: »Mein Name ist Duncan Kincaid. Ich suche einen Ihrer Patienten, einen gewissen Timothy Franklin.«

»Tim?« Sie schien noch erstaunter als zuvor. »Ich kann mir nicht vorstellen, was Sie von Tim wollen könnten.« Dann jedoch faßte sie sich. Sie gab ihm die Hand und sagte: »Entschuldigen Sie. Ich bin Melanie Abbot. Der Direktor ist heute nicht hier, aber ich bin seine Assistentin.«

Sie sah zuverlässig und kompetent aus in ihrem braunen Pulli und der langen Hose. Glänzendes braunes Haar, knapp schulterlang, umrahmte ihr rundes, freundliches Gesicht.

»Darf ich fragen, was Sie von Tim wollen? Ich möchte nicht, daß er sich aufregt.«

»Es handelt sich lediglich um einige Routinefragen über eine Person, die er vielleicht vor langer Zeit gekannt hat.« Kincaid umfaßte mit einer Handbewegung seine Umgebung. »Was ist denn hier passiert? Es sieht ja beinahe wie nach einem Bombenangriff aus.«

»So schlimm war es nicht. In den letzten Jahren hat sich die

Gesundheitspolitik des Landkreises geändert. Die meisten Patienten sind anderweitig in Pflege gegeben worden. Reha-Zentren, Pflegeheime, Wohngemeinschaften unter Aufsicht«, erläuterte sie. »Wir helfen ihnen, sich wieder in das Leben der Gemeinde zu integrieren. Die Anstalt hier«, sagte sie, Kincaids Handbewegung wiederholend, »dient jetzt eigentlich nur noch Verwaltungszwecken.«

»Aber einige Patienten haben Sie noch hier?«

»Ja«, antwortete Melanie Abbot und drückte die Papiere mit einem Arm an ihre Brust. Kincaid fühlte eine leichte Abwehr in ihrer Antwort. »Einige gibt es, die einfach nicht woanders untergebracht werden können. Aus verschiedenen Gründen.«

»Zum Beispiel Timothy Franklin?«

Nickend sagte sie: »Wir haben bei der Behandlung der Schizophrenie in den letzten zehn Jahren riesige Fortschritte gemacht, aber Tim ist einer der seltenen Kranken, die auf Medikamente nicht ansprechen.« Sie blickte auf ihre Papiere, dann auf ihre Uhr. »Ich muß zum Fax, tut mir leid. Aber ich bringe Sie zum Aufenthaltsraum für die Patienten und werde eine Pflegerin bitten, Tim zu Ihnen zu bringen.«

Auch der Aufenthaltsraum für die Patienten hatte einen Linoleumfußboden; noch fleckiger und vergilbter als der im Flur. An den Wänden standen Stühle mit geraden Rückenlehnen und Sitzpolstern aus rissigem orangefarbenem Kunstleder. In einer Ecke stand mit flimmerndem Bildschirm ein Fernsehapparat, in der anderen kümmerte eine Grünpflanze vor sich hin. Vor dem Fernsehapparat saß im Rollstuhl eine Frau in einem grünen Krankenhauskittel und Filzpantoffeln. Ihr Kopf hing zu Seite, und aus dem Winkel ihres halb geöffneten Mundes sickerte Speichel. Kincaid schaffte es nicht, sich zu setzen.

Die Tür öffnete sich. Ein Mann kam herein, dem eine weißgekleidete Pflegerin folgte.

»Hier ist der Herr, der Sie sprechen möchte, Timmy.« Zu

Kincaid gewandt fügte sie hinzu: »Er hat einen guten Tag heute. Ich warte draußen im Gang, wenn Sie mich brauchen sollten.«

Kincaid wußte, daß der Mann, der da vor ihm stand und ihn so ruhig ansah, an die fünfzig sein mußte, aber dank seiner Schönheit wirkte er weit jünger. Sein dunkles Haar war ohne Grau, und die Haut um seine dunklen Augen war frei von Fältchen. Er war etwa so groß wie Kincaid und ähnlich gebaut, aber Strickjacke und Cordhose hingen so schlabberig an seinem Körper, daß Kincaid den Eindruck hatte, er habe in letzter Zeit Gewicht verloren.

»Guten Tag, Tim.« Kincaid bot ihm die Hand. »Mein Name ist Duncan Kincaid.«

»Hallo.« Tim ließ es zu, daß Kincaid seine Hand nahm, erwiderte aber den Druck nicht. Sein Ton war nicht unfreundlich, verriet aber keinerlei Interesse.

»Können wir uns setzen?«

Anstatt zu antworten, schlurfte Tim zum nächsten orangefarbenen Stuhl und setzte sich. Die Hände legte er auf die zernarbten hölzernen Armlehnen.

Kincaid zog sich einen anderen Stuhl heran und setzte sich so, daß er Tim Franklin ins Gesicht sehen konnte.

»Stört es Sie, wenn ich Sie Tim nenne?« fragte er.

Ein Augenzwinkern, dann, nach einer langen Pause: »Timmy.«

»Gut, Timmy.« Kincaid fand die falsche Herzlichkeit in seiner Stimme fürchterlich. »Ich möchte Sie nach jemandem fragen, den Sie vor langer Zeit gekannt haben.« Timmys Blick war zum geräuschlos laufenden Fernseher abgeglitten. »Timmy«, sagte Kincaid noch einmal, so normal wie es ihm möglich war. »Erinnern Sie sich an Jasmine?«

Der dunkle Blick kehrte vom Fernsehapparat zu Kincaid zurück. Ein Lächeln erhellte Tims Gesicht und verwandelte es. »Natürlich erinnere ich mich an Jasmine.«

Es dauerte einige Sekunden, ehe Kincaid begriff, daß die erwarteten Fragen, Wie geht es ihr? Was tut sie?, nicht folgen würden.

»Sie waren mit ihr befreundet, nicht wahr?« sagte er und wünschte, er wüßte mehr darüber, wie die Krankheit Tim Franklins geistige Prozesse beeinflußte. War sein Gedächtnis intakt?

»Wir haben zusammengehört, Jasmine und ich.«

»Sie sind zusammen gegangen, nicht wahr? Damals im Dorf?«

Tim nickte, und sein Blick schweifte wieder zum Fernsehapparat.

Kincaid versuchte es ein wenig aggressiver. »Aber Ihre Mutter und Jasmines Tante May hatten was dagegen, daß Sie befreundet waren. Sie wollten nicht, daß Sie zusammenkommen, nicht wahr?«

Tim reagierte nicht, und Kincaid verdrehte frustriert die Augen. »Erinnern Sie sich noch, wie Jasmine fortgegangen ist, Tim? Hat Sie das traurig gemacht?«

Tims Blick blieb auf den Bildschirm gerichtet, doch eine seiner Hände, die bisher locker auf der Armlehne des Stuhls gelegen hatten, krampften sich jetzt zur Faust zusammen. Unterdrückt murmelte Tim: »Schöne Haare. Schöne Haare. Schöne Haare.«

Die Frau im Rollstuhl stöhnte. Kincaid drehte sich überrascht herum. Er hatte sie völlig vergessen gehabt. Wieder stöhnte sie, lauter diesmal, und Kincaid spürte, wie sich ihm im Nacken die Haare sträubten. In dem Geräusch, das mehr tierisch als menschlich klang, drückte sich ein tiefer primitiver Schmerz aus.

Tim Franklin begann den Kopf zu schütteln, ohne jedoch den Blick vom Fernsehapparat zu wenden. Das Hin und Her wurde schneller, erregter, heftiger, und die Frau im Rollstuhl stöhnte immer stärker.

Kincaid stand auf. »Tim. Timmy!«

»Nein-nein-nein-nein . . .« sagte Timmy, immer noch kopfschüttelnd und mit den Händen, die jetzt beide zu Fäusten geballt waren, wie wild auf die Armlehnen einschlagend.

Kincaid, der Angst hatte, daß die Situation gleich völlig außer Kontrolle geraten könnte, rannte zur Tür und rief in den Korridor hinaus: »Schwester! Schwester!«

Die weißgekleidete Gestalt bog um die Ecke. Sie lächelte ihm ermutigend zu. »Er ist wohl ein bißchen heftig geworden? Na, dann wollen wir zuerst mal Mrs. Mason wieder in ihr Bett bringen.«

Kincaid trat zur Seite, als sie immer noch sprechend ins Zimmer eilte. »Ist ja gut, Mrs. Mason. Wir machen jetzt ein kleines Nickerchen, hm?« sagte sie beschwichtigend, während sie den Rollstuhl zur Tür schob. »Um den wieder zu beruhigen, werden wir jetzt Stunden brauchen«, fügte sie mit einer Kopfbewegung zu Tim Franklin hinzu. »Von dem hören Sie jetzt kein vernünftiges Wort mehr.«

Kincaid drehte sich noch einmal um, als er ihr aus dem Zimmer folgte. Tim Franklin trommelte vor sich hinsummend mit beiden Fäusten auf die Armlehnen seines Stuhls und bewegte dazu zuckend seinen Kopf hin und her.

18

Es war, wie die Uhr im Armaturenbrett zeigte, genau sechs, als Kincaid in der Carlingford Road anhielt. Er schaltete den Motor aus und blieb einen Moment still im Wagen sitzen, unfähig, die tiefe Niedergeschlagenheit abzuschütteln, die ihn auf der ganzen Rückfahrt von Dorset begleitet hatte. Hätte er auf Gemma gehört, so hätte er nicht einen ganzen Tag für nichts vergeudet, um dann doch der Aufgabe ins Auge sehen zu müssen, vor der er sich scheute. Obwohl er sich sagte, daß es keinen Sinn hatte, die Sache noch länger aufzuschieben, trödelte er immer noch herum, ließ sich übermäßig lange Zeit, um den Wagen abzusperren und die Schutzplane überzuziehen.

Als er beim Major klingelte, blieb alles still. Er wartete einen Moment, dann stieg er die Treppe hinauf und ging in Jasmines Wohnung. Schwarz und geschmeidig wickelte sich ihm die Katze um die Beine, sobald er Licht machte.

»Hallo, Sid. Alles in Ordnung, alter Junge?« Er beugte sich hinunter und streichelte Sid den Kopf, bis der schnurrend die grünen Augen schloß. »Nur Geduld. Du bekommst gleich dein Abendessen.«

Kincaid öffnete die Gartentür und trat hinaus. Der Major kniete vor den Rosen, die er zum Gedenken an Jasmine gepflanzt hatte. Nur der helle Stoff seiner Hose, die sich über seinem Gesäß spannte, und die rhythmische Bewegung seiner Hand, die die Hacke hielt, machten ihn in der Dunkelheit sichtbar. Kincaid stieg die Treppe hinunter, durchquerte den Garten und ging neben ihm in die Hocke.

»Sie arbeiten aber lange. Sie haben ja kaum noch Licht.«

Der Major hieb ein letztes Mal mit der Hacke in die Erde, dann setzte er sich zurück und stemmte die Hände auf die Knie. »Das ist das Unkraut. Um diese Jahreszeit kommt man kaum nach. Das überwuchert alles, wenn man nicht jeden Tag jätet.«

Kincaid nickte. »Haben Sie einen Moment Zeit für mich? Ich hätte Sie gern gesprochen.«

Zum erstenmal sah der Major ihn an. »Aber natürlich. Ich will mich nur ein bißchen säubern.« Er stand auf. Seine Kniegelenke knackten hörbar.

Kincaid folgte ihm und wartete, während er im Schuppen unter der Treppe seine Hacken säuberte. Dann folgte er ihm in die Küche und wartete wieder, während sich der Major die Hände wusch und die Fingernägel bürstete.

Die kleine Küche war blitzsauber und aufgeräumt. Nur ein Beutel Kartoffeln und eine Packung Bier waren auf der Arbeitsplatte.

»Möchten Sie eines?« fragte der Major, während er sich die Hände an einem Geschirrtuch abtrocknete, und als Kincaid nickte, öffnete er zwei Flaschen und warf die Deckel ordentlich in den Mülleimer unter dem Spülbecken. »Das ist der Luxus des Pensionisten«, sagte er, nachdem er getrunken und sich die Lippen geleckt hatte. »Man spart am Nötigsten, um sich dafür ein-, zweimal die Woche ein gutes Bier leisten zu können.« Er lächelte. Die Zähne unter dem Schnauzer waren weiß und kräftig. »Aber das ist mir der Spaß wert.«

Sie gingen in das spartanisch eingerichtete Wohnzimmer. Der Major machte Licht und bedeutete Kincaid, auf dem Sofa Platz zu nehmen, während er selbst sich in einem Sessel niederließ. Das grobe braune Material auf den Armlehnen des Sessels glänzte an einigen Stellen, und das Sitzpolster hatte eine dauernde Mulde. Kincaid stellte sich vor, wie der Major hier Abend für einsamen Abend mit seiner Flasche Bier vor dem Fernsehapparat saß, und mehr denn je graute ihm vor dem Gespräch, das er nun mit ihm führen mußte.

»Major, wie ich gehört habe, haben Sie nach dem Krieg in Indien gedient?«

Der Major betrachtete ihn forschend. »Gehört? Von wem, Mr. Kincaid? Ich glaube nicht, daß ich je darüber gesprochen habe.«

Kincaid, der sich vorkam, als wäre er beim Lauschen ertappt worden, kämpfte den Impuls, sich zu entschuldigen, nieder. »Ich ermittle in einem Mordfall, Major, und so unerfreulich ich persönlich das finden mag, ich muß die Vergangenheit eines jeden überprüfen, der auch nur die geringste Verbindung zu Jasmine Dent hatte. Wir haben uns über Sie informiert. Sie waren zu der Zeit in Kalkutta, als auch Jasmines Familie dort lebte.« Er wartete auf die Explosion, aber es erfolgte keine.

Statt dessen trank der Major einen Schluck Bier und sagte seufzend: »Ja, das ist richtig. Ich hätte es Ihnen selbstverständlich gesagt, wenn ich gewußt hätte, daß es für Sie von Bedeutung ist. Es ist ja sehr lange her.«

»Aber Jasmine haben Sie davon erzählt?«

»Ja. Und ich wünschte, ich hätte es nicht getan.«

»Warum?« fragte Kincaid leise. Er stellte sein Bier auf den Beistelltisch und beugte sich vor. Zum erstenmal bemerkte er die Altersflecken auf den schwieligen Händen des Majors.

»Weil ich ihr nicht die ganze Wahrheit sagen konnte, und dadurch entstand zwischen uns etwas Falsches. Ihr ist es vielleicht nicht aufgefallen, aber ich war danach unfähig, mich wieder gänzlich unbefangen zu fühlen, wenn ich mit ihr zusammen war.« Er machte eine Pause, und als Kincaid nichts sagte, fuhr er fort: »Ich bin ein gläubiger Mensch, Mr. Kincaid, aber ich glaube nicht daran, daß die Sünden der Väter an den Kindern vergolten werden. Ich glaube nicht, daß Gott so ungerecht wäre. Aber ich hatte das Gefühl, daß Jasmine es anders sehen und die Schuld auf sich nehmen würde, und sie hatte doch weiß Gott schon genug gelitten, das arme Ding.« Er trank sein Bier aus, hielt die leere Flasche hoch und sah Kincaid mit hochgezogener Augenbraue an.

Kincaid schüttelte den Kopf. »Nein, danke.« Er wartete, bis der Major mit einer neuen Flasche aus der Küche wiederkam, und sagte: »Welche Schuld hätte Jasmine auf sich genommen, Major?«

Der Major blickte auf seine Bierflasche, die er sachte zwischen den Fingern hin und her drehte. »Haben Sie eine Ahnung, was neunzehnhundertsechsundvierzig in Kalkutta los war, Mr. Kincaid?« Er sah auf, und Kincaid sah, daß seine hellen blauen Augen blutunterlaufen waren. »Die Moslems, die die staatliche Trennung wollten, griffen Hindus an und töteten sie, und die Unruhen, die darauf folgten, breiteten sich wie ein Feuer in der ganzen Stadt aus. In den Geschichtsbüchern wird von den ›Calcutta Killings‹ gesprochen.« Er prustete voll spöttischer Verachtung. »Das klingt nach Banküberfall oder einem Amokläufer in einem Supermarkt.« Mit einem zornigen Kopfschütteln sagte er: »Sie haben keine Ahnung. Ich denke mir, daß Sie im Rahmen Ihrer Arbeit genug Greuel zu sehen bekommen, aber ich wünsche Ihnen, daß Sie nie das erleben, was wir damals erlebt haben. Als es endlich vorbei war, lagen sechstausend Tote auf den Straßen. Sechstausend Tote, die langsam verwesten oder in den Feuern verbrannten, die tagelang schwelten. Der Geruch war überall. Er legte sich einem auf die Haut, auf die Zunge und hängte sich in der Nase fest.« Er trank von seinem Bier, so tief, als hoffte er, damit die Erinnerung an diesen Geruch wegzuwaschen.

»Aber Jasmine war damals noch ein Kind«, warf Kincaid ein. »Weshalb hätte sie sich schuldig fühlen sollen?«

»Jasmines Vater war ein kleiner Beamter, ein Schreibstubenmensch, der in dem Ruf stand, nicht besonders tüchtig zu sein. Ihm wurde die Evakuierung eines kleinen Wohngebiets anvertraut.« Der Major trank wieder einen Schluck, und Kincaid meinte zu hören, wie sich seine Rede zu verwischen begann. »Es wurde eine Katastrophe. Nur ganz wenige Familien entkamen, ehe die aufgebrachten Massen in die Straßen stürmten. Ich habe mich später gefragt, ob er nur an seine eigene Familie gedacht und die vorgezogen hat oder ob er schlicht und einfach den Schwanz eingezogen und Fersengeld gegeben hat, ohne sich um irgendwas zu kümmern.«

Kincaid wartete schweigend auf die nächsten Worte. Er konnte sich jetzt denken, was kommen würde.

»Ich habe drei Tage gebraucht, um meine Frau und meine kleine Tochter zu finden, und dann habe ich sie nur noch an den Kleidern erkannt. Ich will Ihnen nicht schildern, was man ihnen vor ihrem Tod angetan hatte – es ist unvorstellbar. Selbst heute noch.« Die Augen des Majors waren stark gerötet, aber er sprach immer noch langsam und nachdenklich. »Ich dachte mir nichts, als Jasmine hier einzog. Dent ist schließlich ein relativ häufig vorkommender Name. Erst als sie anfing, mir aus ihrer Kindheit zu erzählen, wurde mir klar, wer sie sein mußte.« Er lächelte. »Anfangs dachte ich, jemand da oben«, er verdrehte die Augen zur Zimmerdecke, »wolle mir einen Streich spielen. Aber je näher ich sie dann kennenlernte, desto häufiger fragte ich mich, ob sie mir vielleicht als Ersatz für meine eigene Tochter gesandt worden sei. Ich bin schon ein alberner alter Knacker.« Seine Worte waren jetzt wirklich nicht mehr deutlich. Dann sah er Kincaid direkt in die Augen und sagte etwas artikulierter: »Verstehen Sie jetzt, daß ich das Jasmine niemals hätte sagen können, Mr. Kincaid? Ich hätte ihr um keinen Preis weh tun wollen.«

Kincaid trank den letzten Schluck Bier und stand auf. »Ich danke Ihnen, Major. Es tut mir leid.«

Er ging hinten hinaus, stieg die Treppe zu Jasmines Wohnung hinauf und blieb oben einen Moment stehen, um in den

Garten zu blicken. Die Rosen des Majors waren nur noch als dunkle Schatten sichtbar. Rosen zur Erinnerung an Jasmine und vielleicht auch an seine Frau und seine Tochter, die schon so lange tot waren. Kincaid war überzeugt, daß der Major den Schmerz über ihren Tod sein Leben lang mit sich herumgeschleppt hatte. Vielleicht hatte die Freundschaft mit Jasmine ihm endlich erlaubt, ihn langsam loszulassen.

In dem Haus hinter dem Garten gingen die Lichter an. Durch die Fenster wirkten die erleuchteten Räume so scharf und klar wie ein Bühnenbild, und Kincaid fragte sich flüchtig, welche geheime Verzweiflung die Bewohner wohl hinter der Fassade ihrer Alltagspersönlichkeit verbargen. Jemand zog die Vorhänge zu, und der Blick in diese unbekannten Leben verdunkelte sich so rasch wie er sich gezeigt hatte. Kincaid ging fröstelnd ins Haus.

»Ich habe mein Leben damit zugebracht, auf Dinge zu warten, die niemals geschahen, und nun merke ich, daß ich auf das eine, das endlich und unvermeidlich kommen wird, nicht warten kann.

Ich habe Angst. Felicity hat mir gesagt, daß der Tumor, wenn er weiter so wächst, mir die Rippen brechen kann und daß dann selbst das Morphium den Schmerz nicht mehr lindern wird. Es ist schon jetzt so, daß es jeden Tag schwieriger wird, feste Nahrung zu schlucken, und ich kann den Gedanken an eine Magensonde, an völlige Hilflosigkeit, wie ein Säugling gefüttert und gebadet zu werden, nicht aushalten.

Merkwürdig, wie das Leben einen immer wieder an den Ausgangspunkt zurückführt. Es entbehrt nicht einer gewissen Ironie, daß Felicity der einzige Mensch ist, der mir gegenüber stets absolut ehrlich ist. Obwohl Meg meine Krankheit wie ein Stiefkind akzeptiert hat, das sie in allen seinen Aspekten fasziniert, versucht sie dennoch, mich vor dem zu schützen, was kommen wird. Kann ich darauf zählen, daß sie mir helfen wird?

Ich brauche Megs Hilfe nicht. Das ist nur Schwäche. Das Alleinsein wird mir dadurch auch nicht erspart, aber wenigstens werde ich vorbereitet sein, dem Tod ins Auge sehen, anstatt mich hinterrücks von ihm überraschen zu lassen.

Arme Meg. Was wird sie tun, wenn sie sich nicht mehr um mich kümmern kann? Oder wenn ich mich nicht mehr um sie kümmern kann.

Soll ich von Theo Abschied nehmen? Nein. Das ist wieder eine Schwäche von mir. Für ihn ist es besser, wenn er mich so in Erinnerung behält, wie ich war. Und ich will gar nicht wissen, ob sein Geschäft geht – ich würde es ihm sofort vom Gesicht ablesen, wenn nicht, und diese letzte Frist ist das einzige, was ich ihm noch geben kann. Von nun an wird er allein fertigwerden müssen.

Ach, wie meine Welt geschrumpft ist – auf die vier Wände meiner Wohnung, den Blick von der Gartentreppe. Und welche Bedeutung die Menschen angenommen haben, die durch meine Tür kommen. Ihre Besuche sind das Zeitmaß meiner Tage: Felicitys Sachlichkeit am Morgen; Megs Atemlosigkeit mittags; das tröstliche Schweigen des Majors zum Nachmittagstee, und Duncan – Duncan ist wohl das Dessert. Ganz gleich, wie ich mich den ganzen Tag gefühlt habe, wenn er abends kommt, finde ich die Kraft zu reden, zuzuhören, zu lachen. Er kann nicht ahnen, wie sehr er mein Leben verändert hat, aber ich habe Angst, wenn ich es ihm sage, würde es die Unbefangenheit zwischen uns zerstören.

Sidhi sieht mir beim Schreiben zu. Ab und zu schlägt er mit einer Pfote nach dem Füller. Auch wieder eine dieser albernen menschlichen Tätigkeiten, denkt er bestimmt, so unverständlich und faszinierend wie das Umblättern in einem Buch. Ehe ich es mir recht überlege, denke ich daran, wie sehr er mir fehlen wird. Absurd. Mir wird nichts und niemand fehlen.«

Er klappte das letzte Tagebuch zu und legte es wieder in den Schuhkarton. Auf dem niedrigen Tisch vor der Couch stand ein Glas Wein – er hatte es über seiner Lektüre ganz vergessen.

Die letzte Eintragung im letzten Heft stammte aus der Woche vor Jasmines Tod; sie war die letzte Seite des Hefts.

Kincaid stand auf und streckte sich. Er trank einen Schluck von dem Wein und trug das Papier, in das seine Crêpes eingewickelt gewesen waren, in die Küche. Nachdem er Jasmines Wohnung verlassen und nach oben gegangen war, hatte er Jeans und Pulli angezogen und war den Rosslyn Hill hinauf zum Crêpe-Stand gegangen. Der junge Mann in der Bude hantierte mit der Fingerfertigkeit eines Taschenspielers. »Schinken? Käse? Pilze? Oder vielleicht was anderes?« hatte er gefragt, ohne daß davon seine Konzentration oder die Geschmeidigkeit seiner Bewegungen beeinträchtigt worden wäre. Kincaid hatte ihm zugesehen und dem Häagen-Dazs bewußt den Rücken gekehrt, um nicht an Jasmine und Rumeis mit Rosinen zu denken.

Jetzt wusch er sein Glas aus und blieb unschlüssig in seiner Küche stehen. Er war müde vom vielen Autofahren an diesem Tag, aber zu aufgedreht, zu unruhig, um an Schlaf zu denken. Nach einer Weile nahm er seinen Schlüssel und ging zu Jasmines Wohnung hinunter.

Er hatte, als er zuvor weggegangen war, eine Lampe für Sid angelassen, obwohl er wußte, wie albern das war; Katzen können auch in der Dunkelheit sehen. Und ein Trost war Sid der vertraute Lichtschein sicher nicht.

Alles sah so aus wie vorhin, als er gegangen war; sah so aus wie es vor einer Woche ausgesehen hatte, als er und Gemma die Wohnung von oben bis unten durchsucht hatten. Dennoch begann er noch einmal, hob die Matratze auf dem Krankenhausbett hoch, schob seine Hand unter die Polster der Sessel, hinter die Bücherreihen auf den Regalborden. Er ging weiter zum Sekretär, durchsuchte jede Nische und jeden Winkel so sorgfältig wie beim erstenmal.

Was sich so im Leben eines Menschen alles ansammelt, dachte er, während er die Dinge betrachtete, die kunterbunt durcheinander in der obersten Schublade lagen. Alte Theaterkarten, vergilbte Visiten- und Geschäftskarten, Quittungen für Dinge, die vor langer Zeit gekauft und längst vergessen worden waren, und dies alles gemischt mit einem Durcheinander von Kugelschreibern, Bleistiftstummeln und Zetteln.

Was würde er in seiner Wohnung hinterlassen, wenn er morgen von einem Bus überfahren werden sollte? Was würde ein Fremder mit seiner verstaubten Sammlung von Science-Fiction-Taschenbüchern anfangen, mit den Schallplatten der sechziger und siebziger Jahre, von denen er sich nicht trennen konnte, obwohl er gar keinen konventionellen Plattenspieler mehr hatte?

Was würde man mit den Hochzeitsfotos anfangen, die ganz hinten in seiner Schreibtischschublade lagen? Was würde ein fremder Betrachter von Vic mit dem zarten, blonden Haar und dem blassen, unschuldigen Gesicht halten? Von jener Vic, die sein Vertrauen und seinen naiven Glauben an das Gute im Menschen tief erschüttert hatte? Wahrscheinlich sollte er ihr dafür danken – Naivität und Vertrauen in die Menschen wären einem jungen Polizisten, der Karriere machen wollte, sicher nicht dienlich gewesen.

Was von den Schulzeugnissen und Zeichnungen, Hausarbeiten und Rugby-Trophäen, die seine Mutter in der Mansarde ihres Hauses in Cheshire gesammelt hatte? Was hatte Jasmine mit den Andenken aus ihrer Kindheit getan? Er hatte keine Fotos oder Briefe gefunden, nichts aus den Jahren in Indien und Dorchester. Außer den Tagebüchern.

Er ging ins Schlafzimmer. Jasmines seidene Umhänge streiften weich seine Finger, als er in die Tiefen ihres Kleiderschranks griff. Auf der einen Seite hingen Kostüme und Kleider. Auf ihren Schultern hatte sich, ebenso wie auf den ordentlich aufgereihten Schuhen auf dem Boden des Schranks, eine feine Staubschicht abgesetzt.

Er fand nichts. Er setzte sich auf den kleinen Hocker vor dem Toilettentisch und starrte sein Bild im Spiegel an. Das Licht der Lampe auf der rechten Seite des Tisches warf Schatten, die ihm die Flächen und Kanten seines Gesichts fremd machten und seine Augen im Dunkel ließen. Er zwinkerte einmal und strich sich das Haar aus der Stirn. Dann zog er die mittlere Schublade auf. Die Art und Weise, wie Frauen mit Kosmetika umgingen, verblüffte ihn immer wieder. Selbst Frauen, die wie Jasmine in jeder anderen Hinsicht ausgesprochen ordentlich waren, schienen unfähig, mehr zu tun, als das allgemeine Chaos auf ein bestimmtes Gebiet zu beschränken. Und niemals schienen sie wegzuwerfen, was sie nicht mehr brauchten. Jasmines Schublade war da keine Ausnahme. Fast leere Döschen mit Cremerouge und Lidschatten, Lippenstifte, die bis zum Rand der inneren Hülse hinunter geschrumpft waren, Bürstchen und Schwämmchen, und das alles mit einem feinen Film Gesichtspuder bestäubt. Er schnupperte. Von irgendwo stieg der Duft auf, den er mit Jasmine assoziierte: exotische Blüten mit einer Spur von Moschus. Es erinnerte ihn beinahe an Weihrauch.

Er hob die Unterröcke und Nachthemden in der unteren Schublade heraus, als er gegen etwas Hartes stieß. Aufgeregt griff er zu und war beinahe enttäuscht, als er sah, daß das Objekt kein Tagebuch, sondern eine gerahmte Fotografie war. Neugierig drehte er sie herum.

Sie war auf den ersten Blick zu erkennen. Als er am Tag zuvor an Briantspuddle vorbeigefahren war und sich vorgestellt hatte, eine zwanzigjährige Jasmine träte aus ihrem Haus, hatte er sie genau so gesehen – mit langem, dunklen Haar, das das zarte, olivgetönte Oval ihres Gesichts umgab. Sie wirkte entspannt, ernst bis auf den Anflug eines Lächelns um die

Mundwinkel und in den dunklen Augen, die ihn direkt ansahen.

Vorsichtig stellte er das Bild auf den Toilettentisch, Jasmines Gesicht neben das Spiegelbild seines eigenen. Gemma hatte dieses Zimmer genau durchsucht – sie mußte die Fotografie gefunden haben. Er fragte sich flüchtig, warum sie sie ihm nicht gezeigt hatte.

Als er mit dem Toilettentisch und der Kommode fertig war, sah er noch unter das Bett und in die Schublade des Nachttischs, aber er fand nichts weiter.

Als er wieder ins Wohnzimmer kam, lag Sid zusammengerollt auf der leuchtenden Tagesdecke über dem Bett. Er hatte den Kater so oft an dieser Stelle liegen sehen, zu einem kleinen schwarzen Knäuel zusammengerollt, an Jasmines Hüfte oder Oberschenkel geschmiegt.

Kincaid setzte sich auf die Bettkante und drückte auf den Knopf, um das Kopfende anzuheben. Dann lehnte er sich in die Kissen zurück. Er hatte plötzlich heftige Schmerzen in der Brust. Er schloß die Augen und grub seine Finger in Sids dichtes Fell.

19

Meg nahm den Gepäckschein entgegen und steckte ihn in ihre Handtasche. Achtzehn Monate ihres Lebens waren in einem einzigen abgeschabten Lederkoffer und einem Matchsack verstaut, die jetzt sicher in der Gepäckaufbewahrung lagen. Es hatte sie überrascht, wie groß und kahl das möblierte Zimmer ohne ihre Sachen ausgesehen hatte.

Auf dem Weg zum Bahnhof hatte sie mit großer Genugtuung einen Kündigungsbrief an die Baubehörde zur Post gebracht; der Abschied von ihrer Wirtin hatte allerdings nicht ganz ihren Erwartungen entsprochen. Ein Ausdruck, den Meg vielleicht als Bedauern bezeichnet hätte, flog über Mrs. Wilsons feistes Gesicht, ehe sie sagte: »Na, dieser Roger wird mir nicht fehlen, das sag' ich Ihnen. Hören Sie auf mich, Kind, Sie sind ohne den besser dran.«

Meg war selbst schon zu diesem Schluß gekommen, aber die Konsequenz daraus zu ziehen, war nicht einfach. Die ganze Nacht hatte sie in ihrem schmalen Bett wach gelegen und nachgedacht, Pläne geschmiedet, versucht, sich eine Zukunft vorzustellen, in der sie ihr Leben selbst in die Hand nahm.

Und am Morgen hatte sie einen Entschluß gefaßt. Nun brauchte sie nur noch den Mut, ihn in die Tat umzusetzen. Sie wußte, sie würde es nicht schaffen, Roger allein gegenüberzutreten, aber gegenübertreten mußte sie ihm. So hatte sie schließlich einen Kompromiß geschlossen und zuerst alle anderen Brücken hinter sich abgebrochen, um dafür zu sorgen, daß es kein Zurück mehr gab.

Vom Bahnhof aus nahm sie den Bus bis Shepherd's Bush und ging das letzte Stück bis zum *The Blue Angel* zu Fuß. Rogers Freund Jimmy arbeitete in einer Tankstelle in der Nähe, und sie wußte, daß Roger mittags oft in dem Pub war. Sie hoffte, sein Stolz würde ihn daran hindern, ihr im Beisein seiner Freunde nachzulaufen, wenn sie ihm gesagt hatte, was sie sich vorgenommen hatte.

Dennoch blieb sie vor der Tür des Pubs stehen. Sie hatte Magenschmerzen vor Angst, und ihr Atem kam in kurzen Stößen. Zwei Männer stürmten heraus und stießen sie beinahe um. Meg wich zurück. Dann fuhr sie sich mit den Fingern durch ihr Haar und öffnete die Tür.

Drinnen war es verqualmt und laut. Im Gedränge an der Tür stellte sie sich auf Zehenspitzen und blickte suchend von einem vollbesetzten Tisch zum anderen. Zuerst entdeckte sie Jimmy, dann Matt mit seinem hellen blonden Haar und herabhängenden Schnauzbart und schließlich Roger, der mit dem Rücken zu ihr saß. Die Menge teilte sich nicht wie das Rote Meer, als sie sich durchdrängte – beinahe hätte sie gelacht, als ihr dieser Vergleich in den Kopf kam, und sie war verwundert über dieses merkwürdige Gefühl der Beschwingtheit, das sie empfand.

Matt sah sie, noch ehe sie den Tisch erreicht hatte, und sagte auf gewohnt spöttische Art: »Hey, Rog, da kommt dein Hase.« Aber ausnahmsweise machte es ihr gar nichts aus. Jimmy lächelte sie an – er war eigentlich gar nicht so übel –, und Roger drehte sich mit ausdrucksloser Miene nach ihr um.

»Roger, kann ich dich kurz sprechen?« Ihre Stimme war ruhiger, als sie erwartet hatte.

»Bitte.«

Sie sah Jimmy und Matt an. »Ich meine, allein.«

Roger verdrehte genervt die Augen. Nirgends war ein Tisch frei, jede Bank und jeder Stuhl waren besetzt. Er sah seine Freunde an und wies mit einer Kopfbewegung zum Tresen. »Holt uns inzwischen noch ein Bier, okay?«

Sie gingen, und Meg zwängte sich an einer dicken Frau am Nebentisch vorbei und setzte sich auf die Bank, die die beiden Männer freigemacht hatten.

Roger ging auf sie los, noch ehe sie Atem holen konnte. Er schob seinen Bierkrug zur Seite, um sich über den Tisch beugen zu können, und zischte: »Was zum Teufel fällt dir ein, einfach hier aufzukreuzen und mich vor meinen Kumpeln lächerlich zu machen, du blödes Lu...«

»Roger, ich gehe. Ich...«

»... will ich hoffen. Und laß dich ja nicht...«

»Roger. Es ist aus. Ich mache Schluß. Ich habe meine Arbeit gekündigt. Ich habe mein Zimmer aufgegeben. Ich habe an Superintendent Kincaid geschrieben und ihm mitgeteilt, wo er mich gegebenenfalls erreichen kann. Ich wollte mich nur von dir verabschieden.«

Zum erstenmal, seit sie ihn kannte, sah sie ihn sprachlos. Offenen Mundes starrte er sie an, unfähig, ein Wort hervorzubringen.

Nach einer Weile schloß er den Mund, öffnete ihn wieder und sagte: »Was soll das heißen, du gehst? Das kannst du nicht.«

Meg spürte, wie sie zu zittern begann, aber sie klammerte sich an das Gefühl von Macht, das sie durchflutet hatte. »O doch, ich kann.«

»Und was ist mit dem Geld?« sagte er, sich wieder über den Tisch neigend. »Wir hatten doch ausgemacht...«

»Ich hatte gar nichts ausgemacht. Und du bekommst nicht einen Penny davon. Du hast ihr den Tod gewünscht. Hast du nachgeholfen, Roger? Ich weiß nicht, was du getan hast, aber mit mir kannst du nicht mehr rechnen.«

Er riß ungläubig die Augen auf. »Du willst mich hinhängen, du Luder? Du...« Er brach ab, holte tief Luft und schloß die Augen. Als er sie öffnete, hatte er sich wieder im Griff. »Denk mal nach, Meg. Denk mal drüber nach, wie sehr ich dir fehlen werde.« Er hob die Hand und strich ihr mit einem Finger über die Wange.

Sie riß ihren Kopf zurück und wandte ihr Gesicht von ihm ab.

»Aha, so ist das also«, sagte er, die Stimme wieder voller Gift. »Na, dann lauf doch heim zu Mami und Papi. 'ne andre Möglichkeit hast du doch sowieso nicht. Tagsüber kannst du in Papis Tankstelle arbeiten und dich von jedem dicken alten Kerl betatschen lassen, der vorbeikommt, und abends darfst du die Bälger deiner Schwester hüten – viel Spaß dabei. Und deinem heißgeliebten Superintendent Kincaid kannst du meinetwegen erzählen, was du willst, weil die mir nämlich überhaupt nichts anhängen können.« Rogers Lächeln hatte nichts Sympathisches. »Der Superintendent würde dir gefallen, was, Meg? Ich hab' schon bemerkt, wie du ihn angeschaut hast. Tja, aber der ist für dich leider unerreichbar, Schätzchen, und du bist noch naiver als ich gedacht habe.«

Meg spürte, wie ihr heiße Röte ins Gesicht schoß, aber sie war entschlossen, sich nicht von ihm reizen zu lassen. Sie stand auf und zwängte sich am Tisch vorbei in den Gang. Sie blieb so dicht vor Roger stehen, daß sein Arm ihren Oberschenkel streifte, wenn er sich bewegte. Sie sah in sein Gesicht hinunter und nahm die Furcht hinter seiner Großspurigkeit wahr. »Du auch«, sagte sie nur und wandte sich ab.

»Danke, Charlie«, sagte Meg zu dem Fahrer, als der Bus in Abinger Hammer anhielt. Es war die Linie Dorking-Guildford, die täglich fuhr, und der Fahrer gehörte zu den Stammkunden ihres Vaters. Sie winkte, als die Tür sich hinter ihr schloß, und sah dem Bus nach, bis er um die Straßenbiegung verschwunden war.

Der Laden war auf der anderen Straßenseite, genauso wie

sie ihn in Erinnerung hatte. Sie wischte sich mit den Händen über ihren Mantel, als sie einen Fleck entdeckte. Wahrscheinlich von der Limonade, die sie im Zug von London nach Dorking getrunken hatte. Zu Hause hatte sie nur ganz kurz Station gemacht – sie hatte ihr Gepäck in ihr früheres Zimmer gebracht, den Tee, den ihre Mutter ihr angeboten hatte, dankend abgelehnt und keine Fragen beantwortet. »Später, Mama. Jetzt muß ich erst noch was erledigen.«

Bei der Erinnerung an den erstaunten Ausdruck auf dem Gesicht ihrer Mutter mußte sie lächeln. Keiner in der Familie hätte je erwartet, daß die dumme kleine Meg ihren eigenen Kopf, eigene Pläne haben könnte.

Langsam ging sie über die Straße und blieb vor dem Laden stehen. Licht schimmerte durch die Fensterscheiben, doch drinnen war alles still. Ihr Herz klopfte heftig, und ihre Finger zitterten, als sie den Türgriff berührten. Irgendwo in den Tiefen des Ladens bimmelte ein Glöckchen, als sie eintrat. Niedergeschlagenheit bemächtigte sich ihrer, als sie das wirre Durcheinander von wertlosem alten Trödel im Laden sah. Alte landwirtschaftliche Geräte, Porzellan, ein Schaukelpferd, modrige alte Bücher, keine Ordnung, kein System, und über allem lag eine Aura von Vernachlässigung.

Doch als sie langsam und vorsichtig durch den engen Gang ging, sich die einzelnen Gegenstände ansah, sie berührte, zeigten sich erste Möglichkeiten. Sie war niedergekniet, um die Hand in einen Korb mit alten Knöpfen zu tauchen, als eine Tür geöffnet wurde, und sie Theos Stimme hörte. »Kann ich Ihnen – Margaret!«

Sie richtete sich auf, einen silbernen Knopf noch in der Hand. »Hallo, Theo. Nennen Sie mich doch Meg. Jasmine hat mich auch so genannt.«

»Was tun Sie ... Ich meine, ich freue mich natürlich, Sie zu sehen. Ich hatte nur nicht erwartet ...«

»Ich bin hergekommen, weil ich Ihnen einen Vorschlag

machen möchte.« Sie hatte zwar das Gefühl, daß ihre Stimme zitterte, aber sie schien ganz normal zu klingen, darum holte sie nur kurz Luft und sprach weiter: »Können wir uns hier vielleicht irgendwo unterhalten?«

Theo schien sich gefaßt zu haben. »Natürlich. Wir können nach oben gehen.«

»Was Besonderes ist es nicht«, sagte er, ihr vorausgehend. »Ich habe mich wohl im Lauf der Jahre daran gewöhnt, aus Kartons zu leben. Das Notwendigste eben.«

Meg betrachtete den Lehnstuhl und das Feldbett, die Kartons und die Kochplatte. »Ich weiß«, sagte sie in Gedanken an ihr möbliertes Zimmer. »Aber Sie haben es sich doch ganz gemütlich gemacht.«

»Kommen Sie, setzen Sie sich.« Er führte sie zum Lehnstuhl. »Ich mache uns eine Tasse Tee.«

Sie sah zu, wie er in dem Alkoven, der als Küche diente, den elektrischen Wassertopf füllte. Sie war plötzlich nicht fähig, auch nur ein Wort zu sprechen. Lieber Gott, wie war sie nur auf diese hirnrissige Idee gekommen? Bestenfalls würde er sie auslachen, schlimmstenfalls mit wohlverdienter Verachtung zurückweisen – und wie würde sie dann dastehen? Auch nicht schlechter als vorher, sagte sie sich fest.

Theo servierte den Tee auf einem Lacktablett mit Porzellantassen und dazu passenden Milchkännchen und Zuckerdose. »Manchmal behalte ich schöne Stücke einfach für mich«, sagte er, als er ihr Gesicht sah. »Das ist Coalport. Ich habe dieses Muster immer geliebt, und es ist wenigstens so alltäglich, daß es keinen unermeßlichen Wert hat.«

Das Porzellan schien alles Licht in dem kahlen Raum auf sich zu ziehen, und das in Kobaltblau und Rostrot gehaltene Muster ineinander verschlungener Blätter und Drachen erinnerte Margaret an Jasmine.

»Jasmine hat ihren Geschmack am Exotischen auch nie verloren.«

Theo sprach erst, nachdem er ihr eingeschenkt und sich eine Sitzgelegenheit herangezogen hatte. »Nein«, sagte er, »und zum Teil war das Affektiertheit und Eitelkeit. Weil es sie zu etwas Besonderem machte.« Er lächelte. »Ich hingegen wollte nie etwas Besonderes sein, aber für mich haben Dinge, die mich an meine Kindheit erinnern, wahrscheinlich etwas Gemütliches und Tröstliches.«

»Sie haben Ihre Mutter nicht gekannt, nicht wahr?«

»Nein. Nur Jasmine.« Die Tasse in der Schwebe haltend, starrte er auf einen Punkt hinter Megs Kopf. »Es ist merkwürdig, aus der Perspektive des Erwachsenen auf die eigene Kindheit zurückzublicken. Jasmine war erst fünf Jahre alt, als unsere Mutter bei meiner Geburt starb. Ich erkenne heute, daß sie, indem sie die ganze Verantwortung für mich übernahm, auf ihre eigene kindliche Art versucht hat, mit dem Schmerz und dem Verlust fertigzuwerden, aber mir schien ihre Fürsorge damals das Natürlichste auf der Welt zu sein. Ich glaubte, alle Familien wären so wie unsere.«

Er trank von seinem Tee und stellte die Tasse wieder auf die Untertasse.

Meg nahm all ihren Mut zusammen. »Theo. Ich bin wegen Jasmine hergekommen.« Als sie sah, daß er eine Frage stellen wollte, sprach sie hastig weiter. »Oder genauer gesagt, wegen Jasmines Geld. Ich würde Ihnen hier im Laden gern unter die Arme greifen.«

Er schüttelte den Kopf, noch ehe sie fertiggesprochen hatte. »Das kann ich nicht zulassen. Das wäre nicht recht. Jasmine hat das getan, was sie für uns beide für das beste hielt und ...«

»Theo, ich spreche nicht von einem Darlehen. Ich möchte mich an dem Geschäft beteiligen und hier mitarbeiten. Wenn ich die Wohnung verkauft habe, kann ich etwas Kapital einbringen, und ich bin eine gute Rechnerin. Ich glaube, wir könnten ...« Sie brach plötzlich ab. Sie kam sich vor wie eine

Idiotin. Theos Mund war zu einem O der Verblüffung geöffnet, so daß er mehr denn je einem Teddybär ähnelte. »Tut mir leid. Das war eine dumme Idee.« Sie trank ihren Tee aus und stand auf, froh, daß sie ihren Mantel gar nicht erst ausgezogen hatte. »Danke für den ...«

»Warten Sie, Meg!« Theo sprang so hastig auf, daß er an den Tisch stieß, und der Tee in seiner Tasse überschwappte. Er berührte ihren Arm. »Es ist Ihnen wirklich ernst, nicht?«

Sie nickte nur.

»Anfangs dachte ich, Sie machten einen Scherz. Sie würden wirklich hier mitarbeiten wollen?« Sein Ton verriet seine Ungläubigkeit, und als sie wieder nickte, sagte er: »Aber warum? Was ist mit Ihrer Stellung? Mit Ihrem Leben in London?«

Er meint Roger, dachte sie, und ist zu taktvoll, es zu sagen. »Meine Stellung habe ich aufgegeben. Und Jasmine war der einzige Mensch in meinem Leben, der mir wirklich wichtig war.« Sie bemühte sich, ihm begreiflich zu machen, daß sie selbst nicht recht wußte, wie sie zu ihrem Entschluß gekommen war. Ohne sich dessen bewußt zu sein, setzten sie sich beide wieder. »Ich war unwichtig, Theo. Jeder hätte meine Arbeit tun können, jeder hätte mein Zimmer mieten können – und Roger findet bestimmt sehr schnell einen Ersatz für mich. Meine Eltern haben sich beschwert, als ich weggegangen bin, weil ich ihnen als Arbeitskraft fehlte, aber nicht, weil sie *mich* vermißten.

Ich möchte ...« Sie sah auf ihre Hände hinunter, die ihm geöffnet entgegengestreckt waren. Sie ballte sie plötzlich zu Fäusten und drückte sie in ihren Schoß. »Ich kann nicht ...«

»Sie brauchen es nicht zu erklären.« Theo lächelte, und sie las in diesem Lächeln Verständnis, aber kein Mitleid. »Ich mache uns noch eine Kanne Tee, ja? Ich habe vorhin die Plätzchen vergessen.« Er sammelte das Geschirr ein, und als er schon auf dem Weg zur Kochnische war, schien ihm plötzlich ein Gedanke zu kommen. Er blieb stehen und drehte sich um. »Sagen Sie, Meg, Sie mögen nicht zufällig alte Filme?«

Er hatte die Samstagsarbeiten alle erledigt – die Wohnung saubergemacht, die Wäsche zum Waschsalon in der East Heath Road gebracht, eingekauft, ja, er war sogar mit Eimer und Schwämmen hinuntergegangen und hatte den Midget gewaschen. Einen herrlicheren Frühlingstag konnte man sich nicht vorstellen – ein Tag für eine Landpartie, ein Cricket-Match, ein Picknick am Serpentine-Teich –, doch Kincaid stand in seinem pieksauberen Wohnzimmer und starrte die Schuhschachtel an, die noch immer beinahe anklagend auf seinem Couchtisch stand. Unter der Trauer, die ihn den ganzen Morgen begleitet hatte, lag das Wissen, daß ihm gestern etwas entgangen war. Eine Verbindung, ein Wort, eine Erinnerung schlummerte in seinem Hirn und wartete auf das Stichwort, um ihm den Weg ins Bewußtsein zu öffnen. Er wußte, daß er es nicht forcieren konnte; aber er konnte auch nicht lockerlassen.

Er ging nach unten, schlug das Verdeck des Midget zurück und fuhr zum Yard.

Es war still im Korridor, es fehlte das wochentägliche Stimmengewirr und Maschinengeklapper. Er winkte grüßend in die wenigen besetzten Büros und stieß die Tür zu seinem eigenen auf. Sein Schreibtisch war schon besetzt. Ein kupferroter Kopf neigte sich über irgendwelche Papiere.

»Gemma!«

»Hallo! Ich habe Sie gar nicht erwartet.« Sie lächelte ihm zu, und er fand, sie sähe müde aus und ein wenig blaß.

»Was tun Sie hier?« Er hockte sich auf die Schreibtischkante und sah sie an. Sie hatte zu ihrer Jeans einen blauen Pullover an, über dem ihr Haar leuchtete wie ein neues Pennystück.

Mit einer Handbewegung zu der Akte, sagte sie: »Ich suche die Nadel im Heuhaufen.« Sie schob den Stuhl zurück und legte ihre Füße auf den Griff der untersten Schublade. »Ich habe mich den ganzen gestrigen Tag mit Roger Leveson-Gower, seinen Freunden und seinen Gewohnheiten beschäftigt, und das Ergebnis war gleich Null. Zwei von seinen Kumpeln schwören, daß er bis in die frühen Morgenstunden mit ihnen gesoffen hat und dann vermutlich zu Meg ins Bett gefallen ist. Und ich habe Zeugen gefunden, die das bestätigen.« Seufzend rieb sie sich mit einer Hand das Gesicht. »Und wie war's bei Ihnen?«

»Ein Reinfall.« Ihr Ich-hab's-Ihnen-ja-gleich-gesagt-Gesicht quittierte er mit einem Lächeln. »Und ich habe mit dem Major gesprochen«, fügte er hinzu und wurde sich dabei bewußt, daß es ihm widerstrebte, die Geschichte des Majors zu erzählen. »Meiner Ansicht nach kann er Jasmine nicht getötet haben. Sicher, er hat kein Alibi, aber es gibt andererseits auch keine Indizien, daß er es getan haben könnte.«

»Aber er ist doch früher als sonst von der Chorprobe weggegangen.«

Kincaid zuckte die Achseln. »Wahrscheinlich hat er sich wirklich nicht wohl gefühlt. Ein Zufall.«

Gemma zog die Augenbraue hoch. »Sie haben ihn nicht danach gefragt?«

»Nachdem er mir seine Geschichte erzählt hatte, habe ich das einfach nicht geschafft. Und Zufälle gibt es nun mal, auch wenn sie einem manchmal gar nicht gelegen kommen«, fügte er ein wenig gereizt hinzu.

»Wir kommen nicht weiter, und Ihnen ist doch klar, daß der Chef uns nicht mehr lang tatenlos zusehen wird. Unsere übrigen Fälle sind in der vergangenen Woche viel zu kurz gekommen.« Sie rückte den Sessel wieder an seinen Platz. »Es ist komisch, wissen Sie, aber ich merke plötzlich, daß mir diese Sache sehr am Herzen liegt – ich habe das Gefühl,

Jasmine ist mir durch Sie, durch Meg und die anderen nahegekommen, und der Gedanke, daß ihr Tod unter den ungelösten Fällen ad acta gelegt werden könnte, paßt mir überhaupt nicht.«

»Ist über Nacht was Brauchbares hereingekommen?« Er tippte mit dem Zeigefinger auf die aufgeschlagene Akte.

Gemma schüttelte den Kopf. »Allenfalls für Eliminierungszwecke. Es gibt nicht den leisesten Anhaltspunkt dafür, daß Theo Dent an dem Abend von Jasmines Tod Abinger Hammer verlassen hat, sei es nun mit dem Auto, dem Zug, dem Bus oder dem Fahrrad. Und«, sie ging die losen Blätter durch, »wir haben eine Antwort von der Pflegeschule in Dorchester, bei der Felicity Howarth ihre Spezialausbildung bekommen hat. Alles bestens, ›eine hervorragende Schülerin‹, wie der Schulleiter geschrieben hat. Ihre Zeugnisse haben sie uns beigelegt.« Gemma runzelte beim Lesen plötzlich die Stirn. »Sie muß zweimal verheiratet gewesen sein. An der Schwesternschule, an der sie ihre erste Ausbildung erhalten hat, hat sie sich als Felicity Jane Heggerty, geborene Atkins, beworben und eine Adresse in Blandford Forum angegeben.« Gemma sah verwundert auf. »Ist das nicht der Ort ...?«

Den Rest hörte Kincaid nicht mehr. Plötzlich sah er die Zusammenhänge mit blendender Klarheit. »Gemma, rufen Sie Martha Trevellyan an und fragen Sie, ob Felicity heute Dienst hat.«

Gemma zog eine Augenbraue hoch, suchte jedoch die Telefonnummer heraus und tat, worum Kincaid sie gebeten hatte. Als sie den Hörer wieder auflegte, sagte sie: »Felicity hat sich krank gemeldet. Martha hat eben erst jemanden aufgetrieben, der für sie einspringt. Sie war ziemlich verärgert, sagte, das sei sonst gar nicht Felicitys Art.«

»Ich glaube, ich fahre gleich mal zu Felicity.«

»Soll ich vorher anrufen?«

Er schüttelte den Kopf. »Nein, besser nicht.«

»Ich komme mit.« Sie stand auf und schlüpfte in die Strickjacke, die sie über die Rückenlehne seines Stuhls gehängt hatte.

Kincaid hielt sie zurück, indem er ihr die Hand auf den Arm legte, als sie um den Schreibtisch herum kam.

»Fahren Sie nach Hause, Gemma. Sie haben schon weit mehr als nötig getan. Verbringen Sie Ihren Samstag mit Toby, wie sich das gehört.« Er lächelte. »Außerdem wäre es klug von Ihnen, sich mit dieser Sache nicht in Verbindung bringen zu lassen. Es ist nämlich sehr wahrscheinlich, daß ich völlig den Verstand verloren habe.«

20

Die Aprilsonne verlieh selbst der verwahrlosten Straße, in der Felicity Howarth wohnte, eine Stimmung festlicher Betriebsamkeit. Die Abfälle waren verschwunden, einige Bewohner wuschen ihre Autos oder arbeiteten in ihren Vorgärtchen.

Kincaid läutete bei Felicity Howarth und wartete, die Hände in den Taschen, bis der letzte Nachhall verklungen war. Dann läutete er noch einmal. Gerade als er die Hand zum dritten Mal zur Glocke hob, wurde die Tür geöffnet.

»Mr. Kincaid!«

»Guten Tag, Felicity. Haben Sie ein paar Minuten Zeit für mich?« Sie sah wirklich krank aus, in einen alten rosaroten Morgenrock gewickelt, dessen Farbe sich mit dem verblichenen Rotgold ihres Haares biß. Ihr Gesicht war ungeschminkt und schlaff vor Erschöpfung.

Sie trat zurück, ohne ein Wort zu sagen, und er folgte ihr in das Wohnzimmer. Sie zog den Morgenrock noch enger um ihren Körper und ließ sich in einen Sessel sinken. Von ihrer sonstigen energischen Resolutheit war nichts zu spüren.

»Ich habe den Pflegedienst angerufen. Martha sagte mir, daß es Ihnen nicht gut geht.«

Ein Moment verging, und er glaubte schon, sie würde nicht antworten, aber dann sagte sie: »Ja, das stimmt. Die arme Martha. Sie war ganz empört, daß ich sie im Stich ließ.«

Kincaid sah sich in dem ordentlich aufgeräumten Zimmer um. Unter dem Schnickschnack, der herumstand, gab es keine Fotos. »Felicity, wie alt ist eigentlich Ihr Sohn?«

»Mein Sohn?« echote sie verblüfft.

»Ja. Ich hörte von Martha Trevellyan, daß Sie einen Sohn haben, der in einem Pflegeheim untergebracht ist.«

»Barry. Er heißt Barry.« Eine Spur Zorn schimmerte durch ihre Lethargie. »Er ist neunundzwanzig.«

»Warum haben Sie uns nicht gesagt, daß Sie aus Dorset stammen? Sie und Jasmine hatten da doch etwas Gemeinsames.«

»Ich habe nicht daran gedacht. Ich lebe seit vielen Jahren in London, und Jasmine und ich haben nie darüber gesprochen.«

»Aber Sie wußten, daß Jasmine in Dorset gelebt hatte, auch wenn Sie nie darüber gesprochen haben.«

Felicity kniff eine Falte ihres Morgenrocks zwischen ihren Fingern zusammen. »Sie wird es wohl erwähnt haben, aber ich kann mich nicht erinnern, daß wir je genauer darüber gesprochen haben. Ich habe viele Patienten, Mr. Kincaid. Ich kann nicht die Lebensgeschichte jedes einzelnen im Kopf behalten.«

Ein kleiner Fehltritt, dachte er, erfreut darüber, sie aus ihrer Apathie gerissen zu haben.

»Aber diese Parallele war doch sicher ungewöhnlich genug, um darüber zu sprechen? Ich meine, in der Zeit, als Sie in Blandford Forum lebten, hat Jasmine in der Anwaltskanzlei am Marktplatz gearbeitet. Kennen Sie die Kanzlei? Gleich neben der Bank. Sie ist heute noch dort.«

Er stand vom Sofa auf und holte sich den Schreibtischstuhl, setzte sich so, daß er Felicity ins Gesicht sehen konnte. Ihre Knie berührten einander beinahe.

»Sagen Sie mir genau, was Ihrem Sohn fehlt, Felicity. Warum ist er in einem Pflegeheim?«

Kincaid hielt den Atem an. Er wußte, daß er nicht den Schatten eines Beweises hatte. Seine Frage beruhte lediglich auf einer wilden Vermutung, die ihm urplötzlich in den Sinn gekommen war.

Felicity starrte auf ihre Hände, die den Stoff des Morgenrocks umkrampft hielten. Dann sah sie auf und blickte Kincaid direkt in die Augen. »Er ist beinahe völlig blind und taub. Er reagiert auf nahezu keinerlei Reize, aber er kennt mich.«

»Martha Trevellyan sagte etwas von einer Verletzung in der Kindheit. Was ist Barry zugestoßen, Felicity?«

»Er hat als Säugling eine schwere Hirnverletzung erlitten. Damals war über derartige Verletzungen so wenig bekannt, daß häufig Fehldiagnosen gestellt wurden.«

Kincaid lehnte sich seufzend zurück. »Ich glaube«, sagte er langsam, »daß Ihnen gar nicht gesagt werden mußte, daß Jasmine aus Dorset kam, weil Sie sich nämlich sehr klar an sie erinnerten. Ich verstehe nur nicht, wieso Jasmine in ihren Tagebüchern nichts davon schrieb, daß sie Sie kannte.«

Felicity stand auf und ging zum Fenster. Seit Kincaids letztem Besuch waren die Büsche im kleinen Garten grün geworden, und im Gras blühten einige späte Narzissen.

»Immer nehm ich mir vor, den Garten in Ordnung zu bringen«, sagte sie, ihm den Rücken zugekehrt. »Aber dann mache ich Überstunden, und an meinen freien Tagen besuche ich Barry und komme nie dazu, etwas im Garten zu tun.«

Kincaid wartete. Nach einem Moment sah er, wie ihre Schultern sich lockerten, und wußte, daß sie ihren Entschluß gefaßt hatte. Sie fuhr zu sprechen fort, als sei sie noch beim selben Thema. »Vielleicht hat sie es als Verurteilung gesehen. Als Strafe. Und anfangs, glaube ich, war sie gar nicht sicher, hat ihrem eigenen Gedächtnis nicht getraut. Ich hatte ja auch einen anderen Namen.« Sie drehte sich zu ihm um, aber da das Licht hinter ihr war, konnte er den Ausdruck ihrer Augen nicht erkennen. »Früher wurde ich Janey genannt – mein erster Mann fand Felicity zu viktorianisch, und ich habe ihm seinen Willen gelassen. Später habe ich ein zweites

Mal geheiratet, und damit änderte sich auch mein Nachname. Es waren immerhin fast dreißig Jahre vergangen, und die Menschen verändern sich auch äußerlich, auch wenn jeder versucht, es zu verhindern.« Sie lächelte dünn.

»Und woher kannten Sie Jasmine?«

Wieder lächelte sie. »Ich schätzte mich glücklich, sie als Babysitterin für Barry gefunden zu haben. Sie war nur zwei Jahre jünger als ich, verantwortungsbewußt, ehrgeizig, fleißig. Sie wollte es zu etwas bringen. An den Abenden und den Wochenenden, wenn sie nicht zum alten Mr. Rawlinson in die Kanzlei mußte, verdiente sie sich gern etwas dazu.«

Sie ging zu ihrem Sessel zurück. Ihr Morgenrock öffnete sich ein wenig, als sie sich setzte, und enthüllte ein Stück Nylonnachthemd.

»Es war ein ganz gewöhnlicher Samstag. Ich war beim Einkaufen gewesen. Jasmine kam mir an der Tür entgegen. Sie war kreidebleich und wie erstarrt vor Angst. Sie sagte, sie hätte den Arzt gerufen, sie glaube, Barry hätte eine Art Anfall. Ich weiß noch, daß ich meine Sachen sehr bedachtsam ablegte, ehe ich zu ihm ging. Er lag steif in seinem Bettchen. Sein Gesicht war verzerrt, und mit den Fäusten beschrieb er kleine Kreise um seinen Kopf.« Sie schwieg, den Blick auf die im Schoß gefalteten Hände gerichtet.

»Felicity ...«

»Es gab nie einen Beweis. Kleinstadtärzte ... niemand konnte mit Gewißheit sagen, was ihm zugestoßen war. Ein Arzt sagte, er habe eine Schädigung dieser Art gesehen, nachdem ein Kind heftig geschüttelt worden war, aber beschwören konnte er es nicht. Aber ich habe Detektiv gespielt.« Sie sah auf und lächelte ihn an. »Sie wären stolz auf mich gewesen. Eine Nachbarin sagte mir, sie habe gesehen, wie Jasmine einen jungen Mann in die Wohnung gelassen hatte und später ein paar Minuten weggegangen sei. Ich habe mich daraufhin bei sämtlichen Geschäften in der Straße erkundigt. Sie hatte in der Apotheke etwas besorgt, um dem Kleinen das Zahnfleisch einzureiben – er zahnte damals gerade und war schrecklich quengelig.

Ich nahm den Bus und fuhr in Jasmines Dorf. Unter einem Vorwand kam ich mit der Postbotin ins Gespräch. Es wurde gemunkelt, Jasmine sei mit einem Jungen befreundet, der nicht ganz richtig im Kopf war.«

»Timmy Franklin?«

Felicity nickte. »Ich habe nie geglaubt, daß Jasmine auch nur daran dachte, er könne Barry etwas antun. Aber sie war verantwortlich für das Wohl meines Sohnes.« Zum erstenmal schien Felicity ihre Sicherheit zu verlieren. »Sie hätte ihn nicht allein lassen dürfen.«

»Was passierte dann?«

»Nichts.« Sie hob die Hände wie zum Zeichen der Niederlage. »Eine Zeitlang glaubten wir, Barrys Zustand würde sich vielleicht bessern. Als klar wurde, daß sich nichts ändern würde, entfernte sich mein Mann noch weiter von mir – er hatte von Anfang an kein Kind gewollt und wußte überhaupt nicht, wie er mit der Sache umgehen sollte. Er blieb gerade solange, bis ich meine Schwesternausbildung abgeschlossen hatte. Zuerst konnte ich Barry zu Hause betreuen lassen, aber das wurde mit der Zeit immer schwieriger, und als wir nach London zogen, mußte ich ihn in ein Pflegeheim geben.«

»Und Jasmine?« fragte Kincaid. »Was wurde aus Jasmine?«

»Sie verschwand. Nicht einmal zur Beerdigung ihrer Tante kam sie zurück. Ich dachte, ich würde sie niemals wiedersehen.«

»Sie haben sie nicht gesucht?«

Felicity schüttelte den Kopf. »Ich glaubte, ich hätte im Lauf der Jahre aufgehört, sie zu hassen. Ich dachte nicht einmal mehr oft an sie. Ich traute meinen Augen nicht, als ich ihren Namen in Marthas Patientenunterlagen sah. Und sie hatte Krebs – wie angemessen. Ich mußte sie sehen. Es ließ mir keine Ruhe.«

»Nach einer Weile muß ihr doch klar geworden sein, wer Sie waren.«

»Aber ich habe nicht darüber gesprochen, und sie auch nicht. Ich dachte, es würde sie quälen, sie an ihrem Verstand zweifeln lassen.« Felicity fröstelte und rieb sich mit beiden Händen die Oberarme. »Das Absurde war, daß sie mir zu vertrauen schien. Sie hat sich ganz auf mich verlassen. Meine Aufgabe ist es, den Sterbenden Sicherheit und Trost zu spenden, aber ich habe ihr erzählt, wie furchtbar sie leiden, wie erbärmlich ihr Dasein werden würde. Und sie hat es akzeptiert.

Als ich die Literatur über Selbstmord sah, habe ich nicht versucht, ihr ihr Vorhaben auszureden. Ich fand es ganz angemessen für sie, sich selbst das Leben zu nehmen.«

»Aber das hat sie nicht getan, nicht wahr? Was geschah an dem Tag, an dem Jasmine starb?«

Sie schloß die Augen und sprach sehr langsam, so als durchlebte sie die Ereignisse im Geist noch einmal. »Sie war seit einigen Tagen sehr still gewesen. Ich nahm an, sie versuchte die innere Kraft zum Selbstmord zu sammeln. Aber als ich am Donnerstag morgen ankam, war sie verändert. Sie war ruhig und hatte etwas Leuchtendes an sich. Manchmal gewinnen die Sterbenden eine gewisse Würde und Anmut. Man kann es nicht vorhersehen, und es ist nicht immer so. Aber bei Jasmine war es so. Sie sagte mir, sie könnte jetzt allem ins Auge sehen.« Felicity sah Kincaid an. Ihr Blick war flehend. »Ich konnte das nicht ertragen. Verstehen Sie? Ich konnte es nicht ertragen.«

»Und was haben Sie getan?« fragte Kincaid behutsam.

»Ach, das Übliche. Ich habe ihr beim Baden geholfen, das Bett gemacht, dafür gesorgt, daß sie es bequem hatte.« Felicitys ironisches Lachen klang hohl. »Der Rest des Tages war ein Alptraum. Ich werde meine anderen Patienten wie immer betreut haben, aber ich kann mich nicht daran erinnern.«

»Und später sind Sie noch einmal zu Jasmine gegangen?«

»Ja.«

Kincaid hörte irgendwo im Haus eine Uhr ticken. Es schien ihm das Ein und Aus seines eigenen Atems kontrapunktisch zu begleiten.

»Bis zu dem Moment, als ich in ihr Zimmer trat, und sie mir von ihrem Bett aus zulächelte, wußte ich überhaupt nicht, was ich vorhatte. Und dann erschien es mir so richtig. Und so einfach. Es war Zeit für ihre Medizin. Ich bot ihr an, sie ihr zurechtzumachen. Ich nahm von ihrem eigenen Vorrat und steckte die leeren Ampullen ein. Es kam mir nie in den Sinn, jemand könne daran zweifeln, daß sie im Schlaf gestorben sei.« Sie starrte einen Moment schweigend in den Garten hinaus, dann sagte sie: »Nachdem ich ihr das Morphium gegeben hatte, nahm sie meine Hand und dankte mir für meine liebevolle Fürsorge.«

Felicity beugte sich vor und umfaßte ihre Knie. Der Ausschnitt ihres Bademantels fiel auseinander und enthüllte den blassen Ansatz ihrer Brust. Dieses Stück Nacktheit ließ sie noch verletzlicher wirken, und Mitleid stritt in ihm mit Notwendigkeit. »Sie sind bei ihr geblieben, nicht wahr?«

»Ja, bis sie das Bewußtsein verlor. Ich merkte plötzlich, daß ich sie nicht allein lassen konnte.«

Er betrachtete sie, wie sie gedankenverloren dasaß, und wußte, daß er der Verpflichtung seinem Beruf und Jasmine gegenüber nicht ausweichen konnte. »Felicity, ich muß Sie bitten, mich zu begleiten.«

»Erlauben Sie mir, daß ich mich umziehe.«

Sie kehrte in dem marineblauen Kostüm zurück, in dem er sie zum erstenmal gesehen hatte. In der Hand hielt sie ein blaues Schreibheft. »Das hatte Jasmine unter ihrem Kopfkissen. Ich habe es nur an mich genommen, weil ich dachte, es enthielte vielleicht eine Bemerkung über mich.« Sie nahm ihre Handtasche und ihre Schlüssel und blieb dann mit der Hand auf dem Türknauf noch einmal stehen. »Und nachdem ich es gelesen hatte, habe ich gewußt, daß ich mit dem, was ich getan habe, niemals leben kann.«

21

Kincaid sah sie, als er in die Carlingford Road einbog. Sie saß auf der Treppe vor seinem Haus, die Ellbogen auf die Knie, das Gesicht in die Hände gestützt. Die Straße lag im Schatten, und die Luft begann rasch abzukühlen. Die Formalitäten der Anklageerhebung gegen Felicity Howarth hatten den größten Teil des Nachmittags und das, was ihm an Energie noch zur Verfügung stand, beansprucht.

Als er den Wagen abgestellt und sich neben sie gesetzt hatte, sagte Gemma: »Ich dachte mir, Sie hätten vielleicht gern ein bißchen Gesellschaft.«

»Der diensthabende Sergeant hat mir gesagt, daß Sie angerufen haben.«

Obwohl sie zur Seite gerückt war, um ihm Platz zu machen, berührten sich ihre Schultern und Oberschenkel auf der schmalen Treppe dennoch, und es überraschte ihn, wieviel Wärme von so wenig Kontakt ausging.

»Sie müssen es mir erzählen. War es sehr schlimm?«

Er lehnte sich an den Türpfosten und schloß einen Moment die Augen. Dann rieb er sich das Gesicht. »Ich war von Anfang an überzeugt, daß Jasmine der Person, die ihr das Morphium verabreichte, vertraut haben mußte. Felicity war die naheliegende Person, aber es fehlte ein Motiv. Jetzt glaube ich, ich wäre glücklicher, wenn ich es nie entdeckt hätte.«

Er erzählte ihr die Geschichte, wie er sie sich zusammengereimt hatte. »Die Schizophrenie ist eine fortschreitende Krankheit. Timothy Franklin muß einen ganz normalen

Eindruck gemacht haben, wenn nicht irgend etwas einen gewalttätigen Ausbruch auslöste. Jasmine kann davon nichts gewußt haben. Ich vermute, er schüttelte das Kind, damit es aufhörte zu weinen.«

»Und Jasmine hat ihn so sehr geliebt, daß sie ihn schützen wollte?«

Kincaid wischte über einen Fleck auf dem Knie seiner Jeans. »Zum Teil war es wohl Liebe. Zum anderen Teil Schuldgefühl. Ich glaube, sie hat ihr Leben lang wegen dieses Moments wohlmeinender Fahrlässigkeit gelitten.«

Gemma sah ihn kurz an und sagte dann langsam: »Felicity Howarth und ihr Sohn auch.«

»Ja.« Er betrachtete sie aufmerksamer, vermerkte bewußt, was bisher nur ein vager Eindruck gewesen war. Die Spannung der letzten Wochen schien sich gelöst zu haben. Sie wirkte locker, ihre Hände lagen ruhig und entspannt in ihrem Schoß.

»Was ist passiert, Gemma? Das hat nichts mit dem Fall zu tun, nicht wahr? Sie haben eine Entscheidung getroffen.«

Sie lächelte. »Aha, der große Detektiv zeigt seine umwerfende Kombinationsgabe. Ich habe heute morgen einen Immobilienmakler angerufen. Ich verkaufe das Haus. In Wanstead habe ich hübsche Wohnungen gesehen, die Toby und mir völlig reichen würden. Ich habe auf einmal erkannt, daß dieses hartnäckige Festhalten an dem Haus meine Art des Festhaltens an Rob ist. Das Haus war seine Idee; so, meinte er, müsse eine richtige Familie leben. Vielleicht hätte er nicht so große Angst zu haben brauchen, wenn er andere Möglichkeiten gesehen hätte.«

»Und Toby?«

»Auch in Wanstead sind wir noch nahe genug bei meinen Eltern, so daß meine Mutter mir ein bißchen mehr helfen kann. Aber nur ein bißchen, wohlgemerkt.« Lachend sah sie zu ihm auf, und er verspürte eine unerklärliche Erleichterung, als lasteten nun Jasmines und Felicitys Geschichte nicht mehr ganz so schwer auf seinem Leben.

»Ich habe Ihnen einen Spaziergang in der Heide versprochen.«

»Stimmt.« Sie stand auf und sprang leichtfüßig zum Bürgersteig hinunter. Er folgte ihr.

Kincaid drückte die widerspenstige Katze mit einer Hand an seine Brust, während er mit der anderen die Tür zu seiner Wohnung aufsperrte. Sobald er drinnen war, ließ er locker, und Sid sprang mit einem Satz zu Boden, wobei er zwei blutige Kratzer auf seinem Handrücken hinterließ.

»Das nenne ich Dankbarkeit«, brummte Kincaid und leckte an seiner Hand. »Ich sehe schon, ganz einfach wird das mit uns beiden nicht werden.«

Sid hatte sich unter dem Sofa verkrochen, und Kincaid ließ ihn dort, um ihm Zeit zu lassen, sich einzugewöhnen. Nachdem Gemma gegangen war, hatte er die Katzensachen nach oben gebracht und in Jasmines Wohnung mit einem Gefühl von Endgültigkeit Ordnung gemacht.

Eines blieb noch. Er hatte es nicht für notwendig gehalten, das blaue Schreibheft als Beweisstück zu den Akten zu geben, da Felicity Howarth ein umfassendes Geständnis abgelegt hatte. Jetzt ließ er die Jalousien herunter, schenkte sich einen Whisky ein und setzte sich mit dem Heft in einen Sessel am Couchtisch. »Glenfiddich, Sid«, sagte er. »Nur für besondere Gelegenheiten.« Während er trank und die Wärme des Whiskys genoß, die sich in seinem Inneren ausbreitete, beobachtete er den Kater, der vorsichtig unter dem Sofa hervorkroch, um seine neue Umgebung auszukundschaften.

Er blätterte gedankenvoll die Seiten durch, die mit der vertrauten zierlichen Schrift bedeckt waren. Der letzte Eintrag trug das Datum von Jasmines Todestag.

»Ich merkte plötzlich, daß der heutige Tag gar nicht so schrecklich war; daß auch der Tag davor und die anderen, früheren Tage gar nicht so schrecklich gewesen waren. Wenn ich jeden Augenblick meines Lebens mit der gleichen Wachheit und Intensität gelebt hätte wie diese letzten Wochen, wäre es ein über die Maßen reiches Leben gewesen.

So aber scheint mir ein ganz eigenes Zeitgefühl geschenkt worden zu sein, in dem die Zeit sich verlangsamt und öffnet, so daß Erleben und Reflexion gleichzeitig möglich sind. Eine physikalische Laune, eine Bewußtseinsveränderung – was immer auch der Ursprung sein mag, es ist ein Geschenk, das ich nicht ablehnen werde.«